KB084360

몽매빙휘

몽 매 빙 휘 1

초판 1쇄 찍은 날 ㅣ 2014년 07월 16일
초판 1쇄 펴낸 날 ㅣ 2014년 07월 23일

지은이 ㅣ 허사린
펴낸이 ㅣ 서경석

편 집 장 ㅣ 권태완
편   집 ㅣ 최고은
디 자 인 ㅣ 신현아

펴낸곳 ㅣ 도서출판 청어람
등록번호 ㅣ 제1081-1-89호
등록일자 ㅣ 1999. 5. 31
어람번호 ㅣ 제11-0007호

주소 ㅣ 경기도 부천시 원미구 부일로 483번길 40 서경B/D 3F (우) 420-822
전화 ㅣ 032-656-4452 팩스 ㅣ 032-656-4453
http://www.chungeoram.com
E-mail ㅣ chungeorambook@daum.net

ⓒ 허사린, 2014

ISBN 979-11-316-9109-0 04810
ISBN 979-11-316-9108-3 (SET)

※ 파본은 구입하신 서점에서 교환하여 드립니다.
※ 저자와 협의하여 인지를 붙이지 않습니다.
※ 이 책은 도서출판 청어람과 저작자의 계약에 의해 출판된 것이므로,
   무단 전재 및 유포 · 공유를 금합니다.

蒙昧氷徽

허사린 장편 소설

몽매빙휘 上

천상의 꽃으로 피어오르리다

도서출판 청어람

목차

여는 이야기

01. 화초

"내, 너의 댕기를 풀어주랴?"

오늘은 그녀에게 특별한 날이었다. 분명 그녀에게 특별한 날이
건만, 그녀의 표정은 여느 때와 다름없이 냉담하기만 했다.

그날은 동기들이 화초머리를 올리기 위하여 처음으로 연회석에
올랐던 날이었다.

몇 년 동안 행수와 훈육어미의 가르침을 받으며 수련을 하던 동
기들은 이제 동기 시절의 막을 내리려 하고 있었다. 수련을 마친

동기들이 화초머리를 올려줄 양반을 찾기 위한 초연(初演)에 참석하려 준비를 하고 있었다.

데엥— 뎅, 뎅…….

동기들의 입장을 알리는 종이 울리며 커다란 솟을대문이 열렸다. 높은 단상 위의 연회석에는 옆에 기녀들을 끼고 앉은 양반들이 가득이었다. 그중에는 도성을 쥐락펴락하는 권세가도 있었고, 말단 한직조차 꿰차지 못하는 한량들도 있었다.

"이번 연회 자리에서 너희들의 재예를 마음껏 뽐내보거라. 그리고 양반님네의 마음을 잡아. 너이의 화초를 올려줄 양반님네를 찾아. 만약 어느 누구도 화초를 올려주겠다는 이가 없다면…… 그것으로 너희들의 교방 인생은 끝이니라. 찾지 못한 동기는 그걸로 끝이다. 기녀가 될 수 없어. 두 번의 기회는 없으니 최선을 다하여 정진토록 하라."

연회석에 오르기 전에 행수가 동기들에게 한 말이었다. 동기에서 엄연한 기녀가 될 수 있는 다시는 없는 기회. 그 탓에 긴장하여 제 실력을 채 발휘하지 못하는 동기도, 눈에 띄려고 애쓰느라 도리어 어색해 보이는 동기도 있었다. 그러나 그녀만은 조금도 동요하지 않고 평정을 유지했다.

한 치의 흐트러짐도, 반 보의 어긋남도 없는 정치한 춤사위.

사방에서 빙빙 돌고 있는 동기들의 요란한 손짓이나 나부끼는 천 자락도 그녀를 방해하지는 못했다. 그녀는 연회장의 어수선한 분위기와 연석의 떠들썩한 웃음소리 따위는 귀에 들어오지도 않는다는 듯 눈썹 하나, 눈빛 하나 흔들리지 않고 침착하게 춤사위를 이어갔다. 평소와 다름없는 냉정한 얼굴로 빚어내는 깔끔한 춤사위는 그 어떤 기교보다도 더욱 또렷하게 눈에 띄어, 군무의 틈바퀴에서도 그녀를 부각시켰다.

훈육어미가 자랑해 마지않던 동기들의 군무가 끝나고, 무(舞)와 더불어 악(樂)에도 뜻을 둔 동기들이 가야금을 들고 연회석 앞에 자리하였다. 가야금을 들고 있는 동기들 중 선두는 단연 그녀, 설아(雪兒)였다. 그녀의 뒤로 동기들이 좌우로 줄줄이 앉아 무릎 위에 가야금을 올려놓았다.

띠딩.

그녀의 섬섬옥수가 가야금 줄을 가볍게 퉁겼고, 그것이 시작이었다. 동기들의 가야금 소리가 장내를 가득 채웠고, 연회석의 양반들은 손가락으로 탁자를 두드리며 장단을 맞췄다. 그리고 악이 절정에 달했을 때, 그녀가 갑자기 금줄을 고르던 손가락을 멈추었다.

술렁. 연회석에 소란이 일었다.

"음보를 잊어버린 것인가?"

"쯧쯧, 선두에 앉아선 음을 놓치다니."

"아이가 긴장을 한 모양입니다."

한량들과 그네들의 곁에 있던 기방의 기녀들이 대체 무슨 일이냐는 눈으로 그녀를 바라보며 수군거렸다. 그러나 그녀의 훈육을 맡았던 행수와 훈육어미는 아무런 미동 없이 그녀를 지켜보고만 있었다.

주변의 동기들은 연주를 이어갔고 손을 놓은 그녀는 가만 눈을 감았다. 그리고 곧 멈추었던 손가락이 조금씩 움직이기 시작했다.

동기들의 가야금 합주에 어느 음보에도 없는 가야금 연주가 자연스럽게 엮여 들어갔다. 그 하나의 가락은 똑같은 여러 가락들을 가볍게 넘나들고 때로는 북돋으며, 합주에도 전혀 묻히지 않고 그렇다고 유달리 튀지도 않으며 거스름 없이 엮이어 연석을 울렸다.

그렇게 연주가 끝나 그녀들이 고개를 숙이며 인사를 올리는 순간이었다.

짝짝짝짝.

연회석의 중앙에 앉아 있던 양반이 박수를 치며 일어나더니 연회석을 내려와 그녀의 앞에 섰다.

"네 기명(妓名)이 무엇이냐?"

"아직 동기인지라 기명은 없고, 아명(兒名)은 눈 설에 아이 아, 설아라 합니다."

"설아, 눈의 아이라……. 내, 너의 댕기를 풀어주랴?"

가장 짧은 시간에, 가장 높은 이의 마음을 얻어낸 그녀였다.

✳   ✳   ✳

그리고 오늘이 약조한 날이었다. 그녀를 비롯한 동기들이 화초머리를 올리는 날. 초야의 약조를 받아낸 동기들은 아침부터 미안수를 바르고 분단장을 하며 소란을 부렸다. 양반의 마음을 얻어내지 못한 동기들은 이미 쫓겨나거나 노비로 전락한지라, 소란을 부려도 자리가 넉넉해 한산하였다.

"그리 난리를 하든들, 희잖던 피부가 단번에 고와져?"

"남이사."

"어휴, 이 분 냄새. 누구야! 분을 쏟고도 치우지 않고 놔둔 게?"

"거, 유병 좀 빌려줘."

"민들레기름 넉넉한 사람?"

"미묵 있어?"

"붓 좀 쓸게, 내 것은 털이 다 빠져서."

이제야 어린 계집의 티를 벗어내고 있는 동기들이 조잘거리는 소리가 쨍그랑거렸다. 그저 한껏 치장하고 멋 부릴 생각으로 가득 찬 목소리에선 오늘 밤의 의미나 앞으로 걷게 될 기녀의 길에 대한 숙고라고는 터럭만큼도 찾아볼 수가 없었다.

그러나 이 와중에도 조금도 수선에 휩쓸리지 않고 묵묵히 앉아 있는 이가 한 명 있었다.

연지와 백분이 담긴 사기 그릇 두 개와 동백기름이 담긴 작은 유병, 미묵, 털이 짧고 가는 붓 두 개가 전부인 단출한 경대였다. 그 앞에 다소곳이 앉아 경대를 들여다보고 있는 그녀는 이미 치장을 모두 끝낸 상태였지만 자리에서 일어나지 않았다. 거울에 비친 하얀 얼굴을 가만 바라보고 있는 그녀의 표정은 마치 철벽과 같아, 그 안에 어떤 생각을 품고 있는지 가늠조차 할 수 없었다.

기방에 어둠이 내리고, 드디어 초연에서 화초를 올려주마 약조하였던 양반들이 하나둘 들어서기 시작하였다. 방방마다 화려하게 꾸며놓은 모양이 양반댁네 신방 저리 가라 할 정도였다.

그리고 그중 가장 화려한 것은 단연 설아의 방이었다. 들어서는 양반들 중 가장 높은 상문관 대감을 맞이할 곳이기에, 훈육어미가 더욱 신경을 써서 꾸민 탓이리라.

'이리할 필요, 없는데.'

한나절 내내 입 한 번 열지 않은 그녀였다. 그런 그녀의 모습에 훈육어미는 내심 불안하여 입실하는 중에도 그녀만을 뚫어져라 바라보았다.

장지문을 여니 긴 휘장이 드리워 있었다. 가볍게 뻗은 손등으로 휘장을 들어 올리고 치맛자락을 틀어쥔 채 살짝 허리를 숙여 방 안으로 들어서니, 얼굴을 덮은 얇은 천 너머로 주안상 앞에 앉아 있는 상문관의 형체가 흐릿하게 보였다.

"가까이 앉거라."

주안상을 마주하고 있었으나 취기는 전혀 오르지 않은 단정한 음성이었다. 천천히 다가간 설아가 자리에 앉자 상문관이 주안상을 옆으로 밀어 치웠다.

"설아라 하였지? 과연, 눈과 같이 곱구나."

얼굴에 드리웠던 천을 내리며 그가 말했다. 그럼에도 그녀는 아무 말 없이 고개만 살폿 숙여내었다.

"떨리느냐? 겁이 나?"

"……아닙니다."

"걱정치 마라, 내 화대를 두둑이 내어주리니."

인자한 미소와 함께 장담을 내던지며 저고리의 옷고름을 향하여 다가가던 상문관의 손이 가늘고 기다란 하얀 손에 막혔다. 이럴 줄 알았다는 듯이, 상문관이 피식 웃으며 말하였다.

"동기라더니 과연 기녀로고나, 제 쌓여 있는 주머니가 다 네게 돌아갈 것이다.”

제 손을 막는 행동에도 당황하지 않고 상문관이 설아의 어깨 너머를 가리켰으나, 그녀는 돌아보지도 않고 고개를 저었다.

“차질 않습니다.”

“허허, 그래. 그 정도는 나와야지. 허면 와가를 안겨주랴?”

“그 또한 차질 않습니다.”

“기와집도 마다하여? 난제로다, 설아의 마음이 과연 난제로구나. 허면, 권력을 주랴? 행수 자리를 네게 약조해 주랴?”

“그 역시 쇤네의 마음을 채우질 못합니다.”

“이 또한 불통이라니, 난제의 명답을 알려주겠느냐?”

상문관은 그녀가 굉장히 마음에 들었는지 당돌하고 가당찮은 그녀의 말을 다 들어주고 있었다. 관대한 얼굴에는 여전히 온화한 미소가 떠올라 있었다. 그녀는 그 미소를 주시하고 있었다. 보잘것없는 동기의 투정을 죄 받아주는 저 미소, 대감 소리를 듣는 고관대작에 앉은 지숙한 양반이 짓고 있는 저 미소라면 한 번 기대어볼 만했다.

가면마냥 낯빛을 싹 지우고 앉아 있던 그녀의 붉은 입술이 일순 양옆으로 당기었다. 휘어진 듯 아닌 듯 얕게 기운 입술은 가히 매혹적이라, 상문관의 목울대가 한차례 들썩였다.

“쇤네에게, 기녀로서의 미래를 주십시오.”

“기녀로서의 미래라?”

그녀의 고개가 끄덕였다. 올차던 기세에 비해 다소 허무한 답이라 상문관의 고개가 모로 기울었다.

"월궁을 내어주라 할 줄 알았더니, 미래라? 좋다. 내 너에게 미래를 주마."

"허면, 평안히 지내소서."

상문관이 호기롭게 답하였고, 그와 동시에 그녀가 자리에서 일어나 뒤돌아서 문고리를 붙잡았다. 자리를 뜨는 그녀의 모습에 놀란 상문관이 벌떡 일어나 그녀의 손목을 붙잡았다.

"무슨 짓이더냐?"

당황한 목소리에 그녀가 고개만 돌려 그를 바라보며 눈꼬리를 휘었다.

"쇤네에게 미래를 주신다 이미 약조하지 않으셨습니까?"

"한데 어찌하여……."

"쇤네의 미래는 정절을 지키는 예기입니다."

하얀 얼굴에 호선을 드리운 붉은 입술이 내뱉는 고운 목소리에 잠시 멍하니 있던 상문관이 이마를 탁 치며 호탕하게 웃어 젖혔다.

"그래, 내 미래를 약조하였지! 예기의 미래를! 이 늙은이가 눈의 아이에게 꼼짝없이 당하였구나!"

"송구합니다."

"아니, 속단하였던 내 잘못이지. 너에겐 아무런 잘못이 없다. 미래라…… 과연 명답이로다!"

상문관의 웃음소리가 기방을 들썩였다.

어쩐지 불안하였던 탓에 떠나지 않고 지켜보고 있던 훈육어미의 아미가 치켜 올라갔지만, 입가엔 미소가 드리웠다.

"저년, 뭐 하는 짓이야?"

"행수 어르신!"

그러나 그녀를 지켜보고 있었던 이는 훈육어미만이 아니었다. 갑작스레 나타난 행수에 놀란 훈육어미가 고개를 조아렸고, 결국 그녀는 방을 나서기가 무섭게 훈육어미에게 붙잡혀 교방으로 끌려가고 말았다.

차악! 착! 착! 착! 착!

"네 잘못을 알고 있느냐!"

"높으신 분을 농락한 죄, 벌을 받아 마땅합니다."

행수 청여(靑伃)는 단단히 화가 났는지, 그녀의 하얀 종아리가 터져 피가 새어 나오는데도 달초(撻楚)를 멈추지 않았다. 청여와 설아 옆에는 부러진 싸리나무 회초리가 수북하였다.

"행수 어르신, 그만, 그만하시어요. 이러다 애 잡겠어요!"

"허면 잡아야지, 이런 계집은 그 버릇을 단단히 고쳐 놓아야……."

"소리의 전두였습니다."

말리는 훈육어미 연무(娟舞)의 울먹이는 소리에도 회초리를 높이 치켜들던 청여의 손이 설아의 똑부러지는 목소리에 허공에서 멈춰섰다.

"……뭐라?"

"연회에서 악을 드렸으나, 그분은 전두를 내어주지 않으셨습니다. 해우채가 아니라, 소리의 전두였습니다."

"그렇다면 너는 화초를 올리지 않은 것이로구나?"

청여의 날카로운 언성에 그녀는 가만 고개를 저었다.

"쇤네에겐 소리의 전두였으나, 그분께는 화초의 전두였습니다. 기녀에게 화초란 기녀로서의 미래를 시작하는 첫걸음, 그것을 저는 소리의 전두로 받았을 뿐입니다."

"……뚫린 입이라고, 말 하나는 청산유수로구나."

웃음기 섞인 청여의 말은 이미 그녀의 재기를 칭찬하고 있었나.

"초야에 양반을 소박 맞힌 기녀는 네년뿐일 게야. 이미 그리 박차고 나왔으니 다시 들어갈 수도 없는 노릇, 밤새 대감의 심기가 뒤틀리지 않기만 바라거라."

매섭게 쏘아붙이던 청여가 그제야 손에서 회초리를 내려놓았다. 청여와 연무가 나가고 나니, 항상 동기들의 조잘거리는 소리가 요란했던 교방은 텅 비어 한적했다. 오늘 교방의 동기방으로 돌아오는 동기는 없을 터였다. 언제나 가득 차 있던 넓은 동기방에 홀로 서 있으니 쓸쓸한 기분마저 들었다.

유난히 품 안이 서늘했다. 버릇처럼 저고리 안쪽을 손으로 훑던 그녀가 경대를 열어 단장을 지워 나갔다. 훈육어미가 입혀주었던 화사한 치마저고리를 벗어 고이 개켜두고 방 가운데에 이부자리를 펴고 누운 그녀는 야밤의 모진 달초로 욱신거리는 종아리에 살짝 인상을 찌푸린 채 잠에 빠져들었다.

멀찍이서 여인의 교태 어린 웃음소리가 어둑한 밤공기 사이로 부서졌다. 짙어지는 어둠에 간혹 들려오던 소리들도 모두 먹히고 옅게 발하던 초롱의 불들마저 전부 꺼진 시각, 숨소리마저 잦아들어 교방에서는 그 어떤 인기척도 느껴지지 않았다.

사삭.

풀잎이 스치며 위태롭게 매달려 있던 이슬 한 방울이 툭 떨어졌다.

사사삭, 사삭.

빠르게 풀잎을 쓸어내는 소리와 함께 교방 앞뜰의 공기가 차갑게 얼어붙었다. 나직이 호롱호롱 울어대던 풀벌레들이 부벼대던 날갯짓을 멈추고 분주하게 자취를 감추었다. 알싸한 긴장감으로 물든 뜰에 갑자기 긴 그림자가 드리웠다.

안개마냥 흐릿한 구름이 달을 가리고 있었다. 그 너머로 번지는 달빛이 흐리기는 하였으나 분명 서까래 하나, 풀벌레 더듬이 하나까지 제대로 비추고 있었건만, 이 홀연한 긴 그림자는 마치 달빛으로부터 몸을 숨길 수 있다는 듯이 난데없이 나타났다. 지나온 길도 넘어온 문도 없이 뜰 중앙에 우뚝 멈춰 서 있던 그림자가 교방을 향하여 움직였다.

희미한 달빛이 홀출한 방문객을 비추며 그 뒤를 따라 동기방으로 들어갔다.

"어린 임이여."

달을 가리고 있던 구름이 비켜나며 비로소 환한 달빛이 창 너머로 새어들어 낯선 이의 얼굴 위에 번졌다. 달빛이 바스러지며 길게 늘어뜨린 머리칼이 새하얗게 빛났다. 차갑게 반사되는 빛무리가 사내를 감싸고 있어 마치 그의 몸이 빛나는 듯한 형상이었다.

깎아내린 듯 날렵한 콧날과 턱 선에 유난히 매끈하고 하얀 피부, 버들잎 같은 긴 눈 사이에 먹먹하게 박혀 있는 잿빛 눈동자가 물기를 머금은 채 찰랑댔다. 긴 버들잎 눈은 그 눈동자 안에 그녀를 모두 담아버리려는 듯 잠깐의 깜빡임조차 없이 잠든 얼굴을 응시하고 있었다.

"이제 참으로 기녀가 되어버리셨습니다."

보드라운 미성이 잠든 얼굴을 훑어 내렸다. 낯선 방문객의 긴 손가락이 그 위를 아른거렸다.

"그래도 아직은 어느 누구에게도 빼앗기지 않았으니 안심해야 하리까?"

한참 동안 감은 두 눈에 박혀 있던 시선이 느리게 움직이기 시작했다.

"당신의 따스한 눈길도, 당신의 다정한 목소리도, 당신의······."

시선을 따라 길고 마른 손가락을 활짝 편 손이 그녀의 얼굴 위에서 맴돌았다. 차마 닿지도 못하고 조금 떨어진 채 눈 위를 지나치고 뺨을 타고 흘러내려 입술을 건너 목 아래로 내려갔다. 가는 목은 홑겹 소복의 깃 사이로 사라졌고, 얇은 이불보가 가슴 위까지 올라와 있었다. 이불보의 끝이 깊이 잠든 숨을 따라 느릿하게 오르락내리락 댔다. 가까이 뻗지도, 그렇다고 거두지도 못하고 애타는 마음만큼 흔들리던 손가락은 곧 주먹을 꽉 내쥐고는 뒤로 물러섰다.

"당신의 마음도."

힘겹게 말을 내뱉으며 긴 눈이 감겼다. 유일하게 색이 있던 눈동자가 사라지니 사내의 새하얀 얼굴이 더욱 투명하게 느껴졌다. 눈부시도록 하얀 머리칼과 매끈한 피부는 마치 석영으로 깎아낸 조각 같았다.

서늘한 숨을 내뱉으며 눈을 뜬 사내는 조심스레 그녀 발치의 이불을 젖혔다. 하얀 소복 치마가 마른 다리를 감싸고 있었다. 조금도 닿지 못하고 애만 태우던 손길이 잠시의 망설임도 없이 치맛자락을 들쳤다. 연이어 익숙한 손놀림으로 속속곳을 걷어 올리던 그는 무릎이 드러나자 손을 멈추었다.

무릎 아래에 손을 넣어 살짝 들어 올리니 종아리 위에는 피딱지가 앉은 빨간 선이 어지럽게 얽혀 있었다. 달초의 상흔, 그를 바라보는 사내의 눈썹이 미간을 향해 일그러졌다. 그 찰나 잿빛 눈동자에 얼핏 붉은 기운이 퍼졌다. 동시에 사내가 상체를 숙였고 눈동자에 떠올랐던 붉은 기운이 사라지는 순간 종아리에 닿았던 그의 입술이 떨어졌다.

반대쪽에도 똑같이 입술을 가져다 대었던 그가 속속곳과 이불을 내려덮을 때 그녀의 종아리에는 상흔이라고는 실낱같은 흔적조차 남아 있지 않았다.

"당신의 상처는 모두 내가 품겠습니다."

무슨 일이 있었는지도 모르고 여전히 잠에 빠져 있는 그녀의 얼굴을 바라보는 그의 눈동자는, 조금 전 붉게 물들었던 것은 환상이라는 양 이전과 같은 잿빛으로 돌아와 있었다. 도드라진 목울대가 한차례 크게 오르내렸다. 붉은 혀가 빠르게 입가를 축이니 주저하던 입술이 그녀의 얼굴 위로 다가갔다. 아직 어린 여인의 얇은 입술. 붉은 연지를 지웠어도 머금은 생기마냥 홍화가 피어난 입술은 바라보는 것만으로도 심장이 떨렸다. 방금 입술에 닿았던 여린 살의 촉감이 아직도 생생했다.

그러나 살짝 벌어진 발간 입술 위를 맴돌던 낯선 입술은 결국 묘연한 미소와 함께 길게 흔들리는 속눈썹만 스치고 사라졌다.

1부

02. 동기(童妓)

시끄럽다. 어지럽다. 정신을 잡기가 힘들다. 몸을 가눌 수가 없다. 움직여지지 않는다.

"찔러! 찌르라고!"

채찍 소리. 비명 소리. 그런데 이상도 하지. 웃음소리도 들린다. 코가 벌름거린다. 냄새가 난다. 역하다. 비린 피 냄새.

"둘 중 하나가 죽을 때까지 계속 싸우라니까!"

보인다. 조금씩 흐리게. 눈이 다시 보인다. 그런데 왜? 왜 하늘이 빨갛지?

처음 눈에 들어온 것은 밧줄이었다. 온몸이 꽁꽁 묶여 있었다. 등 뒤로 딱딱한 나무둥치가 느껴진다. 아, 이제야 기억났다. 아저씨가 나를 묶어놨었지. 나보고 구경꾼이랬다. 주인어른께서 심심하시댔다. 여흥이랬던가, 유흥이랬던가. 배가 고프다. 힘이 없다. 고개를 들지도 못하겠다.

채찍 소리. 비명 소리. 웃음소리.

무슨 일이었더라? 무슨 일이 일어났더라? 눈꺼풀조차 무겁다. 겨우 눈알을 굴린다.

아저씨의 등이 보인다. 항상 아저씨 허리에 묶여 있던 채찍이 지금은 손에 들려 있다. 아저씨가 계속 채찍질을 한다. 가시덤불이 깔려 있다. 바닥에 잔뜩. 저거 많이 아픈데. 가시덤불 위에 두 사람이 서 있다. 흐느적거린다. 가시덤불 때문에 잠시도 발을 땅에 두지 못한다. 그런데 아저씨가 채찍질까지 해댄다. 죽을지도 몰라.

두 사람은 칼을 들고 있다. 칼조차 흐느적대며 맞부딪힌다. 울부짖는 소리. 그런데, 그런데 이상하다. 정말 이상하다. 마치 우리 어머니 같다. 우리 아버지 같다.

채찍 소리. 비명 소리. 웃음소리.

눈물이 흐른다.

왕왕거린다. 시끄럽다. 아버지가 뭐라고 한다. 아저씨가 채찍질을 한다. 주인어른이 술을 마신다. 시끄럽다. 역겹다. 피 냄새가 난다.

채찍 소리. 비명 소리. 웃음소리.

비명 소리.

조용하다.

"흥이 깨졌구나."

목소리.

주인어른이 일어난다. 아저씨가 쫓아간다. 어머니가 아버지를 안고 있다. 가시덤불이 많이 아플 텐데. 어머니가 아버지를 안고 주저앉아 있다. 어머니의 칼이 아버지의 등에 삐죽 튀어나와 있다. 어머니가 나를 본다. 어머니가 웃는다. 어머니가 아버지의 칼을 든다.

"……."

어머니가 뭐라고 한다. 안 들려요. 어머니, 안 들려요.

푸욱.

아버지가 누워 있다. 그 위에 어머니도 누워 있다. 아버지의 등에 칼이 튀어나와 있다. 어머니의 등에도 칼이 튀어나와 있다.

하늘이 빨갛다.

설아가 번쩍 눈을 떴다. 그녀의 이마에는 작은 땀방울들이 맺혀 있었다. 가쁘게 내쉬는 짧은 숨과 함께 목 메인 음성이 흘러나왔다.

"5년이 지났는데도……."

찬 공기는 적막하다. 창 너머로 새벽의 푸른빛이 새어 들어온다.

온몸을 휘감는 냉기에 악몽의 잔상이 떠오르며 소름이 돋았다. 붉은 악몽을 떨쳐 내려 빠르게 머리를 흔드는 설아의 눈가에 눈물이 스며들기 시작했다.

쉬시잇.

어디선가 기이한 쇳소리가 흘러나왔다. 실로 스산한 소리이건만 설아는 오히려 그 소리에 안정을 찾은 듯 머리를 흔들던 것을 멈추었다. 설아의 옷깃에서 가늘고 하얀 줄 같은 것이 기어 나왔다. 새하얀 몸통에 붉은 눈의 기묘한 뱀, 초아(草兒)였다. 초아가 설아를 위로하려는 듯 혀를 낼름거렸다.

"초아야."

울먹이는 목소리가 잔뜩 떨리며 그를 불렀다. 뱀이 고개를 치켜들고 잠시 허공을 배회하다가 눈물이 맺힌 설아의 눈가에 제 입을 가져다 대고는 눈가를 따라 훑었다. 마치 설아를 위로하려는 듯 초아가 혀를 날름댔다. 그러나 초아의 위로에 도리어 코끝이 시큰해졌다.

"흐끅."

설아의 입에서 흐느낌이 새어 나오자 잠들어 있던 아이들 중 한 명이 뒤척거렸다. 뒤척임 소리에 놀란 설아가 제 입을 막으며 몸을 움츠렸다.

같은 방에서 자는 아이의 뒤척임에도 숨을 죽이는 아이. 설아는 그런 아이였고, 그런 설아가 유일하게 편히 대하는 존재가 바로 초아였다. 남들은 요물이라고 눈살을 찌푸리는 뱀이지만, 설아에게는 둘도 없는 지기였다. 초아가 쉬잇, 거리며 설아의 어깨를 감싸 돌았다. 이제 곧 날이 밝아올 것이고, 바쁜 하루가 시작될 것이다.

설아는 동기였다. 제국의 도성에서 제일가는 청악기방(淸樂妓房)의 교방에 속하여 기녀가 되기 위한 수련을 받고 있는 동기. 아직 어린 나이임에도 또래 동기들은 물론 기방을 통틀어도 손에 꼽을 미모에 조용하고 얌전하니 제 소임을 다하는 다부진 아이였지만,

동기 중에 친한 동무 하나 없는 외톨이 동기였다.

이는 설아가 노예 출신인 탓이었으며, 노예 출신임에도 재기(才氣)가 뛰어난 탓이었다. 천하다는 기녀, 그런 기녀들의 틈바구니에서도 천시를 받고 창부로 전락하게 마련인 노예 출신이었기에 본디 설아는 그대로 삼패 동기로 전락하여 재예 수련은 애초에 받지도 못하는 것이 옳았다. 그러나 그녀를 기방으로 데려온 행수는 어찌 된 영문인지 노예 출신인 설아에게 재예를 가르쳤고, 그녀는 빠르게 많은 것들을 습득해 갔다.

행수와의 단독 수련은 겨우 한 달뿐이었다. 그러나 설아는 그 한 달 만에 몇 해간 재예를 익힌 동기들과 견줄 만한 실력을 쌓았으며 석 달이 지난 후에는 대다수의 훈육에서 으뜸을 차지하기에 이르렀다. 특히 가락을 고르는 재능이 탁월하여 악과 무에서는 그녀를 따를 이가 없었다. 뜬금없이 굴러 들어온 설아가 자신들을 치고 올라오니 노예 출신인 그녀가 처음부터 탐탁지 않았던 동기들이 그녀를 건들기 시작했고, 그렇게 설아는 시기와 질투가 섞인 괴롭힘을 당하게 되었다.

"어디서 더러운 창기 냄새가 나지 않아?"

"수련실에 창기라니, 요분질이라도 배우러 온 걸까?"

"어머, 얘. 요분질이라니, 망측해라."

"노예 출신이 훈육은 무슨, 아마 수련실 청소하러 온 노비년이겠지."

한 무리의 동기들이 일제히 설아를 향해 걸레를 집어 던졌다. 다른 동기들은 괜히 휘말리기 싫어 모른 척 물러나 있을 뿐이었다.

훈육이 끝난 후 정리 시간이면 언제나 걸레 세례가 쏟아졌고, 홀로 넓은 수련실을 청소하고서야 동기방으로 돌아올 수 있었다.

그런 고달픔에 교방 뒷길 구석진 담벼락에 숨어 기대어 앉아 울던 어느 날, 설아의 눈에 하얀 뱀이 들어왔다. 가늘고 새하얀 몸에 붉은 눈. 눈물을 적시던 설아는 무서운 줄도 모르고 뱀에게 손을 내밀었다.

"너까지도 날 싫어하는 거니?"

고개를 돌려 사라지는 뱀을 향해 내뱉은 젖은 목소리, 묻어나는 익숙한 외로움에 멈춰 선 뱀은 혓바닥을 몇 번 내보이더니 설아의 손을 타고 올라왔다. 손바닥에 똬리를 틀고 앉아 고개를 들고 있는 뱀의 붉은 눈은 설아의 시선을 회피하지 않았다.

"고마워."

대체 무엇이 고맙다는 것인지, 설아는 대뜸 그 말만 내뱉고는 다시 펑펑 눈물을 쏟아냈다. 그 후로 몇 차례 뱀과 마주쳤던 설아가 하루는 조심스럽게 물었다.

"너만 괜찮다면, 계속 친하게 지낼 수 있을까?"

뱀에게 건네기에는 다소 우스운 질문이었다. 그런데 마치 설아의 말을 알아듣기라도 한 듯, 하얀 뱀이 고개를 끄덕이며 옷자락을 타고 올라오는 것이었다.

그렇게 설아는 초아를 키우게 되었고, 그날부터 초아는 설아와 함께하게 되었다. 유일하게 자신을 꺼려하지 않는 동무. 함께 지내온 나날도 이제 4년째로 접어들고 있었다.

"초아야."

초아는 보통 설아의 품속에 숨어 지내지만, 가끔 산책을 나가곤 했다. 그때 알아서 배를 채우고 돌아오는 듯싶었지만, 혹여나 다른 이들의 눈에 띄어 해코지를 당하지는 않을까 염려되었다.

초아가 보이지 않은 지 꽤 되자 걱정되어 밖으로 나온 설아의 귀에 날카로운 비명 소리가 들렸다.

"꺄아악!"

수련이 끝난 시각이라 밖에 나와 놀던 동기들이 초아를 발견한 것이었다. 그리고 놀란 동기들 중 하나가 초아를 밟으려 치맛자락을 올렸다. 동기가 막 초아를 짓뭉개려던 순간이었다.

"아악!"

"너, 무슨 짓이야!"

짓밟히려는 초아를 설아가 뛰어가 감싸 안았다. 때문에 초아 대신에 설아의 등이 밟혔다.

"초아야! 초아란 말이야. 설아의 초아란 말이야!"

"초아? 설마 이 뱀을 말하는 건 아니겠지?"

"맞아, 초아는 설아의 동무야. 그러니 그만둬!"

"뱀 같은 요물이 동무라고? 징그러워!"

"더러운 노예라 요물을 싸고도는 모양이지. 흉측하기 짝이 없어."

"흉측해!"

뱀을 감싸고도는 설아를 경멸하듯 바라보던 동기들이 몸을 움츠리고 있는 설아에게 발길질을 해대기 시작했다.

결국 흠씬 두들겨 맞은 설아는 초아를 데리고 교방 밖으로 나왔다. 그러나 딱히 갈 곳도 없었기에 그저 기방의 솟을대문 앞에 앉아 있을 수밖에 없었다.

"초아, 괜찮아?"

설아가 초아를 쓰다듬으며 물었다. 초아는 설아의 말을 알아듣기라도 하는 듯, 고개를 끄덕이며 혀를 날름거렸다. 어여쁜 설아의 얼굴에 생채기가 나 있었다. 곱게 빗어내려 땋아놓았던 머리는 풀려 산발이 되었고, 치마저고리도 여기저기 뜯어지고 흙발에 밟혀 더러워졌다. 초아를 핑계로 동기들이 그동안 때리고 싶었던 것을 맘껏 때린 것이었다. 그런데도 설아는 방긋 웃으며 초아를 걱정했다.

초아는 제가 뱀으로 태어난 것이 싫었다. 이런 미물이 아니라 인간의 몸이었다면, 그렇다면 이토록 아름다운 설아를 감싸 안아줄 터인데. 설아가 자신을 대신하여 짓밟히는 일 따위 없을 터인데.

지금 이곳이 초록으로 가득한 임야였을 때부터 억겁의 세월을 살아온 초아였다. 한낱 미물에 지나지 않던 뱀의 생을 탈피하여, 바람이 전하는 이야기를 듣고 땅이 품고 있던 비밀을 캐내어 진리를 깨우쳤음에도 자신은 여전히 작은 뱀일 뿐이었다. 조그만 뱀의 몸이기에 초아는 설아를 감싸줄 수 없었다. 영물의 생을 살고 있는 자신에 비하자면 이제야 갓 싹을 틔운 씨앗에 지나지 않는 어린 계집들의 박해조차 막아줄 수가 없었다. 홀로 지내온 억겁의 외로움에 유일하게 먼저 손을 내밀어온 이였건만 다정히 안아줄 품조차 없었다. 길었던 외로움만큼 설아의 심장 고동이 더욱 다정하게 느껴져 초아의 심연이 뜨겁게 요동쳤다.

'몽매하기 짝이 없는 어린 눈의 아이는 오늘도 여린 맘을 부여잡고 스치옵니다. 한없이 어린 그네를 위하여 해줄 수 있는 것이 아무것도 없습니다. 하매, 애원하나니 부디 이 우매하기 짝이 없는 작은 뱀의 청을 들어주시옵소서. 안쓰러운 그네를 위할 수 있도록, 그네를 감싸 안을 수 있는 인간이 되기를 비나이다. 고저 단 하루라도, 딱 한 식경이라도, 그 연후 죽게 된다 하여도…….'

초아를 쓰다듬고 있던 설아는 문득 초아의 붉은 눈이 반짝하고 빛나는 것을 보았다. 의아하여 고개를 숙이는 찰나, 머리 위에서 낯선 목소리가 들렸다.

"너, 괜찮아?"

그날, 괜찮냐는 말과 함께 나타난 이는 꽤 유명한 집안의 도령이었다. 김일현. 설아와 동갑이거나 한두 살 정도밖에 차이 나지 않을 성싶은, 소년티를 벗지 못한 도령이었다.

"설아, 여기."

교방의 담장 너머로 담황색 소맷자락이 펄럭였다. 보다 진한 황색의 복건이 담장 중앙에 불쑥 튀어나와 있었고, 그가 뛰어오를 때마다 활짝 웃고 있는 얼굴이 보였다가 사라지길 반복했다. 그의 목소리는 설아만 들은 것이 아니었기에 마당에 늘어선 동기들의 얼굴에 차례로 웃음이 번졌다.

"집중!"

훈육어미의 매서운 불호령이 떨어지니 동기들이 어깨를 움츠리며 자세를 바로 했다. 그러나 여전히 담장 너머에서 폴짝거리는 일현의 모습에서 눈을 떼지 못하던 설아는 결국 어깨에 회초리를 한 대 맞고 말았다.

훈육이 끝나기가 무섭게 설아가 교방 밖으로 튀어 나갔다.

기방의 솟을대문 앞에서 우언히 마주친 이후로 일현은 종종 교방을 찾아왔다. 또래와 친하게 지낸 적이 없었던 설아에게 일현은 처음으로 생긴 또래의 동무였다. 그랬기에 그가 찾아오는 것이 마냥 기뻤던 설아는 정신이 온통 일현에게 쏠려 있어, 다른 동기들 역시 그에게 눈길을 주고 있다는 것을 전혀 알아차리지 못했다.

사실 설아는 그가 도령이라는 것 또한 모르고 있었다. 일현이 설아에게 자신의 이름만 말해주고 신분을 밝히지 않았기 때문이다. 그는 비단옷을 입고 갖신을 신고 있었으나, 설아 역시 '기생년이 좋은 옷에 좋은 혜라도 걸치지 않으면 서러워 못산다.'란 행수의 지론에 따라 항상 좋은 것만 걸쳤기에 일현의 의복에 대하여 따로 생각하지 못했다. 때문에 설아는 일현이 명문가의 외동아들이라는 사실을 전혀 눈치채지 못했다.

"아까는 뭘 하고 있었던 거야?"

"자세 교정. 손에 올리고 있던 게 모래주머니야. 조금도 흐트러지거나 기울면 안 돼. 훈육어머니께서 돌아다니시면서 자세가 틀어지면 회초리로 딱!"

설아가 일현의 어깨를 가볍게 톡 건들었다.

"모래주머니? 무겁지 않아?"

"무겁지만, 그래도 이게 훨씬 나아. 물동이를 지고 걸어 다닐 때도 있는데, 그때는 물을 가득 채우고 한 방울도 흘리면 안 되거든."

"대단하다, 설아."

"다들 하는 건데 뭐."

교정 수련은 훈육 중에서도 기본이라 이제는 한 주에 한 번밖에 하지 않는 수련이었다. 열 살도 되지 않은 어린 동기들도 하는 수련이었기에 대단하다는 일현의 말이 겸연쩍은 설아가 얼굴을 붉혔다.

"그래도 설아가 제일 잘해. 저번에 춤 훈육 때도 설아가 제일 잘 추던걸?"

"정말?"

"그럼. 설아가 으뜸이야, 으뜸."

일현이 호언하며 엄지를 내밀었다. 짐짓 엄중한 표정을 짓고 고개를 끄덕이던 그가 평소처럼 활짝 웃어 보였다. 일현의 칭찬에 설아는 얼굴이 화끈거렸다. 수련 중에도 훈육어미에게 종종 칭찬을 듣고 다달이 있는 평가에서도 거의 일등을 하기는 했지만 일현에게서 듣는 으뜸 소리는 무언가 느낌이 달랐다.

"설아는 조고맣고 어여쁜데다 재주까지 뛰어나니, 분명 최고의 명기가 될 거야."

시원스런 미소를 띤 일현이 잔뜩 찬을 늘어놓으며 설아의 귀밑머리를 쓸어 넘겼다. 귀를 따라 동그랗게 넘긴 손이 귓불을 스치고 땋아 내린 댕기머리를 쓸어내렸다. 발갛게 달아오른 뺨은 햇볕이 내리쬐듯 뜨거웠고 귀 끝이 찌릿했다. 일현의 칭찬은 기분이 좋았고 그의 목소리는 달콤했다. 자신을 이리 살뜰히 대해주는 이는 처음이었다.

일현과 설아는 자주 어울렸다. 설아에게 친한 동무가 생기고 웃음이 많아진 것은 분명 좋은 일이었건만 그녀의 품 안에서 그녀의 심장 고동을 듣고 있는 초아의 심기는 나날이 불편해져만 갔다. 한차례 뛰던 심장이 두 차례 뛰어오르고, 가볍게 콩콩거리던 울림이 무겁게 쿵 울려 퍼질 때, 초아는 자신의 심장도 함께 쿵 하고 내려앉는 기분이었다.

"설아!"

"일현아!"

수련을 끝낸 설아는 오늘도 빠르게 교방을 나섰고, 어김없이 일현이 다가왔다. 일현은 설아의 앞으로 걸어와서 그녀의 머리를 쓰다듬었다. 그의 손길은 부드러웠다. 누군가가 머리를 쓰다듬어 주는 것이 이리도 기분 좋은 일이라는 것을, 이전에는 알지 못했다.

"참, 나 실아에게 줄 선물이 있어."

"뭐?"

설아가 눈을 동그랗게 뜨고 일현을 바라보았다. 그 모습이 너무나 귀여워, 일현은 미소를 지으며 설아의 머리를 다시 쓰다듬었다.

"눈 감아봐."

일현의 말에 설아는 두 눈을 꼬옥 감고 손을 앞으로 내밀었다. 그 모습을 다정히 바라보던 그가 품을 뒤지더니 작은 주머니를 꺼냈다. 얌전히 기다리고 있는 설아를 향해 미소를 지어 보인 일현이 금줄을 잡아당겨 주머니를 열어 무언가를 꺼냈다.

그것은 비녀였다. 붉고 푸른 보석이 박힌, 나비 장식의 비녀였다. 비녀를 잠시 바라보던 그는 만족스런 미소로 설아의 손 위에 그것을 올려놓았다. 무언가 손에 얹어지자 눈을 번쩍 뜬 설아가 손 안에 든 비녀를 보며 탄성을 질렀다.

"우와아!"

"맘에 들어?"

"응응! 엄청 고와. 이렇게 고운 비녀는 처음 봐. 행수 어른이 하고 계신 것보다 훨씬 곱고 예뻐!"

설아는 비녀가 굉장히 마음에 들었는지 상기된 얼굴로 고개를 끄덕거리며 말했다. 기뻐하는 그녀의 모습을 살짝 붉어진 얼굴로 바라보던 일현이 비녀를 집어 들었다.

"돌아봐, 내가 해줄게."

그는 호기롭게 말하며 익숙한 손놀림으로 설아의 머리칼 반을 모아 동그랗게 말아 틀어 올렸다. 설아는 자신의 머리를 일현이 매만져 주었다는 것이 마냥 기쁘기만 하여 그의 솜씨가 제법인 것을 전혀 의심치 못했다. 오히려 옆에 있던 초아의 눈이 매섭게 일현을 쏘아보았다.

"고마워."

쪽.

설아가 일현의 볼에 입을 맞추었다. 설아의 얼굴에도, 일현의 얼굴에도 붉게 홍조가 피어올랐다. 붉게 깔린 설렘과 어색함 속에서 둘은 차마 얼굴도 마주 보지 못하고 눈짓만 슬쩍였다.

그런 두 사람을 바라보는 초아의 붉은 눈이 바르르 흔들렸다.

언제나 분주하게 입 밖을 오가던 혀가 굳어버린 듯 꼼짝도 하지 않았다. 작은 몸 한가득 자갈이, 바위가 들어찬 듯 무겁고 불쾌했다. 그런 초아의 속내를 아는지 모르는지 설아는 여전히 발갛게 웃고 있었다.

그 둘을 지켜보는 시선이 조금 더 먼 곳에 또 하나 있었다. 둘이 가까워지는 만큼 교방을 찾는 일현의 발걸음이 잦았고, 자주 모습이 보이는 만큼 여러 이들의 눈에 띄었다.

"더러운 창기 따위가 도련님 곁에 있다니, 말이 된다고 생각해?"

설아를 가만 놔두지 못하고 곧잘 괴롭히는 무리에 끼어 있던 율이(聿伊)가 싸늘하게 말을 던졌다. 그녀는 언젠가 초아를 밟으려 했던 동기로, 기방에서 태어나 동기들 틈에서 대장 노릇을 하고 있었다. 모여 있던 동기 몇 명이 서로 눈치를 살피다가 작게 고개를 내저었다.

"정렬!"

날카로운 목소리가 동기들의 귓전을 때렸다. 평소보다 예민한 목소리의 훈육어미가 마당에 죽 늘어선 동기들을 꼼꼼히 살폈다. 이제 봄의 절정에 달해가는 따스한 날씨건만 집합한 동기들의 차림새는 겨울의 것이었다.

"오늘은 예정했던 대로 한산에 오를 것이다."

훈육어미의 말에 동기들 틈에서 불평 섞인 소란이 일었다.

한산은 도성의 북쪽을 감싸고 있는 커다란 산이었다. 교방의 야외 수련은 한산에서 이루어졌는데, 산세가 험하거나 위험하지는 않았지만 워낙 높고 커다란 탓에 보통은 중턱에 미치지 못하여 자리를 잡고 수련을 했다. 그러나 일 년에 한 번 한산의 정기를 받는다는 명목으로 정상까지 오르는 날이 있었는데, 그날이 바로 오늘이었다.

"겨우내 묵은 산의 정기를 받아, 너이들의 재예를 더욱 정진토록 하기 위함이니 한 사람의 낙오도 없이 정상에 올라야 할 것이야."

평소에는 한마디의 잡담도 용납하지 않던 훈육어미가 투덜거리는 동기들의 불평을 못 들은 척 놔두었다. 어린 동기들에게 한산의 정상에 오르는 것이 얼마나 힘든 일인지 이해하기 때문이었다. 높이도 높이였지만, 정상 부근은 아직 눈이 완전히 녹지 않았기에 위로 올라갈수록 기온은 떨어지고 체력은 부칠 터였다. 그러나 이해하고 넘어가는 것은 딱 여기까지였다. 훈육어미는 끊이지 않는 불평에 완전히 귀를 닫은 채 동기들을 이끌고 한산으로 향했다.

중턱을 지나 세 번째 휴식을 취하면서 설아는 초아를 괜히 데려온 것인가 걱정되기 시작했다.

"초아, 괜찮아?"

품을 향해 조용히 물으니 안에서 초아가 꿈틀거리는 것이 느껴졌다. 초아는 뱀이었고 기이한 모습이기는 했지만 여느 뱀들과 마찬가지로 날이 추워지면 동면에 들었다. 그런데 벌써부터 조금씩 공기가 서늘해지고 있었다. 예년에 비해 한산의 공기가 유독 싸늘했다.

설아는 초아가 추위를 느끼진 않을까 염려하며 가슴팍에 손을 그러모은 채 걸음을 옮겼다. 교방에서 너무 멀어진 터라 초아에게 혼자 돌아가라고 할 수도 없었고, 정상에 올랐다가 내려올 때까지 가만히 기다리고 있으라 할 수도 없었다. 초아에 대한 걱정으로 가득하여 힘든 줄도 모르고 산을 오르는 사이, 어느새 정상에 이르기 전 마지막 휴식인 네 번째 휴식 장소에 다다랐다.

동기들은 여기저기 흩어지며 자리를 잡아 다리를 주무르고 산의 경치에 탄성을 내질렀다. 주변의 나무들은 파릇하게 새순이 돋아 있었고, 옆으로 흐르는 강 언저리에는 살얼음이 껴 있었다.

"설아야."

"설아, 이리 와봐."

나무 아래에 웅크리고 앉아 초아에게 조금이라도 더 따스한 온기를 전하려던 설아는 자신을 부르는 동기들의 목소리에 고개를 들었다. 괴롭히는 일이 아니라면 아예 없는 사람 취급을 하던 동기들이 밝은 목소리로 그녀를 부르는 것이 의아했다.

"설아야, 저기 봐. 저거 뱀 아냐?"

"맞아. 네가 좋아하는 뱀 말이야. 쟤 물에 빠질 것 같은데."

"뱀?"

뱀이라는 말에 설아가 빠르게 동기들에게 다가갔다. 설아라고 모든 뱀을 좋아하는 것은 아니었지만 싸늘한 공기에 품 안의 초아가 걱정되던 차에 물에 빠질 것 같다는 뱀 이야기를 들으니 외면할 수가 없었다.

"어, 어디?"

"저기, 강 건너쯤에."

정상 부근의 눈이 한창 녹는 중이라 강의 유속이 빨랐다. 모여 있던 동기들 중 개령(介鈴)이 앞으로 나서며 손가락을 치켜들었다.

"안 보여?"

강의 폭이 꽤 넓어서 손가락이 가리키는 근방을 훑어도 별다른 것이 보이지는 않았다. 설아가 주저하고 있으니 동기들이 그녀를 둘러싸고 모여 섰다. 어느새 사방에서 조여오는 걸음에 설아가 조금씩 강가로 다가갔다.

"저기 있잖아, 저기."

개령은 여전히 한곳을 가리키고 있었다. 빠르게 쏟아지는 강물 소리에 살짝 겁이 났지만, 설아가 침을 꼴깍 삼키고 상체를 기울여 목을 쭉 내밀었다. 고개를 내미니 강물 소리가 더욱 크게 들려왔다. 강 건너의 어딘가를 바라보려 했는데 자꾸만 시선이 빠르게 지나치는 물줄기로 향했다. 빛이 비쳐 번들거리는 물줄기가 여기저기 부딪히며 물보라를 일으켰다. 순간 핑 하고 정수리가 뱅글 돌았다.

바작.

설아의 발이 강 언저리의 살얼음을 밟았다. 그리고 그와 동시에 눈앞을 어지럽히던 물줄기가 설아를 잡아당기듯 몸이 기울었다. 등 뒤에서 잡아당기는 것인지 떠미는 것인지 알 수 없는 손길이 느껴졌다.

풍덩!

"설아!"

"꺄아아!"

"훈육어머니!"

동기들의 비명 소리가 귀를 울렸다. 그러나 정작 설아는 한마디도 외치지 않았다. 아니, 벌린 입안으로 밀려드는 차가운 물보라에 목소리가 막혀 한마디도 내뱉을 수 없었다. 깊은 강은 아니었지만 그렇다고 얕은 내도 아니었다. 게다가 설아는 체구가 작았다. 눈이 녹으며 유량이 많아지고 유속이 빨라진 강은 설아를 통째로 집어삼켰다.

모든 것이 느릿했다. 세차게 흐르던 강물도 정수리를 당기던 어지럼증도, 살얼음이 깨지는 소리와 앞으로 기울던 몸까지 모든 것이 시간이 멈춘 듯 느리기만 했다. 그러나 물에 빠지는 그 순간만큼은 삽시간이었다.

목이 막히고 귀가 먹먹했다. 동기들의 찢어지는 목소리마저 낮게 웅웅거리듯 들려왔다. 보글거리며 온몸을 휘감는 물보라 밖으로 한차례 얼굴이 나올 때마다 모여 있는 동기들의 모습이 저만치 멀어져 갔다. 강 위에 떨어진 마른 낙엽마냥 물살에 이리저리 휩쓸리고 강바닥에 부딪히면서도 온몸을 감싸 안은 물 때문인지 아픈 줄도 몰랐다.

'초아.'

부유하는 몽롱한 느낌에 휩싸여 정신을 잃으면서도 설아는 품 안의 초아를 걱정했다.

정신이 사납고 어지러웠다. 그러나 이 와중에도 울화통이 치밀었다. 거친 물결에 휩쓸려 떠내려가면서 정작 자신은 설아의 꽁꽁 싸맨 품 안에 갇혀 있었다. 이 어리고도 어린 소녀가 자신을 감싸주고, 지켜주고 있는 꼴이었다.

'대체 왜!'

분통을 터뜨리며 왜냐고 수천 번을 외치고 있었지만 그 답은 너무나도 자명한 것이었다.

왜, 왜 그녀를 감싸줄 수 없는가, 왜 그녀를 지켜줄 수 없는가, 왜 도리어 그녀의 보살핌을 받는가, 왜 그녀에게 지켜지고 있는가, 왜, 왜, 왜.

모든 답은 초아가 작은 뱀이기 때문이었다. 초아가 인간이 아닌, 설아보다 작은 뱀의 몸을 지니고 있기 때문이었다.

비참하고 서글펐지만 이것이 현실이었다.

아무리 억겁의 생을 살고 승천을 염하는 영물이라 할지라도 조그만 뱀의 몸을 빌어서는 어린 소녀 하나 지켜낼 수가 없었다. 언제나 자신을 향해 웃어주고 자신을 위해 몸을 내던지고 항상 소중하게 자신을 품어주는 이에게 선심 쓰듯 아무렇지 않게 손 한 번 내어줄 수 없었다. 애초에 그 선심조차 허락되지 않았다.

마치 저처럼 외로워 보이는 딱한 아이였기에 그저 그 곁에 머물렀던 것인데, 분명 시작은 그런 가벼운 마음이었는데, 이제 와 돌이켜 보니 전혀 가볍지 못했다. 가벼울 수가 없었다. 지나온 세월보다 짧을 것이라 대수롭지 않게 여겼던 품은 잊힌 지 오래인 어미의 품보다, 아니, 그보다 더 오래전 사방을 둘러 감싸주던 작은 알

속보다 다정하고 따스했다.

그녀가 다치면 제 몸에 상처가 난 것보다 더욱 괴롭도록 아파왔고, 그녀가 웃으면 저도 모르게 마음이 포근해지며 평안이 일었다. 근자에 부쩍 가까워진 일현에 대한 생각만 하면 몸 안에 불길이 치솟았고, 그를 바라보는 그녀를 볼 때면 온몸이 갈기갈기 찢기는 기분이었다.

'김일현.'

그제야 모든 것이 극명해졌다. 그 어느 때보다 그녀를 감싸 나서고 싶을 때 자신을 대신하여 손을 내밀었던 그의 모습을 떠올리니, 그제야 초아는 자신이 일현을 질투하고 있음을, 설아를 연모하고 있음을 절절히 깨달았다.

이제 다른 것은 아무것도 염두에 들지 않았다. 그저 곁에 머무르는 것만으로는 더 이상 충분하지 않았다. 머무르는 것밖에 할 수 없는 그림자가 아닌, 그러안아 감싸주는 빛으로 나아가고 싶었다. 기나긴 외로움도, 기방에 숨어 살며 음기를 모아 염하던 승천의 꿈도, 막연히 탐해온 천인의 삶도, 그 어떠한 것도 안중에 없었다. 단지 설아를 지켜내고 싶을 따름이었다.

마침내 초아의 몸이 뜨겁게 달아오르기 시작했다.

닻을 잃은 조각배처럼 거친 물살에 표류하던 설아는 간혹 수면 위로 떠오르고 잠기기를 반복했다. 빠르게 떠내려가며 어느새 유역이 넓어지고 물결이 잔잔해질 무렵 설아의 몸은 완전히 강물 아래로 가라앉고 말았다. 그리고 강이 설아를 집어삼켰다고 생각될

즈음 파동 하나 없이 고요하게 흐르던 강의 중앙에서 붉은 빛이 번뜩이며 강물 전체로 퍼졌다.

붉게 퍼졌던 빛이 사그라지어 강물이 다시 시커멓게 푸른빛으로 돌아왔을 때, 기포가 강바닥에서 하나둘 올라오더니 수면에서 부글거렸다.

"파하!"

물보라가 튀어 오르며 가쁜 숨을 터뜨리는 사내가 수면에 떠올랐다. 흠뻑 젖은 가는 머리카락이 그의 얼굴 위에 가닥가닥 들러붙어 있었다. 출렁이는 물살을 따라 살랑대는 긴 머리칼은 기이하게도 완연한 백색이었다. 아니, 그저 하얀 백발이 아니라 옅은 은회색 빛이 도는 머리칼이었다. 그러나 이 은회색의 백발은 노인의 것과는 전혀 다르게 빛을 머금은 듯 생기가 돌았다. 투명하고 하얀 사내에게 이 백발보다 어울리는 머리칼은 없을 성싶었다.

그는 인상을 쓴 채 눈을 제대로 뜨지 못하고 있었는데 그의 품에는 정신을 잃은 설아가 안겨 있었다.

"서, 설아. 설아."

연신 혀를 내밀어 입술을 핥던 그는 떠듬떠듬 설아의 이름을 읊조렸다. 강가로 다가와 물이 얕아졌는데도 일어설 생각을 하지 않고 머뭇거리던 사내가 조심스럽게 걸음을 떼어 강을 빠져나왔다. 마른자리에 설아를 눕힌 그는 기진맥진하여 그 옆에 드러누웠다.

"하아, 하아. 설아. 하아."

가쁜 숨을 내쉬는 그는 마치 주문을 외우듯 설아의 이름을 연신 되뇌었다. 긴 눈꺼풀을 살짝 들어 올려 설아를 바라보는데, 그 눈동자에 붉은빛이 가득했다. 그는 눈이 따가운 듯 제대로 뜨지 못하여 계속 깜빡거렸다. 쭉 뻗은 손을 주억거리던 사내가 제 손가락을 하나하나 매만졌다. 물에 젖은 홑겹의 비단 도포가 물에 젖어 사내의 몸에 딱 달라붙어 마른 몸의 탄탄한 잔근육이 여실히 드러났다.

자신의 기다란 팔다리를 기이하다는 듯 쳐다보던 사내가 고개를 돌려 설아를 바라보더니 힘겹게 미소를 지었다.

"내가, 드디어…… 당신을 지켜냈습니다."

강물인지 눈물인지 모를 물방울 하나가 눈가에서 흘러내렸다. 그의 눈에서 번지던 붉은빛은 점점 옅어지더니 색을 감추었고, 그제야 그의 잿빛 눈동자가 제대로 드러났다. 조심스럽게 손을 뻗어 설아의 얼굴 위로 흘러내린 머리카락을 쓸어 넘긴 사내는 그대로 정신을 잃고 말았다.

강에 빠졌던 설아는 다행히 강의 하류에서 발견되었다. 며칠간 꼼짝없이 동기방에 누워 지내며 몸을 추스른 설아가 자리에서 일어나기가 무섭게 행수는 동기 전체에 벌을 내렸다. 훈육의 강도는 배로 올리고, 훈육 후에 기방과 교방 전체를 청소시키는 벌은 설아 역시 함께 받아야 했다.

모든 소란이 정리되고 겨우 외출이 허락되어 교방 밖으로 나가니 일현이 담에 기대어 설아를 기다리고 있었다.

"설아, 이제 괜찮아? 다 나은 거야?"

일현이 걱정스레 물으며 설아의 이마를 짚었다. 그에 설아가 살짝 고개를 움츠리며 수줍게 답했다.

"응, 이제 다 나았어. 멀쩡해."

"다행이다. 강에 빠졌다는 말을 듣고 내내 걱정했어."

일현이 손을 거두고 한숨을 폭 내쉬었다.

"그래도 강 밖으로 떠밀려 나왔기에 망정이지, 정말 큰일 날 뻔했어."

"그러게. 난 물에 빠지고 정신을 잃어서 잘 모르겠지만, 용케 강가로 떠밀려 왔더라고."

"앞으로 더욱 조심해. 물가에는 가지 마."

"응, 알겠어."

말을 그리 하면서도 설아는 무언가 묘한 기분이 들었다. 혼미한 의식 중에 누군가가 계속 자신의 이름을 불렀던 것 같았는데, 의식을 잃어가며 들은 환청일 뿐이었던 것인지. 그러나 분명 자신의 몸을 감싸 안았던 서늘한 손길이, 그 감각이 몸에 남아 있었다.

설아가 무심코 제 몸을 감싸 안는데 순간 그녀의 등에 닿는 손길에 화들짝 놀라 몸을 일으켰다. 설아의 등을 쓸어주려던 일현이 놀라서 손을 번쩍 들고 눈을 깜빡였다.

"괜찮아?"

그 걱정스런 물음에도 설아는 바로 답할 수가 없었다. 자꾸 들썩이는 심장이 평소와 다르게 이상하고 묘한 느낌이었다.

그 뒤로도 설아는 일현에게 집중하지 못하고 자꾸만 다른 생각에 잠겼다. 그런 설아의 모습에 아직 강에 빠졌던 충격에서 헤어나지 못한 모양이라 여긴 일현이 설아를 일찍 돌려보냈다.

그와 헤어져 교방으로 들어가려던 설아를 익숙한 목소리가 불러 세웠다.

"설아, 잠깐 나 좀 볼래?"

설아를 불러 세운 목소리는 얼굴도 곱상하고 창에 소질이 있어 미래가 훤하다고 평 받는 동기, 율이였다. 율이가 독기 어린 눈으로 설아를 노려보았다.

"왜 그래?"

그녀의 눈빛이 심성 여린 설아를 압박했다. 알 수 없다는 얼굴로 설아가 물으니 율이가 코웃음을 치며 입을 열었다.

"왜 그래? 지금 그걸 말이라고 하니? 이 천한 년이."

율이가 설아에게 상소리를 던지자 설아의 옷깃에 숨어 있던 초아가 고개를 치켜들고 율이를 향하여 독니를 드러냈다.

"꺄, 꺄악!"

초아를 발견한 율이가 새된 비명을 지르며 뒷걸음질을 치다가 제 발에 걸려 넘어졌다. 울상이 된 율이는 설아에게 삿대질을 하며 소리쳤다.

"더, 더러워! 흉측한 요물과 어울리다니! 너 같은 건 도련님과 함께할 자, 자격 없어!"

도련님.

순간 설아의 온몸이 싸해졌다. 그것을 느낀 것인지 초아가 고개를 휘휘 저어댔다. 설아의 얼굴이 전에 없이 굳어졌다.

"……도련님? 도련님이라니? 누가, 누가 도련님이란 거야?"

"누구긴 누구야! 명문 김가의 일현 도련님 말이야! 천한 게, 더러운 게……."

설아의 굳은 얼굴을 알아차리지도 못하고 빽빽 소리를 내지르던 율이는 상스러운 말을 중얼거리다가 기방의 솟을대문으로 쏙 들어가 버렸다. 하지만 율이가 내뱉은 말은 여전히 남아서 설아의 가슴을 콕콕 쑤셔댔다.

설아는 양반을 두려워하며 반감을 품고 있었다. 노예 신분의 설아와 설아의 부모는 주인양반의 여흥을 위해 목숨이 내던져졌고, 서로 사랑했던 설아의 부모는 서로를 죽이기를 종용당했다. 결국 서로에게 칼을 겨눈 채 가시덤불과 채찍질에 고통당하던 아비가 어미의 칼을 향하여 뛰어드니 어미 역시 스스로 자신의 목숨을 끊었다. 그렇게 눈앞에서 부모의 죽음을 바라볼 수밖에 없었던 설아의 나이는 겨우 열 살, 그 어린 나이에 설아는 세상이 끝나는 절망을 느껴야만 했다.

피눈물을 흘리며 서로의 이름을 부르짖던 부모의 절규와 그 모습을 바라보며 배를 잡고 웃던 양반 패거리, 그들의 모습을 말뚝에 묶인 채 바라볼 수밖에 없었던 설아. 설아의 어린 가슴에 피멍이 들었고, 여흥을 즐긴 양반들은 말뚝에 매어둔 노예 계집 따위 까맣게 잊어버리고 자리를 떴다.

그리고.

"일어나. 이대로 산짐승의 먹이가 되고 싶지 않다면, 당장 눈 떠."

"누…… 구세요?"

요란한 웃음 뒤의 적막 속에 정신을 잃어가던 설아는 매몰찬 목소리에 감기는 눈꺼풀을 억지로 들어 올렸다. 설아의 눈앞에 서 있던 이는 주인양반의 바로 옆에 앉아 있던 기녀였다.

"아직도 초점 잡을 힘이 남아 있다니, 생각대로 독하기는 독한 년이로고나. 내가 네 명줄을 이어주마."

피비린내 나는 그곳에서 한참을 매여 있던 설아는, 그곳으로 다시 돌아온 기녀 덕에 목숨을 부지할 수 있었다. 그 기녀는 화류가에서 제일가는 기방의 행수였고, 그녀는 어떤 이유에선지 다 죽어가는 설아를 거두어 교방에 넣어 재주를 가르쳐 주었다.

"하악."

처음 교방에 왔을 때를 떠올리며 잠들었던 설아는 다시 그 붉은 악몽을 꾸곤 거친 숨소리를 내뱉으며 잠에서 깼다. 오랜만에 꾼 악몽에 설아의 몸이 마른 가지마냥 떨리었다. 그녀는 바들거리는 손으로 품을 뒤졌으나 초아를 찾을 수 없었다. 동기방 장지문으로 긴 그림자가 언뜻 비치어 화들짝 놀란 설아가 몸을 움츠렸다.

"초아, 초아야. 어딜 간 거야, 초아야."

빠르게 초아를 부르는 목소리의 떨림이 점점 심해졌다. 커지는 떨림이 설아의 작은 몸을 금방이라도 바스러뜨릴 것만 같았다. 설아의 커다란 눈에서 눈물이 홍수처럼 쏟아져 내렸다. 눈물은 설아의 온몸을 적시고 그녀를 다시 그 시커먼 강물 속에 빠뜨려 버릴 듯, 끝도 없이 흘러내렸다.

턱 끝에 맺힌 눈물이 똑똑 떨어지는데 순간 붉은 혀가 빠르게 눈물을 훔쳤다. 어느새 제자리에 돌아온 초아가 붉은 눈으로 설아를 바라보고 있었다. 눈물에 목소리마저 먹혀 버린 설아는 바들대는 손으로 겨우 초아를 품에 안았다. 그 마른 손목을 꼬리로 감싸 안은 초아가 연신 혀를 날름대며 설아의 눈물을 훔쳐 냈다.

그 후로 일주일을 앓고, 설아는 겨우 자리에서 일어났다. 일주일 만에 모습을 보인 설아에게 일현이 놀라 다가왔지만 그녀는 어딘가 어색해 보였다.

"무슨 일이야? 바깥 수련에도 보이지 않고. 또 아팠어?"

"죄송합니다. 미처 도련님을 알아 뵙지 못하고."

"설아?"

딱딱하게 외운 듯한 말에 일현이 당황했다. 그의 시선이 빠르게 설아를 살폈지만 설아는 그와 눈조차 마주하지 않고 있었다. 하얗게 질린 얼굴에 꽉 깨문 입술, 자세히 보지 않아도 그녀의 몸이 떨리는 것이 빤히 보였다.

"뭐야, 갑자기 왜 그래? 내가 양반이란 걸 알아서 그러는 거야? 됐어, 신분 따위 신경 쓰지 마. 그저 전처럼 편하게……."

"놔…… 놔!"

일현의 손이 설아의 팔에 닿는 순간, 섬칫 움츠리던 설아가 거칠게 그의 손을 내치며 소리쳤다.

"이도 유흥인가? 아둔한 계집이 뭣도 모르고 좋아라 하는 걸 속으로 얼마나 비웃으셨나요? 차라리, 차라리 지금 끝내셔요. 언제고 돌아서 재미있었구나 하고 마실 요량이라면 지금 돌아서. 한낱 유흥거리로 쓰지 말란 말이야!"

떨리던 몸은 흥분으로 달아올라 빠르게 말을 내뱉으며 소리를 높였다. 흔들리는 눈동자에 안쓰럽게도 바짝 올라선 아미가 인상을 쓰듯 울상을 지었다. 차오른 흥분에 감정이 격하여 설아의 눈에서 눈물이 흘러내렸다. 슬픈 눈물인지 아픈 눈물인지, 그도 아니면 화난 눈물인지 알 수 없는 그 한 방울에 초아가 참지 못하고 튀쳐나오려는 찰나, 일현이 그녀를 확 그러안았다.

격한 포옹에 설아가 딱딱하게 굳은 몸을 뻗댔지만 일현은 그 손을 놓지 않았다. 오히려 더욱 힘을 주어 설아를 품에 안은 일현이 외쳤다.

"그만! 대체 왜 이래? 갑자기 무슨 일이야?"

"싫어! 아파! 피가 나잖아. 서 있을 수도 없잖아. 가시에 찔리는데, 어떻게 웃고 있지? 서로 죽이는 걸 어떻게 웃으며 보는 거야?"

어지러운 마음에 악몽의 날이 뒤섞였다. 눈을 닫고 귀를 닫고, 설아는 마구 소리를 질러댔다.

"설아, 너 지금 뭘 보고 있는 거야? 정신 차려. 나 일현이야, 김일현. 설아!"

일현이 설아를 끌어안고 흔들었다. 그 품에서 조금씩 정신을 차리던 설아는 일현의 이름에 눈을 떴다.

"일현…… 너도 양반이니까. 양반에게 나 같은 건 장난거리니까!"

그를 똑바로 바라볼 수가 없었다. 양반이라는 신분은 그녀에게 두려움을 일으켰다.

"설아, 나를 봐. 날 똑바로 봐."

푹 숙인 턱을 잡은 일현이 이리저리 돌아가는 고개를 겨우 자신을 향해서 돌렸다. 위태롭게 비스듬히 선 눈썹 아래로 큼지막한 눈에 마른 눈물이 고여 있었다.

"처음부터 양반인 것을 밝히지 않은 것은 미안해. 하지만 당연히 알고 있을 줄 알았는데……. 설아가 그리 생각할 줄은 몰랐어. 그리고 난 설아를 유흥으로 생각하지 않아. 실로 마음에 담고 진정으로 좋아하고 있어."

아직 떨림이 멈추지 않은 설아의 손을 꼭 잡고 제 심장에 얹는 일현이었다. 손 아래로 기분 좋은 고동이 느껴졌다. 맞잡은 손은 따스했고 일현의 눈빛 또한 더없이 다정했다. 아직 가시지 않은 두려움에 그의 눈을 똑바로 바라보는 것이 힘들었지만, 흔들리는 시선에도 일현은 미소를 짓고 설아를 바라보았다.

결국 쌓였던 불안함은 그 다정에 녹아 흘러내렸다. 설아를 품에 안은 일현이, 두려움까지 몰아내려는 기세로 쏟아지는 눈물을 한 방울, 한 방울 살갑게도 닦아 내렸다. 그 손길이 어찌나 다정한지 설아는 마음을 놓고 펑펑 울음을 터뜨렸다. 한바탕 쏟아지던 눈물이 멎고 나서, 대체 무슨 일이냐는 일현의 물음에 설아는 조심스럽게 그 붉었던 악몽의 날을 이야기했다. 양반의 웃음소리와 부모님의 절규로 뒤섞였던 그날.

"그래서……."

결국 말을 맺지 못하고 다시 울먹이는 모습에 일현의 손이 눈가를 훑고 뺨을 감싸 안았다. 일현의 엄지가 조심스럽게 떨리는 입술에 닿았다. 아직 어린 동기의 입술은 연지조차 바르지 않았으나 붉고 보드라웠다. 손끝에 닿은 따스한 숨결이 그를 끌어당겼다.

그런 두 사람의 곁에서 초아는 어느새 몸을 감추고 사라진 지 오래였다.

해가 저물 무렵, 부끄럽게 일현의 손을 잡고 반 보 정도 뒤로 물러서 그와 함께 교방으로 돌아가던 설아는 교방의 대문 앞에 서 있는 훈육어미 연무의 모습에 깜짝 놀라 손을 놓았다. 그러나 연무역시 설아를 발견하고선 성큼성큼 열난 걸음으로 다가오는 것이었다.

"일찍일찍 다니지 않고!"

연무는 어린 도령을 흘끔이고는 설아의 손을 확 채갔다.

"훈육어머니, 저분은."

"어느 양반 댁 자제겠지. 설아야, 요새 교방이 흉흉하니 마실일랑 자제하고. 이제 곧 초연인데 그전에 일이라도 터지면 큰일이니 처신 똑바로 허구."

"일이요?"

근래에 교방 근처에서 웬 수상한 사내의 모습이 비친다는 말이 돌아 신경이 곤두선 연무가 동기들을 단속하던 차에 도령과 함께 돌아오는 설아의 모습을 보고 열이 난 것이었다. 순진하게 묻는 말에 연무가 고개를 내저으며 설아를 동기방으로 들여보냈다.

"아니, 아무것도 아니다. 신경 쓰지 말거라. 그저 얌전히, 몸가짐에 주의하려무나."

기방에 사내가 들락거리는 것은 당연한 일이었다. 내비치는 사내 그림자 역시 길수록 좋았고 많을수록 좋았다. 그러나 교방은 달랐다. 아직 화초를 올리지 않은 동기들이 가득한 교방에 다 큰 사내의 모습이 보이는 것은 예민한 사안이었다. 그런데 최근에 동기방 근처에서 키 큰 사내를 보았다는 노비들의 말이 잦아져 교방의 경계가 삼엄해졌다.

그 때문에 설아는 교방이나 기방 근처에서 일현을 만나기가 어려워졌다. 교방 근처에서 일현과 마주하고 있으면 연무가 당장에 달려 나와 설아를 끌고 들어가는 통에 설아는 항상 교방에서 멀리 나와 일현과 만났다. 하여 종종 귀가가 늦었고 해가 다 저물어 깜깜해져서야 교방에 돌아가기도 했으나, 그럴 때면 항상 일현이 골목 어귀까지 데려다 주었으니 오히려 설아는 그게 더욱 좋았다.

그날도 날이 저물어 초롱에 불을 밝힐 무렵에야 일현과 헤어지고 기방으로 돌아가는 길이었다. 청악으로 향하는 골목에 들어서던 설아는 누군가를 발견하고 걸음을 멈췄다. 골목 앞에서 한 그림자가 설아를 기다리고 있었다. 율이였다.

"율이…… 혹여 나를 기다린 거야?"

설아의 목소리가 조금 떨렸다. 그러자 그 그림자, 율이가 고개를 끄덕이며 다가왔다.

요즘 율이는 수련 중에도 설아를 곧잘 괴롭혔다. 폐활량을 기르기 위하여 물속에서 숨을 참는 수련을 할 때면 자꾸 옆구리를 찔렀고, 무거운 모래주머니를 들고 몸짓을 가벼이 움직이는 수련을 할 때면 자신의 주머니를 설아의 손 위에 올려놓는 등 사소하지만 지속적으로 건드렸다.

그런 율이의 행동을 동기들은 잘 알고 있었지만 아무도 뭐라 하지 않았다. 율이가 동기들 중에서 대장 노릇을 하고 있기에 그렇기도 하였지만, 노예 출신인 설아가 자신들보다 뛰어난 것을 시기하여 암묵적으로 그녀의 행동을 묵인하였기 때문이다. 하여 행수와 훈육어미의 눈을 피해 설아를 괴롭히는 율이의 행동은 아무런 제재가 없었다.

"역겨운 계집. 천한 노예 주제에, 아직도 네 주제를 모르고 설치는구나?"

"그게 무슨 소리야?"

"일현 도련님은 감히 너 같은 천한 것이 넘볼 수 있는 분이 아니야!"

"이미 일현과 나는 서로 은애하는 사이인걸."

"가당찮아! 감히 너 까짓 게? 나도 얻지 못한 도련님의 마음을……."

율이가 붉어진 눈으로 설아를 쏘아보았다. 율이 역시 먼발치에서 일현을 보고 남몰래 그를 연모하고 있었던 것이다.

"그때 좀 더 세게 밀었어야 했어."

"……뭐라고?"

"그거 알아? 한산에서 널 강으로 민 거, 내가 한 거야."

율이가 독에 뻗힌 눈으로 설아를 노려보며 한 손을 들어 보였다. 설아는 순간 그날 등 뒤로 느껴졌던 작은 손길이 떠오르며 온몸에 소름이 돋았다.

"너 따위, 그날 강에 빠져 죽어버렸어야 했어! 나 말고 다른 계집이 도련님께 다가가는 건 용납 못해. 내가 아닌 계집은 도련님과 함께 웃을 수 없어!"

율이가 바락 소리를 지르더니 설아에게 달려들었다. 그러나 설아는 방금 율이가 한 말의 충격으로 미처 그녀를 피하지 못했고, 율이와 설아는 하나가 되어 뒤엉켰다. 또래에 비해 몸이 가늘고 유약한 설아가 몸집이 크고 힘이 센 율이를 당해낼 리가 만무했기에 곧 설아의 하얀 피부에 크고 작은 생채기들이 생겨났다.

"더러운 계집! 천한 계집! 비루한 게, 감히 도련님을 넘봐?"

"나는 더럽지 않아! 난 천하지 않아! 너나 나나 똑같은 기녀잖아! 한데 나한테 왜 이러는 거야?"

겨우 말대답을 하는 설아의 눈에 눈물이 차올랐다. 설아로서는 도저히 상상할 수 없는 악의였다.

"기녀도 급이 있어. 노예 출신 주제에, 잘해봐야 삼패 들병이나 될 창기 주제에! 몸이나 팔아 밥 빌어먹을 더러운 것 따위가!"

노예 출신인 설아가 자신보다 춤도 연주도 잘하는 것이 항상 얄미웠던 율이였다. 그런데 은애하던 도련님의 마음마저 설아가 차지하니, 자신의 것도 아니었건만 빼앗겼다는 느낌에 투기가 불타올랐다. 악다구니를 쓰던 율이가 결국 참지 못하고 품에서 은장도를 뽑아 들었다. 지난날 행수의 방을 청소하다가 슬쩍해 두었던 것이었다.

"내가 곁에 있을 수 없다면, 너 역시 도련님 곁에 있을 수 없어!"

율이의 눈이 마치 초아의 것처럼 붉게 빛나는 것 같았다. 바닥에 깔린 설아의 위에 올라탄 율이가 왼손으로 설아의 목을 움켜쥔 채 상체를 일으켰다. 높게 치켜든 칼날에 반사된 달빛이 설아의 하얀

게 질린 얼굴을 비추었다. 은장도를 꽉 쥔 율이의 손이 제 힘에 겨워 바들거리다가 설아를 향해 떨어지던 찰나였다.

"설아!"

설아는 눈을 질끈 감았다. 율이가 아닌 또 다른 무게가 느껴졌다. 비명처럼 들렸던 목소리는 익숙한 이의 것이었다. 그리고 낯익은 향.

조금 전의 몸싸움은 마치 꿈인 것처럼 아무것도 느껴지지 않고 아무 소리도 들리지 않았다. 그저 거친 숨소리만 뒤섞이고 있었다. 설아의 몸이 간헐적으로 들썩였다. 감은 두 눈 사이로 뜨끈한 무언가가 새어 흘러내렸다.

그 누구도 입을 열지 않았다. 아니, 입을 열지 못했다. 까마득한 심연처럼 어둡고 무거운 적막이 깔렸다.

"아, 아니야……. 이런, 이런 게 아닌데……."

한참의 정적을 깨고 율이의 떨리는 목소리가 들려왔다.

눈을 뜨기 싫어, 눈을 뜰 수 없어.

미친 듯이 심장이 뛰어왔다. 하지만 이 불안감은, 보지 않아도 눈앞의 상황을 알 것만 같았다.

설아를 기방에 데려다 주고 바로 돌아간 줄 알았던 일현은 설아가 들어가는 모습을 계속 지켜보고 있었던 모양이다. 얼마간의 뒤엉킴 끝에 율이가 설아를 향해 칼을 내리꽂던 그 잠깐의 순간, 일현이 끼어들어 설아를 자신의 몸으로 막아낸 것이었다.

"설…… 아……."

나지막한 목소리. 설아가 젖은 눈을 번쩍 떴을 때 눈에 들어온 것은 힘없이 떨어지는 일현의 얼굴이었다.

"일, 일현아. 일현아?"

눈을 감은 채 힘없이 쓰러져 있는 일현, 그의 등에 박힌 작은 칼, 붉게 물든 비단. 온몸에 힘이 빠진 설아는 아무것도 할 수 없었다. 정처 없이 흔들리는 시선에 들어오는 모든 것들이 자신과는 하등 상관이 없는 낯선 사물로만 느껴졌다. 쓰러진 복건, 은장도, 붉은 비단. 이질적인 시야가 어지럽게 돌다가 곧 모든 것이 흐려지고 말았다.

붉은 비단, 붉은 하늘. 자꾸만 모든 것이 빨갛다.

"이런 게 아닌데…… 이런 게……."

같은 말만 중얼거리던 율이의 눈은 초점을 잃고 퀭해져 있었다. 바들바들 떨리는 손을 주억거리던 율이가 갑자기 일현의 등에 박힌 칼을 뽑아 쥐고는 다시 쳐들었다.

똑. 똑.

어딘가에서 한 방울씩 물이 떨어지는 소리가 들렸다. 아직 몽롱한 정신에 설아는 제 얼굴을 쓰다듬는 부드러운 손길을 느꼈다. 조금 차갑지만 다정한 손길, 언젠가 깊이 잠든 밤의 꿈결에 느꼈던 손길을 설아는 일현의 것이라 생각했다. 몰래 숨어들어 설아의 잠자리를 살펴주는 것이라고 생각했다.

"일…… 현아……."

뺨을 어루만지던 손이 순간 멈칫했다. 닿은 뼈마디가 파르르 떨리는 것이 느껴졌다. 이것은 꿈이 아니었다.

거기까지 생각이 닿자 방금 보았던 붉은 비단과 피가 번지던 칼이 떠올랐다. 반짝 뜬 눈에는 어둠만 보였다. 곧 그 암흑에 눈이 익자 흙벽이 보였다. 아니, 흙벽이라고 생각했지만 바위와 풀뿌리가 얽힌 천장은 정돈되지 않은 자연적인 동굴의 천장이었다.

"정신이 드셨습니까?"

옆에서 들리는 낯선 목소리에 설아가 벌떡 몸을 일으켰다. 놀란 가슴은 진정되지 않았지만 몸은 성한 모양인지 운신에 어려움은 없었다. 설아의 뺨을 쓰다듬던 다정한 손길은 일현의 것이 아니었다. 옆에는 처음 보는 기이한 사내가 앉아 있었다. 성년도 지난 듯한 다 큰 사내가 어린 소녀에게 건네는 말이라기엔 지나치게 예를 갖춘 데다 다소 조심스러운 어투였다.

긴장한 낯빛의 사내에게 설아가 쉬이 대답하지 못하는 것은 단지 그가 낯선 이이기 때문만은 아니었다.

사내는 젊었다. 약관은 넘겼으나 아무리 많이 봐도 이립은 되어 보이지 않는 얼굴. 그러나 그의 머리카락은 마치 백수를 넘긴 늙은 이의 것처럼 새하얗게 새어 있었고, 그럼에도 노인의 그것과는 다른 묘한 기운이 흘렀다. 은백, 아니, 은회색? 이 세상의 것이라고는 믿을 수 없는 신묘한 색의 머리칼은 어둑한 동굴에서도 빛을 발하듯 반짝이고 있었다.

사내에게서 차마 눈을 떼지 못하는 것은 단지 그의 머리색 때문만은 아니었다. 머리칼뿐만 아니라 그의 얼굴에서도 빛이 나는 듯한 착각이 일었다. 그 정도로 투명하고 맑은 백옥의 낯, 그리고 그와 대비되는 흐린 잿빛 눈, 사내에게서 그 눈동자를 제외하면 색이란 찾아볼 수 없었다.

"누, 누구셔요?"

걱정 어린 눈으로 설아의 이마를 짚으려 손을 내밀었던 사내는, 그녀가 제 손을 피하며 겁에 질린 목소리로 떠듬거리자 어딘지 서글픈 얼굴이 되어선 손을 거두었다. 그의 표정에 설아는 왠지 자신이 잘못한 기분에 움츠렸던 몸을 바로 했다.

"저는 초…… 사여, 초사여입니다."

"초사여?"

초사여(草巳蜧)라 자신을 밝힌 사내가 고개를 끄덕였다. 그의 얼굴은 여전히 슬퍼 보였다. 어째서 저런 눈으로 자신을 바라보는지, 설아는 이해할 수 없었다.

"아, 일현! 여기가 어딘가요? 일현을 보지 못했어요? 제가 왜 여기에……. 일현은 제 또래의 도령인데, 양반 댁 도련님이거든요. 그가, 율이 때문에……."

문득 정신이 든 설아가 횡설수설했다. 낯선 곳에서 눈을 뜬 것보다 눈을 감기 전 보았던 일현의 모습이 더욱 걱정되었다. 설아는 울상이 되어 금방이라도 눈물을 터뜨릴 기세였다.

"그가 그리도 걱정되십니까? 당신 자신의 안위보다 더?"

"에?"

"지금 당신이 무슨 일을 당할 뻔했는지 아십니까? 칼에 맞을 수도 있었습니다, 피 흘리며 쓰러진 이가 그가 아니라 당신이었을 수도 있었단 말입니다!"

초사여가 설아의 양어깨를 부여잡고 소리쳤다. 그의 애달픈 눈,

설아는 처음 보는 이가 자신 때문에 저런 눈을 하고 있는 것이 당혹스러웠다.

"게다가 그 도령은!"

무어라 덧붙이려던 초사여는 설아를 빤히 바라보다가 입술을 잘근 씹었다. 의심이라고는 한 자락도 담지 못하고 오로지 진정으로만 마주하는 저 눈동자, 그 눈을 바라보면서는 차마 할 수 없는 말이었다.

"날 보고 계셨어요?"

눈앞의 사내는 마치 자신을 잘 안다는 어투로 언성을 높였다. 처음 보는 이에게 다칠 뻔하지 않았느냐며 화를 내는 사람은 없을 것이다. 분명 이자는 자신을 알고 있었다. 거기까지 생각이 미치니 최근에 교방 주변에 나타난다는 사내가 떠올랐다.

초사여는 여전히 설아의 어깨를 부여잡은 채 고개를 숙이고 있었다. 길고 가느다란 머리카락이 몇 가닥 흘러내려 그의 오른편 얼굴을 가렸다. 깔끔하게 쓸어 올려 왼편의 뒤쪽에서 동그랗게 조금 말아 묶은 머리는 그대로 허리선을 넘어 발치까지 길게 흘러내렸다. 가까이서 보니 그의 머리카락은 굉장히 가늘었다. 마치 먼지처럼 흩날려 버릴 정도로 가늘어, 그리 반짝반짝 빛나는 것인가 하는 생각이 들었다.

그가 길게 한숨을 내쉬었다. 분명 처음 보는 이인데 이상하리만치 마음이 편해졌다. 낯선 경계는 이미 지나 버린 듯 설아가 조심스럽게 손을 내밀었다.

"혹시……."

흘러내린 그의 머리카락에 손이 닿는 순간, 초사여가 갑자기 몸을 움츠리더니 설아에게서 멀찍이 떨어졌다.

"……죄송합니다. 당신이 걱정된 나머지, 제 행동이 너무 지나쳤습니다. 돌려보내 드리겠습니다."

나직이 말한 초사여가 갑자기 그녀를 가볍게 품에 안았다. 목 뒤로 그의 차가운 손이 느껴지고 그가 설아의 어깨에 얼굴을 묻었다. 그의 잿빛 눈동자가 잠시 붉게 물들었지만 그에게 안겨 있던 설아는 이를 볼 수 없었다. 그리고 설아가 놀랄 틈도 없이, 목 언저리에서 따끔한 느낌이 나는 순간 그녀는 정신을 잃고 말았다.

다시 눈을 떴을 때 설아의 눈에 들어온 것은 하얀 천장, 천장을 가로지르듯 늘어뜨린 쪽빛 천. 기방, 행수 청여의 방이었다.

"몽매한 것."

눈을 뜨자마자 매서운 말마디가 날아왔다.

"이제야 정신이 들었느냐?"

"그분은, 어디 가셨습니까? 명자가 초사여라 하셨는데."

컴컴한 동굴에서 정신을 잃었는데 눈을 뜨니 행수의 방이라, 설아는 대체 무슨 일이 있었던 것인지 가늠할 수 없었다. 아직도 얼얼한 목 뒤를 매만지며 자리에서 일어나 앉으니 청여가 혀를 찼다.

"초사여라는 이는 또 어느 집안의 도령이더냐? 낯짝이 반반하다 하였더니 아직 머리조차 올리지 않은 동기년이 벌써 사내를 갈아치우며 정인놀음이야?"

그녀의 목소리는 고저가 없었다. 늘 그렇듯 무심하게 내뱉은 말,

그래서 더욱 맵게 느껴졌다.

"놀음이라니요!"

놀음이란 말에 울컥하여 큰 소리를 내던 설아가 날아드는 청여의 눈빛에 목소리를 낮췄다.

"……놀음이 아니어요."

"호오, 겨우 열다섯 먹은 계집이, 무어 연정이라도 안다는 게냐? 겨우 열다섯 먹은 도령이, 무어 백년해로라도 약조하였더냐?"

"행수 어른!"

코웃음 치며 비꼬는 청여의 말에 설아가 벌떡 일어나 그녀를 노려보았다. 잔뜩 힘을 준 두 눈에서 눈물이 흘러내렸다.

"어찌 눈물 바람이야?"

"일현이, 아니, 일현 도련님께선 괜찮으십니까?"

열다섯 먹은 도령이란 말에 그제야 일현의 일이 떠오른 설아가 초사여의 일은 잊어버리고 급하게 물었다. 그러나 청여는 이렇다 할 대답이 없었다. 그저 전과 다를 바 없는 무심한 얼굴로 그녀를 바라볼 뿐이었다.

"설마, 아니지요? 괜찮으신 거지요? 많이 다치셨습니까? 그도 아니면 혹…… 큰일이 나신 것은…….."

떨어져 내리던 일현의 얼굴과 붉게 물든 비단이 다시 눈앞에 어른거렸다. 붉은색에 떠오르는 최악의 상황에 설아의 얼굴이 하얗게 질려 차마 말을 맺지 못했다.

"허니 몽매한 것이란 게지. 다치긴 누가 다쳤다더냐. 눈을 똑바로 떠."

"예?"

"칼침을 맞아 죽은 아이는 네가 그리 목매다는 도령이 아니라 동기 율이니까."

청여의 말을 바로 알아들을 수가 없었다. 일현의 등에 박힌 은장도를 쥐고 있던 율이의 떨리는 손이 떠올랐다.

"이제야 네가 기녀, 기생년이 어떻게 사는 것인지 배울 때가 되었구나."

제대로 들었건만 이 말 역시 알아들을 수가 없었다.

언제나와 같은 아침이었다. 다른 것이라면 수련 준비를 하지 않고 가만히 누워 있다는 점, 동기들과 함께 쓰는 방이 아니라 행수의 방이라는 점 정도였다. 멍하니 천장을 바라보며 눈을 감았다 떴다만 반복하던 설아는 바깥이 시끄러워지는 것을 느꼈다.

또 철없는 동기 아이가 사고라도 친 걸까.

잠깐 생각이 스치기는 했으나 그런 소란에 관심을 가질 만한 여력이 없었다. 청여는 아무런 설명도 해주지 않았고, 그저 방을 내주고는 며칠째 계속 누워 있게만 하였다. 설아의 머릿속에 붉은 하늘과 붉은 비단이 빙빙 돌았다. 고개를 돌리자 초아가 설아를 바라보고 있었다. 초아의 붉은 눈이 들어왔다.

"초아, 대체 무슨 일일까?"

초아가 고개를 기울이며 혀를 낼름거렸다.

"어지러워. 대체 무슨 일이 있었던 거지? 그리고 그 사람…… 그 사람은 대체……."

초사여. 화류가는 물론 양반가에도 모르는 이가 없는 청여조차 초사여라는 이름은 알지 못했다. 분명 그가 입고 있던 비단옷은 본 적 없는 귀한 것이었는데, 그는 양반은 아니란 것일까? 게다가 교 방 앞 골목에서 정신을 잃었다가 눈을 뜨니 요상한 동굴 안이었는 데, 다시 눈을 떴을 때는 행수의 방이었다. 청여는 설아가 교빙의 뒤뜰에 쓰러져 있었다고 했다.

대체 그날 밤, 그 골목에서는 무슨 일이 있었던 걸까? 게다가 칼 침에 맞아 죽은 것은 일현이 아니라 율이라고 했다. 그렇다면 일현 은 괜찮다는 걸까? 일현의 등이 붉게 물들었었는데, 그저 다치기 만 한 것일까? 그리고 초사여, 그는 대체 누구기에 그날 밤 갑자기 나타났다가 사라진 것일까?

한참 꼬리를 무는 복잡한 생각에 잠겨 있던 설아는 문득 율이가 죽었다는 것이 새삼 떠올랐다.

"아."

율이는 전혀 떠올리지 못했다. 율이가 죽었다는 것도 사실 같지 않았다.

죽었다고?

그때 갑자기 장지문이 요란한 소리를 내며 열렸다.

"설아, 이년!"

찢어질 듯 앙칼진 목소리가 설아를 둘러싸고 있던 이불을 걷어 버리고 설아의 머리채를 막무가내로 잡아끌었다.

"아악!"

갑작스런 날벼락에 설아는 정신을 차릴 수가 없었다. 우악스런 손이었다. 설아를 마구 잡아끌던 손은 대청으로 나오자 섬돌 아래로 설아를 밀어버렸다. 머리카락이 엉망이 된 채 마당으로 나뒹구는 설아에게 다시 매서운 손찌검이 날아왔다.

"우리 율이를 살려내! 이년, 네년 때문에 율이가 죽었어!"

율이. 그 이름에 설아의 귀가 뜨였다. 율이는 기방에서 태어난 동기였다. 설아의 머리채를 휘어잡았던 것은 바로 율이의 친모인 후명(喉明)이었다.

날아오는 손은 매서웠고 후명의 욕지거리는 날카로웠지만, 그 속에 울음이 섞여 있었다. 설아의 옆에 주저앉아 설아를 때리던 후명의 손이 점점 느려지는가 싶더니 결국 설아의 옷깃을 부여잡은 채 후명의 어깨가 들썩이기 시작했다.

"아직, 아직 열다섯밖에 되지 않았는데……. 그렇게 사달라 조르던 댕기 하나 사주지도 못했는데……."

흐느끼던 후명의 울음은 점점 커져 갔다. 맑은 소리를 낸다 하여 후명이었다. 항상 고운 노랫가락을 내뱉던 목구멍에서 구슬픈 곡소리가 갈라져 나왔다.

"대체 이 무슨 행패야!"

그때, 후명의 울음소리만 가득하던 마당에 호통이 날아들었다.

"행수 어르신."

"그 아이는 또 왜 그 꼴을 하고 있는 게야? 채신머리없게, 대체 무슨 난동을 피운 게야!"

"어르신께서 아끼신다 하여 제가 건드리지도 못한답니까? 게다가 겨우 노예 출신인 년을요?"

눈물로 잦아들던 후명의 노기가 청여의 등장으로 다시 불타오르기 시작했다.

뱃속에서부터 아비에게 버림받은 아이였다. 기방에서 태어난 죄로 주어진 것이 기녀의 길밖에 없던 아이였다. 아이의 앞길을 알고 있기에, 이러면 안 된다 하면서도 자꾸 아이에게 쌀쌀맞게 대하게 되었다. 한 번도 다정히 대해주지 않는 어미에게 살갑게 구느라 제 속도 속이 아니었을진대, 아이는 어미에게 한 번도 나쁜 기색을 보인 적이 없었다. 그런 아이가 어느 날 갑자기 싸늘한 주검이 되어 품에 안겼다.

항상 따사로운 햇살 같던 아이였는데, 이리 차가울 수가 없었다. 요새 들어 아이가 괴로워하는 것을 알고 있었고, 그 이유 또한 알고 있었지만, 일이 이렇게 되리란 건 예상치 못하였다. 아이를 품어주지 못한 자괴감은 아이를 괴롭혔던 동기에 대한 분노로 쏟아졌다. 그런데 기방의 행수가 동기를 싸고돌며 제 방에 숨겨두고 보여주질 않는 것이었다. 재기가 뛰어난 동기이긴 하였지만 그래 봐야 노예 출신이었고, 아이의 마음을 괴롭혀 죽음에 이르게 한 장본인이었다.

후명의 눈에 설아는 보석 같은 딸아이를 죽음으로 내몬 살인자였다.

"투기를 못 이겨 앞뒤 분간도 못하고 덤벼들다 자결을 한 아이야! 겨우 이깟 일에 제 목을 내놓다니, 기생 노릇은 견뎌내지도 못할 그릇이었어. 적반하장도 유분수지, 제 손으로 명줄을 끊은 아이를 저 아이더러 죽였다 하는 건 무슨 경우인고."

"이년이 그 도령을 꼬여내지만 않았더라면 멀쩡히 잘 지냈을 아이입니다. 율이가 칼을 들게 만든 것이 이년이니, 이년이 율이를 죽인 것이나 마찬가지여요!"

설아를 쏘아보던 후명은 설아를 감싸 도는 청여의 모습에 분통이 치밀어 올라 손을 번쩍 치켜들었다. 미처 피할 생각은 하지도 못하고 몸을 잔뜩 웅크리던 설아는 내리꽂는 손바닥이 느껴지지 않아 슬며시 눈을 떴다. 어느새 청여가 옆에 다가와 허공 높이 치켜들던 후명의 손목을 잡아채고 있었다.

"그 아이가 제 몸에 쑤셔 박은 은장도는 내 것이니, 어디 나 또한 그 아이를 죽였다 우겨보지 그러느냐?"

청여의 낮은 목소리는 엄했다. 사실 후명도 자신이 억지를 부리고 있다는 것을 알고 있었다. 하지만 이렇게라도 하지 않으면 견딜 수가 없었다. 바들바들 떨리던 손에서 힘이 빠지자, 청여가 후명의 손목을 놓아주었다. 힘없이 툭 떨어진 손은 움찔거리다가 흙바닥을 잔뜩 움켜쥐고, 옷섶을 움켜쥐고, 가슴을 움켜쥐었다.

"아아아, 아아아악!"

제 품에 얼굴을 묻고 웅크린 후명의 몸은 너무나 작았다. 흙먼지에 뒤덮인 그 작은 몸에서 토해내는 오열, 그 울음에 멀찍이서 구경만 하고 있던 기녀들이 옷고름으로 연신 눈가를 찍어댔다. 설아는 제 눈앞에서 저보다 작아진 몸집으로 흐느끼고 있는 후명을 멍청히 바라볼 뿐이었다.

'율이.'

"설아."

율이의 이름을 되뇌고 있던 탓이었을까, 제 이름을 부르는 청여의 목소리에 흠칫한 설아가 돌아보았을 때 그녀는 디딤돌 위에 혜를 벗고 대청에 올라서고 있었다. 설아가 엉거주춤 몸을 일으키자 청여는 돌아보지도 않고 쏘아 말했다.

"그 꼴을 하고 방에 들어올 테냐."

그 말에 설아는 아차 하며 마당에 뒹구느라 엉망이 된 옷자락을 탕탕 털었다. 흙먼지가 풀풀 날렸다. 털어낼 때마다 날려가는 흙먼지를 보고 있자니 왠지 맘이 아려왔다. 모든 일을 먼지처럼 이리 쉽게 훌훌 털어낼 수 있다면 얼마나 좋을까.

청여는 장지문을 열어둔 채 방에 들어가 앉아 있었다. 조심스레 문지방을 넘어 장지문을 닫고 돌아서 청여의 앞에 앉으려던 찰나였다.

"율이가 죽었다."

멈칫.

설아는 앉지도 못하고 서지도 못한 자세로 얼어붙고 말았다. 바닥을 바라보던 설아의 멍한 시선이 청여의 얼굴을 향해 올라갔다. 그녀는 자꾸만 설아에게 율이의 죽음을 각인시켰다.

"아직도 얼이 빠져 있는 게야?"

설아의 입술은 움찔거리기만 할 뿐 말 한마디 내뱉지 못했다. 청여는 덤덤한 얼굴에 싸늘한 눈길로 설아를 쳐다보다가 검지로 툭, 그녀의 이마를 밀었다. 그에 풀썩 주저앉은 설아가 눈을 끔뻑였다.

"많은 아이들이 멋모르고 기녀가 되는데, 종종 이리 시끄럽게 동기 시절을 거치기도 하여. 첫정. 그래, 그 첫정이란 것이 말이야.

그 첫정이란 놈을 어떻게 잘 끊어내느냐, 그것이 어떤 기녀가 되느냐를 판가름할 것이야."

여전히 모르겠다는 얼굴로 눈만 깜빡거리고 있는 설아를 보며 청여가 말을 이었다.

"율이는 첫정을 끊어내지 못하고 제 몸을 다 바쳐 휩쓸리고 말았느니, 너는 어찌하겠느냐?"

그녀는 가만히 설아를 바라보고만 있었다. 그 침묵을 견디지 못하고 설아가 결국 입을 열었다.

"무엇을 말이어요."

"첫정. 너의 첫정은 어찌 끊어내겠냔 말이다."

"지금, 일현을 잊어라. 그 말을 하시는 건가요?"

청여는 대답이 없었다. 설아는 정수리가 뜨거워지는 것을 느꼈다. 정말 모든 것이 한순간이었다. 갑자기 너무 많은 것이 변하였다. 일현과 함께 웃던 순간이었는데, 갑자기 율이는 죽었고 청여는 자신더러 일현을 잊으라고 말하고 있었다.

"율이가, 율이가 그렇게 된 것은…… 사실, 아직도 잘 모르겠어요. 하지만 왜 일현을 잊어야 하나요? 서로 연모하고 있는데 왜 율이가 자, 자결을 하였다 해서……."

율이의 죽음을 입에 올리니 자신도 모르게 눈물이 그렁그렁 맺히는 설아였다.

"연모라……."

청여의 입에서 짧은 한숨이 터져 나왔다.

"그래, 이리 품에만 싸고돌아서는 안 되겠지. 어디 한번 찾아가 보거라. 가서 직접 부딪혀 봐."

"……예?"

"가봐. 네가 그리 못내 애태우는 그 도령이란 놈을 찾아 한번 가 보란 말이다."

마치 가면 같던 청여의 무덤덤한 얼굴 위에 주름이 집혔다. 살짝 찡그린 미간은 설아를 채근하였다. 주춤거리던 설아는 자신을 떠미는 그녀의 말투에 자꾸만 뒤를 돌아보며 장지문으로 향했다. 장지문을 열고 막 밖으로 나가려는 순간 청여의 말이 설아를 쫓아왔다.

"이것만 잊지 말거라. 너는 동기, 결국 기녀란 것을."

그 목소리가 간담을 서늘하게 했다. 찬바람이 관통한 마냥 온몸에 한차례 소름이 돋았다. 흘끔 뒤돌아보니 청여는 가만 앉아 설아를 바라보고 있었다. 장지문을 닫으면서도 설아는 그녀에게서 눈을 떼지 못했다.

탁.

장지문을 닫은 손이 떨렸다. 청여의 말에 겁이라도 먹은 건가? 설아는 애써 웃어보려 하면서 제 손을 마주 잡았다. 오랜만에 일현을 본다는 것에 생각이 미치자 심장이 두근거렸다. 그러면서도 자꾸 마음 한 켠에서는 청여의 목소리가 메아리쳐 설아를 불안하게 만들었다.

기방을 나서고 보니 설아는 어디로 가야 할지 갈피를 잡지 못했다. 항상 만나던 교방 앞 골목에서 기다리기만 할 수는 없었다. 이제 보니 일현이 찾아오기만 했지 설아가 찾아간 적이 없었고, 그녀는 일현의 집조차 알지 못했다. 하여 설아는 일현을 만나러 가겠다고 나와서는 한 발짝도 움직이지 못했다. 머뭇거리던 설아는 기방 솟을대문 옆에 털썩 주저앉았다. 반촌에 가서 대감 댁을 물어볼까 고민하던 설아의 귀에 친숙한 웃음소리가 들렸다.

청악기방으로 들어서는 골목 어귀에서 얼핏 일현의 모습이 보였다.

"일현아!"

일현도 마침 자신을 보러 오는 것인가 싶어 반가운 마음에 설아가 벌떡 일어나며 소리쳤다. 일현이 웃으면서 고개를 돌렸다.

"설아?"

일현이 걸음을 멈추고 설아를 바라보았다. 설아는 일현을 향하여 종종걸음으로 달려들었다. 막 일현의 품에 안기려는 순간 일현이 가볍게 설아의 어깨를 밀었다. 갑자기 달려들어 놀란 탓인가 싶었지만, 일현의 거부에 밀려드는 섭섭함이 설아의 심장을 차갑게 꼬집었다. 민망해진 설아가 시선을 돌리니, 그제야 설아의 눈에 일현의 뒤에 가려져 있던 조그마한 계집아이가 들어왔다.

"⋯⋯누이?"

하얗고 선이 가늘어 여리여리해 보이는 계집아이를 바라보며 설아가 고개를 갸웃거렸다. 둥근 눈매로 미소를 짓고 있던 계집아이가 설아의 물음에 눈을 동그랗게 뜨고 입을 헤 벌리더니 손뼉을 치며 꺄르르 거리는 모습이 여간 천박해 보이는 것이 아니었다.

"누이? 내가 도령의 누이로 보여? 어머, 나 오늘 귀티 좀 나나보아?"

가볍기 그지없는 높은 목소리였다. 계집아이는 두 손으로 뺨을 감싸 쥐며 눈꺼풀을 깜빡이다가 어깨선을 매만지길 반복하며 분주하였다.

"너. 무슨 일이냐?"

멍하니 계집아이를 바라보던 설아는 제 귀에 들려온 목소리를 의심하였다. 무심한 듯 툭 던지는 말은 분명 일현의 목소리였다. 고개를 들어 보니 분명 일현이었다. 애정이 듬뿍 담긴 눈으로 항상 웃어주던 눈이 분명 저 눈이었고, 더없이 달콤하게 이름을 불러주던 입이 분명 저 입이었다. 그런데 지금 일현의 얼굴은 마치 목석과 같았다. 애정은 고사하고 관심조차 찾아볼 수 없는 저 까만 눈동자, 앙다문 입. 한 자락 홍조조차 얹어 있지 않은 얼굴로 일현은 팔짱을 낀 채 설아를 내려다보고 있었다.

"어, 저……."

낯선 일현의 모습에 설아는 말문을 잃었다. 혹시 쏙 빼닮은 다른 이가 아닐까? 일현이 너무 보고픈 탓에 지나던 이를 헷갈린 것이 아닐까? 설아의 눈동자가 흔들렸다. 그런 설아와 일현을 번갈아 보던 계집아이가 설아에게 말을 걸었다.

"애, 너 저기 청악기방 동기아이지?"

설아는 들려오는 물음이 자신을 향한 것을 알았지만, 일현에게서 시선을 떼지 못하고 그저 고개만 끄덕였다.

"아아, 맞구나. 어휴, 도령도 참. 답잖게 귀찮은 일에 휘말렸소? 그럼 이쯤에서 객은 빠져줄 터이니 이야기를 나누어."

계집아이는 일현의 어깨를 가볍게 툭툭 두드리더니 돌아서 가버렸다. 일현은 살폿 손을 들어 보여 돌아서는 아이에게 인사를 하고 는 뒷목을 긁적였다.

"후……."

긴 한숨에 이어 짧게 혀를 차 보인 일현의 한쪽 눈썹이 꿈틀거렸다.

"왜, 너는 또 무슨 짓을 하려느냐? 감히 어느 안전이라고 칼침을 놓아? 너이 기방 아이들은 다들 그래 우악스럽더냐? 도성에 제일 가는 기방이라 하여 어떤가 했더니, 장난 아니게 놀더구나."

"일, 일현아?"

잔뜩 비꼬는 말투. 설아는 너무 당황하여 정신을 차릴 수가 없었다.

"일현아? 너! 양반 체면에 겨우 기생년한테 칼침까지 맞고, 더 이상 장단 맞춰 놀아줄 아량 따위 없느니라. 반반한 것이 진정이니 연모니 운운하며 귀엽게 굴기에 헛소리도 적당히 흘려주었더니. 기생이면 기생답게 머리나 쥐어뜯고 손톱으로 할퀴기나 할 것이지, 거기에 왜 은장도를 들고 있느냐? 비단만 입더니 너이들이 양 갓댁 규수라도 되는 줄 알았더냐? 행수에게 전해 듣지 못한 모양인가 본데, 내 그간 재롱떨던 네 해우채를 치른 셈치고 그날 밤의 일은 묻어두기로 하였으니 이제 그만 놀자. 흥이 떨어졌다."

쏟아지는 일현의 말을 단 한 마디도 이해할 수 없었다. 온몸의 감각이 닫혀 버린 듯 먹먹하였다. 심장조차 뛰지 않는 것 같은 적막이었다. 굳어버린 설아를 바라보며 일현이 설아의 눈앞에서 손가락을 휘저었다.

"뭐야, 너 설마 그게 전부 진담이었던 것이냐?"

순간 일현의 얼굴에 웃음이 번졌다. 그래, 저 얼굴. 저 웃는 얼굴은 분명 설아의 임이었다.

"아하하하! 너, 참 재밌는 아이구나. 농인 줄 알았더니. 너 네가 기생이란 건 알고 그런 말을 떠들어댔느냐?"

웃음소리.

웃음소리.

웃음소리.

웃음소리. 왕왕거린다. 시끄럽다.

"흥이 깨졌구나."

무료한 목소리가 울린다.

설아의 눈에는 더 이상 일현이 보이지 않았다. 일현의 웃음은 번들거리며 흩어졌다.

"흥이 떨어졌다."

"흥이 깨졌구나."

어느 것이 누구의 목소리인지 분간할 수가 없었다. 젊고 늙은 두 목소리가 마구 섞이어 설아의 귀에 울렸다. 흐릿한 시야에는 아무것도 잡히지 않았다.

다시 어머니, 어머니가 아버지를 안고 있다. 어머니가 아버지를 안고 주저앉는다. 어머니, 어머니. 어머니의 웃음.

'……!'

어머니의 얼굴이 보이지 않는다. 어머니의 말이 들리지 않는다.

비릿한 냄새가 설아의 코를 자극했다. 마치 피 냄새가 나는 것 같았다. 다시 또.

하늘이 빨갛다.

"설아!"

흔들리는 시야에 은빛의 실타래가 흔들거렸다. 시린 손길이 팔에 닿은 것 같았는데 어느새 품을 내주었다. 서늘하고 부드러운 품, 어디선가 들었던 목소리라고 생각하며 설아는 정신을 잃었다.

아무것도 하지 않은 날이 자꾸만 지나갔다. 우습게도 꼬박꼬박 배는 고팠고, 연무가 챙겨주는 밥상을 말끔히 비웠다. 사실 모든 것이 꿈인 것만 같았다. 동기들에게 잔뜩 두들겨 맞고 기방 솟을대문에 기대어 앉아 있다가 잠이 들었던 것이 아닐까 싶었다. 일현을 만났던 것도, 일현과 속삭였던 날들도, 일현이 내뱉었던 말도 모두 꿈인 것만 같았다. 그 어느 것도 현실감이 없었다.

아득했지만 없던 일은 아니었다. 그러다 문득 손을 꼽아 세어보니 웃음만 나는 것이었다. 일현과 함께했던 날들을 모두 세어보아도 달포가 안 되었다. 달포가 무어냐, 겨우 보름이 될락 말락 했다. 꽤 오래 함께했던 것 같았는데 실상은 그랬다. 첫 만남부터 마지막까지, 만나지 못했던 날까지 합쳐 세어보아도 오십 일. 그게 전부였다.

돌이켜 생각하니 너무 짧은 만남이었다. 그 짧은 만남에 어쩜 그리 반편이처럼 빠져들었던 걸까. 설아는 얼굴이 다 화끈거릴 정도였다. 일현에게 했던 말, 행수에게 했던 말. 자신의 모든 말들이 부끄러웠다. 하지만 아니라고 부정하기에는 일현을 좋아했던 자신의 마음이 너무나 분명했다. 그것이 비록 착각에서 비롯되었다 할지라도.

"오십 일의 꿈."

자꾸만 웃음이 새어 나오는데, 우습게도 눈물이 줄줄 흘렀다. 그런 설아를 지켜보는 초아는 온몸이 배배 꼬였다. 당장에라도 그 양반 댁을 찾아 들어가 사정없이 독니로 콱 물어버리고 싶었다. 하지만 지금은 그저 설아의 다친 마음이 아물 때까지 곁을 지키는 것이 최선이라 생각했다. 차가운 초아의 몸이 뭐가 좋은 것인지, 설아는 줄곧 초아를 품고 있었다.

그리고 설아를 지켜보는 것은 초아만이 아니었다. 청여 역시 말없이 설아가 하는 양을 그저 지켜보고만 있었다.

"저래 놔두실 겁니까?"

애타는 것은 연무였다. 기방의 그 어떤 기녀들보다도 동기들에 대한 애착이 남달랐던 연무는 동기들의 훈육을 맡아 동기들과 매일 부대끼며 지내면서 온갖 정을 쏟아부었다. 물론 훈육어미인지라 때로는 모질게 야단을 치기도 하였지만, 정이 깊어 그 많은 동기들 하나하나를 아끼고 살피는 이였다.

특히 그 출신 탓에 동기들 틈에 섞이지 못하고 겉돌지만 누구보다도 특출한 재기를 지니고 있는 설아를 퍽 아끼어, 편애하지 않으려 애를 쓸 정도였다. 또래와 놀지 못하고 어디서 주워온 뱀 한 마리만 끼고 있는 설아가 항상 안쓰러웠는데, 이런 사달이 났으니 연무의 속은 까맣게 타들어갔다.

"억지로 일으켜 세워놓으면 또 저 꼴이 날 게야. 얼마가 걸리든 제 스스로 일어나야 해."

"하지만 행수 어르신……."

단단하게 굳은 청여의 말에 연무만 발을 동동 굴렀다.

"저 아이는 어찌 될 것 같으냐?"

"예?"

여전히 시선은 설아가 있는 방을 향한 채로 청여가 물었다.

"연무, 네가 보기엔 저 아이는 어찌 될 것 같으냔 말이야. 저 아이가 율이처럼 무너질 성싶으냐?"

"지금 애 하는 꼴을 보고 그런 말씀이 나오셔요?"

잠시라도 방심을 하면 무슨 큰일이라도 날 듯, 연무는 한시도 행수의 방에서 눈을 떼지 않았다. 오죽하면 직접 밥상까지 나르며 매끼니때마다 설아의 상태를 살필 정도로 애간장을 태우고 있겠는가. 그런데 이리 방관하며 저런 느긋한 말이나 하고 있는 청여를 보니 속이 답답해 터지려 했다.

"저 아이, 생각보다 강해. 곱상하기만 했다면 그 피비린내 나는 지독한 곳에서 꺼내오지도 않았을 게야. 아무렴. 기생 노릇 어떤 길을 갈 것인지 뻔한데, 얼굴 반반하다고 유약한 계집을 들일 정도로 노망나진 않았어."

"노, 노망이라뇨, 행수 어르신."

연무가 옆에서 손을 내저었다. 청여는 옅은 미소를 지으며 창 너머로 흔들리는 설아의 그림자를 바라보았다. 5년 전 설아를 처음 보았을 때가 떠올랐다.

그 눈.

열 살짜리 어린 계집이 낼 만한 눈빛이 아니었다. 그 눈알. 붉은 피를 한껏 머금고 있던 그 시커먼 눈 알.

설아는 가끔 붉게 물든 하늘을 꿈꾸었다. 그런 날이면 온종일 이불을 뒤집어쓰고 소리 없이 눈물만 흘려댔다. 어떤 날은 종일 초아와 장난을 치며 아무렇지 않은 듯 놀기도 했다. 하지만 여지없이 잠자리에 들면 베갯잇을 흠뻑 적시고야 잠에 들었다. 하니 차라리 하루 종일 멍하니 시선을 놓치고 있는 날이 그나마 나았다. 보는 이의 속은 쓰렸지만, 웃지 않는 것처럼 울지도 않아서 그나마 괜찮아 보였다.

그런 날들을 하릴없이 보내던 어느 날이었다.

"훈육어머니."

"으응. 그래, 설아야."

참으로 오랜만에 듣는 목소리였다. 저녁상을 내려놓던 연무는 가늘게 새어 나오는 설아의 부름에 화색을 띠며 얼른 대답했다.

"행수 어른께선 바쁘신가요?"

"이제 기방이 객을 맞이할 시간이니 여유는 없으실 텐데, 한 번 여쭤보마."

드디어 마음 줄을 잡은 건지, 다소곳이 정좌하고 있는 설아를 바라보며 싱긋 웃어 보이던 연무는 설아의 이마에 흘러내린 머리칼을 쓸어 귀 뒤로 넘겨주고 가만 뺨을 쓰다듬어 주었다. 설아는 말 없이 그런 연무를 바라볼 뿐이었다. 그 얼굴에 괜히 코가 찡해진 그녀는 기다리렴, 하는 말을 남기고 서둘러 행수의 방을 나왔다. 장지문을 닫고 잠시 옷고름으로 눈가를 찍어내던 연무가 기방을 향하여 걸음을 재촉했다.

자정이 넘어서야 청여가 방에 들어섰다. 기실 연무가 말을 전했을 때 얼마든지 자리를 비울 수 있었지만, 그녀는 도리어 기방에 오래 머물렀다. 오랫동안 기다렸음에도 설아는 꼿꼿한 자세로 앉아 있었다. 청여가 방에 들어오는 것을 보고 몸을 일으켜 아랫자리로 가서 앉고, 보료 위에 청여가 앉자 그녀가 입을 열었다.

"생각보다 아무렇지 않아요."

설아는 시선을 살짝 내리깔아 서안 위에 두었다.

"처음에는 세상이 무너진 듯 슬펐어요. 그러다가 꿈을 꾼 듯 모든 일들이 멀게 느껴졌고, 나중에는 그가 너무 미웠어요. 마치 나를 가지고 논 것만 같아서 죽도록 밉다가, 밉다가, 미워하다 보니까 그게 당연한 것 같아요. 이렇게 되는 것이 당연한 일이었어요."

설아는 잠시 말을 멈추었다. 청여는 아무런 말이 없었다. 그저 서안 위에 손을 올려두고 버릇처럼 손톱으로 서안을 두드리고 있을 뿐이었다.

"그를 부정하려 했어요. 나는 그를 연모한 것이 아니다, 은애한 것이 아니었다. 그런데 그러면 그럴수록 내가 그를 연모했다는 것이 분명해졌어요. 너무 미운 이인데, 너무 싫은 이인데……. 하긴 나 같은 아이, 누가 진정으로 좋아할 리가 없는데. 나 따위 천한 노예를."

"무슨 말을 하려나 했더니 겨우 이런 넋두리나 내뱉을 요량이었느냐?"

서안을 두드리던 청여의 손짓이 멈추었다. 설아가 입술을 깨물었다.

"허면 어찌해야 하나요? 이런 일이, 일이 이렇게 되리라곤 상상조차 못해서, 도저히 저는……."

"이리될 줄 몰랐더냐? 교방에 살면서 기녀가 무엇인지, 어떻게 사는지 몰랐다고 할 참이야?"

설아의 말이 끝나기도 전에 청여가 쏘아붙였다.

"너는 네가 무어라 생각하느냐? 예가 어디라고 생각하느냐, 이 말이다. 네가 매일같이 익히는 그 소리하며 악이고 춤이고, 왜 수련을 하고 있는 게야?"

"저는 양반이 싫어요. 결국은 일현도 똑같아. 천한 계집이라 쉽게 보고 가지고 놀 뿐이잖아요. 그런 양반들 따위……."

"양반이 싫어? 기녀는 양반에게 웃음을 팔고 몸을 팔고 제가 지닌 모든 것을 다 갖다 팔어. 양반님네 비위나 맞추며 목숨 부지하는 것이야. 그런 주제에 그네들에게 진정을 기대해? 연정이니 연모니 하는 그 말뿐인 달콤함에 기대어 너 자신을 놓치고 말 테냐? 그들이 널 쉬이 여기고 가지고 놀겠다 하여, 너는 그저 그대로 노리개로 전락하고 말 참이야?"

청여의 말에 설아는 아무런 대답도 할 수 없었다. 맞는 말이었다. 설아는 교방의 동기였고 설아의 앞에 놓인 것은 기녀의 길이었다. 앞으로 무수히 많은 사내들을 어쩔 수 없이 마주해야 했고, 심지어 그들에게 웃음을 내보이며 비위를 맞추어야 했다. 한데 그때마다 이리 속절없이 흔들리고 말 수는 없는 노릇이었다.

"사내들의 풋정에 그리 앞뒤 분간도 못하고 흔들리고만 있을 게야?"

쏟아지는 물음에도 아무런 말도 하지 못한 채 여전히 시선을 서안에 두고 꼼짝도 않는 설아였다.

나면서부터 노예로 자랐을 터인데 무너지지 않으려는 그 눈빛이 참 마음에 들었다. 몇 번이고 정신을 잃으면서도 모든 것을 똑바로 바라보던 그 눈에 마음이 동했었다. 곧 죽을 목숨을 거두어 교방에 데려다 놓았더니, 묵묵히 모든 수련을 우수하게 해내기에 마음을 놓았었다. 그런데 겨우 저런 유약한 정신 상태로 멍청한 생각이나 품고 있었을 줄이야.

아직 어린아이를 과대평가하였던 것인가. 청여는 자신의 눈이 틀렸다는 생각에 부아가 치밀었다.

"허면 천한 노예답게 삼패 창기로나 나앉아!"

아이의 앞에서 처음으로 큰 소리를 내며 서안을 세게 탕 치고는 자리에서 일어나는 청여였다. 그 역정에도 설아는 꿈쩍도 하지 않았다.

"당장 내일부터선 교방으로 돌아가. 하나 수련은 나올 것 없다. 몸으로 빌어먹고 사는 들병이년에게 수련 따위 하등 쓸모없으니.

너와 똑같은 노예 출신 동기들과 뒤섞여 요분질이나 배워둬."

청여는 돌아보지도 않고 그렇게 말을 던져 놓고는 방을 나섰다. 장지문을 탁 닫고 나오니 연무가 놀라 마주 보지도 못하고, 숨지도 못하고 우왕좌왕하고 있었다. 설아가 걱정되어 청여가 들어가고 나서부터 문에 귀를 딱 붙이고 엿듣고 있었던 것이다.

"아무래도 내가 노망이 들었었나 보다."

"행수 어르신……."

"저런 아둔한 소리만 하고 있다니, 잘못 봐도 한참 잘못 봤구나."

속이 답답해 마당에 내려와 언저리를 거닐고 있으니, 그 뒤를 연무가 따라다녔다.

"아직 어린아이지 않습니까요. 삼패…… 로 입적시키진 않으실 거죠? 잠깐 벌을 내리시는 거죠?"

연무가 계속 물으며 따라붙으니 청여의 속만 더 답답해졌다.

"기생년들이 양반이 좋아 이 짓을 하고 있는 줄 알아? 우매한 것. 반편이 같으니. 양반의 노리개나 될 생각이나 하고 있으니 저런 것 아니냐."

"여실 노리개는 맞지 않습니까요……."

연무가 조심스레 말을 이었다. 그에 청여가 그녀를 돌아보며 눈을 댕그랗게 뜨고 코웃음을 쳤다.

"스스로 노리개가 되고자 하니 겨우 노리개밖에 되지 않는 게야. 기생년이 양반 놈팽이들에게 농락이나 당하고 해우채나 받아먹고 사는 게 맞지. 허지만 양반 눈앞에서 그놈들을 농락할 수 있는 것도 기생년이란 말이다. 그리 놀리면서도 그놈들 주머니를 죄다 털어내는 것, 그것도 기생년이다."

청여의 눈이 번뜩였다.

그 눈알, 그 눈이라면 분명 그리 해낼 수 있으리라 믿었다. 양반에 대한 분노를 그리 뿜어내길 바랐건만. 너무 기대를 하였던 탓일까, 지금 설아가 하는 꼴이 맘에 차지 않아 실망스럽기만 했다.

날이 밝자 청여는 방에서 설아를 쫓아냈다. 교방으로 돌아가서도 수련장 근처에는 얼씬도 하지 못하도록 엄포를 내렸다. 다른 동기들은 모두 수련에 열중하는 시간, 설아는 삼패 기녀로 가정된 노예 출신과 몇몇 재기가 전혀 없는 동기들과 함께 동기방에 남아 무료한 시간을 보냈다. 그녀들은 기본적인 교방의 훈육을 받기는 했지만 재예와 관련된 수련은 받지 않았다. 비록 삼패일지라도 유명한 청악의 교방 출신이라 유곽이나 창가로 팔릴 때 몸값이 비쌌다.

"이대로 삼패 기녀가 되는 걸까."

혼잣말인지, 초아에게 건네는 말인지 알 수 없었다. 설아의 품에 숨어 있던 초아가 기어 나와 혀를 날름거렸다.

"금을 연주하는 것도, 춤을 추는 것도 너무 좋은데."

무릎을 감싸 안은 설아의 손이 움찔거렸다. 하얗고 보드라운 설아의 손, 이 손은 사내들에게 잡혀나 있을 손이 아니었다. 금줄 위에서 노니고, 허공을 가르며 음을 타야 할 손이었다.

"초아, 나는 정말 모르겠다. 그저 될 대로 되라 싶어. 일현이도 그저 나를 가지고 놀 뿐이었잖아……."

바닥에 물방울이 툭 떨어졌다. 다시 한 방울, 또 한 방울. 자꾸만 떨어지는 물방울에 고개를 끌어당겨 팔에 묻었으나, 젖어드는 소매는 숨길 수가 없었다.

수련이 끝났는지 동기들이 들어왔다. 수련을 받는 동기들은 같은 동기임에도 삼패 기녀로 가정된 동기들과 패를 갈라 놀았다. 자신들과는 급이 다르다고 생각하며 말조차 섞지 않으려 했는데 동기 중 한 명이 그들의 틈에서 설아를 알아봤다.

"어? 설아 아냐?"

설아란 말에 동기들이 돌아봤다.

"설아? 걔는 행수 어른 방에 있는 거 아니었어?"

"그니까. 엄청 유별나게 아끼시잖아."

"맞아, 그런 애가 왜 저기에 껴 있겠어."

동기들이 수군거리자 먼저 설아를 알아봤던 동기 연지(年之)가 설아의 팔을 붙잡아 일으켰다.

"니가 왜 거기에 있어? 돌아온 거야? 그런데 수련은 왜 빠지고."

동기들이 설아를 쳐다봤다. 동기들은 율이에게 무슨 일이 있었는지, 설아가 왜 수련에 나오지 않는지 정확한 이유는 알지 못했다. 단지 율이의 친모인 후명이 마당에서 난리를 쳤던 것을 두고 저이들끼리 말을 지어내 이리저리 유추할 뿐이었다.

설아는 입술을 꾹 다물고는 연지의 손에 잡힌 팔을 빼냈다.

"놔."

"너, 삼패로 떨어진 거지?"

설아가 딱딱하게 말하며 동기방을 나가려는데 동기들의 뒤쪽에 있던 개령이 팔짱을 끼고 앞으로 나왔다. 개령의 목소리를 들은 설아가 움찔거렸다. 개령은 율이와 제일 친한 동기였다.

"율이."

개령의 목소리가 날카로웠다. 율이의 이름이 나오자 설아의 걸음이 멈췄다.

"너 때문에 죽은 거라며."

"개령아!"

연지가 개령을 막아섰다.

"왜! 맞잖아. 안 그럼 후명 아주머니가 그러셨겠어? 너도 같이 봤잖아!"

개령은 소리를 지르더니 연지를 밀쳐 내고 줄줄이 놓여 있는 소반 위에 있던 경대를 하나 집어 들었다. 설아의 것이었다. 개령은 경대를 들고 설아의 앞에 서서는 서랍을 열고 안에 있던 것들을 모두 쏟아버렸다. 아직 동기인지라 안에 들어 있던 화장품의 가짓수는 많지 않지만 사기그릇과 병들이 깨지고 분이며 유병이며 내용물이 죄다 흘러나왔다.

개령의 행동에 수군거리던 동기들이 입을 다물고 물러났다. 방에는 설아와 연지, 개령만이 남았다. 적막해진 방에는 분가루만 날렸다.

"노예 따위가 지 분수도 모르고 기녀가 되겠다고 설치더니. 꼴좋다. 야, 창기. 네까짓 게 치장은 무슨, 네 동무들한테 요분질 따위나 배워두지 그래?"

굴러다니던 유병을 발로 차고 돌아서는 개령을 향해 설아가 날카롭게 물었다.

"기녀랑 노예, 뭐가 다른데?"

방을 나서는 개령의 걸음이 멈추었다.

"똑같은 천민인데, 기녀랑 노예가 뭐가 달라?"

아무리 괴롭히고 때려도 말 한마디 한 적이 없던 설아였다. 그런 설아가 받아치자, 개령이 인상을 찌푸리며 설아를 돌아봤다.

"좋은 옷 입고, 좋은 음식 먹는다고 기녀가 양반쯤이라도 되는 줄 알아? 그래 봐야 양반 노리개야. 갖은 아양은 다 떨고 비위 맞추면서 먹고사는 거, 그러다가 양반 심사라도 뒤틀리면 바로 버려지는 거. 그게 기녀야."

설아의 흔들림 없는 눈이 개령을 똑바로 응시하고 있었다. 개령은 뭐라 반박도 못하고 얼굴만 붉으락푸르락하다가 쌩하니 밖으로 나가 버렸다. 한숨을 내쉰 설아가 분과 기름, 연지 염료 따위가 뒤섞인 난장판을 내려다보다가 쭈그리고 앉아 깨진 사기 조각을 하나씩 주웠다. 가만히 있던 연지가 입을 열었다.

"그 말이 맞긴 하지만…… 정말 그렇게밖에 생각 안 해?"

설아는 다시 말이 없었다. 관심을 꺼버린 듯한 자그만 등. 연지는 저 등을 오랫동안 보아왔다. 기억나지 않는 아주 어린 시절에 교방에 팔려온 연지는, 설아가 처음 교방에 왔을 때부터 조그맣고 예쁘장한 그녀가 왠지 맘에 들었었다. 하지만 설아는 항상 동기들에게 등을 돌리고 있었다. 몇몇 동기는 노예 출신 주제에 재예 수련을 받는다는 이유로 설아를 괴롭혔다. 설아가 다른 동기들을 멀리한 것이 먼저였는지, 괴롭힘이 먼저였는지 기억이 나지 않지만,

설아에겐 선뜻 다가갈 수 없는 벽이 있었다.

늦게 교방에 들어왔음에도 설아는 춤도 악기도 교방의 모든 동기를 통틀어 가장 뛰어났다. 그런 설아가 부럽고, 나중에 분명 나라에서 제일가는 명기(名妓)가 될 것이라 믿어 의심치 않았다. 그런데 그런 설아가 기녀에 대해 저런 말을 하는 것이 섭섭했다.

"천한 일이긴 하지만…… 그래도, 그래도 너는 춤도 잘 추고 금도 잘 타잖아."

설아는 여전히 등을 돌린 채 개령이 던져 놓은 경대를 바로 세웠다.

"같은 기녀지만 얼마든지 다르게 살 수 있잖아, 너는. 그리고 그런 기녀라도 되고 싶어서 제 발로 교방에 들어오는 아이들도 있어. 나처럼 팔려온 아이들도 있긴 하지만…… 굶어 죽는 것보단 좋은 옷 입고, 좋은 음식 먹는 게……."

하고 싶은 말이 있는데 어떻게 말해야 할지 알 수가 없었던 탓인지 말이 계속 엉켰다. 하려던 말은 이게 아니었는데, 연지는 입만 계속 오물거리다가 한숨만 포옥 내쉬고 말았다.

"설아에게 무슨 일이 있었는지는 모르겠지만, 힘내. 나는 너가 참 부러웠으니까. 너처럼 되고 싶었으니까."

연지가 방을 나갈 때까지 묵묵히 바닥을 치우던 설아가 손을 멈췄다. 무슨 생각을 하는지 멍하니 기름 위에 떠다니는 분가루를 바라보던 설아가 고개를 내저었다.

그 뒤로 괜히 동기들과 마주쳐 소란을 일으키고 싶지 않았던 설아는 동기들의 수련이 끝날 무렵이면 밖으로 나왔다. 기방의 담벼락 아래 죽담에 앉아 초아가 담장 벽을 타는 것을 구경했다. 쌓여 있는 벽돌 사이사이를 왔다 갔다 하며 마치 미로를 찾듯 기어 다니는 초아를 물끄러미 바라보고 있는데, 초아가 갑자기 벽돌 사이로 숨어들었다. 고개를 갸웃하며 골목 어귀를 바라보는데 조그만 그림자가 다가왔다. 골목을 지나가려던 그림자는 안쪽을 바라보더니 곧 설아를 향해 다가오는 것이었다.

"저번에 봤었지?"

조그만 계집아이가 말을 걸었다.

"왜, 그 일현 도령이랑 말야."

그제야 계집아이의 얼굴이 눈에 들어왔다. 지난번에 일현의 옆에 딱 달라붙어 있었던 아이였다. 지난번과는 다르게 가체를 올리고 장신구도 잔뜩 걸치고 있어서 금방 알아보지 못한 것이었다.

"나 적화(赤花). 저기 저쪽에 향기방(香妓房) 알어? 거기 기생이야."

계집아이, 적화는 방글 웃으면서 고개를 옆으로 까닥, 숙이며 인사를 했다. 그 모습이 꽤 귀여우면서도 요염해 보였다.

"이래 봬도 애저녁에 화초 올린 진짜 기생이란다. 너처럼 동기가 아니야."

설아가 대답이 없는데도 적화는 종알거리면서 옆에 앉는 것이었다.

"저번에는, 음. 일현 도령이 고깟 게 취향이랍시고 동기들만 만난단 말야, 그래서 나두 동기인 척 댕기 달고 있었지 모. 도령이 눈치가 빨라서 아는 것 같기도 한데, 내가 워낙 몸이 잘어? 조고맣고 귀여우니까 아직은 놀아주는 모양인데, 뭐, 것도 이제 다 텄다. 고운 도령이라 같이 노는 맛은 있는데, 전두 없이 놀려니까 영 흥이 안 나네."

재잘거리던 적화가 또 고개를 갸웃하며 설아의 얼굴을 살폈다.

"얘, 너 춤도 곧잘 추고 금도 잘 탄다며? 도령 말로는 필체도 예쁘장하고 머리도 제법 돌아간다고. 청악기방 기대주라 소문이 자자해. 부럽다, 부러워. 난 그런 건 영 재간이 없어서⋯⋯."

"대체 뭐가 부럽다는 거야?"

나근나근한 적화의 말을 끊고 설아가 매섭게 물었다. 그런 설아의 말투에 적화가 눈만 깜빡였다.

"기생이 재기가 넘친다니까, 당연히 부럽지."

"그래 봐야 겨우 기생이잖아."

"너⋯⋯ 도령 때문에 단단히 골이 났구나?"

적화의 말에 설아의 얼굴이 확 붉어졌다.

"그럴 만두 하지. 도령 저 어린 게 여간 잔망스럽잖어. 것두 양반이랍시고 동기년 옆구리에 끼고서 기생놀음 하는 꼴이라니."

적화가 팔을 들어 나붓나붓 거리며 춤사위를 흉내 냈다. 설아는 여전히 얼굴을 붉힌 채 고개를 숙이고 있었다.

"너처럼 맘 상하는 동기들이 한둘이 아니어. 그래도 좋다고 줄 서는 동기들도 한둘이 아니고. 그, 율? 이랬던가? 너랑 도령이랑 그 사단 났던 애도 도령 뒤를 한참 쫓아다니던 애란다."

율이의 이름이 나오다 설아가 또 움찔, 팔을 감싸 쥐었다. 적화는 곁눈질로 설아의 행동을 살피고는 모르는 척 말을 이었다.

"워낙 청악에서 쉬쉬하며 묻으려 하긴 하지만, 이미 알 만한 이들은 다 알어. 이쪽 바닥에서 난다 긴다는 이들 말야. 덕분에 너, 꽤 유명해졌다? 기생들 투기질이야 여기선 얘깃거리두 안 되지만서두, 좀 셌잖아? 칼부림에, 양반이 다치고, 동기가 자결하고. 동기들 자결하는 게 꼭 화초 날쯤에 있긴 하지만 치정으론 흔한 일이 아니니까. 걱정일랑 마렴. 소문 타는 게 첨엔 부끄러워도 나중 가선 그게 다 니 이름 알리는 거다? 그리구 워낙에 시끄러운 동네니까 금방 새로운 얘기나 떠들어댈 거야. 게다가……."

다시 힐끔.

"그 애가 참 일을 똑 부러지게 처리했어. 자결하다니. 잘했지, 모."

"잘했다고?"

역시나.

적화의 예상대로 그 말에 설아가 고개를 번쩍 들며 입을 열었다. 목소리가 곱긴 고와. 하지만 너무 고와서 노래는 잘 못하겠는걸, 하는 생각이나 하며 설아를 바라보는 적화의 얼굴은 빙글빙글 웃음이었다.

"그럼, 참 잘하고 장한 일이야."

여전히 웃으며 잘했다는 말을 내뱉는 적화의 모습에 설아는 정수리가 뜨거워지며 눈가에 눈물이 고였다.

"성낼 거 없다, 얘. 너가 참 아직 잘 모르는구나. 기생이 감히 양반 몸에 상흔을 내? 손톱자국만 나도 따귀가 날아가는데. 아니지,

따귀가 대수야? 그건 기본이고, 그래, 기적에 이름이 달랑달랑하는데, 칼침? 갠 지금 숨이 붙어 있었으면 살아도 사는 게 아니요, 차라리 죽고만 싶을 상태가 되어 있을걸?"

무릎 위에 팔꿈치를 얹고는 양손으로 턱을 괸 채 고개를 기울이며 적화가 설아를 응시했다. 조그만 몸집처럼 얼굴도 조막만한 적화는 그에 반해 눈이 굉장히 컸다. 쉴 새 없이 속눈썹을 깜빡거리던 그 큰 눈이 깜빡임도 없이 가만히 자신을 향하자, 설아는 순간 맘이 시렸다. 자신을 속속들이 꿰뚫어 보는 것 같았다.

"다행히 아이는 제 손으로 숨을 끊고, 도령은 체면 구긴다며 아무 말도 하지 않았다만. 만일 그 댁에서 알았다면? 치도곤도 보통 치도곤이 아니었을 터. 상상도 하기 싫구나."

가만히 설아를 바라보던 적화가 고개를 내저으며 벌떡 일어섰다. 적화는 풍성한 비단 치마를 펄럭이며 먼지를 털어냈다.

"도령 땜에 다친 맘, 빨리 추스르는 게 좋을 거다. 차라리 도령은 똑바로 대놓고 말이라도 해주니 낫지. 너 그래 여려서는 휘둘리기만 하지 암것두 못한다?"

"기생 따위 관심 없어."

"왜애?"

여전히 치맛자락에만 관심을 가지며 적화가 성의 없이 대답했다.

"나는 양반이 싫어. 그리고 이젠 삼패로 떨어져서 창가로나 팔려갈 거야."

그 말에 적화가 치마를 매만지던 손길을 멈추고 설아를 뚫어져라 쳐다봤다. 동그랗게 치켜뜬 눈으로 설아를 보던 적화가 팔자눈썹이 되어서는 웃음을 참으려 입을 잔뜩 오므렸으나, 그 사이로 결국 웃음이 새어 나왔다.

"풋!"

새어 나온 웃음은 폭소가 되어 터졌다. 엄청나게 재밌는 얘기를 들었다는 듯이 한참 배를 잡고 깔깔대던 적화가 결국에는 눈가의 눈물을 훔쳐 내며 말했다.

"내 양반이 싫단 말을 이 동네선 처음 듣는구나! 얘, 너 참 재미지다? 아니, 근데 그럼 왜 그만둬? 나람 기를 쓰고 기방에 붙어 있겠고나."

"양반을 싫어하는데, 양반 노리개나 되어 빌어먹고 살라는 거야?"

적화의 웃음에 당황한 설아가 붉어진 얼굴로 되물었다. 웃음을 참지 못하고 계속 깔깔대던 적화는 헛기침을 하며 진정하고선 뱅글, 돌아섰다.

"그렇다고 아무 사내한테나 몸을 내어주는 창기가 되려고?"

그 말에 설아가 살짝 겁을 먹었다. 사내에게 몸을 내주는 것과 양반의 노리개가 되는 것, 둘 중 어느 것이 더 싫은 것인지 셈하기가 어려웠다.

"내가 왜 기생 짓을 하는지 알아?"

설아는 답하지 않았다. 적화는 설아의 대답을 기다린 것이 아닌 듯, 살며시 고개만 돌려 뒤돌아보며 이어 말했다.

"유희."

이해할 수 없다는 설아의 표정에 적화는 그저 싱긋 웃어 보인 채 손만 흔들며 골목을 나섰다.

"낼 저녁에 기방 불이 밝거든 한번 직접 구경해 보려무나. 특히 양반들이 줄지어 전두를 내주려 하는 그런 기생, 그녀들을 살펴보아."

적화는 다가왔던 것처럼 제 맘대로 가버렸다. 한참 골목 어귀만 바라보는 설아의 옆에 어느새 초아가 와 있었다.

낼름.

초아의 붉은 혀가 팔랑거렸다.

가볍게 나부끼는 혀와 달리 초아의 마음은 무겁게 내려앉았다. 요새 설아는 이 바람이 불면 이쪽으로, 저 바람이 불면 또 저쪽으로 아무렇게나 흔들리며 나뒹구는 것 같아 지켜보기가 괴로웠다. 그리 위태로운 모습에 선뜻 나서지도 못하고 발치에서 애만 태울 뿐이었다.

마음 줄. 항상 마음이 문제다.

다음날, 동기들을 피해 밖으로 나오던 설아의 시선에 우연히 양반 무리가 들어왔다. 해가 반쯤 저물어가는 시각, 벌써부터 기방 솟을대문 앞에는 몇몇 무리를 이룬 양반들이 떠들고 있었다. 어젯밤 적화가 남기고 간 말이 떠오른 설아가 잠시 양반들을 물끄러미 바라보았다. 계속 보고 있으려니 슬슬 속이 안 좋아졌다. 처음에는 그저 비단옷을 입은 무리로 보이던 것들이 시선을 꽂아두니 점점 자세히 보여서 거만한 체하는 표정이며, 천박하게 웃어대는 꼴까지 보여 절로 인상이 쓰였다.

그래도 적화가 한 말이 궁금하기도 하여 설아는 슬쩍 기방으로 걸음을 옮겼다. 화려하게 치장한 기녀들과 차려입은 양반들, 간간이 양반이 아닌 이들도 있었지만 대부분 비싼 비단으로 둘러싸고 있었다.

사실 설아는 기방의 기녀들을 잘 알지 못했다. 가끔 수련을 도와주러 한두 명씩 오기도 했지만 그들에게 관심을 가진 적이 없어서 그런지 얼굴이 낯설었다. 그런 탓에 누가 화대가 비싼 기녀인지 알 수가 없어, 그저 모든 기녀들을 살펴볼 뿐이었다.

한참을 구경하고 있자니, 설아는 점점 더 자신이 한심스러워졌다. 기녀들은 역시나 양반들 앞에서 방긋방긋 웃으며 술을 따르고 주정을 받아주고, 갖은 교태를 부리며 알랑거리고 있었다. 노예로 태어났으니 당연한 것은 노예의 길이요, 기녀란 새로운 길이 열리는 듯 보였으나 기녀의 길도 노예의 길이나 다를 바 없어 보였다. 이제 열다섯, 앞으로 구만리 같은 날들이 남아 있을 텐데, 그 길은 치욕밖엔 없을 것이다. 아직 어린 설아는 벌써부터 마음이 공허해져 갔다.

"결국 이렇게밖에 살 수 없는 걸까."

그런 생각에 시선을 내리는데, 문득 솟을대문 안쪽의 커다란 나무 옆에 있는 두 사람이 눈길을 잡아당겼다. 높게 가체를 틀어 올린 기녀가 팔짱을 낀 채 돌아서 있고, 그 옆에 딱 붙어선 양반이 제 갓이 뒤로 넘어간 줄도 모르고 허리를 구부린 채 기녀의 팔에 매달려 잡아당기고 있었다. 마치 애원하는 것 같은 모습이었다.

"만조야, 오늘만. 오늘까지만 어찌 안 되겠느냐?"

"아이 참, 나으리. 약조한 날은 지나지 않았습니까? 자꾸만 이러시면 곤란합니다."

기녀는 계속 양반의 손길을 뿌리치다가 다른 나이 든 기녀의 부름에 본채 안으로 들어가 버렸다.

"내 또 오겠느니라. 다음엔 뒤채에서 보는 게야, 알겠지?"

기녀는 뒤조차 돌아보지 않는데 양반은 계속 손을 흔들며 다음 만남을 기약하고 있었다.

그런 것이 한 번 보이자 이제 다른 것들도 눈에 들어오기 시작했다. 기녀들 중에는 몸종을 하나씩 데리고 있는 기녀도 있었다. 몸종은 가야금을 대신 들고 따라다니기도 하고, 기녀를 대신해 양반을 대하면서 양반의 말을 기녀에게 전하기도 했다. 기녀면서도 양가의 여인이라도 된다는 듯이 직접 말을 나누지 않으며 한 걸음 물러서 몸종을 대동하는 모습이 우스웠다. 워낙 교방 훈육에만 몰두하여 기방에는 관심이 없던 설아였기에 이런 기녀도 있다는 것은 처음 알게 되었다.

더 우스운 것은 술자리였다. 이제 꽤나 술이 들어간 양반들이 두루마기를 다 풀어헤치고 있었다. 어떤 이는 기녀에게 갓을 씌워주곤 스스로 기녀를 업겠다고 나서기도 했다. 마치 말처럼 엎드려서는 기녀를 등에 태우고 있는 이도 있었다. 우스웠다. 젠체하는 양반들이 한없이 볼품없어 보였다. 곧 죽어도 체면치레를 하려 하는 양반들이 이리 망가지다니. 이런 꼴은 다른 곳에선 절대 볼 수 없을 것이었다.

비웃음만 가득하던 설아의 눈에 낯익은 이가 들어왔다. 후명이었다. 후명은 창을 활짝 열어놓은 누대 위에서 창을 하고 있었다. 옆에 한 명씩 기녀를 끼고 앉은 양반들은 다른 이들보다 꽤 점잖아 보였다. 노래를 마친 후명이 공손히 인사를 하자, 가장 낮은 자리에 앉아 있던 양반이 일어나 후명을 잡아끌려 했다. 그 손을 부드럽게 피해 넘긴 후명은 말 몇 마디를 나누더니 가장 상석의 양반 옆에 앉았다. 후명은 양반과 그저 대화만 나눴다. 아양도 희롱도 없었다. 그저 양반이 따라주는 술잔을 한 잔 받아 마신 것이 전부였다. 그리고 후명은 그곳을 나왔다.

설아의 시선은 계속 후명을 뒤따랐다. 후명은 다른 술자리에서도 노래를 하거나 연주를 할 뿐이었다. 가끔 심하게 치근덕대는 양반들은 다른 기녀들이 나서거나, 후명의 뒤를 따라다니는 몸종이 나서서 상황을 정리하고 후명은 그대로 그 자리를 나왔다.

"저이가, 내가 아는 그 후명이 맞아?"

억지를 부리며 마당에 자신을 내던지던 후명이었는데 기방의 후명은 마치 다른 사람 같았다. 후명은 양반들보다도 더 도도해 보였다.

아직 기방이 문을 닫으려면 한참이 남았는데 후명은 벌써 기방을 나서고 있었다. 기녀들의 처소인 별채로 향하는 후명의 앞에 설아가 나섰다. 설아를 발견한 후명은 인상을 쓰더니 설아를 무시한 채 가던 길을 재촉했다. 입술을 깨물던 설아가 후명을 향해 말을 던졌다.

"왜 양반들이 당신을 희롱하지 않는 거죠?"

설아의 말에 후명이 멈칫, 걸음을 멈추고 설아를 향해 돌아섰다. 가만히 설아를 바라보던 후명이 입을 열었다.

"날 언짢게 하면, 다신 내 노래를 못 들으니까."

여전히 설아에 대한 노여움이 풀리지 않았는지, 차갑게 툭 던지고 돌아서는 후명이었다. 설아는 멍청히 서서 후명이 남기고 간 말을 머릿속으로 되뇌었다.

그 후로도 며칠간 설아는 기방 담벼락에 기대어 기방을 구경했다. 처음에는 후명만 따라다니던 시선은 점점 다른 기녀들도 쫓기 시작했다. 겨우 기녀일 뿐인데 도도하고 콧대가 높은 그녀들을 보고 있으니 처음에는 같잖기도 했다. 앞에서는 양반보다 더욱 고고한 척하다가 뒤로는 동기들마냥 저들끼리 깔깔대며 이런 객이 있었네, 저런 객이 있었네, 하며 양반 흉을 보는 모습이 우습기도 하고 재밌어 보이기도 했다.

어느새 기방을 훔쳐보는 설아의 입가는 살풋 미소가 걸려 있었고, 그 눈은 초롱대며 빛나고 있었다. 기방을 훔쳐보는 데 여념이 없던 설아는 누군가가 자신을 지켜보고 있다는 것은 전혀 눈치채지 못했다. 그렇게 지켜보고 지켜보는 시선이 이어졌다.

기방 구경을 하다 말고 일어난 설아가 골목 어귀를 기웃거렸다. 이 근방이 전부 기방에 골목 은밀한 곳에는 창가나 유곽이 즐비한 화류가라 길에는 온통 술 취한 사내와 화려한 치장을 한 여인들이 가득했다. 5년을 살았음에도 근방의 지리를 모르는지라 그저 골목 어귀에 서서 둘레둘레 길을 훑어보던 설아의 눈에 찾던 이가 들어왔다. 거리가 시끄러워 자신의 목소리가 묻힐 것임에 차마 부르지 못하고 머뭇거리던 설아는 종종걸음으로 뛰어가 지나치려는 그녀의 팔을 낚아챘다.

"적화!"

머리 위에 기우뚱하게 가체를 얹고, 손을 가릴 정도로 소맷자락이 긴 옷을 입고 휘적휘적 걸어가던 적화가 의아한 얼굴로 설아를 돌아봤다.

"애기기생이 무슨 일이여?"

우물거리는 설아를 보고 적화가 고개를 끄덕이며 번잡한 길을 벗어나 어느 골목으로 들어섰다. 주위가 한산해지자 설아가 입을 열었다.

"날더러 기방을 구경해 보라 했지? 그니까, 그래 봤어. 구경하다 보니까, 그게, 다른 기녀들이 있더라고."

"다른 기녀?"

"응. ……왜 나한테 기방을 구경해 보라고 한 거야?"

"니가 참 한심스런 말만 하기에 동기아이라 아직 뭘 모르나 부다 했지."

적화는 소맷자락을 계속 흐느적거렸다.

"내가 겨우 기생이라 하니까, 기생 따위 관심 없다니까, 뭔가…… 말해주려던 게 있던 거지?"

설아의 어딘가 절박하게 들리는 목소리에, 적화가 손장난을 그만두고 가만히 설아를 바라보았다. 그에 설아는 침을 꿀꺽 삼키는 것이었다. 적화의 커다랗고 동그란 눈, 자신을 꿰뚫어 볼 것만 같은 눈.

긴장하고 있는데 순간 그 눈이 초승달처럼 휘는 것이었다.

"니가 듣고픈 말이 뭔지 알지. 기생이라고 다 같은 기생이 아니란 거?"

적화가 소맷부리로 입가를 가리고 후후, 거리며 웃었다.

"하지만 말야? 무어, 결국 기생은 기생이야. 아무리 고고한 척해 봐야 기생일 수밖에 없어. 그저, '어떤' 기생이냐의 차이지."

빙글대며 웃는 얼굴로 설아의 어깨에 손을 올린 적화가 설아의 주위를 한 바퀴 돌았다.

"매음굴에 나앉는 들병이냐, 저 거리에 깔리고 깔린 은근짜냐. 뭐, 기방서 어느 정도 쳐준다는 일패 기생이냐. 결국 창기냐, 예기냐, 이거지 모."

설아의 귓가에 속삭이는 적화의 목소리는 교태롭기 그지없어서, 설아의 얼굴이 다 화끈거렸다. 계속 설아의 주위를 빙글 돌던 적화의 손이 어깨에서 등에서, 반대쪽 어깨에서 또 옷깃을 스쳐 가슴팍에 닿았다.

"창기냐……."

적화의 손이 옷깃을 슬쩍 들추며 저고리 안으로 들어오려는 듯하자, 설아가 움찔거렸다.

"예기냐."

그 손은 그대로 옷깃을 여미고는 가볍게 두어 번 톡톡 두드리는 것이었다.

"기생도 나름 재밌는 일이야. 비록 여인답게 정숙한 맛은 없다만. 특히 너처럼 예능이 뛰어날수록. 혹은 나처럼 질펀할수록."

적화는 또 말도 없이 손이나 휘저으며 가버렸다. 높게 웃으며 사라지는 적화의 뒤를 물끄러미 바라보던 설아가 제 앞섶에 손을 올렸다.

톡톡.

적화를 따라 앞섶을 가볍게 두드린 설아가 앞섶을 가리고 있는 제 손등을 바라보았다.

오늘도 어김없이 설아는 기방의 담장에 앉아 있었다. 가만히 죽담 위에 앉아 제 손을 물끄러미 내려 보다가 손을 활짝 펼쳐 허공에 들어 올렸다. 바람이 한 줄기 불어와 손가락 사이를 스쳤다. 가는 손마디가 꿈틀거렸다. 무릎 위의 손바닥이 장단을 맞추고 허공의 손이 흐느적대며 나부꼈다. 손이 타던 춤사위가 팔로, 어깨로 점점 번져 나갔다.

"게서 무얼 하는고?"

갑자기 들려온 목소리에 설아가 놀라 그대로 굳은 채 고개를 돌렸다.

"행수 어른."

주춤거리며 손을 내린 설아가 자리에서 일어났다.

"삼패면 창기답게 경대나 들여다보고 화장 연습이나 해. 주제에 되도 않은 장단이나 타지 말고."

"춤, 추고 싶어요."

"저자의 광대패라도 알아봐 주랴?"

아직도 속이 끓는 건지 설아를 대하는 청여의 말마디가 차가웠다. 입술을 잘끈 깨문 설아가 청여의 앞으로 다가갔다.

"기녀 할래요. 행수 어른이 주워 와서 뭣도 모르고 동기 노릇하던 건 이제 관두겠어요. 내가 이제 제대로, 삼패 창기가 아니라 예능을 배우고 기방에서 접대를 하는, 기녀 해볼래요."

앙다문 입술, 치맛자락 위의 꼭 쥔 두 손. 청여의 시선이 한차례 설아를 훑었다.

"오늘 일과를 정리하고, 저녁에 내 방으로 오거라."

청여의 그림자가 멀어졌다.

청여가 가고 나서도 한참을 서 있던 설아가 빠르게 교방으로 향해 동기방에 들어갔다. 수련을 마친 동기들이 방 안에 그득했으나, 이제 다시 전처럼 설아를 무시하기로 한 것인지 건드는 이는 없었다. 그저 가끔 연지가 설아를 힐끔거릴 뿐이었다.

어스름이 질 무렵 저녁상을 물리고 저녁 점호를 마친 후에 설아는 별채로 향했다.

기녀들은 모두 기방에 나가 있었기에 적막했다. 유일하게 불이 켜져 있는 행수의 방 앞에서 심호흡을 하고 살며시 장지문을 열고 들어서니 청여는 보료 위에 앉아 차를 마시고 있었다.

"싫다 할 때는 언제고 무슨 바람이 분 게야."

"……싫다 하진 않았어요."

설아가 방에 들어서기가 무섭게 청여가 쏘아붙였다. 멈칫한 설아는 그리 대답하고는 청여의 앞에 앉았다. 그녀가 아무 말도 없이 차만 마시자 설아가 말을 이었다.

"양반이 싫다는 거지, 기녀가 싫은 게 아니에요."

"겨우 열다섯 난 어린 도령한테조차 이리 휘둘리면서, 천한 노예일 뿐이라느니 양반이 싫다느니 하는 말이나 쉽게 내뱉고 다니면서 어찌 기녀를 할꼬?"

비꼬는 청여의 말투에 설아는 입을 다물었다.

"제 생각이 짧았어요."

순순히 인정하고 숙이고 들어오는 설아의 모습이 너무 갑작스럽기는 했지만, 그동안 설아가 기방을 살피는 것을 지켜보고 있던 청여는 설아가 무언가를 깨달은 것인가 보다 짐작할 뿐이었다. 하지만 그 깨달음이 얕은 의지일 뿐이라면 금시에 또 흔들리고 말 노릇이었다.

"어찌 그리 단번에 생각을 바꿨는고? 무어, 금방 또 질렸다 하며 나가려 하는 게야? 기생 노릇이 맘에 안 들면 창기로 나앉으면 그만이라고, 그리 여기는 게냐?"

청여가 찻잔을 탁 소리가 나도록 내려놓았다.

"겨우 기생이라고 지금 우습게 보는 것이냐?"

"그런 것이 아니어요."

아니라 말하면서 설아도 자신의 말이 고깝게 들릴 것임을 알고 있었다. 설아가 가만히 고개를 숙인 채 손을 모으고 앉아만 있자, 설아를 내려다보던 청여가 한숨을 폭 내쉬었다. 흔들릴지 모를 아이지만, 놓치기 싫은 재능이었다. 탐나는 아이였다.

"네가 그간 무엇을 보고 무엇을 들었기에 스스로 기녀가 되고자 하는지는 모르겠다만, 그저 네가 본 것, 네가 느낀 것만 믿어라. 네가 되고자 하는바, 그것만 생각하여."

설아는 가만 고개를 끄덕였다.

"삼패로 내쳤던 것을 다시 받아주는 것이니, 조금만 수련을 게을리하거나 모자라는 것이 보일 경우, 바로 창가로 보내 버릴 것이야."

설아는 역시 고개를 끄덕이다가 슬쩍 청여를 바라보았다.

"제가, 좋은 예기가 될 수 있을까요?"

예기(藝妓).

그 말에 청여의 눈이 반짝였다.

'그것이었구나.'

예기라는 달콤한 가면. 가무(歌舞)로 객을 접대한다는 변명. 설아가 마음을 돌린 것이 무엇 때문인지 알 것 같았다. 결국 똑같은 기녀나 흔한 창기와는 다르다며 자위하는 속보이는 거드름.

"이름난 명기 같은 기녀가 되고자 함이냐? 창부가 아닌 예기로만 남고자 함이야?"

설아는 또 말없이 고개만 끄덕였다.

"처음부터 그리 살기는 쉽지 않을 것이다. 기녀가 되기로 한 이상 양반과 부딪히는 것을 피할 수는 없어. 기녀란 양반이 있기 때문에 존재할 수 있는 것이니. 그리고 네 재기가 하늘을 찌르고 온 땅에 펼쳐지도록 뛰어나고도 뛰어나야만 할 것이야. 겨우 동기들 중에서 제일가는 재기? 그 정도론 어림도 없지. 온 도성에 소문이 나고, 한낱 비렁뱅이조차 네 춤사위 한 번 보려고 와가를 내주려 할 만큼. 그 정도로 뛰어난 재기. 그것을 가질 수 있겠어?"

"해 보이겠어요."

"그렇다면 명심할 것이 있다."

말을 잇는 청여의 목소리가 갑자기 떨려왔다.

"연정을 품지 마라. 네가 연정을 품으면 행복해질 수 있는 이는 아무도 없어. 네가 행복해질까? 네 연정을 받는 이가 행복해질까? 아니, 천한 기녀 따위에게 연정을 품을 수 있는 마음 같은 건 애시당초 존재하지 않아. 그이가 네게 웃어주었더냐? 그이가 너를 품어주었더냐? 몽매한 것. 너는 그저 길가의 들풀이다. 아무나 웃음을 주고, 아무나 품어주는. 그렇게 어여쁘다 가지고 놀다가 싫증이 나면 버리면 그만. 기녀란 그런 것이야. 너는 겨우 그런 들꽃에 지나지 않는단 말이다. 소중히 품고 귀히 여길 곱디고운 화초가 될 수 없는, 하찮은 들꽃에 지나지 않아."

항상 매운 말만 쏟아내던 그녀의 처음 듣는 애처로운 목소리였다. 하지만 이 목소리가 그 어떤 매서운 불호령보다도 날카롭고 모질게 설아의 마음을 찢어 갈겼다. 설아의 눈은 폭포수인 양 하염없이 눈물을 쏟아냈다.

청여는 아직 설아의 마음에 그 도령이 남아 있음을 느낄 수 있었다. 그래서 이리 대놓고 찔러대는 것이었다. 그러면서도, 어린아이를 타박하면서도 청여 역시 같은 여인이었기에 슬픈 목소리가 나오는 것은 어쩔 수 없었다.

"네 마음은 모두 춤사위에, 곡조에 담아두어라. 네가 마음 줄 수 있는 것은 그런 것뿐이야."

설아가 아직 마음을 정리하지 못하였다는 것, 그것이 걱정이었다. 저리 울음을 쏟아내고 마는 아이인데. 제 발로 기녀가 되겠다며 돌아왔지만 청여는 아직 설아가 불안했다. 머뭇거리는 몸짓이, 내리깐 시선이, 그리고 저 참지 못하는 눈물이.

'아직은 두고 볼 수밖에.'

그러면서도 청여의 마음속에는 설아가 잘 따라오길, 제대로 크길 바라는 욕심이 그득했다.

청여는 가보라는 말도 없이 그저 손만 휘휘 내저었다. 채 울음을 맺지 못하고 억지로 틀어막고 일어나 돌아서는 설아의 뒤에 청여의 목소리가 따라붙었다.

"율이를 기억하거라."

설아의 어깨가 다시 들썩이는 것이 보였지만 청여는 시선을 거두었다. 느릿한 장지문 소리에 찬바람이 방 안으로 들어섰다.

동기방으로 돌아온 설아가 가장 구석진 곳, 원래 자신의 자리에 가 앉았다. 등을 돌린 채 벽을 바라보며 움직임도 없이 가만 앉아 있는 설아의 모습은 평소와 같았지만 어딘가 달라 보였다.

어린 계집아이들의 높은 목소리가 방을 가득 채웠다. 하지만 설아의 근처는 마치 유리막이라도 씌워져 있는 듯 방의 온기와는 너무나 동떨어져 있었다. 무릎을 껴안고 앉아 벽에 기댄 설아의 옷자락 사이에서 초아가 슬쩍 고개를 내밀었다.

"나는 이제 울지 않을 거야."

초아를 품에 안고 설아가 계속 중얼거렸다.

"이제 다시는 울지 않을 거야. 절대로 울지 않을 거야."

그 중얼거림이 안타깝도록 설아의 눈에서 쉬지 않고 눈물이 흘러내렸다.

얼마간 쉬었던 탓인지 몸이고 손이고 많이 굳어 있었지만 본디 재기가 뛰어났던 터라 설아는 금방 수련을 따라갔다. 매일 수련하고 끝난 후에도 홀로 연습하고 하루 종일을 춤과 악과 더불어 지내면서 틈틈이 서책을 읽는 것도 게을리하지 않았다. 어린 동기들의 눈에는 유난을 떤다 싶을 정도로 열심이었다. 열심인 설아의 모습이 탐탁찮았는지 개령이 심심찮게 설아를 건드렸지만, 설아는 아무 대응조차 하지 않았다. 그런 모습이 더 개령의 화를 돋우었다.

설아는 교방에서는 입도 열지 않고 여전히 동기들에게 벽을 치고 있었지만, 종종 향기방을 찾아가 적화를 만나고는 했다.

몸집도 작고 여릿한데 화초를 올렸다 하여 그저 어린 나이에 화초를 올린 또래 기녀쯤으로 생각했던 적화는 알고 보니 설아보다 일곱 살이나 많았다. 막 열다섯이 되었을 때 화초를 올린 적화는 7년 넘게 기방 밥을 먹은 꽤 잔뼈가 굵은 기녀였다. 항상 생글생글 웃고만 다니고 가벼운 말투에 몸가짐도 조심성이 없었지만, 왕언니 격의 기녀였던 것이다. 그 사실을 알고 나서 설아가 존대를 쓰려 하니, 적화는 소름이 돋는다며 기를 쓰고 말려, 결국 평대를 하되 언니 호칭을 하는 것으로 결론을 지었다.

설아와 적화는 보통 설아의 수련이 끝난 후 저녁이 되기 전에 만났다. 적화는 꽤 유명한 기녀였기 때문에 저녁 시간이 바빴다. 가끔 적화가 설아를 보러 올 때도 있었지만 거의 설아가 교방의 수련이 끝난 후 개인 수련 전에 잠깐 그녀를 만나러 갔다.

오늘도 적화를 만나러 향기방으로 향하는데 솟을대문에서 한 사내가 옷도 제대로 갖춰 입지 못하고 허둥대며 튀어나오는 것이었다. 갓끈을 겨우 목에 걸치고 알몸에 두루마기만 걸친 채 제 옷가지를 손에 들고, 갓신조차 신지 못하고 겨우 손가락 끝에 걸치고 있던 사내는 길게 늘어진 제 옷자락을 밟고 하마터면 돌계단에서 구를 뻔하다가, 겨우 중심을 잡고 내려와선 뒤쪽 골목으로 사라졌다.

당황하여 멀뚱히 보고 있던 설아는 솟을대문 앞에 적화가 깔깔대며 서 있는 것을 발견했다.

"적화 언니."

"설아 왔누? 아이고, 깔깔깔. 너, 저치 봤어?"

배를 잡고 온몸을 흔들며 웃어대는 적화에게 다가간 설아가 할 말을 못 찾고 있자 적화가 설아를 끌고 안쪽으로 들어갔다. 구석진 담 옆의 널따란 바위 위에 앉아서도 적화가 웃음을 멈추질 못하자 설아가 물었다.

"무슨 일이야? 양반 같아 보이던데, 어찌하여 저런 모습으로……."

겨우 웃음을 참으면서 적화가 대답했다.

"그저 내가 조금 골려주었지."

대체 어떻게 골리면 옷가지도 못 입은 채 대문 밖으로 뛰쳐나간다는 것인가, 이해되지 않는다는 표정으로 설아가 입을 헤 벌리고 있으니 그 얼굴을 보고 또 적화가 웃어젖히는 것이었다.

"아니, 저…… 그리 해도 되는 거야?"

"무어?"

"저 양반, 그렇게 굴어도 되는 거냐고."

"뭐가 문제란 말이야?"

적화의 목소리가 통통 튀었다. 근래 들어 가장 재밌었다며 신나 하는 적화를 보니 설아는 자신이 잘못 생각하고 있는 것인가 하는 혼란에 빠졌다.

설아가 보아온 양반이란 아무렇지 않게 아랫것의 목숨을 취할 정도로 아랫사람을 하찮게 여기는 이들이었다. 조금이라도 제 눈에 거슬렸다가는 역정을 내는 무리였다. 사실 설아가 겪은 양반이라고는 어린 시절 노예였던 설아의 주인양반이 전부였다. 그 시절이 설아가 경험한 양반의 모든 것이었고, 양반에 대한 감정의 전부였다.

적화는 설아에게 무슨 일이 있었는지 모르기에, 양반에 대해 잘 알지도 못하는데 양반을 싫어하는 설아의 모습이 의아했다. 그저 어떤 큰 사건이 하나 있었는가 보다 하고 지레짐작할 뿐이었다.

"이리 높으신 분들을 갖고 놀 수 있는 건 기생밖에 없을걸?"

설아가 또 혼자 생각에 빠져 있자 적화가 툭 던졌다. 기대했던 대로 설아는 소스라치며 적화를 바라보았다.

"야, 양반을 갖고 논다고……?"

"도령이 널 농락한 것이 괴로웠지? 이젠 니가 그런 양반들을 농락해 봐. 그치들은 저 못난 꼴은 죽어도 인정하지 않아, 어디 가서 내가 기생것한테 농락당했소, 하고 널 탓하지조차 못할 인물들이야."

적화가 참새처럼 가볍게 떠들어댔다.

"농락당하는 것이 얼마나 비참한 일인지 알아? 나는, 누군가를 그리 대하지 않을 거야."

적화의 목소리와는 대조적인 착 가라앉은 억양. 설아는 얼굴에 웃음기도 싹 지우고 단호하게 말했다. 그 모습이 적화의 눈에는 갇혀 있는 것만 같았다. 조금 더 가볍게 살아도 될 텐데. 저 어린것의 마음에 무엇이 눌러앉았기에 저리 딱딱하기만 한 것인지. 적화가 입술을 움찔거리다가 벌떡 일어나 설아의 앞에서 일장연설을 늘어 놓았다.

"세상서 제일 자유로운 이가 바로 기생이여. 저 고래등 같은 기와집의 대감 댁 아씨가 이리 자유로울 성싶어? 황궁의 금은보화를 깔고 앉은 황녀마마라두 이리 맘대루 못 다니지. 눈의 아이야, 너는 네가 원하는 모습 무엇이던 될 수 있고, 할 수 있단다. 우린 이미 천한 기생이기에 그 어떤 짓을 해두 비난받잖어."

적화가 검지를 치켜들고 흔들었다. 설아는 좀 더 가벼워질 필요가 있었다.

"그렇다면, 아예 저 높은 태산처럼 고고한 척 신선놀음을 하던."

적화가 치맛자락을 휙 모아 쥐어 뒷짐을 지고 고개를 치켜들었다. 그러다가 이내 손등으로 입을 가리며 요염하게 두 눈을 내리깔며 속눈썹을 바르르 떠는 것이었다.

"꼬리 아홉 달린 여우가 혀를 내두를 마냥 요부 짓을 하던, 그저 우리네 되고픈 대로 하믄 되는 것이여."

폭포수로 쏟아지는 말마디를 곱씹는 설아의 눈이 빛났다.

저 열성적인 아이를 어찌하란 말인가. 가벼워지라 말했더니 그 말을 또 되뇌고 익혀 교훈을 얻으려 하는 모습이라니. 적화는 허탈한 듯 허허거리며 다시 설아의 옆자리에 앉았다.

"하고픈 대로, 되고픈 모습으로."

"신선이 되던 요부가 되던."

"신선이든 요부든 될 수 있다는 것이지?"

자신을 돌아보며 묻는 설아를 바라보지도 않고 손을 쫙 펴 보이며 적화가 고개를 끄덕였다.

"화초가 되고 싶다."

"뭐?"

무슨 말을 하려나 했더니 뜬금없는 화초타령에 적화가 벙찐 얼굴로 설아를 향해 고개를 돌렸다. 설아는 곧 울음을 터뜨릴 것만 같은 얼굴이었다.

"적화 언니, 나는. 나는, 귀한 화초가 되고 싶어."

적화는 생각 없이 떠들어댈 때와 아닐 때를 기막히게 구분했다. 쉬지 않고 재잘거리던 적화는 말없이 설아를 꼬옥 안아주었다. 적화의 몸집이 설아만 한 탓에 생각대로 품어주지는 못했지만, 감싸주는 적화의 손만은 따뜻했다.

'어린것이 어찌 이리 상처가 많아 뵈누.'

괜스레 적화의 콧잔등도 시큰해졌다.

적화의 품에서 한바탕 울고 난 설아는 교방에 돌아가 홀로 낮의 수련을 복습했지만 뜻대로 몸이 움직이지 않았다.

"네가 원하는 모습 무엇이던 될 수 있고, 할 수 있단다."

적화의 목소리가 자꾸 울렸다.

청여는 그저 길가의 하찮은 들꽃이라 했다. 귀히 여길 고운 화초가 될 수 없다 했다.

마음이 어수선하니 쉽게 해내던 발동작이 엉켜 그만 엉덩방아를 찧고 넘어지고 말았다. 넘어지니 힘이 풀려 한참을 그대로 앉아 있었다.

"괜찮아?"

갑자기 들려온 목소리에 흠칫하며 소리 난 곳으로 고개를 돌리니 물동이를 든 연지가 서 있었다. 고개를 홱 돌리고 바라보는 설아의 눈빛이 매서웠는지 연지는 당황하며 주춤 뒷걸음질을 했다.

"아, 그게…… 계속 보고 있었던 것은 아닌데, 아니, 그러니까……. 뭔가 걱정이 있나 해서. 춤사위가 영 이상한 게, 아니, 너가 못한다는 것이 아니라……."

어지간히 당황했는지 연지는 말도 제대로 잇지 못했다. 떠듬거리던 연지는 한참 동안 말을 빙빙 돌렸다.

"크게 넘어지던데 아프진 않아?"

그리 오래 주절거리다 나오는 말이 이런 말이라니. 연지는 제가 내뱉은 말이 한심스러웠는지 벌게진 얼굴로 고개를 푹 숙여 버렸다.

"괜찮아."

쉬지 않고 나불거리는 연지 탓에 차마 입을 벙긋조차 못한 설아가 한마디 대답을 하자, 연지는 또 얼굴이 붉어지며 고개를 들지 못했다.

"미, 미안."

대체 뭐가 미안하다는 것인지. 설아가 묻기도 전에 연지는 물동이를 들고 사라져 버렸다. 교방에서 말을 걸어주는 이가 없었던 설아는 낯설어 제대로 말도 못하고 얼어 있었던 것뿐인데 연지의 눈에는 그것이 함부로 곁을 내주지 않는 도도함으로 비친 모양이었다.

"꺄하하하!"

수련을 복습하던 중 갑자기 연지가 말을 걸었던 이야기를 전하자 적화가 고개를 뒤로 젖히며 굉장한 고성으로 웃어대니 설아가 당황하여 그녀의 입을 막았다. 푸흐흐거리는 바람 새는 소리가 나더니 적화가 곧 웃음을 멈췄다.

"그 애기기생 이름이 뭐라구?"

"연지."

"그 아이, 널 좋아하나 보아."

적화가 연신 낄낄댔다.

"눈의 아이는 재주도 좋아. 차갑게 굴면서 언제 그리 혼을 쏙 빼놓았나."

"적화 언니……."

그 앞에서 설아는 그저 땀만 뻘뻘 흘리며 어쩔 줄을 몰라 했다.

"하긴, 니가 좀 그런 면이 있어야."

적화가 장난기를 싹 지우더니 턱을 괴고 가만 설아를 뜯어보았다. 작고 선이 가늘지만 뚜렷한 이목구비하며, 까만 속눈썹이 돋보이는 적당히 큰 눈에, 콧등이 높아 코 또한 높아 보이는데다 조그맣고 얇은 입술. 늘상 멍청한 표정에 웃고만 있어 몰랐는데, 요모조모 따지고 보니 꽤 도도하고 기가 세 보이는 인상이었다.

"교방선 입 딱 다물고 표정 없이 앉아 있을 턴데, 그리 있음 넌 참 까칠하고 냉담한 계비 같을 거여."

"계, 계비?"

비이면 비고 첩이면 첩일 것이지, 계비는 무엇이란 말인가. 그 말에 설아가 황당해하며 입술을 오므렸다.

"니 주위론 딱 보이지 않는 벽이 쳐져 있는 거지, 모. 다가오지 마라, 건들지 마라. 잘못 건드렸다간 갈기갈기 찢어 잡아 먹어버릴 것만 같은 계집. 암것두 안 하고 가만있음 넌 딱 그래 보일 상이여."

적화의 말에 설아가 멋쩍어선 제 얼굴을 매만졌다. 제 얼굴이 그리 보였나, 싶었다. 사실 율이 무리만 설아를 특별히 싫어하며 괴롭힌 것이지, 다른 동기들은 설아에 대해 딱히 별생각이 없어 보였다. 슬금슬금 자신을 피하는 모습에 율이가 무어라 말이라도 해둔 건가 싶어 괜히 상처받고 더 구석으로만 숨어들었다. 그러나 실상은 웃음기 하나 없이 얼음장 같은 설아의 얼굴에 거리감을 느낀 것이었다.

조금이라도 웃어볼까, 생각하며 청악으로 돌아가는데 교방에 들어서면서부터 분위기가 이상했다. 나이 어린 동기들은 거의 울상이 되어 설아를 발견하곤 깜짝 놀라며 자리를 피했다. 몇몇은 훌쩍이고 있었다. 또래 동기들 역시 설아가 돌아온 것을 보고는 사색이 되어 어찌할 줄을 몰라 하며 저들끼리 뭐라 속닥거렸다. 공기가 싸했다.

"무슨 일⋯⋯."

설아는 더 이상 말을 이을 수가 없었다. 교방 건물 모퉁이 처마 아래에 새끼줄이 길게 늘어져 있었다. 그 끝에는 허연 것이 꾸물거리고 있었다.

온몸의 피가 빠져나가는 느낌이었다. 처마 아래 늘어진 새끼줄에 목이 매여 온몸을 있는 대로 꼬아대며 발악하고 있는 것은 분명 초아였다. 설아는 제 눈이 잘못된 것이길 바랐다. 하지만 저 하얗고 가는 몸에 붉은 눈은 부정할 수 없이 초아가 확실했다. 주변의 아무것도 느껴지지 않았다. 수군거리는 동기들의 목소리조차 사라져 버렸다. 시야가 하얘진 것인지 까매진 것인지 알 수 없었다. 다른 것은 눈에 들어오지 않고 그저 새끼줄과 초아만 선명했다.

정수리가 찌릿거렸다. 초아의 모습에 자신의 모습이 비쳤다. 그 붉었던 날, 나무둥치에 꼼짝도 할 수 없게 묶여 있던 자신의 모습이 목 매인 초아 위로 떠올랐다. 토악질이 날 것만 같았다. 속이 울렁거리고 머리가 빙빙 돌았다.

초아를 매달아둔 것은 개령이었다. 평소와 다름없이 담을 타고 있던 초아는 갑자기 교방의 노비에게 붙잡혀 목이 묶인 채 처마 아래 서까래에 매였다. 처음부터 줄곧 매섭게 노려보며 노비에게 지시를 내리는 개령의 시선에 설아가 눈에 밟힌 초아는 차마 반항 한 번 하지 못하고 목을 내주었다.

"네 주인년 참 재수 없지. 교방에선 온갖 젠체는 다 하더니, 겨우 향기방 기생 따위랑 아주 쿵짝이 잘 맞더구나. 눈꼴 시려운 년. 그년이 널 보면 아마 펑펑 울다 까무러칠 테야, 그치?"

처마에 매달려 몸을 비틀어대는 초아를 향해 개령이 비린 웃음을 날렸다. 그러나 그녀의 기대가 허무하게도 설아는 너무나 태연하게 처마 밑으로 다가와 줄을 풀어 내렸다. 줄을 푸는 설아의 손이 미세하게 떨렸으나, 그녀는 입술을 꽉 깨물고 억지로 평정을 가장했다.

"뭐 하는 거야!"

소리를 빽 지르는 개령을 무시하고 초아의 목에 매인 줄을 풀어 초아의 상태를 살피는 설아의 눈에 고운 비늘이 상한 것이 보였다. 잘 묶이지 않고 금세 빠져나갔기 때문인지 입과 머리 뒤쪽을 번갈아가며 세게 동여매 놓은 데다가 초아가 계속 바동거려 거친 새끼 줄에 다친 것이었다.

설아가 느릿하게 고개를 돌려 개령을 바라보았다. 설아의 얼굴은 창백해져 있었지만 눈물도 분노도 떠오르지 않았다. 그저 싸늘한 눈빛. 그 눈빛에 개령은 자신도 모르게 움찔하며 뒷걸음질을 쳤다.

"네가 이랬니?"

낮은 음성에 소름이 돋았다. 개령의 예상과는 너무나 다른 모습이었다. 그리 때리고 건들어도 반박 한 마디 하지 않고 가만있던 아이였기에, 이 정도쯤 하면 한바탕 눈물 바람이나 보이든가 고상한 척 구는 가면을 벗고 달려들 줄 알았다.

하지만 설아는 도리어 차분해지며 냉정히 쏘아붙이는 것이었다. 가만히 있어도 얼음 같던 아이가 대놓고 이리 나오니 개령은 어찌 대응해야 할지 갈피를 잡지 못했다.

"네가 날 미워하고 싫어하는 건 알아. 네게 뭘 잘못한 적도 없는데 넌 이유 없이 날 괴롭혔지만, 그저 놔둔 것은 네가 무서워서가 아니란 걸 몰랐니?"

초아의 상처를 쓰다듬으며 설아가 개령에게 다가갔다. 얼어서 움직이지도 못하고 잔뜩 굳은 얼굴로 설아를 내려다보던 개령의 손끝이 떨렸다.

"대체 무슨 억하심정일까?"

설아의 오른 손등이 개령의 오른뺨을 위에서 아래로 살며시 스쳤다. 흠칫 소름이 돋았다. 개령이 설아보다 키가 컸지만 설아가 올려다보는 시선은 마치 깔보듯 내려다보는 시선 같은 느낌이었다. 저 눈동자. 저 눈빛.

개령이 입술을 꾹 깨물었다.

"겨우…… 겨우 노예 출신 주제에……. 노예 출신 기녀 따위가……. 학문이 뭐고, 춤이며 금은 또 뭐야. 유곽으로나 팔려 가서 창기로 나앉을 것이 뻔한……."

겨우 입을 열고 말을 하던 개령은 흔들림 없는 설아의 시선에 말을 맺지 못했다.

개령의 말을 듣고 있으니 설아는 어이가 없었다. 결국 그것이었나? 출신과 실력. 출신에 맞지 않는, 저들보다 뛰어난 실력에 시기를 한 것이었나? 그 시기로 저를 괴롭히는 것은 상관이 없었다. 한데 그런 이유로 말 못하는 짐승을 이리 학대하다니.

'이제 더 이상 두고만 보지 않겠어.'

설아가 가장 아끼는 친우를 건든 것이 잘못이었다.

이제 더는 좌시하지 않을 것이다.

"괜한 투기 따위 하지 말고 수련이나 더 해서 정당하게 실력으로 날 이겨."

설아가 스쳐 지나가며 툭 던졌다. 그 말에 개령은 다시 입술을 잘근거렸다. 보드랍던 입술은 형편없이 뜯겼다. 둘러보니 동기들이 구경을 하고 있다가 딴청을 부리며 시선을 회피했다. 순간 개령의 얼굴이 창피함에 붉게 물들었다.

방에 들어오자 설아의 눈에서 눈물이 툭 떨어졌다. 초아가 고개를 돌려 설아를 보았다. 초아의 붉은 혀는 언제나처럼 날름거렸다.

"미안해, 미안해, 초아. 내가 정말……."

설아가 무너져 내리며 초아를 품었다. 항상 초아를 품고 다니다가, 요새 수련에 열중하고 적화를 만나러 다니느라 초아에게 소홀했던 자신을 자책하는 설아에게 초아가 마치 괜찮다는 듯 몸을 기대왔다.

저에게 기댄 초아를 쓰다듬는 설아의 머릿속에서 괴로운 듯 허공에서 꿈틀거리던 초아의 하얀 몸뚱아리가 요동쳤다. 어김없이 비치는 것은 5년 전의 그날이었다. 그 탓일까, 설아는 잠자리에 들어 또 붉은 악몽을 꾸었다.

아직 해는 뜨지 않았다. 창에는 어스름한 푸른 빛이 번졌다. 설아는 눈만 뜬 채 가만히 누워 있었다. 터질 듯한 심장에 숨소리가 새어 나오지 않도록 천천히 숨을 골랐다. 이마에 맺힌 땀이 서늘했다. 그날에서 벗어날 수는 없는 건가? 설아는 점점 지쳐 가는 것을 느꼈다. 버둥대던 초아와 꼼짝할 수 없던 자신. 설아의 가슴에 무겁게 내려앉는 상처였다.

벗어 던지겠다.

이 굴레에서 벗어나겠다.

더는 아파하고만 있지 않겠다.

가만히 천장을 바라보는 설아의 눈빛이 한층 서늘해졌다.

날이 밝자 동기들은 소반을 하나씩 앞에 두고 경대를 열었다. 연무가 돌아다니며 동기들이 화장하는 것을 지켜보았다.

"아니, 무슨 광대놀음이라도 나갈 일 있어? 분칠이 그게 뭐야!"

훈육어미는 동기들의 화장을 지켜보며 잘잘못을 지적했다.

"쥐라도 잡아먹었누? 연지를 얼마나 발라댄 거야."

"눈썹! 아주 숯칠을 하는구나."

"볼거리라도 걸렸어? 뺨 꼴이 그게 뭐야!"

연무가 동기들의 화장을 지적하며 들고 있던 회초리로 동기들의 어깨를 툭툭 때리며 지나다녔다. 아직 화장이 서툰 동기들은 백분이나 연지를 너무 진하게 바르곤 했다. 그래도 눈썰미가 있는 동기들 몇은 벌써부터 제 얼굴에 어울리는 화장을 했다. 동기들을 찬찬히 살피며 한 바퀴 돌고 있던 연무가 설아의 앞에서 걸음을 멈췄다.

설아는 항상 너무 옅게 화장을 하곤 했다. 한 듯 안 한 듯, 곧잘 연무에게 좀 더 분칠을 하라고 지적을 받곤 했다. 한데 오늘, 연무는 설아의 화장을 보며 빙긋 미소를 지었다. 설아는 늘 그렇듯 웃음기 없는 얼굴로 차분하게 경대를 들여다보고 있었다. 그런데 오늘은 평소와 분위기가 달랐다. 웃음기 없는 것은 마찬가지였지만 그저 무표정한 것이 아니라 어딘가 냉기가 흘렀다.

제 앞에 연무가 가만 서 있는데도 설아는 눈짓조차 하지 않으며 가만 붓질을 했다. 붉은 연지를 찍은 가는 붓이 설아의 얇은 입술 위를 부드럽게 스쳐 갔다. 워낙 피부가 하얀 터라 분칠을 조금만 심하게 해도 창백해 보이는 얼굴이었다. 적당한 분칠을 한 뺨에 붉은 분을 옅게 털어놓으니 살짝 홍조가 도는 듯 생기가 일었다.

'기녀가 하는 것이라면 무엇이든, 손짓 하나 눈짓 하나까지 최고가 될 것이야. 가장 잘하겠어. 그리하여, 그 누구도 나를 우스히 보지 못하게 할 거야.'

조심스럽던 설아의 붓질이 멈추었다. 경대 속 여인의 미안은 고고하기 그지없었다.

저녁 어스름이 깔려올 무렵, 교방의 누각 위에서 홀로 가야금 연습을 하고 있던 설아의 손이 드디어 멈추었다. 가야금의 울림이 멈추니 초아가 설아를 돌아보았다. 초아를 바라보는 설아는 전처럼 싱긋 웃어주진 않았다. 하지만 바라보는 그 눈빛이 전보다 짙었다. 그런데 그 눈빛이 너무 아렸다. 그런 설아의 변화가 마치 지난날 서까래에 묶였던 자신 때문인 듯하여 초아의 속이 불타올랐다. 지금이라도 그녀를 그러안고 괜찮다고 다독여 주고 싶었다. 그래, 지금이라도. 초아의 붉은 눈에 광채가 번뜩였다.

"설아!"

그러나 갑자기 들려온 목소리에 초아의 눈빛은 다시 사그라졌다. 자신을 부르는 목소리에 설아가 돌아보니 적화가 방긋 웃으며 손을 흔들고 있었다.

"적화 언니."

적화가 치맛자락을 올려붙이고 한 걸음에 두 계단씩 성큼성큼 걸어 올라왔다.

"오늘은 일이 없어서 내가 놀러 왔지."

그녀는 향기방에서 두 번째라면 서러울 정도로 명성이 높은 기녀였다. 그런 적화가 일이 없다니, 훤히 보이는 거짓말이었다. 아마 지난밤의 일이 벌써 적화의 귀에 들어간 모양이었다. 적화는 그 누구보다도 소문에 밝았다.

적화가 올라오자 설아가 무릎 위에 올려놓았던 가야금을 바닥에 내려놓았다. 설아의 옆에 털썩 주저앉은 적화가 팔을 뒤로 짚어 기대며 한가로이 물었다.

"어쩐 일로? 화장이 참 고와."

"음, 이제 좀 해보려고."

설아의 목소리가 담담했다. 적화는 무언가 설아의 분위기가 달라졌다는 것을 느꼈다.

"뭐야? 무슨 일이야?"

설아는 가만 적화를 바라보았다.

"초아가 다쳤어."

그 말에 적화가 초아를 돌아보았다. 적화 역시 다른 이들과 마찬가지로 뱀인 초아가 조금 무서웠지만, 설아가 아끼기 때문에 친근히 대하고자 노력했다. 근심 가득한 눈으로 살펴보니 초아의 머리 뒤 비늘이 돋아나 있었다.

"단순히 상처가 슬픈 것만은 아닌 것 같아 뵈는데."

설아의 입은 바로 열리지 않았다. 하지만 적화는 계속 설아를 바라보았다. 피하기 힘든 시선이었다. 결국 얕은 한숨과 함께 설아가 입을 열었다.

"내 마음을 닫으면 다칠 일이 없겠지."

적화는 말없이 설아의 머리를 쓰다듬었다. 그녀는 가타부타 하지 않고 그저 설아의 다짐을 듣고 있을 뿐이었다. 그저 설아의 선택을 응원할 뿐이었다.

도령의 이야기를 듣고, 그간 설아를 봐온 것이 있었다. 설아는 적화가 보아온 이 중에 가장 순수하고 여린 아이였다. 그런 아이가 저런 말을 한다는 것. 그것은 단지 지난밤의 사건 때문만은 아닐 것이다. 그리고 그런 아이가 마음을 닫겠다는 것. 그것은 적화가 그리 한 것보다 더욱 힘들고 어려운 일일 것이다. 홀로 많이 아파할 것이었다.

"그래, 니 얼굴 그리 있음 순해 보이지 않으니까. 웃지만 마라.

웃으면 넌 참 여려 보인다."

"언니가 그걸 알려주어 어렵지 않았어."

둘은 한참 동안 말이 없었다.

"화초랬나."

역시나 적막을 깬 것은 적화였다.

"너가 하고픈 거. 되고픈 거. 할 수 있을 게야. 내 눈엔 보여. 너가 한량들을 발아래 깔고 도도하게 노니는 모습이."

"그리 할 수 있을지 모르겠지만, 그리 할 거야."

사실 말은 그리 하면서도, 어찌해야 할지 몰랐다. 막막했다. 그저 일단은 기녀로서 하는 모든 일에서 으뜸이 되려 했다.

"그래, 그리 하렴. 그만큼 맘껏 한량들 갖고 놀아. 전두도 뜯어내고, 해우채도 뜯어내고. 남는 건 그거다, 재물."

"언니는 참 못된 것만 가르쳐 주는구나."

"넌 차암 말을 예쁘게도 하여."

적화와 설아는 서로를 바라보았다. 높은 웃음소리도, 한줄기 미소도 없었지만 그 어떤 사이보다 다정했다.

연무에게서 설아가 달라졌다는 말을 들은 것이 엊그제였다. 수련은 물론 술시중 교육이나 화장 교육에도 열성으로 임한다는 것이었다. 또 그 아이의 마음속에서 무슨 바람이 분 것인가. 설아는 그런 아이였다. 이제야 좀 알겠다, 싶으면 다른 곳으로 새고. 저런 아이였나, 하면 또 금세 다른 길로 빠지는 것이었다. 도통 종잡을 수 없는 아이였다. 겨우 열다섯 어린아이의 속조차 잡지 못하다니,

청여는 이제 늙었나 보다며 헛웃음을 쳤다.

"행수 어른, 안에 계십니까?"

'허허, 이제 보니 범이었던 모양이야.'

설아의 생각을 하고 있었는데 장지문 너머에서 설아의 목소리가 들렸다.

"뉘야."

청여는 알면서도 모른 척 그리 말을 던졌다.

"저, 설아입니다."

"들라."

흠흠, 헛기침을 하며 짧게 대답하니 장지문이 조용히 열렸다. 살며시 들어서 장지문을 가볍게 닫고 치맛자락조차 사박거리지 않으며 앞에 와 앉는 모습이 유려하기 그지없었다. 저 몸가짐, 저 행태, 저 표정. 청여는 온몸이 시려오는 느낌에 몸을 부르르 떨었다.

"어인 일이야?"

"천한 기녀라, 길가의 하찮은 들꽃이라, 귀히 품어줄 화초가 될 수 없다 하셨지요."

그 서늘했던 밤, 청여가 설아에게 했던 말이었다.

"저는 그리 살지 않을 것입니다."

설아가 전에 없이 청여의 두 눈을 똑바로 바라보며 말을 이었다.

"천한 기녀, 기녀들 사이에서도 괄시받는 노예 출신의 천하디 천한 기녀이지만. 저는 누구도 함부로 대할 수 없는, 감히 마음에 품고 쉬이 바라볼 수조차 없는 그런 귀하디귀한 화초, 아니…… 천상의 꽃이 될 것입니다.”

아이의 목소리가 굳었다. 아니, 굳었다기보다는 서늘했다. 서늘해서 냉기가 뚝뚝 묻어나도록 얼어 있는 목소리. 그래, 바로 5년 전에 청여가 보았던 그 시커먼 눈 속에 있던 목소리였다.

“천상의 꽃.”

청여의 입꼬리가 말려 올라갔다. 항상 내리깔고 서안이나 방바닥을 향하던 설아의 눈이 청여를 직시하고 있었다.

이 눈이다.

청여가 기다려 오던 그 눈. 5년을 기다린 쾌거라 해야 하나, 5년 만에야 겨우 나타났다 해야 하나, 그런 생각이 잠깐 스쳐 지나갔다. 아무렴 어떠하료, 저 눈이, 저 눈빛이, 저 눈빛을 품은 마음이, 청여의 청악기방을 더욱 드높일 것이었다.

행수 청여는 참으로 오랜만에 흥분에 차올랐다. 제 앞에 설아가 있다는 것도 개의치 않고 두근거리는 심장에 들뜬 마음을 주저 없이 얼굴 가득 드러내고 눈을 빛내며 웃음을 터뜨렸다.

“천상의 꽃!”

그녀의 높은 목소리가 울렸다.

행수의 방을 나선 설아는 교방으로 돌아갔다. 동기방에 들어서니 한순간 설아에게로 모든 시선이 모였다가 재빨리 거두는 것이었다. 이전에는 이런 시선들이 자신을 무시하고 없는 이 취급하는 것이라 생각했지만, 이젠 그것이 아님을 알고 있었다. 차마 다가서지 못하는 긴장감, 그 긴장으로 가득 찬 동기들의 마음이 눈에 훤히 보였다.

동기들 중 태반이 설아보다 먼저 교방에 있었다. 설아가 처음 교방에 들어선 날, 설아는 온몸에 피를 뒤집어쓰고 있었다. 표정 없이 쌀쌀맞은 얼굴로 벽을 치고 홀로 앉아 있는 아이는 보통은 질겁하는 뱀을 애지중지하며 키웠다. 이 어린 나이에 그런 아이를 피하는 시선은 멸시가 아닌 두려움이었을 터였다. 어찌하여 동기들의 숨소리에도 그리 숨을 죽였던가, 설아는 자신의 옛날 모습이 참 어리석었다고 생각했다.

무어, 이 무리에도 설아를 향한 다른 시선이 둘 있긴 했다. 그러나 설아는 개령의 분기 찬 시선도, 연지의 걱정 어린 눈빛도 개의치 않으며 제 자리의 소반을 끌어당겼다.

"생각보다 아무렇지 않아."

경대에 비친 자신의 얼굴을 바라보며 설아가 조용히 읊조렸다. 설아의 관심에서 떠난 주변은 더 이상 보이지 않는다. 시커먼, 아니, 어쩌면 새하얀 공간에 설아가 앉아 있고, 품 안에는 초아가 가끔 꿈틀거리고 있고, 설아의 앞에 놓인 작은 소반에는 경대 하나가 열려 있을 뿐이었다.

"아무렇지 않아."

중얼거릴 때마다 심장이 둔해지는 것 같았다. 이전에 그리 요동치며 뛰던 두근거림도, 찢어질 듯 아프던 고통도 느껴지지 않는다. 그저 먹먹할 뿐이었다.

"아무렇지……."

거울 속에, 화류가의 골목에서 뛰노는 어린아이 둘이 비쳤다.

"…… 않아."

그날, 칼에 맞은 것은 일현이었고 죽은 것은 율이었다. 그러나 그날, 일현 역시 죽었다.

설아는 미친 듯이 훈육에 집중했다. 모든 춤사위를 집어삼킬 듯 매서운 기세로 무보(舞譜)를 파고들었다. 모든 가락을 담아낼 듯 거침없이 악보(樂譜)를 훑어 내렸다. 한 가닥 잡념조차 떨쳐 내고, 마치 이것이 세상의 전부인 듯 먹을 갈아 망설임 없이 쳐내는 붓질에 난이 피어오르고 매화의 꽃망울이 터져 나왔다. 술잔을 넘치지도 모자라지도 않게 따라내면서도 술병을 쥔 손목에는 한 치의 떨림도 없었다.

그런 설아의 기세에 지쳐 나는 것은 연무였다. 저 조그만 몸에서 어떻게 저런 기운이 솟아나는 건지 알 수 없었다. 도저히 못하겠다며 이제 그만해라, 역성을 내면서 설아를 쫓아내도 설아는 배워야 할 것이 많다며 달라붙었다. 그동안 그저 딱 시키는 만큼만, 반드시 해야 하는 만큼만 훈육을 받던 설아는 마치 5년간 흘려 버린 훈육을 다시 죄다 곱씹겠다는 듯 연무를 달달 볶았다.

그러면서도 매일 저녁, 달이 휘청 떠오른 밤이면 설아는 별채의 누각에 올라 달바라기를 했다. 하얗게 빛나는 달을 온통 눈에 담고 양팔을 벌리며 후우 하고 들이마시는 숨에 그 달빛을 머금으려는 듯했다. 깊게 숨 쉬는 만큼 달의 기운을 받음이야, 하얀 달만큼 미색이 고와지고 여인네의 음기가 가득 차오른다며 적화가 알려준 것이었다.

미색이며 음기며 하는 것은 사실 상관이 없었다. 설아는 그저 이 시간, 달을 바라보며 숨을 고르는 이 한적한 시간이 좋았다. 옆에서는 초아가 몸을 배배 꼬고 있고, 저 밝은 달을 바라보며 가만 숨소리에 집중하고 있으면 마음이 참 평안해졌다.

"후읍…… 후……."

고요한 누각에는 설아의 숨소리만 울렸다.

춤사위가 하나 떠올랐다.

곡조가 하나 떠올랐다.

그렇게 하나하나 떠오를 때마다 또 하나하나 굳어갔다.

허공을 훑던 웃음소리 한줄기가 날아갔다.

문득 떠오르던 얼굴 하나 옅어졌다.

"그이의 이름도 잊어버렸다."

거짓말이었다.

03. 얼음 꽃

창으로 새어든 햇빛에 빙휘가 잠에서 깼다. 가만히 누워 있던 빙
휘는 품 안에서 초아가 꿈틀거리는 것이 느껴지자 그제야 눈을 떴
다. 하얀 천장, 쏟아지는 햇빛. 모든 것이 어제와 같은 아침이었다.
하지만 어제와 오늘은 많은 것이 달랐다.

어제까지 빙휘는 '설아'란 이름의 청악기방에 딸린 교방 동기였
다. 그러나 오늘부터 그녀는 '빙휘'란 이름의 청악기방 기녀인 것
이다. 화류가에 널린 그저 그런 흔한 기녀가 아닌, 문관들의 수장
인 상문관이란 고관대작에게 기명을 하사받은, 시작부터 앞길이
창창한 기녀였다.

화초를 올린다는 것은, 기녀에게나 중요한 첫날밤이었지 그 상
대에게는 그저 수많은 밤중에 하루일 뿐이었다. 그래서 자신이 화

초머리를 올려준 기녀를 제대로 기억하지도 못하는 양반들이 태반이었다. 물론 그 기녀를 기억하고 자주 찾으며 아끼는 양반도 있었지만, 결국은 천한 기녀에 지나지 않는 그녀들에게 직접 기명을 내려주는 이는 손에 꼽을 정도였다.

잊을 수 없는 특별한 정을 주고받아, 존귀한 양반께서 천한 기녀를 귀히 여긴다는 것을 표명하는 행위.

양반에게 기명을 하사받는다는 것은 그런 의미였다. 그렇기에 손수 기명을 지은 기녀들과 양반에게 기명을 받은 기녀들은 시작부터 격에서 차이가 났다.

보통은 동료 기녀들과 셋에서 다섯까지 방을 함께 쓰다가 재물을 어느 정도 모으고 나서야 독방을 쓰거나 거처를 따로 둘 수 있었지만, 상문관이 화초머리를 올려주었기에 빙휘는 처음부터 독방을 쓰게 되었다. 항상 큰 방에서 동기들과 함께 떠들썩하게 엉켜 있다가 혼자 조용하게 지내게 되니 차분하여 좋다는 생각을 하며 일어난 빙휘가 서안 위에 있던 종이를 펼쳤다.

—氷徽.

상문관이 기명을 내린 종이였다. 화선지 중앙에 손바닥만 하게 쓰여 있는 글자는 단 두 자였지만, 이 글자를 쓴 이의 학식이 묻어나 정연하면서도 웅장했다.

"빙휘."

이제 제 이름이 된 글자를 읽으며 빙휘는 아직 입에 붙지 않는 어색함을 느꼈다.

"빙휘."

생각해 보니 제법 다정한 이가 아닌가. 농락당했다며 화내도 모자랄 판에 그 약조를 지킨답시고 이리 기명까지 내리다니. 아니, 어쩌면 반편이인지도 모르겠다. 어딘가 사람 좋아 보이던 그 인상은 어리숙해 보이기도 했다.

"빙……."

"빙휘야."

다시금 제 기명을 불러보던 빙휘가 밖에서 자신을 부르는 목소리에 창을 돌아보았다. 낮고 인자한 목소리. 잘못 들은 건가 생각하며 고개를 갸웃거리는데, 환청이 아니라는 듯 다시 목소리가 들려왔다.

"빙휘야."

빙휘는 종이를 서안에 내려놓고 창 고리를 잡아당겼다. 마당에서 상문관이 뒷짐을 진 채 서서 허허 웃으며 올려다보고 있었다.

"대감, 이른 아침부터 어인 행차십니까?"

소복만 입고 있음에도 당황하지 않고, 오히려 상문관을 질책하는 말투로 빙휘가 태연하게 말을 건넸다. 그러나 상문관은 여전히 사람 좋은 미소로 허허 웃을 뿐이었다.

"운우지정을 나눈 사이에 이리 타박하는 게냐? 꽃 같은 빙휘가 보고 싶어, 내 해가 밝자마자 이리 달려왔느니라."

운우지정이라니. 참 넉살도 좋은 양반이었다.

빙휘는 물끄러미 상문관을 내려다보았다. 첫인상도 그러하였고 지금 보아도 그저 인자해 보이는 노인네일 뿐이었다. 망건 아래로 보이는 머리칼도, 가슴께까지 내려온 긴 수염도 새하얀 것이 칠순을 바라보는 나이거나, 아니면 나이보다 머리가 빨리 센 것일 듯했다. 눈가와 입가엔 잔주름이 서글했지만, 노인들에게 그 흔한 검버섯도 없이 피부는 깨끗했다. 딱 봐도 곱고 귀하게 나고 자란 높은 어르신이었다.

"쇤네가 아직 대감을 모실 준비가 되질 않았으니, 잠시만 기다려 주십시오."

담담한 말을 던져 놓고 빙휘는 지체 없이 창문을 탁 소리가 나게 닫아버렸다. 마당에 서 있던 상문관은 여전히 웃는 낯이었지만, 그 옆에 서 있던 훈육어미 연무는 죽을상이 되어 어찌할 바를 몰라 했다.

상문관을 마당에 서서 기다리게 하고선 한 시진이 지나도록 기척이 없는 빙휘에, 발만 동동거리던 연무가 결국 기다리다 못해 툇마루에 올랐다. 다급하게 빙휘의 방 장지문을 드르륵 밀어 열고서 연무는 그대로 입을 딱 벌리고 굳어버렸다. 빙휘는 이미 가체까지 올리고 머리꽃이도 화려하게 장식한 채 보료 위에 가만 앉아 있던 것이다.

"너, 너, 너……."

기가 막혀 말도 제대로 하지 못하던 연무는 행여나 마당에 서 있는 상문관이 방 안을 들여다볼까 봐 눈치를 살피며 얼른 방에 들어와 장지문을 닫았다.

"너 이년이 정신줄을 놓아도 지대루 놓았구나, 지금 뭐 하는 것이여? 치장이 끝났으면 당장에 튀어나올 일이지!"

혹시라도 밖으로 말이 새어 나갈까 언성도 높이지 못하고 눈만 부라리던 연무가 빙휘의 등짝을 때렸다.

"너 저분이 누구신 줄 알아? 그 뭐시냐, 글 쓰는 나으리들 중에선 제일 높은 나으리야. 상문관! 상문관 대감마님이시라구."

"저도 잘 알고 있어요. 문관의 우두머리, 이 나라의 관직 중 가장 높은 세 관직 중 한 자리에 앉아 계신 분이잖아요."

"한데, 버선발로 뛰쳐나가도 모자랄 판에 멀쩡한 양반을 저리 밖에 세워둬?"

"높은 양반님네면 다릅니까. 아직 아침 문도 열지 못한 여인네 방에 약조 한마디, 말 한마디 없이 불쑥 찾아드는 것은 대체 어느 댁 예랍디까."

"예? 옳지, 그래. 니년이 어느 양갓댁 아씨라도 됐음 그래, 예를 지켰겠지."

"그게 제 말입니다."

"무어야?"

비아냥대는 말에 그러하다 고개를 끄덕이는 빙휘의 모습에 연무는 또 눈이 휘둥그레져서는 입을 딱 벌렸다.

"저를 대하는 만큼, 딱 그대로 저 또한 객을 대할 것입니다."

이젠 더 이상 뭐라 대꾸할 말도 떠오르지 않았다. 되바라진 빙휘의 모습에 연무는 입만 벌리고 넋을 놓고 있다가 곧 그녀의 등을 마구잡이로 떠밀며 채근했다. 버티고 서 있던 빙휘는 연무의 힘에 밀려 장지문 밖으로 거의 던져지다시피 튀어나왔다. 툇마루에 서서 마당을 바라보니 상문관은 여전히 창을 올려다보고 있었다. 계속 저리 서 있었으면 목도 허리도 뻐근할 만한데 꼿꼿한 것이 마치 목석 같았다.

"대감."

빙휘의 부름에 그제야 시선을 돌린 상문관의 눈에 비친 그녀는 지난밤만큼이나 아름다웠다. 아니, 어두운 밤의 촛불 옆에서 보았던 것보다, 밝은 햇살 아래의 그녀가 더 아름다웠다. 그녀에겐 햇살이 더욱 어울렸다.

겨우 상문관 앞에 빙휘를 대령해 놓고 아침부터 기가 빠진 연무가 터덜대며 돌아왔다. 길안내만 하고 금방 돌아올 줄 알았던 연무가 한 시진도 훨씬 넘어 돌아오니 행수 청여가 의아하여 그녀를 불렀다.

"어찌 이리 늦었는고?"

"하이고, 행수 어르신."

청여의 부름에 연무는 앓는 소리를 했다. 한바탕 하소연이 쏟아질 것 같은 분위기에 청여는 기적(妓籍)에 동기에서 갓 기녀가 된 아이들에 대하여 기록하던 것을 멈추었다. 기적을 덮기가 무섭게 연무의 팔이 서안을 덮쳤다. 쓰러지듯 청여의 앞에 주저앉은 연무가 서안에 팔을 기대어 이마를 짚고 거의 엎드리다시피 하여서는 종알거렸다.

"저는 도통 설아, 아니, 빙휘 그 계집의 속을 모르겠습니다요. 아니, 상문관 대감께서 오셨으면 후딱 나와 맞이할 것이지, 들라는 말조차 않고 '잠시 기다리세요.' 요러고 새침하니 말하고선 창을 탁 닫아버리는 거 아니겠어요?"

"해서?"

"잠시 기다리라더니 한 시진이 지나도록 애는 나올 생각도 않고, 그 대감마님께선 앉지도 않으시고 그 자리에 고대로 서가지고는, 빙휘년 창만 무슨 닭 쫓던 개마냥 물끄럼 바라보고만 섰잖아요. 그 옆에서 이년, 속이 터져 뒤집어져 버리는 줄만 알았습니다요. 저 혼자 애만 태우다가 대체 그년이 무슨 꽃단장을 하기에 이리 늦는 겐지 보러 들어갔더니, 아니, 글쎄 치장이라곤 옛날에 다 해놓고는 자리에 가만히 앉아 있는 게 아니겠어요? 나 참, 어이가 없고 기가 막혀서는."

하소연을 쏟아놓으며 주먹으로 제 가슴을 퍽퍽 쳐대는 연무를 바라보는 청여의 입가에 미소가 떠올랐다.

"그 아이가 심통을 낸 모양이구나."

"예예, 그럽디다. 무슨 예라나 뭐라나. 아니, 기생년 찾아오는데 예 차리는 양반네가 있답디까?"

피식, 청여의 입꼬리가 말려 올라가는가 싶더니 웃음소리가 새어 나왔다.

2년 전, 어느 날 밤 찾아와 제 눈을 똑바로 보며 했던 말이 있었다. 그 후로는 조용히 수련이며 훈육에만 임하기에 그저 한 번 허세를 부려본 건가 했었다.

"기생 찾는 데 예 차리는 양반은 없어도, 여인 찾는 데 예 차리는 양반은 있지."

"그게 제 말이어요. 동기 딱지 떼고 나니 규방아씨라도 된 줄 아는 모양인지, 그 높은 상문관 대감마님이 화초를 올려주겠다 나서니 콧대가 높아진 것인지."

연무는 쉬지 않고 종알거렸다. 빙휘가 하는 양이 영 맘에 들지 않는 모양이었다.

"스스로를 천한 기생으로만 여기면 결국 천한 기생밖에 되지 못하는 법이요, 스스로를 귀히 여겨야 비로소 귀한 대접을 받을 수 있는 법이라."

기생이나 기생이고자 하지 않는 기생이라. 처음부터 어려운 길로만 가려 하는 빙휘의 모습이 참으로 그 아이 같다는 생각에 청여는 자꾸만 웃음이 터졌다.

"그래 봐야 겨우 기생년 아닙니까요."

귀한 대접이라니, 청여의 실없는 소리에 연무가 혼잣말인 듯 반박하듯 중얼거렸다. 그 조그만 소리를 못 들을 리 없었건만, 청여는 아무런 대꾸도 반응도 보이지 않았다. 연무는 혼자 무어라 중얼대며 투덜거리고 있었다.

결국 기생이나, 겨우 기생으로 남지는 않을 아이.

청여는 옆으로 치워두었던 기적을 펼쳤다. 이 장부에 오르면 빼도 박도 못하고 기녀로 남게 되는 것이었다. 때문에 행수는 한 명 한 명 조심스럽게 적어 내리고 있었다. 동기에서 명실상부한 기녀가 되었다는 것, 이젠 세상에 기녀로서 알려진다는 것. 이 한 장 종이가 아이들의 모든 것을 속박할 터였다.

아명은 기명에 묻혀 지워지고, 간단한 몇 글자로 아이의 모든 것을 설명해 버린다. 이게 전부였다. 그 짧은 인적 사항에는 이 아이가 얼마나 재예가 출중한지, 성품이 고운지, 미색이 빼어난지, 얼마나 많은 노력을 하였고 땀을 흘리고, 목이 터지고, 손끝에 피가 맺혔는지 자질구레한 긴 이야기를 적어 넣을 수가 없었다. 그저 미색, 소리, 춤, 연주, 학문 따위 항목에 상중하를 적을 뿐이었다.

"매번 하는 일이다만 참으로 피로하구나."

청여의 입에서 흘러나오는 탄식에 연무가 차라도 한 잔 올리겠습니다, 하며 나갔다. 기적을 올리는 일은 씁쓸하였고, 그만큼 피로가 몰려와 머리가 지끈거렸다. 왼손으로 관자놀이를 지그시 누르며 기적을 채워가고 있는데 작은 목소리가 기어들어 왔다.

"행수 어르신."

"누구냐?"

"저, 연지입니다."

연지. 조용히 할 일을 잘하던 아이였는데, 순한 인상에 선이 연한 탓인지 다른 아이들에게 묻힌 탓인지 뜯어보면 모자라는 미색도 아니건만 화초를 올려주겠다는 이가 없었다. 재예에 관심이 많았지만 그만큼 실력은 좋지 못했고, 유곽으로 빠지지도 않고 기방의 노비가 되어서라도 기방에 남겠다고 사정하던 아이였다.

"들어와."

조심스레 장지문이 열렸다. 행수의 방에 들어오는 것이 처음이었던 연지는 조금 겁을 먹고 움츠러들어 있었다.

"어인 일로 찾아온 게야?"

청여가 묻는데도 연지는 한참 말이 없었다. 손가락만 꼬물거리며 슬쩍슬쩍 청여의 눈치를 살피던 그녀가 겨우 입을 열었다.

"저어……."

"그래, 편히 말해보아."

"저, 기녀의 몸종이…… 될 수 있을까요?"

연지의 말에 청여는 다분히 놀란 듯 보였다. 그도 그럴 것이 기녀가 되려 했던 아이가 스스로 기녀의 몸종이 되겠다, 나서는 일은 여지껏 한 번도 없었기 때문이다.

"몸종이라?"

"예, 저 설아, 아니, 빙휘의 몸종이 되고 싶습니다."

기방의 본채 옆에 있는 누대에서 금 연주가 흘러나왔다. 누대를 올려다보던 연지가 혹여 연주를 방해할까 살금 올라가 보니, 역시나 빙휘였다.

검붉은 짧은 저고리에 밑단에 금실로 큼지막한 수가 놓인 검은 치마를 입은 빙휘가 다소곳이 앉아 무릎 위에 가야금을 올려놓고 있었다. 저고리 아래로 살짝 보이는 색실로 수가 놓인 하얀 치마말기가 은근하였다. 가체도 높이 올리고 나비며 꽃모양의 머리꽂이를 보기 좋게 꽂아놓은 빙휘는 여자인 연지의 눈에도 어여뻐 보였다.

기녀가 된다면 저런 기녀가 되고 싶었다. 저리 앉아 있으면 마치 한 폭의 그림인 듯, 인형인 듯 시선을 뺏겨 버리는 기녀이고 싶었다. 시선이 동하여 바라보게 되었지만 그 손끝에서 나오는 가락이 아름다워 귀도 빼앗겨 버리고 마음도 빼앗겨 버리는, 그런 기녀가 되고 싶었다. 저는 되지 못하였지만 빙휘라면 그런 기녀가 되겠지, 하는 생각에 그 모습을 지켜보고 싶었다. 이런 것이 대리만족인가. 무어 그런 것이라도 좋았다. 그런 어여쁜 모습을 보고 싶었다.

"빙휘야, 꽃 한 송이가 날아들었구나."

멍하니 서서 빙휘만 바라보던 연지는 갑자기 들려온 사내의 목소리에 화들짝 놀라 고개를 돌렸다. 빙휘의 맞은편에 옥빛 두루마기를 차려입은 양반이 앉아 있었다. 그러고 보니 객을 맞이하러 갔다 하였는데, 빙휘의 모습에 정신이 팔려 무례를 범하였으니 연지가 얼른 고개를 조아렸다.

"소, 소, 송구합니다."

급히 말을 꺼내려다 제대로 더듬어 버리고 얼굴이 새빨개진 연지에게 상문관은 괜찮다며 허헛 하고 짧게 웃고 말았다.

"연지?"

빙휘가 연지를 알아보고 그녀를 불렀다.

"너한테 할 말이 있어 찾아왔는데, 저, 객이 계신데 내가 너무 성급히 왔나 보아. 그, 나는 내려가 있을게."

빙휘에게마저 떠듬거리며 말을 건넨 연지가 대답도 듣지 않고 후다닥 계단을 내려가 버렸다. 빙휘를 바라보는 멍청한 얼굴을 초면인 양반에게 들켜 버려 민망하고 부끄러운 마음에 서둘러 도망치는 것이었다.

갑자기 나타나선 또 갑자기 사라지는 연지의 모습에 고개를 갸웃하던 빙휘가 가야금 위에 손을 올려놓았다.

"다시 연주를 올릴까요?"

웃음기도 없이 그저 똘망한 눈으로 바라보며 묻는 빙휘였다.

"어허이, 정 없는 것."

그 표정에 마음이라도 상했는지 상문관이 손에 쥔 접선으로 무릎을 탁탁 쳤다. 그럼에도 안색 하나 변함없는 빙휘를 바라보는 그의 눈빛이 애틋했다.

"이른 아침부터 연통 없이 찾아왔다 하여 아직도 골이 난 게야?"

한 시진을 꼼짝 않고 가만히 기다리던 점잖던 모습은 어디로 간건지, 이죽거리며 투덜대는 상문관은 노인네라기보단 마치 아이같았다. 그런 상문관의 태도에도 빙휘는 여전히 냉담하기 그지없는 얼굴이었다. 이리 굴면 어이가 없어서라도 피식 하고 실소라도 보일 줄 알았더니 가면이라도 쓴 듯했다.

"대감께선 제가 편하십니까?"

"허면 빙휘는 내가 편치 않느냐? 어려워?"

도리어 묻는 그를 보며 빙휘는 짧게 한숨을 내쉬었다.

"얼마나 보았다고 대감을 편히 대하리까."

그 말에 상문관의 눈썹이 꿈틀거렸다. 부드럽게 대하고 있음에도 빙휘는 시종일관 벽을 치고 있었다. 이리 눈앞에 앉아 있어도 마치 보이지 않는 두터운 벽이 사이에 있는 듯 다가갈 수가 없었다. 아니, 빙휘가 밀어내는 것일까.

"자주 보고 오래 보아야 편해지는 것이라 생각하느냐. 그저 한번 보아도, 처음 보아도 마치 십 년을 알고 지낸 지기처럼, 죽마고우처럼 마음이 동하는 이가 있는 것이야."

상문관이 말을 마치니 두 사람 사이에 적막이 찾아들었다. 얽혀 있는 시선은 서로의 눈을 바라보며 움직이질 않았다. 이어진 시선을 깬 것은 눈을 내리 깔은 빙휘였다.

"쇤네는 모르겠습니다."

빙휘가 금을 챙겨 들었다. 일어서는 그녀의 손목을 낚아챈 상문관이 물었다.

"내 이름은 아느냐?"

"존엄하신 상문관 대감의 존함을 어찌 쇤네가 알 수 있겠나이까."

힘을 준 손아귀가 아니었기에 빙휘는 살짝 손을 비틀어 쉽게 상문관의 손에서 빠져나왔다. 빙휘의 손이 빠져나가니 어쩐지 마음 한구석에서 실바람이 지나가는 기분이라 상문관이 잠시 제 손을 바라보았다. 그사이 빙휘는 마룻바닥에도 삐걱 소리 하나 내지 않고 계단 앞까지 다가갔다.

"고록경."

상문관의 굳은 목소리에 막 계단으로 내딛던 빙휘의 발이 멈추었다. 자신이 멈칫한 것을 알고는 그녀의 아미가 살짝 찌푸려졌다.

"고, 록 자에 경 자. 그 함자 맘 속 깊이 담아두겠나이다."

참으로 다정스러울 그 말을 고저 없이 내뱉고 내려가 버리는 빙휘의 뒷모습은 서릿발 같았다. 그런 무례함에도 상문관, 고록경 대감은 빙긋 미소를 지었다.

"내가 기명 하나는 참으로 잘 지어주었어."

빙휘는 한결같이 무례하게 굴었지만 그 모습이 괘씸하다거나 밉지가 않았다. 수많은 미색을 봐온 고록경 대감이었다. 빙휘의 미색이 곱기는 하였지만 정신을 잃을 정도로 빠져들게 만드는 그런 경국지색은 아니었다. 좀 전에 했던 말마따나 그저 그런 느낌이었다. 온몸으로 냉기를 흘리는데도 어쩐지 고록경 대감은 빙휘가 마음에 들었다.

톡, 톡, 톡.

버릇인 듯 접선을 쥔 손이 흔들렸다. 대나무 접선이 마룻바닥에 부딪히는 소리만 가볍게 누대를 울렸다.

빙휘가 계단을 내려가자 연지가 다가왔다. 얼마 전까지만 해도 같은 동기였지만, 이제 빙휘는 화려한 치장의 기녀가 되었고 연지는 무명저고리를 걸친 노비가 되었다. 그럼에도 연지는 부끄러워하는 기색이 없었다. 연지의 눈에는 오로지 눈부시게 빛나는 빙휘만 보이고 자신의 처지 따위 눈에 들어오지 않았다.

"할 말이 있다더니?"

연지의 손은 치맛자락을 아무렇게나 움켜쥐고 마구 구겨대고 있었다. 막상 빙휘를 마주하자 입이 떨어지지 않아 한참을 머뭇거리던 연지가 겨우 입술을 뗐다.

"저기, 혹시 몸종을 두지 않겠어?"

"몸종?"

"나."

연지가 손가락으로 저를 가리켰다.

"몸종으로 두지 않을래?"

빙휘는 눈 하나 깜짝하지 않았지만 사실 속으로는 적잖이 놀랐다. 연지에게나 빙휘가 동경의 대상이었지만, 빙휘에게 연지는 그나마 말 몇 번 섞어본 동기에 지나지 않기에 연지의 말이 당혹스러웠다. 게다가 스스로 함께 훈육 받았던 동기의 몸종이 되겠다며 나서는 모습이라니.

"행수 어르신께 여쭈었더니 너한테 물어보라 하시더라고. 몸종을 두는 건 기녀가 결정할 일이라며……."

빙휘가 아무 말도 없이 바라보기만 하자, 연지가 중얼거렸다. 가까이 있고 싶었지만 다가가기 어려운 그녀의 분위기에 연지는 눈도 제대로 맞추지 못했다. 그저 바닥이나 내려다보며 치맛자락을 비비적대는 연지였다.

"……너 좋을 대로 해."

생각보다 간단한 빙휘의 대답에 연지의 얼굴에 화색이 돌았다.

"잘 부탁해!"

스스로 몸종으로 들어온다는 것, 함께 훈육 받았던 동기를 몸종으로 둔다는 것. 삼자가 보기엔 분명 이상한 일이었건만 두 여인은 크게 신경 쓰지 않는 듯했다. 그저 동경하는 이의 곁에 머무를 수 있다는 것, 누군가가 자신에게 다가온다는 것. 그런 의미였다.

그날 이후로 고록경 대감은 매일같이 빙휘를 찾아왔다. 아침마다 고록경 대감의 편지를 들고 찾아오는 대감 댁 하인에게 저녁에 뵙자는 답을 써 보내면, 해가 저물어 청악기방이 문을 열 때쯤 고록경 대감이 찾아와 자정에 다다를 때까지 그녀를 놓아주지 않았다. 그런 사정에 빙휘는 다른 주석(酒席)에 나간 적이 없었다. 그럼에도 빙휘의 이름은 날이 갈수록 많은 이들의 입에 오르내렸다.

제국의 최고 관직인 상문관이 매일 찾아드는데다 종일 그에게 잡혀 있는 탓에 얼굴조차 볼 수가 없는 기녀. '빙휘'란 기녀에 대한 소문만 무성해져 갔다.

오늘도 자정이 넘어 대감 댁의 하인이 찾아오고 나서야 고록경 대감은 빙휘를 놓아 주었다. 기방은 질펀하게 취한 술자리와 잠이 든 객들로 아직 소란스러웠다. 빙휘가 방에서 나오니 연지가 그녀가 들고 있던 가야금을 받아 들었다.

"오늘은 어땠어?"

"매일 같지."

항상 같은 대화였다. 그럼에도 연지는 매일 오늘은 어땠는지 빙휘에게 물었다. 지속적인 연지의 관심 때문이었을까, 빙휘는 이제 곧잘 연지와 대화를 나누고 가끔 먼저 그녀를 찾기도 했다. 이제 연지는 빙휘의 냉담한 반응을 무서워하지 않았다. 그 냉기는 무서운 것이 아니라 그저 그녀의 방어막과 같은 것임을 깨달았기 때문이었다.

매일 빙휘를 찾는 고록경 대감이었지만 정작 방에서는 많은 일이 일어나지 않았다. 가끔 몇 마디 대화를 나누기도 하였지만 대부분 대감은 탐독을 하거나 가져온 일거리를 처리하였고, 빙휘는 그 옆에서 느리고 조용한 곡조로 금을 탔다. 그렇게 종일 방에서 꼼짝 않고, 돌아갈 때면 전두로 두둑한 염낭 서너 개를 내주는 것이었다. 값나가는 주석 몇 군데를 들어가야 받을 만한 전두였다.

"매일 이만큼의 돈을 흥청거리는 인사는 대체 무슨 생각인 걸까?"

방에 돌아와 연지가 빙휘의 가체를 내려주는데 그녀가 말을 던졌다.

"글쎄, 너가 무지무지 맘에 드나 보지."

"안으려고도 하지 않고, 주색을 즐기는 것 같지도 않던데. 저런 양반은 처음 본다."

"너야 어떤 양반이든 처음 보는 거 아녀?"

연지는 이제 제법 빙휘에게 장난도 걸었다. 빙휘의 머리를 한데 모아 넘긴 연지가 이제 화장을 지우기 시작했다.

"그 잘난 양반님네 생각이야 어찌 우리 같은 것들이 알 수 있겠어. 나는 너가 아무것도 하지 않고 종일 금 연습이나 하며 이리 전두도 많이 받아오는 게 그저 좋은걸."

연지가 방글방글 웃었다. 그저 좋은 게 좋은 거지, 하는 그녀의 말에도 빙휘는 맘이 걸렸다. 물론 술시중을 들지 않는 것도, 몸을 더럽히지 않는 것도, 종일 좋아하는 가야금 곡조나 고르며 앉아 있는 것도 좋았다. 무엇이 마음에 들지 않는 건지는 몰랐지만, 그가 거슬렸다.

"주름지면 아니 되어요, 빙휘 아씨."

빙휘가 미간을 살짝 찌푸리자, 연지가 엄지로 미간을 꾹 눌렀다. 연지는 종종 빙휘를 아씨라 부르곤 했다.

"거슬려."

"아예 대놓고 물어보지 그래? 그저 놀고먹는데도 불만이구나."

연지가 계속 종알거렸다.

"아씨, 불만일랑 접어두시고 일단 지금은 주무십시다."

화장을 모두 지운 연지가 얼굴에 꿀을 얇게 펴 발랐다. 빙휘는 생각지도 않는 일들을 연지는 나서서 했다. 마치 제 일처럼 피부에 좋다는 것이며 미색에 좋다는 것이며, 좋은 분에 빛 고운 연지, 화려한 장신구를 어디서 알아서는 챙기고 구해왔다. 고록경 대감의 전두로 빙휘의 주머니는 풍족했기에 연지는 가장 좋은 것만 구해 빙휘에게 주었다. 빙휘도 딱히 재물에 관심이 없었기에 돈 관리를 연지에게 맡겨 그녀가 하는 대로 놔두었다.

이부자리를 챙겨 빙휘를 눕히고는 오늘 쓴 가체와 머리꽂이, 의복 등을 정리한 연지가 마지막으로 빙휘의 얼굴에 발라놓았던 꿀을 닦아주고 촛대의 불을 끄고는 나갔다. 연지는 매일 빙휘를 챙기는 일이 즐거웠다. 빙휘에게 해주는 것 모두가 자신이 기녀가 되었을 때 하고 싶었던 것들이었다.

"이제 더위가 좀 가셨네."

다음날, 연지가 창에 친 발을 걷으며 말했다. 연지는 꽤 바지런하여 언제나 빙휘보다 일찍 일어나 그녀를 깨웠다. 연지의 부산에 눈을 뜬 빙휘가 잠시 멍하니 천장에 시선을 놓고 있다가 몸을 일으켰다. 연지가 떠다 놓은 세숫물로 세수를 하고 나서야 정신을 차린 빙휘가 제 품 안을 뒤졌다.

"초아, 잘 잤니?"

초아의 작은 입에 입술을 맞추며 인사를 하는 빙휘의 모습은 매일 보아도 익숙해지지가 않는 연지였다. 그녀들이 아침 준비를 마칠 때쯤이면 언제나처럼 밖에서 연지를 불렀다.

"연지야!"

"정말 칼이야, 칼."

투덜대듯 종알거리며 나갔다 들어오는 연지의 손에 들린 것은 고록경 대감의 편지였다. 매일 보내는 편지인데도 매번 내용이 달랐다. 글 읽는 선비란 이런 것인가, 항상 새로운 글들이 머릿속에서 나오는 걸까, 궁금증이 날 찰나 빙휘가 서안 아래 서랍에서 미리 준비해 둔 답서를 건넸다.

"어라?"

답서를 펼쳐 본 연지가 나가려다 말고 빙휘를 돌아보았다.

"오늘은 불통이네?"

"뵙지 않을 거야."

빙휘가 고개를 끄덕였다. 이대로는 견딜 수 없었다. 지위와 재산을 이용한 묘한 방식으로 농락당하는 기분이었다.

고록경 대감의 청을 거부한 빙휘는 오늘 다른 기녀들처럼 청여의 지시를 기다리며 대기하게 되었다. 특별히 빙휘를 찾는 주석이 있다면 그곳에 가게 될 터였고, 그렇지 않다면 청여가 들어가라는 주석의 술시중을 들 것이며, 그마저 없다면 일 없이 쉬게 되는 것이었다. 이것이 일반적인 기녀들의 하루였지만 빙휘에겐 처음이었다. 주석이란 생각만 하면 저도 모르게 인상을 쓰게 되었다.

연지를 대동하고 본채로 향하니 기방은 이미 문을 열어 벌써 객이 몇 들어서고 있었다. 몇몇 기녀들은 솟을대문 앞에서 객을 부르고 있었다. 빙휘는 다른 기녀들과 함께 본채의 안쪽 방으로 들어갔다. 그 방에서 대기를 하다가 호명되면 주석으로 가는 것이었다. 기녀들이 잔뜩 들어찬 방은 분 냄새로 가득했다. 그 냄새가 거슬려 더 기분이 나빠져만 갔다.

얼마 지나지 않아 빙휘의 이름과 함께 몇몇 기녀들의 기명이 불렸다. 그녀들과 함께 어떤 방으로 들어서니 양반들이 예닐곱 명쯤 앉아 있었다.

"네가 바로 그 유명한 빙휘란 기생이로구나."

상석에 있던 양반이 빙휘를 불렀다. 빙휘는 가만 고개를 숙여 인사를 올렸다. 자연스럽게 그녀가 상석의 양반 옆에 앉게 되었다.

주석은 야단스러웠다. 점잖은 척하던 양반들 사이에서 음담패설이 오가고 기녀들의 높은 웃음소리가 머리를 울렸다. 그나마 상석의 양반은 희미한 미소만 띠며 다른 이들의 농지거리를 구경만 했고, 빙휘가 따라주는 술을 얌전히 받아마셨다.

얼마나 지났을까, 조금 지루하다는 생각을 할 즈음 갑자기 상석의 양반이 빙휘의 옷고름을 잡아당겼다.

"나리!"

놀란 빙휘가 소리치며 벌떡 일어나자 주석이 일순 조용해졌다. 빙휘의 양손이 저고리를 움켜쥐고 바르르 떨렸다.

"아니, 어디서 큰 소리야?"

양반은 되려 빙휘를 나무라며 그녀의 손을 잡아당겼다. 빙휘가 손을 탁 빼내며 나가려 하자 그가 벌떡 일어나 빙휘의 손목을 잡아챘다.

"기생이면 기생답게 얌전히 수청이나 들 것이지, 감히 어딜 도망가?"

"놓으십시오."

"왜, 상문관 같은 높으신 분이 아니면 뫼시지 못하겠다, 이것이냐?"

양반의 입에선 술 내음이 질펀했다. 빙휘는 굳은 얼굴로 손을 빼내려 했지만 양반의 손아귀 힘이 너무 셌다. 양반과 빙휘 사이에서 힘겨루기가 한참이다가 아무래도 손을 빼낼 수가 없자 그녀가 소리를 질렀다.

"연지야!"

그녀의 부름에 장지문이 발칵 열렸다. 그리고 동시에 양반의 반대쪽 손이 높게 올라갔다. 빙휘가 몸을 잔뜩 움츠리고 두 눈을 꼬옥 감는데, 떨어지는 손찌검이 없었다. 무슨 일인가 살짝 떴던 빙휘의 눈이 놀라움에 함지박만 해졌다.

장지문을 열고 들어온 이는 연지가 아니었다. 어느새 양반에 옆에 선 그는 빙휘를 내려치려는 양반의 손목을 딱 잡고 있었다.

"나의 애첩일세."

"대, 대감."

고록경 대감이었다. 그가 어찌 이곳에 있는 건지, 빙휘는 알 수 없었다.

그의 말에 양반은 뭐라 제대로 말도 못하고 떠듬거렸다. 대감은 그저 빤히 양반을 바라볼 뿐이었지만 양반은 마치 뭐라 한 소리라도 들은 마냥 어찌할 바를 모르고 얼굴이 시뻘게졌다. 양반의 손을 잡고 있는 그의 손마디가 불거졌다. 양반의 손이 덜덜 떨렸다.

"빙휘야, 괜찮으냐?"

더없이 다정한 목소리였다.

"내 오늘 바쁜 일이 있어 너를 찾지 못하였더니 이런 치도곤을 당할 줄이야."

치도곤이라니. 술시중을 들고 양반의 손을 타는 것이 기녀의 일이었건만 치도곤이라 표현하는 대감의 말이 우스웠다. 빙휘는 아무 대답도 안 하고 그저 저고리 앞섶을 움켜쥔 채로 그를 응시했다.

"저런, 많이 놀란 모양이로구나. 그래, 우리 빙휘가 이런 무례한 인사들은 처음이니 많이 놀랐을 게야."

고록경 대감이 잡고 있던 양반의 손을 세게 밀어 던졌다. 그 바람에 양반은 뒤로 넘어졌고, 뒤에 앉아 있던 다른 양반이 그를 붙잡았다. 주석의 모든 이들이 말도 잃고 대감과 빙휘를 바라보았다. 열린 장지문 너머로도 방 안의 소동을 알고 들여다보는 눈이 많았다.

"하루빨리 빙휘를 내 곁에 두어야겠구나."

한 걸음 빙휘의 앞으로 다가선 고록경 대감이 주변의 시선을 신경 쓰지 않는 듯, 아니, 오히려 그 시선더러 일부러 보란 듯이 더없이 다정하고 애틋한 눈빛으로 빙휘를 바라보았다. 그의 손이 조심스럽게 빙휘의 뺨을 쓰다듬어 내렸다. 그가 앞섶을 쥔 빙휘의 손을 한 번 꼬옥 잡아주고는 풀린 옷고름을 다시 매어주었다.

고록경 대감은 그대로 빙휘를 데리고 방을 나왔다. 복도에는 객이며 기녀들이 잔뜩 나와 두 사람을 훔쳐보았다. 대감은 빙휘의 어깨를 양손으로 감싸 안고 밖으로 향했다. 구경하는 이들이 양쪽으로 나뉘며 길을 터주었다. 양옆으로 죽 늘어선 방에서 다들 얼굴을 쭉 내밀고 지나가는 둘을 지켜보고 있었다.

대감은 빙휘를 방까지 데려다 주고 그녀를 보료 위에 앉혔다. 생각하지도 못했던 일을 당할 뻔했던지라 빙휘의 손은 아직도 바들바들 떨리고 있었다. 안 그래도 하얀 얼굴이 더욱 창백하게 질려 있었다. 아무리 냉담한 척, 덤덤한 척하고 있어도 결국 여인이었다. 그런 빙휘의 모습에 고록경 대감의 마음이 쓰려왔다.

"괜찮다, 이제 괜찮아."

대감이 빙휘의 양 어깨를 가만히 쓸어주었다. 따뜻한 손길이었다. 가만히 빙휘의 어깨를 쓸어주며 괜찮다는 말만 하던 그는 빙휘의 떨림이 잦아들자 몸을 일으켰다. 돌아 나가려는 대감의 걸음을 빙휘의 목소리가 붙잡았다.

"왜 그러셨습니까?"

많은 이들이 보고 있었다. 그 앞에서 고록경 대감은 다른 양반을 욕보이면서 기녀인 빙휘를 감쌌다. 게다가 오늘 오지 말라 한 것은 빙휘 자신이었다. 한데 고록경 대감은 사람들 앞에서 그가 찾아오지 못한 것이라 꾸며 말했다.

"왜 이러십니까?"

빙휘에게나 고록경 대감에게나 서로는 낯선 이였다. 특별히 좋은 일도 없었다. 오히려 빙휘가 그에게 무례하게 굴었었다. 그럼에도 대감은 이유 없는 애정을 보여주었다.

이해할 수 없었다.

"왜 제게 이러십니까?"

대감은 뒷짐을 진 채 돌아보지 않았다. 나이가 꽤 있음에도 그는 허리가 꼿꼿했다.

"약조하지 않았더냐."

"예?"

그가 고개만 살짝 돌렸다.

"정절을 지키는 예기의 미래를 주겠다, 약조하지 않았더냐."

웃으니 눈가의 눈주름이 자글했다. 입술의 양 끝이 씨익 올라가 호선을 그렸다. 그 어떤 악의도 보이지 않는 웃음. 하지만 그렇기에 더욱 꺼림칙했다. 이런 호의를 받을 만한 처지가 아님을, 빙휘는 너무나 잘 알고 있었다.

"겨우 그 약조 때문입니까?"

"겨우라니."

고록경 대감이 몸을 돌려 빙휘를 바라보았다.

"빙휘가 내게 청한 귀한 전두가 아니더냐."

"저는 감히."

말을 하려다 말고 빙휘가 입을 다물었다. 제 입으로도 쉬이 꺼내기 어려운 말이었다.

"감히 대감을 농락하지 않았습니까."

빙휘는 고록경 대감을 똑바로 바라보고 있었다. 그는 여전히 웃는 낯이었다. 한낱 기녀에게 농락을 당하고도 좋다는 것일까.

"그럴 만한 재예를 보여주지 않았느냐."

"재예……."

"기녀란 이유로 그 마음이 다쳐, 재예의 날개가 꺾이길 원치 않느니라. 빙휘가 원하는 것이 정절을 지키는 예기라면, 내가 원하는 것은 빙휘의 음률을 지키는 것이야."

고록경 대감은 많은 기녀들을 봐왔다. 알량한 재주와 미색에 기대어 웃음이나 파는 그저 그런 기녀들도 있었지만, 기녀란 굴레에 묶어두기엔 너무나 안타까운 비범한 재예를 지닌 기녀들도 있었다. 그리고 그런 이들은 누구보다도 섬세하고 마음이 약하여 '기녀'란 이름으로 당하는 멸시와 능욕을 당해내지 못하고 무너져 버리곤 했다.

"지켜주지 못했던 여인이 있었단다."

대감이 허공 너머 어딘가를 바라보았다. 그 눈빛이 너무나도 애잔했다. 빙휘를 바라볼 때의 애틋함보다도 더욱 진하고 슬픈 눈빛. 그제야 빙휘는 자신을 바라보던 그의 눈빛이 그 '지켜주지 못했던 여인'을 향한 눈빛이란 것을 알게 되었다.

"참으로 맑고 청아한 목소리였어. 하늘의 노래를 듣는 것 같았단다. 한데 그 목소리가 일그러지고 피를 토하는 것을, 나는 그저 보고만 있을 수밖에 없었느니. 다시는, 다시는 그런 모습을 보고만 있지 않을 게다. 빙휘를 처음 보았을 때, 그 눈을 보았을 때 나는 빙휘 역시 그런 길을 걷게 될지도 모른다는 예감이 들었단다."

여색을 밝히지 않는 고록경 대감이 먼저 나서 빙휘에게 화초를 올려주겠다고 말한 이유였다. 그 뜻을 알 것 같으면서도 빙휘는 선뜻 그를 받아들이기 힘들었다.

"다치지 말거라. 내가 빙휘의 장막이 되어주겠느니. 그저 내가 지켜주는 품에서 빙휘는 펼쳐 내고 싶은 예능을 마음껏 풀어내면 돼."

"……대감의 호의, 그저 받아들이기엔……."

"힘들겠지."

그가 마치 빙휘의 기분을 안다는 듯이 말을 끊었다.

"그래, 갑자기 낯선 이가 나타나 무조건 도와주겠다, 하는 것을 아무런 의심 없이 받아들이기엔 무리가 있을 게야. 하나, 나는 그저 빙휘가 이를 천운이라 여기고 맘 편히 누렸으면 좋겠구나."

천운이라.

천운과는 너무나 먼 삶이었다. 나면서부터 가장 천한 노예의 자식이었고, 어려서는 눈앞에서 부모가 서로를 죽이는 것을 봐야만 했다. 처음으로 믿었던 사내는 거짓으로 자신을 가지고 놀았었고, 또 그 때문에 동무가 제 목숨을 끊었다. 한데 갑자기 이유 없이 자신을 지켜주겠다는 이가 나타났다. 빙휘는 오히려 그것이, 그 달콤한 말들이 두려웠다.

"내 마음은 이렇단다, 빙휘야."

그 어떤 말도 나오지 않았다. 빙휘는 그저 고록경 대감을 올려다 보고만 있었다. 그 모습에, 아직 가시를 잔뜩 세우고 경계하는 모습에 그는 어쩔 수 없다는 듯이 한숨을 내쉬듯 웃으며 돌아섰다.

"그리 못 미더우면 그저, 늙고 가진 것 많은 노인네가 망령이 들었다고 여겨도 좋다."

돌아선 등이 어쩐지 처량해 보였다.

"내 뜻은 전하였으니, 빙휘가 받아들이기 전까지는 지금처럼 막무가내로 밀어붙이지는 않겠느니라."

고록경 대감을 살짝 손을 내저어 보이고는 장지문을 나섰다. 그가 나가고 나서도 빙휘는 한참을 문만 바라보고 있었다. 아직 사내를, 아니, 사람들의 속내를 제대로 분간하지도 못하는, 이제야 사람을 보는 법을 배워 나가야 할 빙휘에게 고록경 대감은 지나치게 어려운 첫 상대였다. 이젠 아무 생각 없이 입바른 말만 믿으며 넙죽 받아들일 정도로 어리석지도 어리지도 않았다. 그런 탓에 더욱 머리만 아파왔다.

어둠이 짙어졌다. 불편한 기분으로 잠자리에 든 탓인지 빙휘는 쉽게 잠을 이루지 못했다. 이불 아래 가만히 누워 있자니 몸의 희미한 떨림이 더욱 세차게 느껴져 심장이 차게 옥죄어왔다. 더운 술내음과 손목을 감싸 쥔 거친 손길이 자꾸만 떠올라 머릿속을 어지럽혔다. 주석의 소란과 어린 시절부터 따라다니던 붉은 악몽이 겹쳐 얕은 잠이 들었다가 깨어나기를 반복했다.

그 어지러운 잠자리에 몽롱하게 깜빡이는 두 눈 위로 붉은 빛이 번졌다. 빙휘는 그 붉은 빛이 늘 꾸던 악몽 속의 붉은 하늘이라고 생각했다. 흐릿한 시야에 처소의 천장이 보였다가 서로 칼을 겨누고 있는 부모가 보였다가 하얗고 긴 손이 보였다가 능글맞은 양반의 시커먼 웃음이 보였다. 빙휘가 낮게 신음을 흘렸다.

"미안합니다."

귀 익은 목소리는 물기에 잠겨 있었다. 부유하는 의식 속에서 이마에 서늘한 것이 닿는 느낌에 주름졌던 빙휘의 미간에 힘이 풀렸다. 기분 좋게 차가운 손길이 이마에서 뺨으로 흘러내리며 빙휘를 쓰다듬어 주었다. 들뜬 열을 식혀주는 서늘함에 마음이 편안해지며 불안이 사그라졌다. 어린 시절 머리맡을 지켜주던 어미의 꿈을 꾸는 것인가 싶었던 빙휘는 이 손길이 지나치게 현실적임을 깨달았다.

이것은 꿈이 아니다. 방 안에 누군가가 있다.

삽시간에 먹먹한 꿈의 장막이 확 걷히며 빙휘가 번쩍 눈을 떴다. 소스라치게 놀라며 벌떡 일어난 빙휘가 빠르게 이불을 끌어안고 뒤로 피했다. 조금 전 주석에서의 일이 떠올라 경악과 공포에 요동치던 심장이 이부자리 옆에 앉아 있는 이의 얼굴을 확인하는 순간 다른 의미로 놀라며 천천히 잦아들었다.

"……초사여?"

한 번뿐인 만남이었지만 그 이름을 잊어본 적이 없었다. 길게 흘러내리는 은회색 머리에 하얀 얼굴, 그는 분명 동기 시절 만났었던 초사여였다. 초사여의 가는 눈썹이 흔들렸다. 잿빛 눈동자를 담은 버들잎 눈이 촉촉이 젖은 채 빙휘를 응시하고 있었다.

"어떻게……?"

지금까지 빙휘는 어린 시절 초사여를 만났던 일이 자신의 꿈이거나 환상이라 생각했다. 어려부터 피가 튀는 생생한 악몽에 시달려 왔고, 특히나 초사여를 만났을 때 상황이 굉장히 혼란스러웠기 때문에 현실에서 도피하고 싶은 마음이 만들어낸 허상이라 여겼다.

일단 초사여의 외양이 보통 사람들과 달리 특이하기도 했고, 기방 근처에는 그를 만났던 동굴과 같은 장소가 없을뿐더러 그날 이후로 그를 본 적이 없었기 때문이었다. 아니, 변해 버린 일현을 마주하고 갑자기 밀려드는 악몽의 조각들에 정신을 잃어가며 딱 한 번 더 그의 목소리를 들은 적은 있었지만, 그 역시 정신이 혼란한 와중의 환청이라 생각했다.

그러나 지금 초사여는 분명 빙휘의 눈앞에 실존했다. 슬픈 기색이 분분한 그는 조금 당황한 듯 난처한 얼굴로 빙휘를 바라보았다.

"잠을 깨울 생각은 없었습니다. 단지, 꿈자리가 사나운 듯하여 열이라도 식혀주고자 한 것이었습니다. 기방에서 나서서 도와주지 못하여 미안하기도 하고, 혹여 그 일 때문에 놀랐을까 걱정도 되어……."

나지막하고 조심스러운 목소리, 천천히 또박또박 내뱉는 말은 어딘가 어색하게 들리기도 했지만 한편으론 차분하게 느껴졌다. 빙휘는 선뜻 말을 이을 수 없었다. 상상의 인물이라 여겼던 이가 눈앞에 나타나니 놀란 탓이기도 했고, 그 오래전에 잠깐이었을 뿐인 첫 만남이 생생하게 떠오른 탓이기도 했다.

그의 명도가 낮은 무채색 눈을 바라보고 있자니 기방에서의 일도 고록경 대감과의 대화도 모두 가루가 되어 날아가 버렸다. 낯설지만 편안한 이 모순된 느낌, 그리고 처음 마주했을 때와 다를 바 없는 의문이 떠올랐다.

"날 보고 있었나요?"

'날 보고 계셨어요?'

어린 목소리가 함께 울렸다. 물음과 동시에 빙휘는 묘한 위화감의 정체를 알아차렸다. 초사여는 마치 몇 년 전의 그날로 돌아간 것처럼 그때와 똑같은 모습이었다. 손가락 하나, 머리카락 한 올, 심지어 바라보고 있는 눈빛까지— 그때와 조금도 다른 점이 없었다.

"어찌 말해야 할까요."

초사여는 답하기 어려운 듯 말 꺼내기를 주저했다.

"항상 보고 있습니다. 언제나, 어디에서나, 당신의 곁에서 당신을 지켜보고 있습니다."

"왜죠?"

"……바라보는 것밖에는 할 수 있는 게 없으니까요."

초사여가 손을 내밀었다. 그의 손이 빙휘의 얼굴 가까이로 다가왔지만 그녀는 그 손을 피하지 않았다. 손끝이 파르르 떨리고 있었다. 그 떨리는 손을 보자니 빙휘는 자신이 그를 경계하지 않고 있다는 것을 깨달았다.

그의 손이 뺨을 감쌌다. 긴 손가락 하나하나가 전부 느껴져, 빙휘는 뺨의 감각이 이리도 예민하다는 것을 처음 알게 되었다. 온기가 돌지 않는 차가운 손이었지만 그 어느 손길보다 따스하게 느껴졌다.

"그저 한 번 보아도, 처음 보아도 마음이 동하는 이가 있는 것이야."

고록경 대감이 했던 말이 떠올랐다. 이런 것일까? 처음 보아도 마음이 동하는 이란. 그러나 또 묘한 것은 낯설면서도 낯익은 초사여의 분위기였다. 잠시 그 분위기에 휩쓸렸던 빙휘가 고개를 내저으며 초사여의 손을 거부했다. 가로젓는 고개는 떠올랐던 고록경 대감의 말도 부정하며 떨쳐 내고 있었다.

"당신은 대체 누구시죠? 이곳은 어찌 들어오셨습니까?"

처음부터 물어봤어야 할 질문이었다. 애써 날 선 경계를 세우며 빙휘가 입술에 힘을 주었다. 그 모습에 초사여의 입에서 짧은 웃음이 터져 나왔다. 그 무게감 없는 웃음에서 쓸쓸함이 배어났다.

"제가 무섭습니까?"

"당혹스럽게도, 아니요. 갑자기 나타난 건 놀랐지만 이상하게도 별로 겁나진 않습니다. 이름 세 자밖에 모르는 상대인데."

빙휘의 대답에 그의 얼굴에 미소가 번졌다.

"누구시냐 물었습니다만."

"죄송하지만, 답할 도리가 없습니다. 그 답을 건넸을 때 당신이 저를 어떻게 대할지 두렵습니다."

초사여의 말뜻을 이해할 수 없었다. 아니, 그보다도 으슥한 밤에 몰래 방으로 찾아든 사내에게 너무나도 태평스레 대하고 있는 자신조차 이해할 수 없었다. 아직 마음이 여물기 전 어린 동기 시절에 만났던 상대이기 때문이려니 짐작할 뿐이었다.

"무어라 답해야 할지, 당신의 곁에 머물며 궁리해도 괜찮겠습니까?"

그의 목울대가 크게 들썩였다. 잔뜩 긴장하여 꺼내는 물음에는 거절당할까 염려스러운 그의 심정이 묻어났다.

"간혹 이렇게 찾아와 그 답을 찾고 싶습니다."

자신이 누구인지조차 쉬이 밝히지 못하는 이라니. 어이가 없었지만 그의 말은 조롱이나 허언 따위가 아닌 것 같았다. 빙휘는 가만히 그의 눈을 들여다보았다.

하룻밤 사이에 온 도성에 지난밤의 이야기가 퍼져 나갔다. 소문이란 것이 그러하듯, 더욱 부풀려지고 과장된 이야기에 빙휘가 곧 고록경 대감의 후실로 들어가게 된다는 말까지 나돌았다. 기녀들이 아무리 빙휘를 붙잡고 채근을 해도 그녀는 이렇다 말이 없었다. 당사자가 가타부타 말이 없으니 소문은 거의 기정사실화되는 듯했다.

그날 이후로 고록경 대감은 아침마다 하인을 보내는 것도 멈추었다. 그러니 빙휘는 매일 기방으로 나가게 되었고, 소문을 듣고 빙휘를 찾는 주석이 많았다. 소문 탓인지 지난번의 주석과 같은 일은 벌어지지 않고, 빙휘는 술시중을 드는 일도 거의 없이 대부분 가야금 연주를 하거나 춤을 선보였다. 그러니 이번에는 빙휘의 재기가 소문을 타기 시작했다.

많은 주석과 연회에서 빙휘를 청하여 그녀는 청악의 누구보다도 바쁜 나날을 보냈다. 더러는 고록경 대감이란 휘광에 궁금증으로 빙휘를 보러 와선 입맛만 쩝쩝 다셨고, 더러는 진정으로 빙휘의 재예에 반하여 곡조와 춤사위를 청하러 왔다.

겨울이 올 때쯤에 빙휘는 청악기방에서 손에 꼽는 명기가 되어 있었다.

"이젠 내가 찾아뵈어야 하는 거 아녀?"

적화가 놀리듯 말했다. 향기방에서 이름난 기녀로 바쁜 적화였기에, 여태까지는 항상 빙휘가 그녀를 찾아갔었다. 빙휘는 친우를 찾아가는 것을 좋아했다. 어쩐지 청악기방에 있을 때면 가슴이 답답했다. 거의 십 년을 살았지만 정을 붙이지 못한 탓인지 불편했다.

"그 대감, 아직두 안 오시지?"

빙휘가 고개를 끄덕였다.

"막무가내로 나오지 않겠다 하시더니, 내가 기별을 드릴 때까지 찾지 않으실 작정인가 봐."

빙휘는 찻잔을 만지작거렸다. 요새는 날이 꽤 추워져서 적화의 방에서 담소를 나누었다. 향기방은 작은 기방인지라 적화의 방은 빙휘의 방보다 작았다. 하지만 여기저기 적화의 취향이 묻어나는 장식품들이 즐비해 있어 아늑했다. 보료와 이불, 커다란 장롱과 긴 서랍장에 경대 하나가 전부인 빙휘의 방과는 비교가 되었다.

"약조 하나 기가 막히게 지키시네. 소신 있으셔."

눈알을 데굴데굴 굴리며 그리 말한 적화가 찻잔의 차를 모두 마셔 버리고는 새로 따랐다.

"안 찾아뵐 거야?"

적화는 새로 따른 잔도 다 마셔 버렸는데, 빙휘는 여전히 찻잔을 쥐고만 있었다. 반도 마시지 않은 차가 점점 식어가고 있었다.

"뭐, 내 보기엔 좀 된 양반 같은데."

빙휘가 말이 없자 적화가 슬쩍 말을 놓았다.

"내 기적에 좀 오래 눌러 있었잖어. 그 대감, 소싯적에 예관장을 지냈다더라."

관직은 크게 문관과 무관으로 나뉘었는데, 문관 중에서 예악과 관련된 업무를 맡는 예관이 있었고 그곳의 수장이 예관장이었다. 예관장을 지냈었다니 이제야 그가 왜 그리 '재예'에 관심이 많았는지 이해가 됐다.

"온 지방의 소리를 모아 악보로 정리하기도 하고, 기생들의 소리와 춤에 특히 관심이 많아서 그 대감이 예관장으로 있을 적에는 기생들을 모아놓고 경연을 벌이기도 했다더라구. 기실 예기랍시고 기생을 나누는 말이 나온 것도 그때부터라던데? 그전엔 예기라면 그저 춤, 노래나 좀 할 줄 아는 창기나 마찬가지였다드라."

이랬다더라, 저랬다더라, 적화의 입이 계속 나불거리는 동안에도 빙휘는 찻잔만 바라보며 손가락을 꼼지락거렸다. 그 모습이 답답했던 적화는 혼자 찻주전자를 다 비워 버리고는 차도 다 마셨으니 그만 가라며 빙휘의 등을 떠밀었다.

"답답한 것. 언제까지 그리 꽁하고 있을 참야? 어휴."

얌전히 밀려나가 혜를 신고 있는 빙휘의 등에 대고 적화가 쏘아 댔다.

"적화 언니, 언니, 하며 속없이 마냥 혜실 댈 때가 좋았지. 귀염성도 없구 말도 없구 찬바람만 씽씽 불어댄다구 니 속이 괜찮어?"

적화의 말이 맞았다. 이러고 있으면 다가오는 이가 없으니 다칠 일도 없을 터였지만, 냉기는 밖으로만 날리는 것이 아니라 안으로도 스며들었다. 꼬집어 대는 적화의 말에 빙휘의 콧잔등이 시큰해졌다.

등 뒤에서 계속 높은 목소리가 들렸지만 빙휘는 한 번 돌아보질
않았다. 적화는 빙휘의 멀어지는 모습이 서운하면서도 그 조그만
등이 너무 쓸쓸해 보여, 차라리 어느 사내라도 하나 달라붙어 옥신
각신 대기라도 했으면 좋겠다는 생각이 들었다.

그런 생각을 잠시 하던 적화는 금세 고개를 내저었다. 빙휘는 사
내가 붙어도 투닥거리며 살갑게 지낼 위인이 못 되었다. 아마 금방
흠뻑 빠져 버려 목 내밀고 이제나저제나 사내 그림자라도 비치길
기다릴 인사였다.

"저이는 그냥 딱 여염집 규수감인데 말여."

하지만 빙휘는 노예로 태어났고 이젠 기녀였다. 그러니 차라리
가면이라도 쓰고 앉아 뭇 사내를 자근자근 밟고만 서 있는 편이 나
았다. 정도 주지 말고, 맘도 주지 말고. 사내들 애나 태우며 차라리
죄다 무시하고 사는 편이 나을 성싶었다.

아직 기방 문이 열리기엔 시간이 남아 있었다. 방금 전까지 자질
구레한 장식이 많은 적화의 방에 앉아 있다 와서인지 유난히 제 방
이 삭막하게 느껴졌다.

"너도 그리 생각하니?"

서안에서 몸을 꼬고 있는 초아에게 빙휘가 물었다. 초아는 고개
를 발딱 들고는 붉은 혀를 날름날름 댔다.

"대감께 기별을 넣어야 할까."

빙휘가 가만 손가락을 초아의 혀에 갖다 댔다. 초아가 깜짝 놀란
듯 고개를 뒤로 젖히며 흔들어댔다. 뱀이 혀가 예민하댔던가, 하는

생각이나 하며 앉아 있던 빙휘가 서안 아래의 서랍을 열었다.

벼루에 물 몇 방울을 떨어뜨리고 먹을 갈면서도 빙휘는 계속 생각을 정리했다. 무슨 말을 써야 할지 확신이 들지 않았다. 여실 대감 덕에 그 어떤 기녀보다도 편히 지내고 있긴 했다. 하지만 항상 대답만 하다가 먼저 말을 건네려니 여간 어려운 것이 아니었다.

먹은 벌써 진득해졌고 붓은 한껏 먹을 머금었지만, 흰 종이 위엔 점 하나 찍히지 않았다.

"그분…… 나를 기억하시기나 할까."

사실 가장 겁나는 것이 그것이었다. 이리 오랫동안 연락도 얼굴도 한 번 비추지 않았는데. 그 높은 상문관 대감이 화류가 기방의 기녀 하나를 기억하고나 있을까. 기껏 편지를 보냈더니 누구냐며, 아, 너였냐며 그걸 그리 맘에 담고 있었느냐며 우스워하지나 않을까. 그래서 가을 내내 선뜻 기별을 넣지 못했던 것이었다.

한참 동안 붓을 벼루에 담아두고 있던 빙휘가 드디어 결심을 내렸는지 붓을 집어 들었다. 조금의 떨림도 없이 가늘고 부드러운 선이 그려졌다.

"연지야."

빙휘가 돌아오고서부터 계속 방문 밖에서 대기하고 있던 연지는 작은 부름에도 지체 없이 답했다.

"이걸 상문관 대감 댁에 전해줘."

상문관이란 말에 연지의 얼굴에 화색이 돌았다. 빙휘에게서 받아 든 봉투를 두 손에 꼭 쥐고는 재빨리 기방을 나서는 연지의 발걸음이 가벼웠다.

그리 고민하였던 것치고는 편지의 내용은 참으로 간단하고 짧았다.

—氷徽.

빙휘가 망설였던 것에 반해 대답은 놀랍도록 빨랐다. 답서도 아니고, 고록경 대감 본인이 바로 기방으로 찾아온 것이었다. 연지 또한 당황하여 그를 어디로 모셔야 할지 혼란스러워하다가 그대로 별채에 있는 빙휘의 방으로 안내해 버렸다. 객들이 기방에서 묵기도 하였으나 어디까지나 본채나 뒤채의 방에서 지내는 것이 예사였다. 기녀의 방이 있는 별채에 직접 찾아가는 것은 양반의 위신을 떨어뜨리는 일이라 여기기도 했고, 기녀 또한 사적인 공간까지 객에게 내주는 것을 꺼렸다. 그랬기에 기녀의 방을 찾는 이는 같은 기녀이거나 기녀의 수족, 기부 혹은 진정으로 마음이 통하는 상대뿐이었다.

연지는 빙휘와 고록경 대감의 관계에 대해 제대로 알지 못하였고, 차라리 그 소문이 사실이길 바라는 측이었다. 갑작스런 대감의 방문에 당황한 탓에—이미 대감이 한 번 빙휘의 방에 왔던 적도 있었으니—그대로 방으로 안내하긴 했지만, 고록경 대감이 들어가고 나서는 혹여나 빙휘가 경을 치는 것은 아닌가, 맘을 졸이고 귀를 기울여 방 안의 동태를 살폈다. 다행히 소란은 없었다.

장지문을 열고 들어서는 고록경 대감을 보고, 답서나 받아올 줄 알았던 빙휘 역시 대경하고 말았다. 이리 바로 마주하게 될 줄 몰랐기에 놀랐고, 양반들이 기녀의 방에 들어오는 것에 대해 어찌 생각하는지 알기에 놀랐다. 일전에는 다른 이들 보란 듯이 다정한 체굴며 직접 바래다준다는 핑계였다손 치겠다만, 지금은 이야기가 달랐다.

자리에서 일어나 옆으로 비켜선 빙휘는 고록경 대감이 보료에 앉고 나서야 옆에 놓인 방석을 끌어다가 그의 앞에 마주 앉았다.

"이리 쇤네의 방을 드나드시는 모습, 다른 이들의 눈에 띈다면 흉이 될 것입니다."

"감히 상문관을 흉볼 인사가 있다더냐?"

그도 그럴 것이 어지간히 높은 관직이어야 흉이 될 터였다. 상문관과 기녀라 함은 오히려 기녀가 상문관의 이름에 힘입어 호평을 얻게 되는 판이었다. 지금의 빙휘가 그러하듯이.

"기별이 늦었습니다."

"나 또한 그간 정사를 돌보느라 다망하였네."

"……바쁘셨다는 분께서 걸음이 참 빠르셨습니다."

그 말에 고록경 대감은 허헛 하며 짧게 웃어넘겼다. 실소라도 내비쳐 줄까 싶어 슬쩍 던진 농이었건만 역시나 받아주는 법은 없었다.

"흠, 그간 어찌 잘 지냈는가?"

들리는 이야기도 많았을 텐데 모르는 척 묻는 안부가 살가웠다.

"기녀이되 기녀가 아닌 나날을 보냈습니다."

"기녀이되 기녀가 아니라……."

"대다수의 기녀들이 행하는 그런 기녀의 일은 일절 하지 않았습니다. 술을 팔고 웃음을 팔고 곁을 내주는 일은 쇤네에게 바라지도 않더이다. 던지는 시구에 화답하는 일도 가끔 있었지만, 주로 금줄을 고르고 춤을 추었습니다."

빙휘가 말하는 동안 고록경 대감은 턱에서부터 수염을 쓸어내리더니 수염 끝을 손가락으로 매만졌다. 그리고 항상 그러하듯 입가에 번져 있는 미소.

"좋더냐?"

그 물음에 빙휘는 무슨 말인지 모르겠다는 눈이었다. 무엇이 좋냐는 말일까. 무엇을 좋아해야 한다는 말일까. 빙휘는 말을 아꼈다. 함부로 입을 열지 않는 것은 좋은 몸가짐이지만 지나치게 닫혀 있는 것 같아 안타까웠다. 고록경 대감의 눈에 빙휘는 아직 한참 어린아이였다. 조금 더 말이 많고 생각 없이 재잘거리며 제 기분이 어떻다며, 제 생각이 어떻다며 순간 떠오르는 한 줄기 헛소리도 눈을 빛내며 떠들어대도 좋을 텐데, 싶었다.

"내 권세에 기대어 유유자적 몸 편히 지내니 좋으냐…… 말이다."

"대감."

단호하게 끊어버리는 목소리는 한마디도 농을 받아주는 법이 없었다.

"내 농이 싫으냐?"

"지나치십니다."

"지나친 건 빙휘가 아니더냐. 기녀란 아이가 어찌 그리 대쪽 같은지. 내 상무관에게 농을 던질 적에도 이리 서릿발이 치진 않았느니."

받아주지 않는 농을 끊임없이 던지는 고록경 대감도 어지간했지만, 매양 웃음기라고는 쏙 뺀 얼굴로 앉아 있는 빙휘도 빙휘였다. 그에 대감은 가볍게 혀를 차며 등을 보였다.

"조금은 사근하고 유(柔)해도 될 터인데 말이야."

들으란 듯이 중얼거리며 등을 돌리고 있어도 빙휘는 고갯짓 한 번, 콧소리 한 번 교태를 부리는 시늉조차 없었다.

"재미없구나."

그제야 장난을 그만두기로 한 모양인지 고록경 대감이 바로 앉으며 소맷자락에서 접선을 꺼내 쥐었다.

"빙휘란 이름을 제대로 받아들이기로 한 모양인데, 허면 빙휘를 지켜주겠다는 내 마음을 받아들이겠다는 것이냐?"

편지에 '빙휘'란 두 글자만 쓴 것은 그런 뜻이었다. 과연 고록경 대감은 그 뜻을 바로 알아주었다. 한데 이어지는 대감의 말에 빙휘는 저도 모르게 몸을 움찔거렸다. 그 움직임을 놓칠 대감이 아니었다.

"지켜주겠다 하심은, 쉰네를 첩으로 들이겠다는……."

"허허헛!"

빙휘 딴에는 긴장하며 내뱉은 말이었는데 말을 채 맺기도 전에 고록경 대감이 별안간 헛웃음을 터뜨렸다.

"빙휘마저 그 소문을 믿고 있었느냐? 허허, 제대로 된 수를 놓으려면 아군조차 속이라 하였거늘. 내 참 묘수를 두었구나."

그러고도 한참을 껄껄거리는 고록경 대감의 모습에 빙휘는 괜스레 얼굴이 달아오르는 것을 느꼈다. 기실 저도 그저 뜬소문이라 여기고 있었으나, 지켜주겠다는 대감의 말에 혹여나 하는 의구심이 들었던 것이다. 대감의 웃음이 겨우 잦아들고 그가 접선으로 서안을 가볍게 내려쳤다.

"그래, 내 빙휘를 첩으로 들이면 그것이야말로 전혀 다칠 일 없이 품에 두는 것이겠지. 하나 내가 지켜주고 싶은 것은 빙휘가 아니라, 빙휘의 재예니라."

재예.

"예인에게 무엇보다 중한 것은 자유로움이다. 갇혀 있어서는 좋은 가락도 좋은 움직임도 나올 수가 없느니. 아무런 것도 거칠 것이 없는 곳에서 손길 가는 대로 마음껏 풀어내야 담아둔 그림이 나오지 않겠느냐. 그러니 나는 빙휘를 그저 내 후실로 잡아두고 싶지 않음이야."

톡, 톡. 접선이 가볍게 서안을 두드렸다.

"많은 것을 보고 많은 것을 느끼도록 해. 많은 이들을 만나고 많은 인연을 맺어라. 혹여 다치더라도 그걸 두려워하지 말거라. 깨어지고 부서진다 하여도 그 안에서도 재예로 승화시킬 수 있는 무언가를 느낄 수 있을 터."

빙휘를 바라보는 고록경 대감의 눈이 빛났다. 순간 빙휘는 적화가 했던 말들이 떠올랐다. 예관장이었던 고록경. 그는 진정으로 빙휘의 예능을 후원하고자 하는 것 같았다.

"나는 빙휘에게서 그 싹을 보았느니라."

동기들과 무리 지어 같은 춤을 추고 있음에도 도드라지던 움직임이었다. 함께 어울리지 못하고 동떨어져 튀는 그런 것이 아니었다. 마치 군무를 지휘하는 듯한 춤사위. 그리고 그 춤사위로도 모자라 기악마저 앞서 나섰던 동기. 그리고 잔뜩 날이 서 조금만 부딪혀도 바스라져 버릴 것만 같던 눈빛. 기실 고록경 대감을 잡아당긴 것은 춤도 악도 아니요, 그 눈빛이었다.

"내가 그 싹의 방풍막이 되어주고자 함이야."

가만 고록경 대감을 바라보던 빙휘가 살며시 고개를 숙였다. 어디 저 달콤한 말마디에 맡겨보자 싶었다. 그러면서도 한 켠으로는 눈앞의 노인이 어느 순간 변모하여 사납게 달려들지는 않을까 걱정되기도 했다.

이미 빙휘의 기방 일정이 모두 차 있었기에 대감은 오래 머무르지 않고 일어섰다. 하지만 대감이 남기고 간 말은 머릿속에서 떠나지 않아, 빙휘는 종일 주석에 집중하지 못했다. 그럼에도 객들은 칭찬 일색이니 한심스러울 따름이었다. 마지막 주석에서 연주를 마치기가 무섭게 빙휘는 기방을 빠져나왔다.

"먼저 들어가 있어."

"왜, 너는?"

"잠시…… 수련 좀 하다 들어갈게."

뒤를 따르는 연지에게서 금을 건네받고는 그녀를 먼저 들여보낸 빙휘의 시선이 별채의 뒤쪽으로 향했다.

별채의 뒤쪽에는 작은 누각이 하나 있었다. 아직 동기였을 때 밤마다 기방의 뒤쪽으로 들어와 이 누각에 올라서 달바라기를 하곤 했었다. 이제는 기방에 나가느라 바쁘다는 핑계로 찾지 못했던 곳이었으나, 오늘 같은 날 조용히 사색하기에 이만한 장소가 없었다.

누각에 올라 자리에 앉은 빙휘가 금을 꺼냈다. 찬 공기와 더불어 풀벌레 소리가 잔잔하게 깔리었다. 그러나 금을 무릎 위에 얹어놓고 내려다보고만 있는 빙휘의 머릿속은 어지럽기만 했다.

"내가 지켜주고 싶은 것은 빙휘의 재예니라."

퉁.
가야금 줄 하나가 손끝에서 퉁겼다.

"빙휘에게서 그 싹을 보았느니라."

뚱땅.
천천히 느릿하게 손가락이 움직였다. 한 음, 한 음 띄엄띄엄 울리던 금줄의 떨림이 조금씩 속도를 얻어 나갔다. 한 줄의 떨림과 한 줄의 멎음. 가볍게 혹은 힘 있게 눌러대는 손가락과 무심한 듯 빠르게 퉁겨내는 손가락에 금이 나직한 숨소리를 뱉어냈다.

"방풍막."
생각에 잠겨 있던 빙휘가 낮게 중얼거렸다.
'대감에게 기대어도 괜찮은 것일까? 그저 호의로 받아들여도 되는 것일까? 대감이 그리 말할 정도로 내 실력이, 실로 뛰어난 것일까?'
의문과 동시에 의구심이 들었다. 호평을 듣기는 하지만 제 실력에 자신이 넘치지는 않았다. 아무리 생각해도 분에 겨운 복이란 생각에 쉽사리 받아들이기가 어려웠다. 시선을 허공에 둔 채 골똘히 생각하다 무심코 금을 내려다보았던 빙휘가 갑자기 연주를 멈추고 금줄 위에 양손을 올려놓았다.

"귀동냥을 위한 연주가 아닙니다."

가야금 위에 늘어져 있는 긴 그림자가 흔들렸다.

"제가 있는 것을 어찌 아셨습니까?"

"기척은 숨기셨으나 그림자는 숨기지 못하셨습니다."

"아."

대답하는 목소리는 역시나 그였다. 고개를 돌리니 당황한 기색을 감추지 못하는 초사여가 기둥 옆에 서 있었다. 유난히 달빛이 환한 것인지, 백색에 가까운 머리칼이 반사되어 빛나는 것인지, 그의 등 뒤로 달빛이 번졌다. 잠시 그 빛에 시선이 혹하였던 빙휘는 곧 눈을 내리깔며 고개를 돌렸다.

"방해할 생각은 아니었습니다."

"말없이 보고만 계실 생각이셨나요?"

"그야…… 당신이 찾아오지 말라 하니 달리 도리가 없지 않습니까."

참으로 말도 잘 듣는 사내였다. 지난 날, 잠든 머리맡에 찾아들었던 날에 찾아와도 괜찮겠냐는 초사여의 청을 딱 잘라 거절했던 빙휘였다. 그 후로 모습이 전혀 보이지 않기에 또 그때처럼 영영 자취를 감춰 버린 것인가 했더니, 이리 기척을 숨기고 몰래 지켜보고 있었을 줄이야.

"정체불명의 낯선 사내를 그리 쉬이 가까이할 리 없지요."

지금까지 계속 그가 보고 있었을지도 모른다는 생각이 들었음에도 빙휘는 불쾌하거나 꺼림칙하지 않았다. 오히려 한 번의 거절에 저리 얌전히 따르는 초사여의 모습이 어딘가 미숙하고 순진해 보여 미소가 떠올랐다.

등 뒤로 전혀 기척이 느껴지지 않으니 혹시 그가 그새 떠나 버린 것인가 싶어진 빙휘가 다시 돌아보았다. 그는 여전히 그 자리에 가만히 서 있었다. 누각 위로 불어온 실바람에 그의 긴 머리칼이 흩날렸다. 가는 실보다도 더 가늘어 바스라져 버릴 것만 같은 머리칼은 소리도 없이 가닥가닥 날리었다.

"제가 익숙해진다면, 곁에 두시겠습니까?"

낮고 울림이 강한 목소리가 조용조용 말을 건넸다. 스스로를 객체로 전락시키는 이상한 어법이었다.

"……누군가를 곁에 두고 말고 할 처지가 아닙니다."

"아뇨, 충분히 그러실 수 있는 존재십니다."

빙휘의 말이 끝나기가 무섭게 단호하게 반박하는 목소리는 언제나처럼 그녀를 향해 존대를 하고 있었다. 그의 대답에 빙휘는 귀 끝이 달아올랐다. 충분히 할 수 있다는 말이 어찌 그리 마음에 박히는 것인지, 빙휘는 급하게 고개를 돌려 가야금에 시선을 고정했다.

"미숙한 음률이나, 계속 듣다 가셔도 좋습니다."

"훌륭한 연주입니다."

들려오는 대답이 없다면 그가 등 뒤에 서 있다는 것을 전혀 알지 못할 정도로 인기척이 없었다. 옷자락 스치는 소리도 가벼운 움직임도, 하다못해 숨소리조차 느낄 수 없었다.

"이제 간혹 찾아와도 좋다는 말이라 여겨도 괜찮겠습니까?"

여전히 조심스러운 질문이었다. 그러나 빙휘는 그 질문에 답하지 않고 서둘러 금줄을 고르기 시작했다. 그녀의 손가락이 다시 금줄을 넘나들었다. 무릎 위에 얹은 가야금 위로 뒤에 선 초사여의 그림자가 늘어졌다. 그 그림자를 바라보는 빙휘의 얼굴이 퍽 부드러워졌다. 그러나 빙휘는 그의 그림자가 굴곡 없이 가늘고 길기만 한 것을 알아차리지 못했다.

모든 것이 순탄해 보였다. 빙휘의 후실 소문은 사그라졌지만 고록경 대감과의 만남이 계속 되는 것은 여전히 많은 이들의 입방아에 오르내렸다. 하지만 명기에겐 든든한 배경이 있게 마련이었고, 고록경 대감의 예관장 시절이 워낙 유명하였기에 둘의 교류는 추문 따위가 아닌, 재예와 그를 뒷받침해 주는 권세의 만남이란 긍정적인 미담으로 퍼져 나갔다.

추문이든 후원이든 빙휘의 뒤에 고록경 대감이 있는 것은 확실하였기에 그 어떤 양반도 빙휘를 함부로 건들지 못했다. 예를 차리는 옅은 미소 하나만 비출 뿐 딱딱하게 인형처럼 구는 것이 오히려 도도해 보인다며 빙휘를 흠모하는 양반들이 꽤 되었지만, 감히 상문관과 척을 지면서까지 그녀를 품으려 하지는 않았다. 어느 정도는 빙휘의 전두가 꽤 비싼 탓도 있긴 했다. 어찌 되었건 그런 사정으로 주석이며 연석이며 바쁘게 불려 다니면서도 첫 주석 때처럼 갑자기 옷고름을 풀려고 한다든지 하는 곤욕은 한 번도 겪지 않았다. 그저 연주와 춤에만 매진할 수 있었다.

악공 혹은 다른 기녀가 연주하는 악에 맞추어 빙휘는 춤을 추었다. 딱히 연주자나 곡을 가리지 않았다. 무보가 있는 유명한 춤사위에도 능하긴 했지만, 빙휘는 그보다 즉흥적인 춤사위를 좋아했다.

그날의 연주자, 그날의 곡, 그날의 기분, 그날의 분위기.

간단하고 기본적인 춤사위를 엮어 무보에 갇히지 않고 몸을 내맡기고 있으면 모든 것을 잊을 수 있었다. 지나간 안 좋은 기억들도, 지금의 처지도, 앞으로의 불안감도. 즐비한 한량들은 눈에 들어오지도 않았다. 그들이 나누는 잡담도, 기녀들의 웃음소리도 들리지 않았다. 악공조차 잊어버리고 음률에 몸을 내맡겼다.

조심스레 손을 뻗고 내젓는다. 크게 원을 그리는가 싶더니 가만 가슴 앞에 두 손을 모으고는 세차게 양 아래로 내려친다. 뒤꿈치를 든 발걸음은 꽃잎 위를 걷는 듯 조심스럽다. 발끝이 바닥 위를 미끄러지자 치맛자락이 팔랑인다. 바람이 불듯, 그 팔랑임에 허리가, 어깨가, 팔꿈치가, 손끝이 물결친다. 허리가 꺾이는가 싶더니 어느새 목이 돌아간다. 그 위로 크게 곡선을 그리는 손끝. 손가락마저 굽이치며 음을 탄다.

"천하의 무희로세."

"내 저 아이를 부르려 웃돈을 얼마나 얹은 줄 아나?"

"허어, 열흘을 기다린 보람이 있구나."

양반들은 한결같이 칭찬을 해댔다. 춤에 조예가 깊은 이도, 그저 놀고 마시기에 바쁜 이도, 하나라도 더 아는 체하며 춤사위가 어쨌느니 표정이 어떻다느니 말이 많았다. 평을 하고 찬을 하고, 춤을 볼 때는 물론 보고 나서도 입들이 바빴다.

빙휘는 언제나 춤을 마치고 나면 이마에 땀이 송골송골 맺힐 정도로 사위에 전념했다. 그래서 항상 연지가 악공의 옆에 앉아 있다가 춤이 끝나고 빙휘가 자리에 앉으면 얼른 다가가 면포로 땀을 닦아냈다. 그새 분이 지워지지는 않았는지 연지가 번지지는 않았는지 살피는 눈길이 재빨랐다. 연지 덕에 빙휘는 언제나 고운 모습만 선보였다.

"고 대감께서 와 계셔."

땀을 닦아낸 곳을 면포로 감싼 분으로 살며시 토닥이며 연지가 전했다. 고록경 대감은 보통 미리 연통을 하여 찾아왔지만 간혹 다른 이들과 어울린 주석이 있을 때 급히 빙휘를 찾고는 했다. 함께 온 양반들이 빙휘를 불러달라고 고록경 대감을 조르곤 했기 때문이었다.

이 자리는 빙휘가 춤만 추기로 되어 있었던지라 얼마간의 대화가 오간 후 인사를 올리고 방을 나올 수 있었다. 빙휘는 고록경 대감이 있다는 방에 들어가기 전에 춤을 추고 난 열기를 식히려 뒤뜰로 향했다. 초승달이 떠 있는 하늘은 드문드문 허연 구름이 보였다.

"빙휘야, 저기."

구름을 세고 있는데 연지가 부르기에 그 손끝을 바라보니 뒤뜰 반대편에 대감이 서 있었다. 빙휘가 다른 주석에 있다는 말에 오래 걸리리라 예상하여 잠시 바람을 쐬러 나온 모양이었다. 연지가 먼저 가 있겠다며 자리를 피해주어 고록경 대감에게 다가가 인사를 올리려는데, 먼저 그를 부르는 목소리가 있었다.

"대감마님."

고록경 대감이 고개를 돌리자 저 편에서 후명이 걸어 나왔다.

"청악에 자주 오십니다."

"내 본디 청악의 재예를 아끼지 않았는가."

"빙휘가 대감을 다시 청악으로 이끌었겠지요."

아는 사이였던 모양인지 이어지는 대화에 돌아서려던 빙휘는 후명의 입에서 제 이름이 나오자 걸음을 멈추었다. 본디 뒤에서 하는 이야기는 별로 신경 쓰지 않던 그녀였지만 후명은 달랐다. 지울 수도 없고 잊히지도 않는 이름이 후명의 뒤를 항상 따라다니는 탓이었다.

"빙휘를 샘하는 겐가?"

빙휘의 시선에선 고록경 대감의 뒷모습밖에 보이지 않았지만, 저 목소리는 항상 그러하듯 웃음을 머금은 목소리였다. 한데 그를 마주하는 후명의 얼굴은 매서웠다.

"하!"

후명이 기가 차다는 듯이 비린 웃음을 내뱉었다.

"쇤네가 그년을요? 어찌 그리 생각하십니까? 쇤네가 그년을 투기해야 할 연유라도 있습니까? 제가 그년에게 대감을 빼앗겼다 생각할 줄 아셨습니까?"

날카로운 목소리가 빠르게 쏟아졌다. 이제 빙휘는 자리를 떠날 적기도 놓치고 건물의 그림자에 몸이 숨겨지길 바라며 가만 서 있었다.

"아뇨, 천만의 말씀이십니다. 쇤네는 단 한 번도 대감을 아쉬워
한 적이 없으니까요."

후명의 눈에 조소가 담겨 있었다. 고록경 대감은 사람이 좋은 건
지 건방진 후명의 태도에도 한마디 말이 없었다. 줄곧 웃음을 머금
은 목소리로 그녀를 대할 뿐이었다.

"빙휘로 인해 걸음하는 것이 거슬리는 것이 아니라면, 내가 청
악에 오는 것 자체가 거슬리는 겐가?"

"왜 또 그 짓을 하고 계십니까."

"짓이라……. 어지간히도 아니꼬왔나 보구나."

감히 양반에게 짓이란 망발을 내뱉는데도 대감을 크게 웃어젖힐
뿐이었다.

"내 이번엔 제대로 그 '짓'을 해보려 하네."

"제대로, 라."

고록경 대감이 뒷짐을 졌다. 뒷짐 진 그의 손에는 역시나 접선이
쥐어져 있었다.

"자네를 지켜주지 못했었지. 내 그것이 오래도록 맘에 걸렸네."

"그래서 저 대신 그년을 지켜보겠다, 그 말씀이십니까?"

"그러하네."

잠시 둘 사이에 말이 사라졌다. 고록경 대감의 접선이 가볍게 흔
들렸다. 후명의 눈가와 코끝이 점차 붉어졌다. 후명은 우는 것 같
았다.

"그리 말씀하지면 제가 감복하여 눈물이라도 흘릴 줄 아셨습니

까? 그 알량한 씀씀이에, 대감께선 천한 기녀 따위도 아끼실 줄 아신다며 찬양이라도 해드릴 줄 아셨나이까? 그건 그저 대감의 위선일 뿐입니다!"

이제 후명은 마구 소리를 질러대고 있었다. 그녀의 몸이 위태롭게 흔들렸다.

"대감의 눈에는 그저 다 같은 천한 기녀로 보이겠지요. 그러니 이년의 재기도 저년의 재기도 다 같이 어여쁘고 고와 보이실 테지요. 게다가 어린년이 춤도 악도 으뜸이라 더욱 혹하셨겠지요. 그래, 다 좋습니다. 대감의 뜻대로 마음껏 하셔도 다 좋습니다. 한데— 한데 어찌 그 아이란 말입니까? 대감의 눈에 든 아이가 어째서 그년이란 말입니까!"

결국 후명은 무너져 내렸다. 풀 위에 털썩 주저앉은 그녀는 마구 주먹을 내려치고 있었다. 마른풀이 바삭대며 부스러졌다.

"그 아이는 제 딸을 죽인 아이입니다!"

빙휘는 심장이 싸해지는 것 같았다. 그러면서도 어쩐지 자신이 그 말을 듣기 위해 기다리고 있었던 것 같다는 생각이 들었다. 후명은 이제 땅에 머리를 대고 거의 쓰러져 있었다. 그녀의 가체에서 뒤꽂이 몇 개가 떨어졌다. 후명의 주먹은 바들바들 떨리면서도 멈출 듯 멈추지 않으며 땅을 내리쳤다.

바작, 바작.

생기 없는 소리만 울렸다.

"땅이 차네."

한참 만에 열린 입에서 나온 말은 그게 전부였다. 고록경 대감은 후명의 어깨를 잡고 그녀를 일으켜 세우려 했다. 그러나 그녀는 대감의 손을 거세게 뿌리쳤다.

"쇤네에게 나눠주실 동정이 아직도 남아 있답니까?"

날카로운 웃음에 조롱이 섞여 있었다. 비척거리며 일어난 후명의 옷에 흙이며 죽은 풀잎들이 잔뜩 달라붙어 있었다.

"대감의 뜻, 잘 알겠습니다. 그런 아이를 위하시니 저는 대감을 더욱 원망할 수밖에 없습니다."

고저를 잃은 목소리는 자조적이었다. 불같이 타오르던 눈빛은 먹먹하게 꺼져 있었지만, 그게 더 아파 보였다. 후명은 부축하려는 고록경 대감의 손을 한사코 거부하며 비틀대는 걸음으로 사라졌다. 후명이 가고서도 대감은 움직일 줄을 몰랐다. 그것은 멀리서 그를 바라보는 빙휘 또한 마찬가지였다.

바람이 차가웠다.

"대감."

작은 목소리였지만 고록경 대감은 마치 고함이라도 들은 듯 소스라치게 놀라며 뒤를 돌아보았다.

"빙휘야."

빙휘를 발견한 대감은 적이 놀라 보였다.

"거기 있었느냐?"

빙휘는 고개를 끄덕이며 고록경 대감에게 다가갔다. 그의 낯이 조금 창백해 보였다.

"언제부터 있었느냐?"

"대감께서 달을 보실 때부터 있었습니다."

"알아버렸구나."

고록경 대감은 그 사람 좋은 웃음을 지어 보였다. 무엇을 알아버렸다는 말일까. 후명과 대감 사이에 무언가 일이 있었다는 낌새? 대감이 이전에도 기녀의 뒤를 봐주었다는 과거? 둘의 대화를 듣고 빙휘가 확실히 알게 된 것은 후명이 자신을 절대 용서할 일은 없을 거란 것뿐이었다.

"무엇을 말입니까?"

고록경 대감은 되묻는 빙휘의 얼굴을 빤히 바라보았다.

"아니다."

피식, 새어 나오는 대감의 웃음이 어쩐지 슬퍼 보였다. 순간 빙휘는 어쩌면 고록경 대감이 율이의 친부일지도 모른다는 생각이 들었다.

"저이에게 원망 받을 일을 하셨더이까?"

고록경 대감은 대답하지 않았다. 그저 미소를 짓고 있을 뿐이었지만, 그 인자한 얼굴이 계속 슬퍼만 보였다. 빙휘가 계속 쳐다보니 대감이 고개를 돌리며 빙휘의 등에 손을 얹었다.

"어서 들어가자꾸나, 빙휘의 춤을 기다리는 이들이 있느니."

대감은 결국 대답해 주지 않았다.

오늘은 웬일로 빙휘가 수련을 나가지 않았다. 보통 빙휘는 기방이 문을 열기 전까지 홀로 수련을 하거나 적화를 찾아가곤 했다. 한데 오늘따라 그녀는 방에 틀어박힌 채 얌전히 앉아 경대를 열어 두고 있었다. 경대 아래에는 서랍이 몇 개 있었다. 연지는 방 안의 모든 것을 정리하고 관리하였지만 경대의 서랍만은 건들지 않았다. 빙휘도 경대의 서랍을 여는 일은 별로 없었다.

"또 이딴 패악질이야!"

연지가 소리를 꽥 지르며 야단스럽게 방으로 들어섰다. 갑자기 들이닥친 연지에 빙휘가 급히 경대를 닫고 옆으로 치웠다. 당연히 빙휘가 나가 있을 것이라 생각하고 소란스레 들어서던 연지는 보료 위에 앉아 있는 빙휘를 보고 당황했다.

"오, 오늘은 왜 수련 안 하구?"

"패악질이라니? 손에 그건 뭐야?"

서둘러 등 뒤로 무언가를 감추는 연지의 모습을 빙휘는 흘려 넘기지 않았다.

"아니, 그…… 별거 아냐. 신경 쓸 거 없어."

연지는 얼굴까지 벌게져서는 고개를 내저었다. 등 뒤로 손을 꼼지락거리며 뭔가를 숨기려고만 했다.

"내 봐."

워낙 억양이 없는 목소리였지만 빙휘의 곁에 오래 머물렀던지라 목소리에서 어느 정도 심기를 읽어낼 수 있었다. 저런 목소리는 거스를 수 없었다. 긴 한숨과 함께 연지가 등 뒤의 것을 빙휘의 앞에 내보였다.

처음에는 무엇인지 알아보지 못했다. 하얀 천 조각들이 찢어지고 흙이 잔뜩 묻어 있었다. 자세히 보니 천 조각들은 아마 속곳이었던 모양이다.

"내 속곳이야?"

"응……."

연지는 제가 잘못을 저지른 양 다 죽어가는 목소리로 대답했다.

"또, 라고 했지? 전에도 이런 적이 있어?"

"응……."

"얼마나?"

"그게…… 그냥 몇 번."

그냥 몇 번이 아닐 터였다. 그제야 빙휘는 언제나 제 속곳이 깨끗하고 새 것 같았던 것이 생각났다. 대수롭지 않게 생각했었는데, 새 것 같은 것이 아니라 정말 새 것이었던 모양이다. 가만히 엉망이 된 속곳을 바라보던 빙휘가 고개를 드니, 연지의 눈에 눈물이 그렁그렁했다.

"왜 말을 안 했어. 계속 숨길 참이었어?"

"괜히 나 때문에……."

"너 때문에?"

제 탓이라 말하는 연지의 모습에 빙휘가 되물었다.

"아마…… 동기였다가 네 몸종으로 들어간 나를 놀리려는 심보일 거야……. 미안해, 괜히 내 탓에……."

"네 탓 아냐."

연지를 골리려는 수작이었다면 괜히 빙휘의 속곳을 건드릴 필요가 없었다. 굳이 속곳에 잡도리를 한 것은 빙휘에게 뒤틀리는 것이 있는 것이었다. 깊이 생각할 것도 없었다. 누구인지는 처음부터 알고 있었다.

울먹이며 천 조각을 만지작대는 연지를 놔두고 빙휘가 방을 나왔다. 그녀는 다른 기녀들의 방을 차례대로 열어보며 누군가를 찾았다. 누가 어느 방에 기거하는지 알지 못한 탓이었다.

"무슨 일이야?"

같은 동기였던 기녀가 갑자기 방을 헤집고 다니는 빙휘를 보며 물었다.

"초희, 어딨어?"

"초희라면······."

그 기녀가 일러준 대로 별채 끝 방에 가보니 초희가 있었다. 초희(初姬)는 개령의 기명이었다. 그녀 역시 초야의 양반에게 기명을 하사받았으나 초희에게 첫 계집이라는 장난 같은 기명을 내려준 양반은 다시는 그녀를 찾지 않았다. 기명을 받은 기녀기에 독방을 쓰기는 했지만 딱히 따로 찾는 양반도 별로 없고 보통의 기녀들과 비슷한 처지인지라 그녀의 방은 매우 작은 뒷방이었다. 초희는 갑자기 빙휘가 제 방을 찾아왔는데도 놀란 기색이 없었다.

"언제까지 이렇게 저질로 나올래?"

빙휘는 다짜고짜 본론부터 내밀었다. 긴 대화를 나누고 싶은 상대가 아니었다.

"뜬금없이 이게 웬 횡포야? 네가 좀 잘나간다고 유세 부리는 거니?"

"속곳."

모른 척 빙휘를 흘겨보던 초희가 속곳이란 말에 움찔하였다. 역시나 그녀의 짓이었던 모양이다.

"겨우 속곳이나 건들 정도 배포밖에 되지 않으면서. 가만있는 사람 그만 좀 건드려."

어제만 같았어도 그냥 어이없어하며 넘어갔을지도 몰랐다. 하지만 오늘 빙휘는 수련도 하지 않고 방에서 쉬고만 있을 정도로 심기가 불편했다. 날카로운 심기에 이전부터 사소하게 건드려 온 초희가 더욱 거슬려 가만둘 수가 없었다.

정작 빙휘의 앞에서 초희는 제대로 말도 못했다. 먼저 덤벼놓고는 빙휘가 맞서면 입술이나 잘근잘근 씹어댔다. 지금도 그녀는 머리에 잔뜩 열만 올라서 애꿎은 입술만 씹어대고 앉아 있었다.

"누누이 말했지? 그리 거슬리면 정당하게 실력으로 덤비라고."

결국 그 말에 초희가 눈을 부라리며 달려들었다.

"네가 지금 누리는 게 네가 이뤄낸 건 줄 알아? 결국 양반 하나잘 낚아채서 그 덕이나 보고 있는 거면서!"

초희는 발딱 일어나 빙휘를 향해 소리를 질러댔다. 꽉 쥔 양 주먹이 바들바들 떨렸다. 초연에서 가장 높은 양반을 홀려냈을 때부터 시기가 일었다. 제 화초머리를 올려준 양반이 기명을 내주었을 때 기고만장했던 것도 잠시, 빙휘 역시 기명을 받았다는 소리에 양반이 내어준 기명이 적힌 종이를 차마 찢지도 못하고 마구 구겨 던져 버리고 말았다. 저는 이리 작고 퀴퀴한 끝 방에 내몰려 하루하루 아무 주석에나 호명되길 기다리는데, 빙휘는 처음부터 후실 소문이 돌더니 이젠 찾는 양반들이 줄을 서고 매일 일정이 가득했다.

미색은 제가 더 빼어나다고 자신할 수 있었다. 겨우 시시한 손재주 하나에 빙휘에게 몰려드는 양반들의 꼴에 격노했다. 여실, 밑바닥의 천한 노예 출신인 계집이 삼패 창기로 굴러 떨어지지 않고 어엿한 기방, 그것도 도성에서 제일간다는 청악기방의 간판 기녀 노릇을 하고 있는 것에 배알이 뒤틀렸다.

"행수 어르신이 널 봐주지 않았으면 네가 교방에나 들어올 수 있었을 것 같아? 상문관 대감이 니 뒷배에 버텨주지 않았으면 이리 고고한 척 잘난 체나 할 수 있을 것 같아?"

빙휘는 초희가 왜 자신을 그리 못 잡아먹어 안달하는지 이해할 수 없었다. 이유 없는 악의였다. 저리 시기와 질투에 사로잡혀 자괴감에 빠진 초희의 모습은 고운 얼굴에 투기가 덕지덕지 들러붙어 흉하기 그지없었다.

"이게 내 실력이고 능력이야."

노예란 딱지는 같은 기녀에게마저 이리 이유 없는 분노를 일으켰다. 초희의 말을 듣고 있으니 이제 맞대응도 의미가 없어 보였다. 이미 말이 통하는 상대가 아니었다.

"너는 갖지 못한 능력."

초희의 바람대로 이제 그녀를 무시해 버리기로 마음먹은 빙휘는 말을 툭 던지고 방을 나섰다.

'그리 원한다면 바람대로 고고한 체 굴어주지.'

그래, 그저 받아들여 주겠다. 아니라 해도 이미 다른 이들은 그런 시선으로 저를 바라보고 있으니. 그래, 그렇게 해주겠다. 본분도 잊고 처지도 잊고, 굴러 들어오는 행운을 꼭 잡아 쥐고 마치 처음부터 잘났던 것처럼 능청을 부려주마. 못나면 못난 대로 잘되면 잘난 대로 시기하고 음해하는 시선, 그것들에 넌더리가 났다.

　　✻　　✻　　✻

　첫눈이 내렸다. 한동안 꽤 쌀쌀하다가 살짝 다시 날이 풀리는가 싶더니, 눈이 부셔 바라본 창 너머에는 세상을 하얗게 덮은 눈이 햇빛을 반사하며 빛나고 있었다. 첫눈답지 않게 제법 쌓인 눈 위로 아직도 커다란 눈덩이가 펄렁대며 쏟아지고 있었다.

　"밤새 하늘에서 난리가 났나 보아."

　오늘 기방 문이 열리려나, 중얼거리며 빙휘의 치장을 어찌해야 할지 고민하던 연지가 빙휘의 눈치를 살폈다. 근래 들어 빙휘의 심기가 좋은 날이 없었다. 날이 추워지고서부터 예민해진 것 같았다. 새벽에 자신을 찾아온 이는 없었냐는 둥 이상한 물음을 하질 않나, 때때로 갑자기 뒤를 획획 돌아보며 주변을 살피질 않나, 요새 묘한 구석이 많았다. 빙휘를 흘끔 이던 연지의 시선이 우연히 창밖으로 향했고, 갑자기 그녀가 벌떡 일어났다.

　"빙휘 안에 있느냐?"

　창 너머에서 말을 건넨 이는 고록경 대감이었다.

　"연통을 넣지 않으면 싫어하는 것은 안다만, 오늘은 첫눈이 내린 날이 아니더냐."

　다과상을 사이에 두고 마주 앉은 고록경 대감이 헤실 거렸다. 이 노인은 보면 볼수록 나이를 어디로 먹은 건지 궁금해졌다. 게다가 가장 높은 자리에 앉은 이치고는 너무 한가해 보였다.

　"이리 급하게 어인 일이십니까?"

　"빙휘야, 눈을 보러 가자꾸나."

난데없는 고록경 대감의 말에 빙휘는 반문조차 못하고 굳어버렸다.

"위쪽 지방에 절경인 곳이 있단다. 눈이 이리 쌓이거든 찾는 곳인데, 마치 선계인 듯 신비로워."

"유람이라면 다른 어르신들과 가소서."

당황했던 것을 추스르고 빙휘가 찻잔을 양손으로 감쌌다. 고록경 대감을 마주하고 있으니 갑자기 피로가 몰려왔다. 자꾸만 대감과 후명의 대화가 떠올랐다. 그를 좋은 사람이라 여기고 있었는데, 율이의 친부란 생각에 그에 대한 실망감을 감출 수가 없어 유난히 대감에게 쌀쌀맞게 대하게 되었다.

"겨울이 오면 꼭 데리고 가려 했었느니라."

고록경 대감이 예의 그 미소와 함께 찻잔을 쥔 빙휘의 손을 감싸왔다. 빙휘의 눈썹이 꿈틀거렸다. 슬며시 대감의 손에서 제 손을 빼낸 그녀는 서안 아래로 손을 내렸다.

"갑작스러우십니다."

대감은 빙휘가 손을 빼낸 것을 신경 쓰지 않는 듯했다. 유난히 찬바람이 쌩쌩 부는 말투에도 그저 오늘따라 심기가 불편한가 보다 할 뿐이었다.

"빙휘에게 많은 것을 보여주고 싶다 하지 않았더냐."

고록경 대감이 빙휘를 똑바로 응시했다.

얼마간의 줄다리기 끝에 결국 연지가 빙휘의 짐을 꾸리기 시작했다. 말이야 줄다리기지, 대감의 청을 거절하기는 힘들었다. 대감은 이미 봇짐을 챙겨왔기에 빙휘만 준비를 끝내면 바로 출발할 셈이라 했다.

"옷은 단단히 걸치고, 짐은 가볍게 챙기거라."

빙휘는 뺨까지 덮는 남바위를 쓰고 누비두루마기 안에 털배자까지 껴입었다. 연지가 보따리를 꾸려주어 빙휘가 양손을 끼우고 있던 토시를 두고 보따리를 손에 들자 고록경 대감이 연지에게 제 봇짐에 짐을 얹으라 했다. 대감이 빙휘의 짐까지 들고 빙휘에겐 춥다며 손 토시를 끼게 했다.

"행수 어른께 말씀을 드리고 오겠습니다."

"아니, 그리 할 것 없다. 내 이미 행수에게 들렀다 오는 길이야."

빙휘가 아무리 거절해도 결국은 어떻게든 끌고 갈 생각이었던 모양이다. 빙휘가 기가 차서 고록경 대감을 바라보니 그는 싱긋 웃어넘기는 것이었다.

기방 솟을대문 밖에 대감 댁 하인이 말고삐를 쥐고 있었다.

"말을 탈 줄 아느냐?"

빙휘는 고개를 저었다. 수련이나 하고 기방에나 있느라 도성조차 돌아본 일이 없었는데 말을 탈 줄 알 리가 만무했다. 사실 말을 보는 것조차 처음이었다. 다른 지방에 간다기에 어찌 가려나 했더니 말을 타고 갈 줄이야. 빙휘는 저 커다란 짐승이 조금 두려웠다.

"허면 함께 타고 가야겠구나."

대감은 훌쩍 말 등에 올라타더니 빙휘에게 손을 내밀었다. 빙휘가 주저하고만 있자 대감이 고개를 갸웃거렸다.

"어찌 그러느냐?"

"……한 번도 타본 적이 없습니다."

빙휘의 입이 일자로 굳어 있었다. 처음 말을 마주한 빙휘의 긴장 감을 그제야 눈치챈 고록경 대감이 그 모습에 크게 웃어젖혔다.

"천하의 빙휘가 말 앞에서 무너지는구나."

놀리는 말에 빙휘의 얼굴이 새빨개졌다. 그녀가 동요하는 모습을 처음 보는 대감은 신기함에 더욱 놀려댔다.

"대감 혼자 가시지요."

결국 빙휘가 몸을 돌려 들어가려 하자 고록경 대감이 급히 말에서 내리며 빙휘의 팔을 붙잡았다.

"농이다, 농이야. 하여간 빙휘는 한 번도 봐주는 법이 없구나."

진땀을 흘리며 빙휘를 달랜 고록경 대감이 말 위로 그녀가 오르도록 도와주고는 그 뒤에 올라탔다. 고삐를 쥔 대감의 품 안에 안긴 듯 옆으로 앉은 채 타게 된 빙휘는 몸을 어찌 가누어야 할지 알 수 없어 대감의 옷자락을 움켜쥐었다.

"노인네라 불안하느냐? 내 빙휘를 지탱할 여력은 있으니 걱정 말고 편히 기대거라."

대감이 천천히 말을 몰았다. 노인치고는 꽤 다부진 체격이었기에 품에 기대는 것이 걱정되지는 않았다. 그저 자꾸만 율이가 밟혀 대감과 맞닿는 것이 꺼려지는 탓이었다. 해서 이도 저도 아닌 어정쩡한 자세로 대감의 옷자락이나 쥐고 앉아 있었다. 고록경 대감은 억지로 품에 기대라 하지는 않았다. 사실 그리 있으면 힘들고 불편한 것은 빙휘였다.

도성을 벗어나면서 말에 속도가 붙었다. 승마는 처음이라 엉덩이 아래로 말의 근육이 움직이는 느낌이 낯설었다. 울룩불룩 꿈틀대어 불편하고 살이 배겼다. 게다가 옆을 바라보고 있으니 나무들이 눈앞에서 쉭쉭 지나가는 것에, 몸이 위아래로 흔들리는 것이 더해지니 머리가 어지럽고 속이 메스꺼웠다.

"어디까지 가야 합니까?"

"여태 온 거리보다 조금만 더 북쪽으로 올라가면 된단다. 기실, 그리 멀지 않은 곳인데 눈이 쌓여 지체되는구나. 서둘러야겠어."

빙휘가 처음 말을 타는 것이라 빠르다고 느끼며 멀미를 하는 것이지, 눈밭을 헤치며 달리느라 속도가 느렸다. 이제 슬슬 산세가 험해질 터였다. 멀리 보이는 산봉우리들은 하얗게 뒤덮여 구름 낀 하늘에 묻혀 어디까지가 산이고 어디부터가 하늘인지 분간할 수 없었다. 도성이야 첫눈이지 북쪽 지방은 이미 눈이 꽤 내렸던 모양이다. 혹여 빙휘가 추위를 탈까 싶어 누비두루마기를 하나 더 챙겨 온 것이 다행이었다. 그러나 대감은 빙휘가 제 품에 기대지 않고 옷자락을 잡고 있느라 양손이 빨갛게 언 것이 맘에 걸렸다.

"토시를 끼고 내게 기대지 않고."

"괜찮습니다."

빙휘가 소맷부리를 잡아당겨 쥐었다. 말을 타는 내내 힘을 주고 앉아 있느라 어깨와 허리가 결렸다. 그럼에도 대감에게 최대한 닿지 않으려 애쓰는 것이 어지간한 고집이 아니었다.

겨울이라 해가 빨리 저물었다. 고록경 대감의 예상보다도 눈이 많이 쌓여 있어 생각보다 늦었지만 다행히 완전히 어두워지기 전에 마을에 도착했다. 산에 오르기 전 마지막 마을이었다. 산 근방이어서 그런지 마을은 꽤 추웠다.

고록경 대감은 빙휘에게 백은산을 보여주려 했다. 백은산은 절경으로 유명하여 항상 유람을 오는 객들이 많았지만 특히 겨울의 모습이 아름다웠다. 그래서 봄에는 홍금산(紅金山), 여름에는 창수산(蒼水山), 가을에는 단화산(丹火山), 겨울에는 백은산(白銀山)으로 계절마다 이름을 달리 불렀지만 통상 백은산이라는 이름으로 불렸다.

명소인 백은산에서 가장 가까운 이 마을은 유람객을 대상으로 한 장사가 주요 생업이었다. 2층짜리 객주 건물에 들어선 고록경 대감은 빙휘에게 따로 방 하나를 잡아주었다.

"조금 있으면 저녁상을 내올 것이야. 내일 아침 일찍 출발할 터이니 푹 쉬어라."

빙휘는 가만 고개를 숙였다. 방에 가만 앉아 있으니 점점 바닥이 따뜻해졌다. 휘장을 걷고 창을 여니 멀리 커다랗고 하얀 산이 보였다. 공기가 차가웠다.

"하아."

허연 입김이 하늘로 올라갔다. 처음엔 숨이 턱 막힐 듯 차갑기만 했던 공기가 익숙해지니 이리 맑을 수가 없었다. 크게 몇 번 숨을 들이쉬던 빙휘는 몸이 부르르 떨려와 그만 창을 닫았다.

호로롱.

꿈도 하나 안 꾸고 단잠을 잔 빙휘는 새소리에 잠이 깨었다. 가만 귀 기울이고 있으니 호롱대는 소리, 피잇거리는 소리, 새소리도 참 다양했다. 산 근처라고 이리 새가 많은 걸까 생각하며 빙휘는 품을 뒤졌다. 겨울이 오면서 초아는 동면에 들었건만 깨자마자 초아를 찾는 버릇은 여전했다. 겨울은 추웠다. 날이 춥기도 했지만 항상 곁에 있던 초아가 없기에 품이 추웠다. 품이 추우니 마음도 추웠다. 그래서 더 여유롭지 못한 탓이었을까, 빙휘는 괜히 고록경 대감이 더 미워졌다.

고록경 대감과 빙휘는 아침을 먹고 바로 백은산으로 향했다.

설산은 오르는 것이 힘들어 추운 줄도 몰랐다. 설피를 신기는 했지만 빙휘의 걸음이 더디어 느렸고, 중간중간 너럭바위만 보이면 앉아서 쉬느라 지체되었다. 앙상한 가지의 눈을 떨치며 날아오르는 산새나, 가볍게 통통대며 튀어 다니다가 몸을 들고 빼꼼 쳐다보는 청설모나, 눈을 파박 헤치며 도망치는 산토끼에 자꾸 시선이 빼앗기는 빙휘를 보며 고록경 대감이 그녀의 머리를 쓰다듬었다.

"이제야 좀 아이 같구나."

"……어서 가십시오."

빙휘가 휙 하니 일어나 버리자 대감은 그게 또 귀엽다는 듯 너털웃음을 터뜨렸다.

얼마간 계속 오르기만 하던 대감이 옆길로 샜다. 그 뒤를 또 한참 따라가고 있는데 대감이 걸음을 멈추었다.

"어떠하느냐?"

그 말에 앞을 바라본 빙휘는 말을 잃었다.

마당만 한 바위가 툭 튀어나온 절벽이었다. 옆에서 폭포가 쏟아져 내리고 있었는데, 그 가장자리가 설핏 얼어 있었다. 앞에는 줄

줄이 산맥이 이어지고 있었고, 아래로는 커다란 호수에 살얼음이 껴 있었다. 건너편의 산은 기암괴석들이 눈을 가득 이고 있었다. 쏟아지는 폭포에서 튀는 물방울과 눈 알갱이들이 햇빛에 반사되어 영롱한 빛이 번졌다.

절경이었다. 빙휘는 심장이 쿵덕대어 저도 모르게 절벽 앞으로 다가갔다. 얼굴까지 감싸 올린 목도리를 풀어버리고 크게 숨을 들이쉬니 물기 섞인 찬바람이 입안 가득 들어찼다.

파드득, 여기저기 나무 위에서 새들이 날아올랐다. 그 바람에 떨어지는 눈가루가 한 번 반짝, 쏟아지는 폭포에서 또 한 번 반짝, 사방이 하얗게 빛났다.

눈을 감으니 귀를 울리는 폭포 소리 사이로 새소리, 산짐승 우는 소리, 날갯짓 소리, 나뭇가지 스치는 소리가 더욱 또렷해졌다. 아무렇게나 떨어지는 것 같았던 물소리는 흐름이 있었다. 그 흐름 위에 무작위로 꾸밈음이 쏟아졌다. 빙휘는 저도 모르게 손끝으로 장단을 맞췄다. 손바닥이 치맛자락을 가볍게 치는가 싶더니 점점 반동이 세지며 어깨까지 올라왔다.

물소리가 쏟아진다. 양팔이 커다랗게 허공을 가르며 넘실댄다. 산새가 우지진다. 손끝이 깜짝, 가볍게 튕기며 몸이 빙글 돈다. 눈이 바스라진다. 발끝이 슬며시 바위를 스치며 가라앉는다. 고라니 울음소리, 어깨가 움찔대며 등이 꺾인다. 다시 잠잠해지고 물소리만 가득 찬다.

빙휘의 눈에는 흰 세상이 보였다, 선계가 보였다, 돌산이 보였다 했다. 공기가 반짝거리고 눈이 부셨다. 빙휘는 절경에 시선을 빼앗겼고, 고록경 대감은 빙휘의 춤사위에 시선을 빼앗겼다.

"진정 빙휘로다."

물방울에, 얼음조각에, 알알이 빛나는 눈가루에 휩싸여 빙휘의 주변이 반짝였다. 빙휘가 빛나는 것 같았다.

빙휘가 절경에 몸을 내맡기고 그 춤사위에 고록경 대감이 정신을 놓고 있던 사이, 어느새 어스름이 젖어들었다. 신비로운 보랏빛에 맘이 혹해 있다가 해가 저무는 빛이란 것을 깨달았을 때는 이미 산을 내려가기에는 늦은 시각이었다. 이대로 내려가다가는 중턱에서 한 치 앞도 볼 수 없을 정도의 어둠에 갇혀 버릴 터였다.

"허어."

고록경 대감의 걱정 가득한 한숨 소리에 빙휘가 상황이 좋지 않다는 것을 깨달았다.

"너무 늦은 것입니까?"

"내려가다간 중턱에서 해가 저물어 오도 가도 못할 게야. 이거 참…… . 아무래도 산중에 추위를 피할 곳이라도 찾아봐야겠구나."

"이리 기가 맑은 산인데 어디 암자라도 있지 않겠습니까?"

"일단은 찾아 나서보자."

해가 완전히 저물면 달빛조차 새어 들어오지 않아 한 걸음도 내딛을 수 없게 될 터였다. 아직은 견딜 만했지만 새벽의 찬 기운은 누비두루마기로도 막아낼 수 없었다. 게다가 폭포 앞에서 춤을 추던 빙휘는 습기에 잔뜩 젖어 있었다. 대감은 바들바들 떠는 빙휘에게 봇짐에 싸온 여분의 누비두루마기를 덮어주고는 급히 발을 놀렸다.

"대감, 저기."

사위가 어둑해져 대감이 조급해진 시선에 놓쳤던 검은 형체를 빙휘가 발견했다. 다 무너져가는 한 칸짜리 조그만 암자였다. 나무로 대충 짓고 사이사이 흙을 바른 볼품없는 집이었지만 이만한 암자도 감지덕지였다.

"다행이로구나."

암자에 들어앉아서야 대감이 마음을 놓았다. 한 칸이라고는 했지만 두 사람이 편히 누울 크기가 아니었다. 좁은 방구석에 빙휘가 웅크려 앉아 떨고 있었다.

"솜옷이 습기를 잔뜩 먹어 더 추울 게야. 차라리 벗어 옷을 말리고 두루마기만 덮는 것이……."

거기까지 말하고 나서 고록경 대감은 아차 하고 입을 다물었다. 아무리 편하다, 아낀다 해도 빙휘는 여인이었다. 기녀였지만 사내의 손을 타지 않은 여인이었다.

대감이 헛기침을 하며 빙휘에게서 등을 돌리고 앉아 봇짐을 내렸다. 가볍게 산을 오른다는 생각에 여분의 옷을 객주에 맡기고 왔었다. 봇짐에는 주먹밥을 싸온 면포와 빙휘에게 주었던 누비두루마기, 여분의 설피와 버선이 전부였다. 봇짐의 천을 펼쳐 덮으면 그나마 나을까 싶어 끈을 풀고 있는데 등 뒤에서 손길이 느껴졌다.

"대감."

딱딱한 목소리였다. 돌아보니 빙휘가 이미 저고리까지 벗은 채 치마끈을 잡아당기고 있었다.

"무, 무슨 짓이더냐!"

고록경 대감이 당황하며 빙휘의 손목을 잡아챘다.

"대감께서 바라시던 것이 아니십니까?"

빙휘의 손목을 잡고 있는 고록경 대감의 손이 떨렸다. 빙휘의 손은 얼음덩어리처럼 차가웠다. 그나마 손끝에서 미세한 맥의 두근거림이 느껴졌기에 사람이구나 싶었다. 이미 밝은 달빛마저 어둠에 잡아먹힐 정도로 어두웠다. 그런 어둠 속에서 빙휘의 얼굴이 더욱 하얗게 빛났다.

"초야에 옷고름을 풀려 하신 것은 대감이셨습니다. 한데 지금은 어찌 막으십니까?"

"빙휘야!"

"이러시고자 데려오신 것이 아니신지요. 한량들이 유람에 기녀를 대동하는 데 다른 이유라도 있겠습니까? 쇤네를 품으시고자 하신 것이 아닐는지요."

빙휘의 목소리에서 얼음이 뚝뚝 떨어졌다. 고록경 대감은 무어라 말도 못하고 그저 빙휘의 손목만 꽉 잡고 있을 뿐이었다. 빙휘가 대감의 손을 세게 쳐내며 치마끈을 잡아당겼다. 그리고 그와 동시에 대감이 누비두루마기로 그녀의 몸을 덮었다.

빙휘의 얼굴은 하얗고 빛나고 있었지만 그 눈은 먹먹했다. 그 눈을 보는 대감의 마음이 저렸다.

"어찌 외면하십니까?"

속곳 차림이 된 빙휘가 고록경 대감이 던진 두루마기를 쥔 채 물었다. 대감은 빙휘에게서 등을 돌려 뒷짐을 지고 서 있었다. 빙휘는 뒷짐을 진 대감의 손이 가늘게 떨리는 것을 보았다. 노인의 속을 읽을 수가 없었다. 먼저 화초머리를 올려주겠다 나설 때는 언제고 이젠 마치 저를 지켜주려는 듯 나서는 모습이라니.

"대감은 창기로 나앉을 처지의 쇤네를 돌봐주셨습니다. 많은 이들이 대감이 쇤네의 화초를 올려주셨다 알고 있습니다. 하니 대감의 품에 안긴다 하여 무엇이 문제가 되겠나이까."

차가운 목소리로 내뱉는 빙휘의 말 한마디 한마디가 얼음조각으로 박혔다. 고록경 대감은 빙휘가 저를 받아들였다 생각했었다. 그러나 그것은 그의 오산이었다. 빙휘는 처음부터 아직까지도 대감을 모난 눈으로 바라보고 있었다. 이제야 그것을 알아챈 대감은 입이 썼다.

"낯선 양반들의 해우채에 팔리느니, 차라리 대감께 안기고자 합니다."

빙휘가 뒷짐 진 고록경 대감의 손을 잡으려는 찰나 그가 입을 열었다.

"빙휘가 진정으로 원하는 것이 아니질 않느냐."

그녀의 손이 허공에서 멈추었다.

"……진정…… 이요?"

"다 늙은 노인에게 안기는 것을 어느 여인이 원하리오."

"쇤네를 어찌 여인이라 할 수 있겠나이까?"

여인이 될 수 없는 기녀. 빙휘는 그리 말하고 있었다. 갑작스런 빙휘의 태도에 고록경 대감은 어찌해야 할지 몰랐다. 그저 등을 돌린 채 고개만 내저을 뿐이었다.

"기녀가 아닌 여인이 되고자 한 이는 빙휘가 아니더냐. 한낱 기녀가 아닌 귀한 여인의 대접을 받고자 하고, 받아낸 것은 빙휘니라. 내가 빙휘를 지켜준 것이 아니다. 빙휘가 스스로를 지켜낸 것이야."

뒷짐 진 대감의 손에 힘이 들어갔다. 힘껏 쥔 주먹은 더 이상 떨리지 않았다.

"다른 이들이 어찌 여기든, 빙휘는 진정 안기고 싶은 이에게 안기면 되는 것이야. 괜히 늙은 노인네를 시험하지 말거라. 나는 빙휘가 깨지길 바라지 않는단다."

그 말을 끝으로 대감은 뒤도 돌아보지 않고 방을 나섰다. 성긴 문이 삐그덕대며 닫혔다.

방을 나선 고록경 대감은 겨우 두어 걸음 떼고는 멈춰 섰다. 다 쓰러져 가는 암자 주변으로 나무가 빽빽하여 달빛조차 새어들지 않았다. 차라리 쌓인 눈에서 빛이 나는 듯했다. 눈앞은 시커먼 어둠이요, 등 뒤는 차가운 얼음 굴이었다. 대감은 전날의 일들을 찬찬히 되짚어보았다. 재예를 높이 사며 아끼어 보듬는 중에 어디에서 빙휘가 저리 삐딱하게 어긋나 버렸는지 알 수 없었다.

"대감."

삐걱대는 문소리와 함께 다시 옷을 챙겨 입은 빙휘가 밖으로 나왔다.

"제게는 왜 이리 친절하십니까?"

차갑게 내리꽂던 목소리가 어쩐지 젖어드는 것 같았다.

"어찌 율이에겐 그리 해주지 않으셨습니까……."

"율이?"

놀라 돌아보는 고록경 대감의 눈에 눈 한가득 그렁거리는 눈물을 머금고 있는 빙휘가 보였다.

"대감의 친절이 무섭습니다. 누구보다 쇤네를 아껴주심을 알기에 더욱 두렵습니다. 율이를 버리셨듯이 쇤네 또한 버리실까 저어되나이다."

고록경 대감은 처음으로 빙휘가 무너져 내리는 것을 보았다. 얼음으로 빚은 조각마냥 꼿꼿하기만 하던 빙휘가 눈물을 쏟아내며 주저앉는 것을 보았다. 빙휘는 그리 쓰러져서도 대감을 향한 시선을 놓지 않았다.

"차라리 다른 이들처럼 쇤네를 기녀로 대하소서. 그리하면 쇤네 또한 대감에게 기대하지 않을 수 있을 것입니다."

"빙휘야, 그것이 무슨 말이더냐? 율이라니, 율이를 버리다니?"

"지켜주지 못한 여인이 후명이 아닙니까? 대감께서 율이의 친부가 아니십니까?"

빙휘는 두려웠다. 그 사실을 알고 나서, 그 뒤뜰에서의 고록경 대감과 후명의 대화를 듣고 나서, 대감 또한 평범한 양반에 지나지 않음을 깨닫고 나서, 또 그 옛날과 같은 일이 일어날 것이 두려웠다. 그래서 그를 전과 같이 편히 대하지 못하고 거리를 둔 것이었다. 자꾸만 눈앞에서 후명의 얼굴이 아른거렸다. 뒤뜰에서 눈물을 흘리던 얼굴과 그 언젠가 행수의 방 앞마당에서 울부짖던 얼굴이 겹쳤다.

그 말을 듣고 나서야 고록경 대감은 빙휘가 왜 유난히 딱딱하게 굴었는지 알아차렸다.

"그래, 지켜주지 못했던 여인은 후명이 맞다."

빙휘는 순간 대감에게 배신감을 느꼈다. 그리 재예를 아끼는 듯, 기녀에 대한 편견이 없는 듯 아량 넓은 사람인 양 굴더니 기녀의 몸에서 났다 하여 제 아이를 외면한 자였다니. 입술을 꽉 깨문 빙휘의 눈에 노기가 떠올랐다.

"어찌!"

"하나 율이의 친부는 내가 아니야."

순간 빙휘는 머리가 멍해졌다. 눈물도 잊고 분노도 잊고 황망히 고록경 대감을 바라보고 있으니, 빙휘가 무슨 오해로 그리 굴었는지 깨달은 그는 전처럼 빙긋이 웃는 것이었다.

"그리 생각하고 있었느냐? 기녀에게서 태어난 아이라며 율이를 버린 아비가 나라고 여기어 그리 쌀쌀맞았던 게로구나."

고록경 대감이 눈 위에 아무렇게 주저앉아 있는 빙휘의 어깨를 잡고 일으켜 세워, 치맛자락의 눈을 털어주었다.

"얼음 같은 아이라 여겼더니, 아직 어린 눈송이였나 보구나. 그리 혼자 나를 곡해하여 밀어냈던 것이야?"

"대감이…… 버리신 게…….."

"후명은 내가 아끼던 기녀였느니라."

빙휘의 어깨를 쓰다듬으며 대감이 옛 이야기를 해주었다. 후명의 노래를 아끼었던 것과 많은 이들에게 후명을 선보였던 것, 그리고 대감의 어린 제자와 후명의 사이를 알았을 때 후명은 이미 그에게 버림받고 받은 상처를 대감을 향한 엇나간 원망으로 풀어내고 있었다는 것. 대감은 스스로도 후명에게 죄를 지었다고 생각하고 있었기에 묵묵히 그 원망을 받아낼 뿐이었다.

"어찌 그러실 수 있는 것입니까?"

빙휘는 다시 눈물을 보였다.

"대감께선 어찌…… 대체 어찌 쉰네 같은 것들에게 그러실 수 있으신 겝니까……."

그를 이해할 수 없었다. 그와 같은 이가 있다는 것을 쉬이 받아들일 수 없었다. 대감은 항상 같은 웃음이었다. 저 웃음조차 이해되지 않았다.

"늙은이가 망령이 들었다 여기라지 않았더냐."

고록경 대감은 허허 웃으며, 춥다 어서 들어가자며 빙휘의 어깨를 감쌌다. 잠시 눈밭에 서 있었을 뿐인데 어느새 두 사람은 모두 얼음장이 되어 있었다. 대감은 바닥에 봇짐을 푼 천을 대충 깔고는 누비두루마기를 이불 삼아 누웠다.

좁은 방에 반대쪽 벽으로 딱 붙어 누운 대감의 곁으로 빙휘가 슬며시 다가갔다.

"춥습니다."

그 말과 함께 빙휘의 손 하나가 고록경 대감을 감싸 안았다.

"곁 정도는 내어드리겠나이다."

다시 도도한 빙휘였다.

설산의 밤은 살을 엘 듯 시렸지만 얼기설기 쌓은 나무 벽 사이사이로 흙을 발라놓은 암자는 생각보다 충실하게 추위를 막아주었다. 그리고 누비두루마기 세 개를 겹쳐 덮은 두 사람. 빙휘는 잠자리에 다른 사람이 옆에 있는 것, 누군가의 옆자리에 눕는 것이 처음이었다. 추운 탓인지 원래 그런 것인지 알 수 없었지만 옆에 누워 있으니 참 따뜻했다. 제가 따뜻하다 느끼면 대감은 차갑다 느끼시려나, 아니면 대감도 따뜻하다 느끼시려나, 생각하고 있는 차에 그가 입을 열었다.

"자느냐?"

"아닙니다."

고록경 대감은 바로 누운 채 눈을 감고 있었다. 대감의 왼편에 누운 빙휘는 모로 누워 대감을 바라보고 있었다. 그의 가슴 위에 올려놓은 왼손 끝에 수염이 닿았다. 빙휘는 대감이 그러하듯 수염 끝을 만지작거렸다.

"내 빙휘를 품으려 한 적이 없었느니."

긴 수염은 머리칼과는 또 다른 느낌이었다. 조금 뻣뻣한 듯도 하면서 억센 것이 사내의 것이라 그런가, 노인의 것이라 그런가 싶었다.

"그러십니까."

아무래도 상관없다는 말투였다.

"기실 여인을 품기에 나는 너무 늙었지. 빙휘를 보면 마치 손녀딸을 보는 듯하구나."

"쇤네의 할아비셨나이까."

아마 깊은 밤의 탓이었다. 빙휘가 이리 농을 던지며 웃음기 섞인 목소리를 날리는 것은 잠에 취한 탓이었다.

"지금처럼 내 품에 귀히 있거라. 그리 귀히 있다가 빙휘 성에 차는 건장한 사내에게 안기거라. 그런 이를 찾거든 내 빙휘를 기적에서 빼주기라도 하지 못할까."

"어찌 지금은 빼주지 않으시고요."

"재예를 누리기에 기녀만 한 여인이 어디 있겠느냐. 곡조도 잊고 춤사위도 잊고, 그저 지아비를 모시며 아낙네의 삶을 살고 싶거든 말하려무나. 빙휘의 몸값이 아무리 비싸다 한들 기적에서 이름자 하나 지워낼 능력은 있느니라."

어불성설이었다. 그저 빙휘를 곁에 두고 싶은 욕심이었다. 기녀를 기적에서 빼는 것은 상문관 정도 되는 이에게는 눈을 깜빡이는 것만큼이나 쉬운 일이었다. 그럼에도 재예를 핑계로 지금은 안 된다 하는 것은, 기적에라도 묶여 있어야 빙휘가 제 곁에 있어줄 것임을 알기 때문이었다. 기녀라는 굴레가 있어야만 제 그림자 안에 빙휘를 숨겨둘 수 있음을 알기 때문이었다.

"괜찮습니다. 기녀만큼 양반님네를 놀려댈 수 있는 여인이 또 어디 있겠습니까. 쇤네는 평생 그네들을 농락하며 살 것입니다."

"허허, 나도 양반이란다."

"대감께선 제 할아비시잖습니까."

밤이 깊은 탓이었다. 졸음이 몰려드는 탓이었다. 빙휘가 전에 없이 농을 던지고 웃어주는 것도 어둑한 밤의 탓이요, 노쇠한 심장이 쿵덕대며 빙휘를 안고 싶다 아우성치는 것도 야심한 밤의 탓이었다. 그런 고록경 대감의 번뇌를 아는지 모르는지 빙휘의 손은 애꿎게도 대감의 가슴 위에서 수염을 만지작대며 노닐었다. 억지로 잠을 청하는 고록경 대감의 주먹에 힘이 들어갔다.

누군가의 곁에서 드는 잠의 따스한 온기를 빙휘는 처음 알았다. 그녀는 산속이라는 것도 잊고 단잠에 빠져들었다.

언제 잠들었는지도 모르고 꿈조차 꾸지 않아 마치 눈만 감았다가 뜬 것 같았는데 날이 밝아있었다. 산중이어서 새들의 우지지는 소리가 요란했다. 아마 그 소리에 잠이 깬 것 같았다. 옆을 보니 바로 누워 자고 있던 고록경 대감은 오른편으로 돌아누워 있었다. 이리 보니 그 널따랗던 대감의 등이 왜소해 보였다. 빙휘는 가만 대감의 등을 쓸어내렸다. 고록경 대감의 어깨가 움찔거리는가 싶더니 그가 일어나 앉았다.

"기침하셨습니까?"

"으흠."

아무래도 산의 찬 공기가 고록경 대감에게는 무리였던 듯 대감의 목이 잔뜩 잠겨 있었다.

"강가로 나가시겠습니까? 차지만 시원하니 상쾌할 것입니다."

빙휘가 고록경 대감의 옷매무새를 매만지고는 누비두루마기를 건넸다. 대감이 두루마기를 걸치는 사이 빙휘도 차비를 하고는 봇짐 천을 다시 말았다. 여분의 두루마기를 봇짐 안에 넣은 빙휘가 한쪽 팔에 봇짐을 안아 들고 다른 팔은 대감에게 팔짱을 꼈다.

고록경 대감이 놀라 내려다보니 빙휘는 전처럼 옅은 미소뿐인 얼굴이었지만 눈빛이 퍽 부드러워져 있었다. 대감은 빙긋 미소를 지었다. 조금은 이 아이의 마음을 다독여 준 듯하여 기분이 좋았다.

청량한 강물로 입을 축이고 대충 소세까지 하고 나서 고록경 대감과 빙휘는 조금 더 산을 둘러보다가 내려왔다. 어제처럼 절경에 눈을 뺏겨 시간을 놓치는 일은 없었다.

백은산을 처음 본 빙휘는 하루 종일 가슴이 두근거려 정신을 차릴 수가 없었다. 동기 시절 초봄마다 올랐던 한산의 설경과는 비할 수조차 없었다. 마치 몸이 붕 떠 있는 것 같았다. 창백하여 생기가 없던 빙휘의 뺨이 붉게 상기되었다. 홍조는 찬 공기 때문만이 아니었다. 명승을 마주한 흥분으로 들뜬 것이었다.

보기 좋게 홍조가 오른 빙휘의 반짝이는 눈을 보며 고록경 대감은 데려오기를 잘했다고 생각했다. 보여주고 싶고 경험하게 해주고 싶은 것들이 많았다.

돌아오는 길에 빙휘는 손 토시를 끼고 고록경 대감의 품에 기대어서 편히 말을 타고 왔다. 고록경 대감 역시 빙휘가 옷자락을 쥐고 버틸 때보다 차라리 가슴팍에 기대는 것이 더욱 안정감이 있었기에 편하게 말을 몰았다. 대감의 품에서 살폿 잠이 들기도 하면서 긴장감 없이 말을 타서 그런지 빙휘는 돌아오는 길에는 멀미를 하지 않았다. 돌아오는 말은 조금 더 속력을 낼 수 있었다.

고록경 대감은 빙휘를 기방에 내려주고 돌아갔다. 대감의 말이 골목을 돌아 나갈 때까지 지켜보고 있던 빙휘는 그의 모습이 사라지자 뒤를 돌았다.

솟을대문 아래에 예상치 못한 사람이 그녀를 기다리고 있었다.

"따라 들어와."

후명이었다.

빙휘가 고록경 대감과 유람을 떠났다는 말을 들은 후로 후명은 줄곧 빙휘를 기다리고 있었다. 대감의 품에 거의 안기다시피 하여 말을 타고 나타난 빙휘를 보았을 때 후명은 결심을 굳혔다.

후명의 방은 빙휘의 방과 크게 다르지 않았다. 이런 것만 보아도 빙휘가 얼마나 후한 대접을 받고 있는 것인지 알 수 있었다. 다른 점이라면 빙휘의 황량한 방과 달리 화려한 장식품들로 방이 온통 뒤덮여 있다는 정도였다. 마주 앉아 아무런 말도 없이 물끄러미 빙휘를 바라보기만 하던 후명이 드디어 입을 열었다.

"미안하구나."

갑작스러운 사과와 함께 눈물이 쏟아졌다. 빙휘는 후명이 왜 이러는지 그 의중을 헤아릴 수가 없었다.

"내가 어리석었어. 아니, 어리석은 것은 그 아이였지……."

"……율……."

"말하지 마."

율이의 이름을 말하려는 빙휘의 입을 후명이 딱 잘라 버렸다.

"이미 죽은 아이, 이제 그만 잊고 보내줘야지. 그리 마음먹으니 네가 걸리더구나. 어쩌면…… 그 아이가, 내게 너를 이어주고 가려 한 것은 아닐까, 싶어."

줄줄 쏟아져 내리는 눈물을 닦을 생각도 않고 서안을 옆으로 치운 후명이 무릎걸음으로 다가오더니 빙휘의 손을 잡았다. 당황한 빙휘가 손을 빼내려 했지만 후명이 너무 꼭 쥐고 있어서 옴짝할 수가 없었다. 흠뻑 젖은 눈이 빙휘를 바라보았다.

"내가 낳은 아이는 잃었지만 그 빈자리를 그 어느 것으로도 채

올 수 없어. 그 빈자리를 네가 채워줄 순 없겠니?"

빙휘의 손을 잡은 후명의 손에 더욱 힘이 들어갔다.

"제가 어찌……."

"너를 가슴으로 낳은 아이라, 여기고 싶구나."

여전히 눈물을 흘리는 눈으로 후명이 빙긋 웃었다. 죽은 아이를 살려내라 원망하던 이였다. 그랬던 후명이 갑자기 이리 살갑게 다가오는 것이 낯설었지만 그 따뜻한 손을 쳐낼 순 없었다.

자신을 바라보며 웃고 있는 후명을 바라보던 빙휘가 그녀를 따라 어색하게 미소를 지었다. 아직은 그녀를 웃으며 바라보는 것이 불편한 탓에 빙휘의 시선이 아래로 내려가 맞잡은 손에 닿았다. 빙휘의 시선을 따라 후명도 그녀의 손을 쥐고 있는 제 손을 바라보았다. 그 손, 감싼 그 손. 제 손 안에 들어 있는 어린 손을 향한 후명의 눈빛이 매몰찼다.

후명의 방을 나온 빙휘는 잠시 대청에 서서 마당을 내려다보았다. 전에 쌓였던 눈은 노비들이 쓸어냈었는데 그새 다시 눈이 쌓여 있었다. 문득 빙휘는 율이가 부러워졌다. 멀리 떠난 지 오래였어도 아직 율이를 그리워하는 이가 있었다. 율이의 빈자리를 견디지 못하는 이가 있었다.

한 치가량 쌓인 눈 위로 쏟아지는 달빛이 부서진다. 깨어진 달빛 조각이 서릿발로 박힌다.

외롭다.

그 어느 때보다 많은 이들이 곁에 있었지만, 그 어느 때도 이리 외로움을 느낀 적이 없었다. 모든 이들에게 괄시를 받으며 품에

초아 하나가 전부였던 때는 외롭다는 생각을 할 틈이 없었다. 모
순이었다.

빙휘는 고개를 휘저었다. 외롭다는 생각을 떨쳐 내야 했다.

04. 내기

계절이 지났다. 벗도 없이 의미도 없이 그저 하루하루 교방 훈육에만 파묻혀 있었던 동기 시절과는 많은 것이 달랐던 기녀 생활의 첫해가 지났다. 빙휘는 많은 이들을 만나고 많은 연을 맺었으며 문관들의 수장인 상문관 대감의 비호 아래 그 어떤 기녀보다도 편한 나날을 보냈다. 술시중을 드는 일도 없이 재예를 선보이고, 낮이면 향기방의 친우인 적화와 담소를 나누고, 밤이면 어머니로 모시게 된 후명의 문안을 여쭈며 하루를 보냈다.

상문관 고록경 대감이 뒤를 봐주고 있다는 이야기는 모두가 알고 있는 소문이었기에 빙휘를 함부로 대하는 이가 없었다. 감히 천한 기녀 따위가 수청도 들지 않는다며 행패를 부리는 양반도 심심찮게 있긴 했지만, 이제 그런 난봉도 여유롭게 넘겨 버릴 정도로 기방의 일에 익숙해지고 있었다.

"고까운 계집."

성이 난 노인이 들고 있던 잔의 술을 빙휘의 얼굴에 끼얹었다. 그녀는 피하지도 않고 얌전히 그 술을 맞아주었다. 차라리 그 편이 낫다는 것을 알고 있기 때문이었다. 문중의 큰 어른이라는 노인은 성질이 불 같아서 종종 빙휘에게 술을 뿌리거나 수저를 던지기도 했다. 번번이 수청을 거절하는 빙휘에게 화풀이를 하는 것이었다. 나이 든 양반일수록 자존감이 강하여 막무가내로 수청을 요구하지 않았다. 먼저 의향을 묻고 싫다고 하면 억지로 밀어붙이는 일이 없어서 거절이 쉬웠다. 반면에 젊은 양반들은 재물이면 다 된다는 생각을 가진 이들이 종종 있었다.

"그만 나가!"

빙휘는 얼굴에서 뚝뚝 떨어지는 술을 닦지도 않고 얌전히 절을 올렸다.

"허면 물러가보겠습니다. 살펴 가소서."

노인은 큰 기침 소리와 함께 등을 돌려 앉았다. 저리 노여워하며 성질을 부려도 노인은 빙휘의 금 연주를 퍽 좋아하여 자주 그녀를 찾았다. 그는 전두를 듬뿍 쥐어주는 단골 중 한 명이었다.

빙휘가 쫄딱 젖어 방을 나오자 문밖에서 기다리고 있던 연지가 방 안의 노인을 향해 짜증을 부렸다.

"저 노친네, 성질머리 하고는!"

속상한 표정으로 얼른 면포를 꺼내어 빙휘의 얼굴을 닦아주고 나서, 연지가 가야금을 받아 들었다.

"오늘 마지막 주석이야. 금 연주로 섬섬 언니가 들어가 있구 악공은 따로 없어. 네 춤 보러 오셨다더라. 얼른 옷 갈아입고 들어가십시다."

"응."

연지가 바쁜 걸음으로 빙휘를 떠밀었다. 섬섬(纖纖)은 청악기방에서 빙휘 다음으로 유명한 금기(琴妓)였다. 때문에 빙휘가 춤을 출때 그녀가 주로 연주를 맡았다. 같은 여인이어서 그런지 악공의 연주에 맞춰 춤을 출 때보다 섬섬의 연주에 춤을 출 때가 훨씬 마음이 편안했다. 종종 함께 수련을 하기도 했는데 그녀와는 합이 좋았다.

연지가 빠른 손길로 옷을 갈아입혀 주고 화장과 머리를 다시 만져 주었다. 다른 기녀들이 장신구를 쥐어주며 치장을 부탁하기도할 정도로 연지는 솜씨가 좋았다.

"늦었습니다."

인사말을 올리며 들어선 주석에서 유난히 빙휘를 반기는 얼굴이 있었다.

"이제야 왔니? 무얼 하느라 이리 늦었어. 나리, 저 아이가 바로 빙휘랍니다."

간드러지는 목소리로 상석에 앉은 사내 옆에 딱 달라붙어 아양을 부리는 이는 바로 초희였다. 초희도 나름 청악기방에서 이름을 떨치는 기녀였기에 주석에서 마주치는 일이 잦았다. 그녀는 항상 양반의 옆자리에 앉아 술을 따르고 있었는데 '청악의 첫 계집으로는 초희'라는 말이 있을 정도로 사내들을 녹여내는 재주가 있었다.

"호오, 그래. 네 춤에 대한 칭찬을 초희에게 아주 귀가 아플 정도로 들었느니라."

나리라 불린 사내가 갓끈을 만지작거리며 말을 건넸다. 그의 갓끈은 온갖 색의 구슬과 호박 따위로 화려하게 장식되어 있었다. 먼지가 미끄러질 정도로 반들거리는 비단옷에 화려한 행색이 점잖은 양반들이 즐기는 옷차림이 아니었다. 젖은 옷을 갈아입느라 바빠 미처 연지에게서 누구의 주석인지 듣지 못했지만 아마 양반은 아닌 것 같았다. 아니, 양반이라면 풍류에 빠진 한량이요, 아마 십중팔구는 가진 거라고는 재물밖에 없는 양민일 터였다.

"본디 소문이란 과장되게 마련입지요."

"겸손하기까지 해?"

사내가 목청을 보이며 껄껄 웃었다. 그 옆에서 초희가 그의 팔뚝을 가볍게 치며 따라 웃었다. 초희가 먼저 들어와 앉아 제 얘기를 재잘거렸다는 것에서 빙휘의 기분이 나빠졌다. 그런 빙휘의 기분을 알아챈 섬섬이 서둘러 금줄을 고르자 곧 좌중이 조용해졌다.

"허면 미천한 춤이나 한 사위 올리도록 하겠나이다."

빙휘가 얌전히 고개를 숙여 보이고는 일어나 두어 걸음 뒤로 물러났다. 그녀가 자리를 잡자 섬섬의 연주가 시작되었다.

보통은 정해진 무보에 따른 곡을 연주하였는데, 오늘 섬섬의 연주는 즉흥적이었다. 그에 따라 빙휘 역시 즉흥적인 춤을 선보였다. 빙휘는 그런 춤을 추는 것을 더욱 좋아하였고, 섬섬 또한 그를 알고 있었다. 빙휘는 한참을 나부끼며 주석도, 초희도 잊고 눈을 감은 채 곡조에 빠져 있었다.

"당장 멈추어라."

낮은 음성에 섬섬이 연주를 멈추었다. 그 목소리를 인지하지 못했던 빙휘는 섬섬의 연주가 멎고서야 사내의 말이 귀에 들어왔다. 빙휘가 머리 위로 동그랗게 들어 올렸던 손을 내리고 바로 서자 사내가 주먹으로 주안상을 세게 내려쳤다.

"비루하구나, 비루해. 내 이리 엉망인 무희(舞姬)는 본 적이 없어. 네년 말마따나 비천한 춤이야. 차라리 빈촌의 아해들이 이보다 걸출하겠어!"

사내가 언성을 높였다. 빙휘의 춤을 비난하는 말에 함께 앉아 있던 객들은 고개를 갸웃거렸고 섬섬은 당황하며 빙휘를 올려다보았다. 하지만 빙휘는 담담하게 그에게 되물었다.

"쇤네의 춤이 비루하다 하셨습니까?"

"춤? 네년이 방금 허우적거린 것을 춤이라 하느냐?"

좌중이 술렁댔다. 수군거리며 사내와 빙휘를 번갈아보는 시선에도 빙휘는 얼굴색 하나 변하지 않고 얌전히 앉으며 사내와 눈을 맞추었다.

"무엇이 그리 마음에 차지 않으시는지요."

"저 혼자 빠져 추는 춤이 어디 춤이야? 바라보는 이에 대한 배려도 관심도 없이 그저 제 잘난 맛에 흠뻑 취한 독선일 뿐. 네가 방금 한 몸짓에 무보가 있느냐? 정해진 동작과 연결되는 춤사위라도 있어? 기본조차 갖추지 못한 것을 어찌 춤이라고 선보이느냐? 그리 너절한 짓거리로 여태 전두를 받아먹었다니, 이런 날강도도 따로 없구나!"

사내가 이번에는 손바닥으로 상을 내려쳤다.

"술맛을 돋우려 무희를 들였더니 되레 기분을 잡쳤어! 네년에게 줄 전두라고는 한 푼도 없다. 아니, 네년이 흥을 망쳤으니 술값을 내놓거라!"

빙휘를 비난하던 사내가 벌떡 일어나더니 옷자락을 펄럭거리며 방을 나가 버렸다. 그 모습에 초희가 나으리를 외치며 쪼르르 뒤를 따라나섰다. 술상의 객들은 헛기침을 하며 멋쩍어하더니 슬금슬금 한 명씩 일어나기 시작했다.

"빙휘가 유명하다 하더니, 다 상문관 대감의 후광이었나?"

"내 보기엔 괜찮던데."

"자네가 뭐 춤 볼 줄이나 아나? 아무래도 참 나리 말이 맞겠지, 뭐."

"하긴, 그림이며 노래며 보는 눈이 날카롭기로 소문난 분이시니 말이야."

모든 객들이 자리를 뜰 때까지 꼼짝 않고 앉아 있으며 그들이 나누는 말에 귀 기울이던 빙휘는 연지가 들어와서 무슨 일이냐 묻자 그제야 고개를 돌렸다.

"이 자리, 주(主)가 누구야?"

"이참 나리라고, 이국에 초청되어 나가셨다가 얼마 전에 귀국하시어 환영회를 연 것이라는데, 역정을 내며 행수 어르신을 찾더라. 대체 무슨 일이야?"

"이참, 이라고."

옆에서 연지가 계속 무슨 일이냐고 묻는데도 빙휘는 가만히 방 밖을 바라보았다. 열린 문 너머로 빙휘의 춤을 비난하던 사내, 이참의 목소리가 들렸다.

"미안해, 빙휘야."

빙휘가 가만 방 밖을 바라보고 있는데 섬섬이 다가와 팔을 톡 건들었다.

"이참 나리께선 온갖 무보를 외우고 계신다니 무보가 있는 춤을 올리면 지루해하지 않으시겠냐고 하기에……. 네게 말도 없이 즉흥곡을 연주한 내 탓이야."

섬섬은 울상이 되어 제 머리를 주먹으로 툭툭 쳐댔다.

"아녀요, 언니. 누가 언니에게 그리 말했단 거여요?"

"주석에 들기 전에 초희가. 그 아이가 어제 나리를 뵈었다기에 성정을 좀 아나 했지. 한데 이리 역정을 내실 줄이야……."

초희. 어쩐지 자신을 반기는 얼굴에 기분이 찝찝했었다. 이런 우습지도 않은 꾀를 부려놨을 줄이야. 빙휘는 연신 미안하다하는 섬섬을 괜찮다며 다독이고는 방을 나왔다.

"청악도 다 죽었구나! 저런 기본도 없는 년이 최고의 무희라니!"

이참은 대청에 서서 소리를 질러대고 있었다. 몇몇 방에서는 바깥의 소란에 힐끔 창을 열고 내다봤다. 밖에 나와 있던 객들과 기녀들 모두 멈춰 서서는 그를 바라보고 있었다. 그 난리 통에 행수 청여가 달려 나왔다.

"이참 나리 아니십니까. 어찌 이리 노하셨는지요. 아이들이 맘에 차지 않으시옵니까?"

"청여! 내 자네의 눈을 높이 샀거늘, 이제 그만 물러나야겠어. 어찌 저런 년을 무희로 내세우고 있단 말인가!"

"어느 아이를……."

웃는 얼굴로 고개를 조아리며 이참의 기색을 살피던 청여가 그의 뒤로 걸어 나오는 빙휘를 발견했다. 빙휘는 청여와 눈이 마주치고도 고개 하나 까딱하지 않았다.

"빙휘를 말씀하시는 것이옵니까?"

청여가 빙휘에게 시선을 고정한 채 물었다.

"그래, 그 빙휘라는 무희! 내 이리 엉망인 춤은 천지간에 본 적이 없어. 기분 좋게 고국에 돌아왔는데 내 환영회를 이리 망쳐 놓았으니, 오늘의 값은 치를 수가 없네!"

"나리, 진정하시어요. 고운 아이들로 주안상을 봐드리겠나이다."

"되었네! 이런 기분으로 어찌 계집을 품으리오."

어떻게든 이참의 비위를 맞춰보려던 청여의 손길을 뿌리치며 길길이 날뛰던 그는 크게 헛기침을 한 번하고는 대청을 내려왔다. 이참은 기방을 나서면서도 연신 청악이 한물갔다는 말을 중얼댔다. 그가 가는 길을 뒤따르던 초희는 솟을대문에 기대서 팔을 흔들며 이참을 배웅했다.

한바탕 난리가 났던 기방은 잠시 잠잠했다가 곧 다시 활기를 되찾았다. 그러나 마주 보고 있는 빙휘와 청여 사이에는 묘한 긴장감이 흘렀다.

"어찌 된 일이냐?"

두 사람은 기녀가 된 후로 따로 본 일이 없었다. 빙휘가 살갑게 구는 성격이 아니었기에 청여를 찾아가지도 않았고, 청여 역시 기녀들을 일일이 지도하지 않고 큰 문제만 일으키지 않으면 내버려 두었기에 그녀를 찾지 않았다.

수청을 들지 않는 일로 작은 소란을 일으킨 적은 있었지만, 빙휘가 제 선에서 알아서 해결했기에 청여는 따로 뭐라 하지 않았다. 하지만 이번 일은 달랐다. 기방의 모든 시선이 집중되었고 화류가에 꽤 영향력이 큰 이의 심기를 거스른 사건이었다. 많은 눈이 보았으니 이제 곧 소문이 날 것이고, 소문은 있는 대로 부풀려져 퍼질 터였다.

"따라 들어와."

특유의 고저 없는 목소리로 그리 말하고는 혼자 휙 돌아 가버리는 청여였다. 연지는 어쩔 줄 몰라 하며 말을 동동 굴렀지만 빙휘는 태연한 얼굴이었다.

"아니, 저 나리가 그리 역정을 내실 줄이야 어찌 알았겠어. 저 나리도 별나다, 야. 무슨 춤 하나 가지구 저런대?"

"그런 치들이 있어. 정해진 법식과 규율에 별나게 집착하는 이들."

틀에 얽매여 자유를 방종이라 여기는 식자. 아마 이참이란 자는 그런 부류인 모양이었다. 옆에서 투덜거리는 연지를 먼저 방으로 돌려보내 놓고 빙휘가 홀로 행수의 방으로 들어갔다. 빙휘가 들어섰을 때 청여는 막 보료 위에 앉던 참이었다. 행수의 방은 3년 전이나 지금이나 변함이 없었다.

"아직도 그 정도 기본도 갖추지 못한 게야?"

방석에 앉기가 무섭게 청여의 질책이 쏟아졌다.

"주석에 들기 전에 객에 대한 기본적인 정보를 알아두는 것이 가장 기초이거늘, 대체 어찌 처신하였기에 이참 저자가 저리 기방을 뒤집어엎고 나가는 게냐?"

"무보에 없는 춤을 추었습니다."

"무어?"

청여가 기가 막힌다는 듯 헛웃음을 쳤다.

"그게 다란 말이냐?"

어이없어하는 청여의 표정에 빙휘는 의아해하며 고개를 끄덕였다.

"이참이라는 분, 법식에 까다로운 것 아니십니까?"

"그자가 그런 면이 있기는 하다만, 오늘처럼 이리 노발대발할 정도는 아닐 텐데."

청여까지 의아해하며 눈알을 굴렸다.

"이참에 대하여 들은 것이 있느냐?"

"송구합니다. 소동이 있어 급히 옷을 갈아입고 주석에 드느라 자리의 주인이 누군지도 몰랐습니다."

빙휘는 고개를 살짝 숙여 보였다. 청여가 서안을 손톱으로 톡톡 두드리며 입을 열었다.

"재예를 보는 눈이 매서운 이야. 그 출신은 서출이나 웬만한 양반들도 꼼짝 못할 정도로 내외로 영향력이 큰데다 그이에게 품평을 받으려는 예인들이 한둘이 아니지. 호평이라도 받으면 그림 값은 열 배, 스무 배는 뛰고 전두는 물론이요, 풍류 좀 즐긴다는 양반들이 줄을 지어 초빙하려 들거든. 그 매의 눈이 아주 정확하여 화공들의 붓질을 한 터럭도 놓치지 않고 맞추고, 세상의 모든 음보며 악보를 다 외우고 있다는 말도 있어."

빙휘는 이참이 걸치고 있던 화려한 복식이 떠올랐다. 보는 눈이 매서운 자였기에 자신의 복식에도 그리 유난을 떠는 모양이었다.

"화공을 눈앞에 두고도 거침없이 독설을 내뱉으니, 제 붓을 부러뜨린 화공이 한둘이 아니야. 반 박, 아니 반의반 박이라도 어긋나는 연주를 하면 귀신같이 알아채지. 눈이고 귀고 매섭기로 타고난 이라 감별이나 품평으로 이국에서도 자주 초청을 하는 이야."

"무보가 없는 춤을 이리 질색하시는 분이신가요?"

이참은 두 번이나 상을 내려쳤었다. 게다가 체면도 잊고 고래고래 성을 내면서 기방을 발칵 뒤집어엎고 나가 버렸다. 청여는 그것이 이해가 되지 않았다.

"무보에 예민하다는 말은 있지만, 이 정도로 소동을 피울 인사가 아닌데……."

무언가 있다. 빙휘는 순간 그런 느낌을 받았다.

"쇤네가 익일 나리를 찾아뵙겠습니다."

"속을 알 수 없는 이야. 그자의 혀놀림에 붓을 부러뜨린 화공, 악기를 버린 악공, 제 힘줄마저 끊어버린 무희가 한둘이 아니여."

"겨우 세 치 혀를 놀릴 줄밖에 모르는 이 아닙니까."

대수롭지 않게 대답하는 빙휘의 모습에 청여는 역시나 싶어 웃음이 났지만 슬그미 걱정이 피어올랐다. 이참은 영향력이 큰 자였지만 교류를 나누고 싶은 이는 아닌지라 청여는 그가 꺼려졌다.

청악기방의 소동은 금세 소문이 퍼져, 다음날 날이 밝자마자 적화가 빙휘의 방에 뛰어들었다.

"어제 야단이 났다며?"

이참을 찾아갈 생각으로 연지를 시켜 단장을 하고 있던 빙휘는 허락도 없이 방에 들어서는 적화를 보고도 화를 내지 않았다.

"벌써 들었구나."

"이참 그치가 귀국한 줄은 몰랐는데. 어쩜, 날 그리 이뻐하더니 이 적화를 찾지도 않아?"

입술을 삐죽거리는 적화는 처음 봤을 때처럼 마냥 소녀 같았다. 그런 귀염성이 자신에겐 없었기에 빙휘는 그녀가 부럽기도 했다. 적화가 입술을 꼬물거리는 모양에 연지가 킥킥거리자, 그제야 연지가 빙휘를 꾸미고 있는 것을 알아차린 적화가 물었다.

"이 아침부터 웬 치장이누?"

"이참 나리를 찾아뵈려고. 그분, 겨우 무보에 없는 춤을 추었다 하여 이리 성을 낼 이가 아니라 들었어."

이참이란 말에 적화의 얼굴이 굳었다. 설마 빙휘가 그자를 찾아가리란 생각은 하지 못했던 것이었다.

"니가 왜 찾아가? 가지 마."

적화가 빙휘의 팔에 매달렸다.

"어제 그리 당해놓고 찾아가서 또 무슨 봉변을 당하려구. 가지 말아. 요상한 이야. 속이 베베 꼬였다고. 차라리 그치가 기방에 와서 너를 부름 몰라두, 찾아가지는 말어."

"어찌 그리 말리셔요?"

빙휘의 팔을 꼭 붙잡고 매달려 애처로운 눈빛으로 호소하는 적화의 모습에 연지가 물었다. 직접 찾아가는 것을 이리 필사적으로 말리는 것이 의아했다. 연지의 질문에 머뭇거리던 적화가 대충 둘러댔다.

"괴팍 맞은 사내에게 우리 고운 빙휘를 냅다 내줄 수는 없잖어."

적화가 달라붙어 말리는데도 빙휘는 채비를 서두르라는 말뿐이었다. 아직 늦겨울 바람이 매섭기에 누비두루마기를 걸치는 빙휘를 보며 설득은 무리라는 것을 깨달은 적화가 말리기를 포기했다. 빙휘가 결국 문을 나서니, 적화가 보료에 털썩 주저앉았다.

"그래, 다녀오렴. 다녀오려무나. 하여간 저거 고집은 옛날부터 알아봤다마는. 언니가 이리 달라붙어 사정하는데도 눈 하나 깜짝 않는 거 봐."

팔짱을 낀 채 입술을 삐죽대던 적화는 빙휘가 뒤도 돌아보지 않고 나가 버리자 성질을 부리며 외마디 비명을 꽥 지르고는 아예 드러누워 버렸다.

연지를 시켜 미리 이참의 집을 알아두라 했던 빙휘는 그녀가 안내하는 대로 따라갔다. 이참의 집은 반촌(班村)이 아닌 부촌(富村)에 있었다. 많은 재물을 쌓기는 하나 청렴을 미덕으로 아는 양반들은 부촌을 질색했다.

부촌은 말 그대로 자신이 얼마나 부유한지를 뽐내는 동네였다. 으리으리한 기와집은 기본이요, 높다란 담으로 둘러싸인 엄청난 크기의 집들은 마치 황궁이라도 지어낼 기세였다. 부촌에는 주로 재물은 많으나 양반이 되지 못한 자— 양반의 서자들이나 양민들이 살았다.

부촌에서도 손에 꼽힐 듯 커다란 솟을대문 앞에서 연지가 걸음을 멈췄다. 그녀는 빙휘에게 고갯짓을 해 보이고는 대문에 달린 커다란 문고리를 두드렸다. 얼마 지나지 않아 문 안쪽에서 청지기의 목소리가 들렸다.

화려한 방으로 안내받은 빙휘는 오래 기다리지 않아 이참을 만날 수 있었다. 그는 집에서도 예와 같은 화려한 옷을 걸치고 있었다. 옷고름이나 끈 따위로 여미지 않고 바닥까지 길게 늘어진 옷은 빛을 반사할 정도로 번들거리는 비단으로 지어졌으며 이국의 복식인 듯 생소했다.

"이리 찾아올 줄은 몰랐구나."

지난밤보다는 차분한 목소리였다. 빙휘를 여기저기 뜯어보는 그의 눈이 번뜩였다.

"쇤네가 춘 춤의 무엇이 나리의 마음에 차지 못하였습니까?"

이참은 단도직입적으로 바로 본론을 들고 나오는 빙휘의 모습에 잠시 당황한 듯 눈이 커졌다가 파안대소를 터뜨렸다. 겉치레도 사설도 없는 것이 빙휘였다. 그녀는 꼿꼿이 등을 펴고 앉아 가만히 이참의 웃음이 멈추길 기다렸다.

"무보조차 없는 춤을 어찌 춤이라 하겠나."

그의 목소리가 다시 날카로워졌다. 이참은 단지 그 말만을 하고는 묘한 미소를 지으며 빙휘를 바라보았다. 빙휘는 그의 시선을 피하지 않았다. 타국을 많이 다닌 탓인지 가무잡잡하고 평범한 인상에 비하여 그의 눈빛은 요상했다. 그 너머에 무엇이 있는지 절대 알 수 없을 것 같은 그런 어둑한 깊이가 있는 눈이었다.

"이참 나리께선 단지 무보가 없다는 이유만으로 그리 역정을 내실 분이 아니라 들었습니다."

"참 나리."

"……예?"

이번에 당황한 이는 빙휘였다.

"참 나리라 부르도록 해."

성을 부르지 않고 이름만으로 호칭하는 것은 친근감의 표현이었고, 웬만큼 격 없는 사이가 아니고서는 서로 다른 신분 간에 그리 부르는 법이 없었다. 한데 대뜸 참 나리라 칭하라는 그의 태도에 빙휘는 절로 눈썹이 찌푸려졌다. 사귐에 있어 조심스러운 빙휘는 어떠한 교류도 없었으면서 친근하게 구는 모습이 거북했다.

"이참 나리."

"계속 그리 부르면 연유를 알려주지 않을 테다."

이참이 뱅글뱅글 웃으며 입가를 매만졌다. 순간 그의 얼굴 위로 아양을 떠는 여인네의 모습이 겹쳤다. 빙휘는 계속 그를 마주 보는 것에 속이 불편해지기 시작했다.

"어디 그 비루한 춤을 계속 내보이고 다녀보던가."

빙휘가 한참을 말없이 가만히 있자, 그가 벌떡 자리에서 일어나 옷자락을 펄럭이며 돌아섰다.

"참 나리."

그 걸음에 빙휘가 저도 모르게 그를 불러 세웠다. 이참은 고개만 돌려 눈웃음을 쳤다.

"내 곧 청악으로 너를 찾아가마."

사내의 눈웃음이라니. 떨떠름한 표정으로 겨우 고개를 끄덕인 빙휘는 그가 방을 나가고 나서도 한동안 인상을 쓴 채 앉아 있었다. 적화의 말대로 요상하고 괴팍한 사내였다.

빙휘가 기방에 돌아왔을 때도 적화는 보료 위에 드러누워 있었다. 방의 주인이 들어왔는데도 적화는 일어나지 않고 고개만 빼꼼히 쳐들은 채 물었다.

"뭐라던?"

"참 나리라 부르게 하더라."

"어휴."

빙휘가 장을 열고 두루마기를 개어 넣으니, 적화가 그녀를 향해 몸을 굴려 엎드린 채로 올려다보았다. 아무리 보아도 언니라기보다는 동생 같은 몸짓이었다.

"나리나리 참나리, 입에 따다 물고요. 빙휘 년도 참참참, 휘둘리러 갑니다."

적화가 가사를 멋대로 지어서는 동요가락에 흥얼거렸다.

"그게 뭐야."

"그치, 조심해라."

휘둘린다는 말에 이참이 원한 대로 금세 그를 참 나리라 불러 버렸던 것이 떠올라 뜨끔한 빙휘가 휙 돌아보자, 적화 역시 벌떡 일어나 앉으며 빙휘의 손을 잡아당겼다. 그 바람에 빙휘는 풀썩 주저앉아 적화와 눈을 마주하게 되었다.

"너는 새초롬히 앉아 있다만 실상은 그게 아니잖어. 춤이나 추고 연주나 할 줄 알았지, 기생년 개똥밭에 굴러본 적도 없이 운 좋게두 고 대감이 살펴주는 품 안에서 애지중지 보살핌이나 받아먹었잖어."

말투는 가벼웠지만 적화답지 않게 아양도 장난기도 없는 억양이었다.

"나는 그러질 않아서, 첨부터 죽으란 길에서 도망치며 살아서 눈치가 뵌다."

적화의 마지막 말이 무겁게 내려앉았다. 그 무게에 빙휘는 저도 모르게 침을 꼴깍 삼켰다. 긴장한 그녀의 얼굴에 적화가 다시 싱긋 웃어 보였다.

"그리 걱정할 건 없구. 뭣하면 이 적화가 빙휘 뒤를 봐주지 않겠어?"

적화가 여전히 싱글대는 얼굴로 너도 나처럼 웃어보렴, 하며 빙휘의 양 볼을 잡아당겼다. 방금 진지한 말을 내뱉었던 것 같잖게 다시 장난기가 도는 적화였다. 빙휘가 보기에 적화는 참 많은 것을 알고 있는 것 같았다. 그래서 적화의 가벼운 말투가 부러 지어내는 것만 같았다.

곧 청악기방으로 찾아온다던 이는 연통이 없었다. 빙휘 또한 간판 기녀로 바쁜 나날을 보내고 있었지만 춤을 출 때면 열을 내던 이참의 목소리가 떠오르곤 했다. 연지는 요즘 빙휘가 즉흥춤을 잘 추지 않고 무보의 춤들만 추는 것을 알아차렸다. 빙휘의 춤을 좋아하는 연지는 그녀의 춤을 타박한 이참이 싫었다. 그런데 빙휘가 그를 신경 쓰는 것 같으니 더욱 속이 꼬였다.

"그 참 나리인지 참나물인지 하는 사내가 그리 신경 쓰여?"

연지가 이부자리를 펴는 사이 미안수를 바르는 빙휘를 향해 대뜸 물었다. 느닷없는 물음에 당황이라도 한 것인지 빙휘의 손이 딱 멈추었다. 그에 연지가 미간을 찌푸렸다. 평소에는 아무리 농을 던져도 눈썹 하나 까딱하지 않는 빙휘였는데, 이참에 대한 질문에 저리 눈에 띄게 동요하는 모습이라니.

사내를 모르는 것은 연지 역시 마찬가지였지만 이참은 첫인상부터 뭔가 감이 좋지 않았다. 말도 안 되는 트집을 잡아 괜히 빙휘의 관심을 끌려고 하는 것 같았다. 워낙 빙휘의 춤을 좋아하는 연지인지라 그리 느껴지는 것이었다.

"곧 찾아오신다더니, 곧이 좀 기네."

"뭐?"

들고 있던 베개를 툭 떨어뜨린 연지가 경악하여 빙휘의 앞으로 달려가 앉았다.

"너, 설마 그자를 기다리는 거야?"

무릎을 꿇고 앉아 상체를 쑥 내밀며 묻는 연지의 모습에 빙휘가 슬쩍 뒤로 물러섰다. 그녀는 연지의 놀란 눈을 외면하고 경대에 비친 제 얼굴을 바라보며 대답했다.

"기다리는 게 아니라. 그저, 곧 오신다 했으니까. 그래서 그런 거야."

자신의 눈을 외면하는 빙휘를 보며 연지가 입을 딱 벌렸다. 연지는 엉덩이를 깔고 앉으며 경대만 바라보는 빙휘의 눈치를 살폈다.

빙휘는 미안수를 바르던 작은 면포로 뺨을 토닥이고 있었다. 좀 전에 찬물에 세수를 한 탓에 유난히 얼굴이 하얗고 뺨이 붉었다. 그 붉은 뺨마저 이참 때문에 달아오른 것 같은 기분에 연지가 세게 고개를 저었다.

매일 하는 정리를 마치고 연지가 방을 나간 후, 어둑해진 방에서 가만 눈을 감고 있던 빙휘가 슬며시 눈을 떴다. 창으로 달빛이 비쳐 바닥에 문살 그림자가 드리웠다. 빙휘가 마치 미로 같은 문살 그림자를 눈으로 훑어 내렸다. 빙휘의 손이 품을 뒤졌다. 아직 봄이 오지 않아 동면에 들었던 초아는 돌아오지 않았다. 초아가 곁에 없기 때문일까, 어쩐지 속이 허했다.

"초아."

초아의 이름을 부르면 언제나 초사여가 뒤이어 떠올랐다. 그의 이름이 비슷한 탓이었다. 그러고 보니 겨울이 들면서 그는 다시 자취를 감추었다. 이런 밤에는 차라리 몰래 잠자리를 지키던 그 시원한 손이 그리웠다.

아마 그는 외양이 기이한 탓에 다른 이들의 시선을 피해 그 으슥한 시간에만 모습을 드러내는 모양이었다. 그의 하얀 머리, 빛을 반사하여 반짝거리는 하이얀 그의 모습은 시선을 앗고 몇 번 보지 않았음에도 똑똑히 박혔다. 무릎 아래까지 길게 늘어진 은빛 실타래는 초아의 하얀 비늘과 닮은 구석이 있었다. 그래서인지 초사여에겐 경계가 풀어져 버리곤 했다.

"지금도 보고 있나요?"

물음에 돌아오는 답은 없었다. 기척 없이 머무르는 이였기에 혹시나 하는 기대였건만 역시나 그는 곁에 없었다. 빙휘가 잠을 청하려 눈을 감았다.

감은 시야로 초아가 가는 몸뚱아리를 베베 꼬면서 애교를 부리던 모습이 떠올랐다. 초아의 하얀 비늘이 햇살에 반짝거리는 모습이 떠올랐다. 공기가 반짝이던 백은산의 폭포가 떠올랐다. 그를 지켜보던 고록경 대감의 웃음이 떠올랐다. 그 하얗고 긴 수염이 떠올랐다. 초사여의 흩날리는 머리칼이 떠올랐다. 그의 보드라운 비단옷이 떠올랐다. 그러다가 문득 이참의 얼굴이 떠올랐다. 거뭇하고 광대가 도드라진 얼굴에 장난기 넘치는 웃음이 떠올랐다.

빙휘가 고개를 저었다. 제 춤을 타박한 이는 그가 처음이라 자꾸만 신경에 거슬렸다. 그를 떠올리면 기분이 나빠지는데도 자꾸만 생각의 흐름이 그에게 닿았다.

"빙휘 있어?"

옷을 차려입고 이제 막 단장을 하려는데 장지문 너머에서 빙휘를 찾았다. 목소리는 빙휘의 대답도 듣지 않고 대뜸 장지문을 열었다. 정오도 되지 않았는데 벌써 곱게 치장을 마친 초희가 서 있었다.

"무슨 일이야?"

연지가 인상을 쓰며 날카롭게 물었다. 초희는 연지에겐 시선조차 주지 않고 마음대로 방에 들어와서는 빙휘의 앞에 앉았다.

"참 나리께오서 널 찾으셔."

"그걸 왜 네가 전해?"

또 달려드는 목소리에 초희가 연지를 째려보며 대답했다.

"나리께서 지금 내 방에 계시니까. 나리께서 전하라 하셔서 이리 직접 행차해 주었다, 왜!"

초희가 턱을 치켜들어 보이며 쏘아붙였다. 그리고 다시 생글생글 웃으며 빙휘를 바라보았다.

"작일 나리께오서 나를 찾으셨거든. 내 참 나리를 기방으로 모셨으니 가보렴."

"……알겠어."

웃은 얼굴로 그리 전한 초희가 발딱 일어나 치맛자락을 휙 채어 쥐고 방을 나갔다. 그 모습에 연지가 인상을 쓴 채 뭐라 중얼거리며 서둘러 빙휘를 치장했다. 급해지는 연지의 손길에 빙휘가 갑자기 손을 들었다.

"아니."

"뭐?"

"화장은 되었어. 가체도 놔두고, 머리나 틀어 올려줘."

빙휘의 말에 연지가 그저 미안수나 한 번 바르고는 빙휘의 머리를 땋아서 말아 올려 은비녀를 하나 꽂았다. 화장기 하나 없는 얼굴에 겨우 비녀를 하나 꽂았을 뿐이었지만 그 모습이 도리어 청초하고 단아해 보였다. 잔머리 하나 빠지지 않도록 곱게 빗는 것으로 치장이 끝났다.

치맛자락을 살짝 잡아 들고 기방으로 향하여 마당을 가로지르는데, 창 하나가 열리더니 이참이 손을 내밀어 빙휘를 불렀다.

"여기, 들어오너라."

이참의 얼굴이 보였음에도 빙휘는 가만 바라보기만 할 뿐 인사
조차 올리지 않고 걸음을 재촉했다.

이른 시각부터 이참은 작은 주안상을 마주하고 있었다.

"내 조금 늦었네."

이참이 얼굴 가득 호선을 그리며 웃어 보이면서 방에 들어서는
빙휘를 향해 술잔을 들어 보였다. 빙휘는 연지에게 눈짓을 하고는
홀로 방에 들어갔다. 장지문을 닫아 선 연지는 괜스레 불안한 마음
에 방 안을 힐끗거리다가 툇마루 끝에 걸터앉았다.

"게 서서 뭘 하나? 이리 가까이 오지 않고."

빙휘가 문 앞에 멀뚱히 서 있기만 하자 이참이 술을 들이켜고는
손짓을 했다. 치맛자락만 사락거리는 가벼운 발걸음으로 빙휘가
이참의 앞에 앉았다. 그 모습에 눈을 꿈뻑대던 이참이 고개를 젖히
며 웃음을 터뜨렸다.

"기생이 마주 앉아?"

보통의 기녀라면 시중을 들기 위해 객의 옆자리에 붙어 앉았다.
그러나 빙휘는 잠시의 고민도 없이 자연스럽게 주안상을 사이에
두고 앞에 앉는 것이었다. 그 모습에 이참은 껄껄 웃으며 눈을 빛
냈다.

그 눈이 빙휘를 머리부터 훑어 내렸다. 머리카락 하나 흘러내리
지 않고 단정히 빗어 쪽 진 머리에는 흔한 장신구 하나 없이 뭉툭
한 은비녀만 달랑 꽂혀 있었다. 금박은 물론이거니와 수조차 놓여
있지 않은 밋밋한 다홍색 저고리에 역시 무늬 없는 황록색 치마는
기녀들이 즐겨 입는 복식이 아니었다.

그나마 꾸밈이라 할 만한 것은 짧은 저고리 아래로 보이는 하얀 치마 말기의 자수가 전부였다. 허리를 꼿꼿이 펴고 다소곳이 앉아 무릎 위에 얌전히 두 손을 포개놓은 모습은 마치 음전한 양갓집 부인 같아 보였다.

"수발을 들게 하려 쇤네를 부르신 것입니까?"

"아니, 아니지."

이참이 호선을 그리며 손을 내저었다.

"그건 아니어도, 빈 술잔 정도야 채워줄 수 있겠지?"

그가 빈 잔을 들고 빙휘의 앞으로 내보였다. 빙휘는 잔을 들여다보다가 길게 숨을 내쉬며 술병을 들었다. 술을 따르는 모습마저 정갈했다. 한 치의 흔들림도, 한 방울의 흘림도 없이 채운 잔을 가만 응시하던 이참은 그 잔 역시 한입에 털어 넣었다.

"다시 춰 보거라."

술병을 상에 내려놓던 빙휘가 움찔했다.

"다시 춰 보래두."

이참이 재차 권하자 빙휘가 일어나 뒤로 몇 발짝 물러났다. 빙휘는 눈을 감고 그날 밤을 떠올렸다. 섬섬의 금과 객들의 소란, 기녀들의 웃음, 저녁의 찬 공기와 막 갈아입은 옷의 서늘함. 지금과는 많은 것이 달랐다.

빙휘는 왼손으로 허리춤을 짚고 오른손을 가볍게 들어 올렸다. 오른발 끝이 바닥에서 가볍게 떨어졌다 붙었다. 오른쪽으로 한 바퀴 돌고 바로 이어 왼쪽으로 두 바퀴, 손을 활짝 펴 내리며 다시 한 바퀴. 두 손을 머리 위로 올려 뿌려 내리는 순간.

착착!

이참이 싸리나무 채로 바닥을 짧게 두 번 내려쳤다. 빙휘는 동작을 끝마치지 못하고 그대로 굳어 멈추었다. 이참이 일어나 다가와서는 싸리나무 채 끝으로 빙휘의 왼쪽 무릎을 한 번, 양손 끝을 한 번 채로 툭 건들었다.

"무릎은 좀 더 굽히고, 양손은 겹쳐 맞닿은 연후 내려야지."

빙휘는 놀라서 손을 내리고 바로 서 이참을 마주 보았다. 단 한 번의 춤사위였다. 게다가 그날 밤 주석에서 그는 이미 얼큰하게 취해 있는 상태였고, 옆의 초희를 희롱하며 놀고 있었다. 한데 처음 본 빙휘의 춤을 외우기라도 했다는 듯 춤사위를 지적하는 것이었다.

"나는 너에게 그 춤을 다시 추라 했다. 새로운 춤을 추라 하지 않았어. 다시 똑같이 추지 못하는 춤을 어찌 춤이라 할 수 있겠는가."

이참은 다시 자리에 앉으며 옆에 싸리나무 채를 내려놓고 술잔을 들었다. 그리고 빙휘를 향해 빈 잔을 들어 보이며 잔을 채우라고 말없는 지시를 내렸다.

"그날의 춤을 외우셨습니까?"

이참은 귀찮다는 듯이 고개를 끄덕이며 잔을 든 손을 흔들었다. 잔말이 많다, 어서 술이나 채워라, 하는 행동에도 빙휘는 꼼짝하지 않았다. 그에 이참은 심통이 난 얼굴로 술잔을 상에 탁 소리가 나게 내려놓고 팔짱을 꼈다.

"전두를 받아먹는 무희란 년이 무보도 없고 한 번 추면 다시 추지도 못하는 그런 얼치기 같은 춤이나 춘다는 것이 말이 된다 생각해? 저자의 사당패들이 흥을 돋우려 추는 춤 따위나 보려고 염낭을 통째로 턱턱 내놓는 줄 알아?"

"예인의 감흥을 어찌 무보에 갇혀서만 보여 드리리까. 음보에 갇힌 악에서만 춤을 추는 것이 아니라 스치는 바람 소리, 새소리, 물소리에도 춤을 추는 것이 진정한 예인이라 생각합니다."

"진정한 예인?"

"예, 자유롭게 음률을 뽑고 춤사위를 내보이는 예인 말입니다."

"자유라……."

이참과 빙휘의 시선이 맞부딪쳤다. 그의 눈이 빛났다. 마치 빙휘를 잡아먹어 버릴 것만 같은 날카로운 안광을 빙휘는 주춤하지도 사리지도 않고 그대로 마주했다.

"자유도 자유 나름이지, 규범을 벗어난 자유는 허울 좋은 방종에 불과할 뿐!"

이참이 순간 옆에 놓아둔 싸리나무 채를 집어 들더니 바닥을 세게 내려쳤다. 허공을 붕 하고 가르고 바닥에 내리꽂은 채는 결국 동강이 났다. 일어나 빙휘를 마주한 이참의 얼굴이 붉게 달아올랐다. 술기운이 아니었다. 그는 반 토막 난 채로 빙휘를 가리켰다.

"적당히 흘려버린다고 모를 줄 알아? 네 춤의 뿌리가 무엇이냐. 무보의 춤사위들을 네 흥이 가는 대로 섞어놓은 것이 아니냐. 그 춤사위 하나하나 결국은 무보에 올라 있는 것인데, 너는 그 춤사위들에 충실하였느냐? 자유로운 흥이란 이름으로 정치한 그 동작들을 가벼이 여기며 대충 흘려버리지 않았어? 나는 네년의 춤을 외운 것이 아니야! 그 춤이 속한 무보의 순서를 외운 것이지.”

이참의 눈은 정확했다. 기실 배운 춤사위들을 자유롭게 엮어 추는 춤이었다. 때문에 아무렇게나 흐느적대는 몸짓이라는 지난밤 이참의 비난을 순순히 받아들일 수 없었고, 그래서 그를 찾아가기까지 했던 것이다. 여지껏 칭찬만 들어왔던 빙휘였다. 그린 빙휘에게 그녀의 잘못을 따끔히 일러주는 이는 처음이었고, 신선한 충격이었다. 자신도 모르는 사이에 저 잘났다는 자만에 빠져 있었나, 빙휘는 처음으로 부끄러움에 얼굴이 달아올랐다.

“참 나리.”

빙휘가 세운 무릎 위에 다소곳이 손을 모으며 고개를 살짝 숙여 보였다.

“쇤네의 춤을 봐주시겠습니까?”

그날부터 빙휘는 매일 이참과의 수련에 열중했다. 이참, 그 사내는 실로 놀라웠다. 손동작, 발동작 하나로도 춤사위를 알아차려 어떤 것이 잘되었는지, 어떤 것이 그른지 기가 막히게 집어냈다. 이참은 마치 스승인 양 싸리나무 채를 하나 들고 서서 빙휘의 춤사위를 지적했다.

“아니지. 반 치쯤 더 위로…… 그렇지! 조금, 조금 더 꺾어. 그래, 그 각을 기억해.”

이참의 싸리나무 채는 그의 옷자락을 가볍게 튕기며 장단을 맞췄다. 빙휘는 그 장단에 춤사위를 내보였고, 그가 춤사위 하나하나를 지도해 줬다. 수련을 거듭할수록 이참에 대한 빙휘의 시선이 바뀌었다. 처음에는 향락에 물들어 겉멋만 든 한량이라 생각했었다. 그러나 그는 가위 대단한 인사였다.

세상의 모든 무보를 외우고 있다는 것은 뜬소문이 아니라 사실이었다. 따로 무보를 펴놓고 수련을 할 필요가 없었다. 이참 그가 바로 무보였다. 결국 춤이란 기본 동작에 뿌리를 두고 다양하게 펼쳐 나오는 것이었다. 빙휘는 그간 놓치고 있었던 기본기를 다시 제대로 다지고 있었다.

"빙휘."

"예?"

갑자기 자신을 부르는 목소리에 빙휘가 눈을 떴다. 그녀는 춤에 취하면 눈을 감고 빠져드는 버릇이 있었다. 눈을 뜨니 바로 코앞에 이참의 얼굴이 있었다. 빙휘는 당황하여 춤동작이 흐트러져 균형을 잃고 뒤로 넘어갈 뻔했다. 그 순간 이참이 빙휘의 허리를 감싸 그녀를 지탱해 주었다.

"눈을 감지 마라."

마치 이참의 품에 안긴 것 같은 자세에 빙휘가 민망하여 몸을 빼내려 했다. 그러나 이참이 손에 힘을 주어 벗어날 수가 없었다.

"춤은 결국 관객에게 보여주는 것이야. 보는 이를 무시하고 홀로 네 세상에 빠져들어 추다가는 이전처럼 춤사위가 흐트러지기 십상이다. 눈을 감지 말고, 객을 똑바로 마주해. 객에게서 시선을 떼지 말고 당신을 위한 춤을 추고 있다고 눈으로 말을 걸어. 그리하면 그 객이 네 춤에 빠져들 것이야."

"아, 알겠습니다."

저도 모르게 말을 더듬은 빙휘의 얼굴이 달아올랐다. 항상 사내에게 거리를 두었기에, 이리 가까이서 마주하는 것은 처음이었다. 다른 것은 보이지 않고 이참의 얼굴이 시선을 가득 메웠다.

빙휘는 제 심장의 두근거림이 이참에게 전해질까 두려워 허리를 비틀었다. 그러나 도리어 힘을 준 이참의 손가락이 선명하게 느껴지는 것이었다. 손길이 느껴지자 빙휘가 긴장하여 숨을 들이켜 참았다. 그러니 가는 빙휘의 허리가 잘록해지며 그의 손에 감겼다. 눈앞에는 이참의 눈이, 그 눈동자에 비친 자신의 얼굴이 보였다.

이참의 입술이 부드럽게 휘어 올라갔다. 그의 숨결이 입가에 닿아 움찔거리는 순간 그가 허리를 놓아주며 그녀를 바로 세웠다. 그러면서 문득 이참의 수염이 볼을 스친 것 같다는 생각이 들었다. 아무래도 들킨 것일까? 빙휘는 돌아서며 제 심장을 움켜쥐었다. 심장이 쿵덕대고 있었다.

빙휘는 뺨이 뜨끈해진 것을 느끼고 얼른 장지문을 열었다.

"이, 이만, 이만 가보겠습니다. 객을 맞을 채비를, 치장을 해야겠어요."

그리 말하고 빙휘는 제 입술을 잘근 씹었다. 누가 들어도 긴장한 목소리에 혀가 꼬여 잔뜩 더듬어 버렸다. 고개를 숙이고 긴 한숨을 내뱉는 빙휘의 미간이 좁아졌다. 빙휘는 이참을 향해 인사도 올리지 않고 한 번 돌아보지도 않은 채 방을 나가 버렸다. 수련실을 나와 방으로 가는 내내 빙휘는 뒤에서 이참의 웃음소리가 들리지는 않는지 귀를 기울였다.

연지는 요새 빙휘가 하는 양이 맘에 들지 않았다. 연지의 눈에는 완벽해 보이는 기본 사위를 허구한 날 추고 또 추는 모습에, 아니, 실은 그 옆에 딱 붙어 있는 능구렁이 같은 사내의 모습이 거슬렸다. 기녀들의 처소인 별채와 교방 사이에 있는 수련실 중 하나에 틀어박혀 매일같이 그와 춤을 추니, 연지는 혹여나 하는 노파심에 항상 창을 죄다 열어놓고 나와 밖에 서서 방 안을 감시했다.

이참이 이상한 짓이라도 할 기색이 보이면 당장에 뛰어 들어가 훼방을 놓을 심산이었다. 때문에 눈에 불을 켜고 방 안의 동태에 집중하느라 연지는 옆에 누가 다가오는 것도 몰랐다.

"너는 빙휘가 이참과 어울리는 것이 마음에 들지 않는 모양이로구나."

"옛?"

갑자기 들려온 목소리에 연지는 놀라며 이상한 소리를 내뱉으며 옆을 바라보았다. 고록경 대감이 바로 옆에 서 있었다. 연지는 뒤로 물러서며 꾸벅 인사를 올렸다.

"걸음하셨습니까?"

고록경 대감은 사람 좋은 웃음으로 인사를 받으며 뒷짐을 진 채 방 안을 바라보았다. 그 모습에 연지 역시 조금 뒤로 물러나 방을 바라보았다. 수련실은 유난히 창이 크고 많았다. 계절에 관계없이 수련을 하다 보면 열이 나고 땀이 뚝뚝 떨어지기에 그리 만든 것이었다. 그렇기에 밖에서도 안의 모습이 훤히 보였다.

"저자가 마음에 들지 않느냐?"

계속 보고 있으니 저도 모르게 인상을 쓰는 연지의 얼굴에 고록경 대감이 재차 물었다.

"그게…… 네."

조금 머뭇거리는가 싶더니 당돌하게 그렇다 대답하는 연지의 모습에 대감이 허헛, 하고 웃음을 터뜨렸다. 대감의 분위기가 편한 탓인지, 오래 보아서 그런 것인지 연지는 허물없이 말을 이었다.

"빙휘의 춤을 나쁘다 했잖아요. 그것도 맘에 안 드는데, 이젠 좋다고 달라붙어 있는 모습이라니. 게다가 인물도 별로고, 능구렁이 같아요."

"하하. 그래, 이참의 인물이 좋은 편은 아니지."

고록경 대감이 고개를 끄덕이며 수긍하자, 연지는 신이 나서 열변을 토했다.

"아무리 사내라고는 해도 어찌 그리 피부가 새까만지, 이국인의 피라도 섞인 게 아닌지 싶어요. 게다가 키도 사내치고 땅딸막하고, 대감 어깨에나 미치려나? 제가 좀 키가 큰 편이기는 하지만, 어찌 사내가 계집이랑 키가 비슷하대요? 또, 무슨 사내가 저리 비단을 좋아하는지. 번쩍번쩍 빛나는 게 멀리서 보면 기녀 옷이라도 걸친 줄 알겠다니까요. 아마 학문에는 영 머리가 없을걸요. 그러니 매일 악과 춤만 들여다보니까 저리 무보를 외우고 있는 거겠죠. 겨우 그런 거에 빙휘 저건 혼이 쏙 빠져서는……."

연지가 아랫입술을 쭉 내밀고는 수련실을 노려보았다. 그 모습에 고록경 대감은 그저 빙긋 웃을 뿐이었다. 감히 저보다 신분이 높은 이의 흉을 본 연지를 책하지도 않고, 그러느냐 하는 얼굴로 부드럽게 말을 건넸다.

"빙휘가 저리 행복해 보인 적이 있더냐."

"……예?"

수련실을 노려보던 연지가 고록경 대감을 올려다보았다. 멍하니 입을 벌리고 그를 바라보던 연지가 다시 수련실을, 빙휘의 얼굴을 살폈다.

"내가 보기엔 빙휘가 그 어느 때보다 행복해 보이는구나."

빙휘는 춤을 추고 있었다. 빙휘는 눈을 뜨고 춤을 추고 있었다. 빙휘는 눈을 뜨고 이참에게서 시선을 떼지 않은 채 춤을 추고 있었다. 그녀의 표정이 퍽 부드러워 보였다. 대감의 말이 맞았다. 춤을 추는 빙휘는 그 어느 때보다 행복해 보였다. 어떤 주석에서도, 연석에서도 저런 빙휘의 표정을 본 적이 없었다. 이참의 매 같은 눈초리에 지적을 받으며 겨우 기본 춤위만 반복하고 있음에도, 그 어떤 화려한 춤을 출 때보다 빛나 보였고 행복해 보였다.

"하, 하지만…… 저는 차라리 빙휘가 대감의 첩이 되었으면 합니다."

연지의 말에 고록경 대감이 놀라며 그녀를 돌아보았다. 굳게 다문 입이 꿈틀거렸다. 무심결에 실언을 하고 만 연지가 대감의 안색을 살피고 고개를 푹 숙였다. 아무리 대감이 편히 대해준다 하여도 신분이 유별하거늘, 경을 칠 언사였다.

"송구합니다. 실언을 했습니다."

"빙휘를 내 첩으로 들이는 것은 빙휘에게 아까운 일이지. 이런 늙은이의 첩으로 묶여 살기에는 너무 고운 여인이 아니더냐."

예, 그렇지요. 하지만 대감께선 누구보다 빙휘를 아껴주시잖습니까, 라는 말이 목까지 올라왔지만 연지는 애써 말을 삼켰다. 한 날 기녀의 몸종일 뿐인 제가 할 말이 아니기 때문이었다. 그 말은 차마 하지 못했지만 연지는 빙휘를 바라보는 고록경 대감의 눈빛이 그 어느 이보다 애틋하다고 생각했다. 그러면서도 대감이 욕심을 부리며 빙휘를 취하려 하지 않으니 고마웠다. 대감의 말마따나 칠순을 바라보는 노인의 곁에 있기에는 빙휘가 너무 아까웠다.

연지는 양반과 이리 대화를 나누는 저 자신이 신기했다. 아무래도 빙휘의 옆에서 보고 배운 영향인 듯했다. 이전의 연지였다면 아마 감히 양반들과 눈조차 마주치지 못했을 텐데, 그 누구와 마주하여도 당당한 빙휘의 모습을 보다 보니 주거니 받거니 말까지 나누게 되었다. 고록경 대감을 곁눈질하던 연지는 수련에 몰두한 빙휘의 모습에 시선을 빼앗긴 그의 눈을 보고, 소리가 나지 않게 조심하며 조용히 물러났다.

빙휘는 오늘도 역시나 땀범벅이 되어 돌아왔다. 날이 꽤 따뜻해졌다고 생각했는데 어쩐지 빙휘의 뺨이 유난히 붉었다.

"창을 너무 활짝 열어두었나? 아직 바람이 차? 열이 올랐나?"

그녀의 붉은 뺨에 혹여나 감기라도 들까 걱정되어 달려들며 묻는 연지에 빙휘가 뺨을 감싸며 고개를 숙였다.

"아니야. 괜찮아."

흡사 수줍음을 타는 여인 같은 모습이었다. 그러나 연지는 빙휘가 부끄러움을 느낄 것이란 생각을 아예 하지 못했기에 그녀의 몸상태가 좋지 않은 건가 걱정이 되었다.

"오늘, 쉴래?"

"……그럴까."

수련에 녹초가 되어 피곤함에 쓰러져도 한 번 쉰다는 말을 한 적이 없던 빙휘였다. 그런 그녀가 걱정에 한 번 해본 물음에 그러마는 대답이 나올 줄은 상상도 못했다. 정말로 상태가 안 좋은 것인지 덜컥 겁이 난 연지가 빙휘의 이마를 짚었다. 이마는 살짝 열이 오른 듯 따뜻했다.

"미열이 있나? 행수 어른께 말씀드리고 올게."

돌아오는 길에 따끈한 꿀차와 물수건도 챙겨와야겠다는 생각을 하며 연지가 급하게 방을 나섰다. 뒤에서 빙휘가 뭐라 말한 것 같았지만 이미 그녀에 대한 걱정으로 가득 찬 연지의 귀에는 들리지 않았다.

요새 빙휘가 수련에 열중인 것을 알고 있던 청여는 두말없이 궐석을 허락해 주었다. 여태 한 번도 궐석한 적이 없던 빙휘였기에 흔쾌히 허락해 준 것 같았다. 차와 작은 놋대야, 물수건을 챙겨 종종걸음을 치던 연지를 누군가 불러 세웠다.

"연지!"

돌아보니 적화였다.

"오셨어요?"

꾸벅 인사를 하던 연지는 놋대야에 머리카락을 빠뜨렸다. 그에 적화가 까르르 웃으며 다가와 머리칼을 닦아주었다.

"왜 이리 바뻐? 이건 뭐구?"

"빙휘가 몸 상태가 안 좋은 것 같아서요. 오늘 기방 일을 쉬기로 했어요."

"많이 안 좋아?"

빙휘가 쉰다는 말에 적화가 놀라 커진 눈을 꿈뻑이며 연지와 함께 급하게 방으로 들어섰다. 빙휘는 소복 차림으로 보료 위에 앉아 경대를 열고 서랍을 뒤지다가 두 사람이 들어오는 소리에 급히 경대를 닫고 한쪽으로 밀어 치우는 것이었다. 빙휘가 홀로 있을 때면 경대 서랍 안의 물건들을 보곤 한다는 것을 알고 있었기에 연지는 숨기려는 듯한 빙휘의 행동을 못 본 척, 그녀의 옆에 쟁반을 내려놓았다.

"아파 보이진 않는데. 꾀병 부리누?"

수련 탓에 지친 기색은 있지만 병색은 없었다. 적화가 고개를 갸웃거리니 연지가 빙휘에게 꿀차를 한 잔 따라주며 말을 했다.

"수련을 하며 찬바람을 너무 쐬어 그런지, 아깐 뺨이 새빨개선 미열이 있었어요. 요새 너무 무리한 것 같아요. 그러게 내 쉬엄쉬엄 하라니까."

빙휘는 연지의 말에도 아무 반응도 없이 그저 차만 마시고 있었다. 그 모습을 살피던 적화가 부산을 떠는 연지의 손을 가만 잡으며 고갯짓을 했다. 그에 연지가 입을 다물고 방을 나갔다. 연지가 장지문을 닫자, 적화가 표정을 굳히고 빙휘를 바라보았다.

빙휘의 춤을 봐주고 나서 이참은 항상 기방에 가장 먼저 자리를 잡고 앉았다. 그러면 곧 초희가 생글거리며 주안상을 들고 들어왔다.

"빙휘 고년, 어떻딥까?"

초희가 이참의 잔을 채우며 간드러지는 목소리로 물었다. 이참은 피식 웃으며 술잔을 빙글 흔들었다. 잔 속의 술이 흔들리다가 한 방울 넘쳐흘렀다.

"고운 계집이야."

"즈어보다요?"

초희가 이참의 팔에 매달리며 입술을 삐죽 내밀고 아양을 부렸다. 그 모습에 이참이 웃음을 터뜨리며 그녀의 코를 가볍게 톡 건들었다.

"시샘이라도 나느냐?"

"나리께오선 소녀를 가장 이뻐하신다더니, 고년이랑 붙어 있는 시간이 더 많잖습니까."

초희가 콧소리를 내며 투덜거렸다. 그녀의 애교에 이참이 얼굴 가득 미소를 얹다 술을 꿀꺽 한입에 털어 넣었다. 초희는 재빠르게 술병을 들고 빈 잔을 채웠다. 급히 따르는 술이 살짝 넘쳐 잔 밑으로 술이 고였다.

"신선한 계집이야."

초희가 채운 잔을 집어 든 이참의 손가락으로 넘친 술 방울이 하나 흘러내렸다. 빙휘는 술을 따르는 동작조차 다도를 하듯 절제되어 있었다. 빙휘의 허리를 감았던 손의 촉감이 생생했다. 잘록하고 가는 허리였다. 그리고 당황한 그녀의 눈빛.

"사내의 손을 타지 않은 기녀라니."

낮게 중얼거린 그가 다시 또 한입에 꿀꺽 술을 들이켰다.

연지를 내보내 놓고 적화는 아무 말도 하지 않았다. 그 커다란 눈알을 굴리며 여기저기 빙휘를 살피기만 하는 모습에 빙휘가 한숨을 내쉬었다.

"왜, 언니 또 뭐가 맘에 들지 않아서 그래?"

평소에 적화는 가볍게 말을 툭툭 던졌지만, 정말 거슬리거나 마음에 들지 않는 게 있을 때는 이렇게 말없이 계속 노려보기만 하곤 했다. 가끔 입술을 삐죽거리기도 하는 모양이 마치 어린아이가 심통을 부리는 것 같은 표정이었다. 워낙 적화가 조그맣고 어린 얼굴이었기에 그런 모습도 귀여워 보여 그녀와 잘 어울렸다.

"이 처자 어쩜 좋누? 그 도령 이후론 사내에게 눈길 하나 주잖기에 제법 눈이 높나 했더니, 그게 아니라 그저 풍객들 난봉질에 휘둘리는 속없는 아씨였어?"

속사포로 쏟아지는 앙칼진 목소리에 빙휘가 눈을 내리깔았다. '도령'이란 말에 가슴이 한 번 시큼, 알싸하게 찬바람이 들었다. 빙휘는 순간 하얗게 질리며 저도 모르게 입술을 꾹 깨물었다.

그 모습에 적화가 아차하며 혀로 입술을 훑었다. 모른 척, 잊은 척 티 내지 않고 숨겨두던 기억이었는데 순간 답답함에 말이 튀어나오고 말았다. 혹여나 빙휘가 다시 기억에 잠식당할까 적화가 얼른 말을 돌렸다.

"이 순진무구한 처자야, 어찌 그리 이참에게 홀랑 넘어갔누?"

부러 빙휘의 팔을 잡아당기며 짓궂은 표정을 지어 보는 적화의 말에 좀 전의 말은 금세 잊어버리고 내둘리는 빙휘였다.

"홀랑 넘어가기는, 내가 무얼."

"궐석까지 하든서 자리 깔고 누워야 할 정도로 맘이 진정 안 되는 거 아녀?"

"무슨 마음을 진정해. 그런 거 아냐."

다시 또 그 눈이었다. 꿰뚫어 보는 것 같은 적화의 눈에 빙휘가 시선을 피하며 찻잔을 만지작거렸다. 뜨거웠던 꿀차는 어느새 미지근해져 있었다. 뭐라도 하지 않으면 계속 추궁을 할 것 같은 적화의 기세에 빙휘가 마침 손에 걸린 잔을 들어 꿀차를 홀짝거렸다.

"수련을 핑계로, 요새 참 나리랑만 붙어 있잖어."

적화가 빙휘의 옆에 바짝 붙어 앉으며 그 초롱한 눈망울을 빛내면서 빙휘를 올려다보았다. 이리 애교를 부리려던 것은 아니었지만 좀 전의 실언으로 빙휘의 맘이 다시 가라앉아 입이 닫혀 버릴까 아양을 떨었다. 그 교태에는 당할 재간이 없는 빙휘가 긴 한숨을 내쉬며 입을 열었다.

"그는 나를 기녀로 보지 않아. 그는 나를 한 사람의 예인으로 대우해 줘."

아, 그래, 그러겠지. 적화의 눈이 다시 시커메졌다. 아이처럼 은근히 굴며 맘을 살살 달래던 적화가 다시 언니의 모습으로 돌아왔다.

"너, 그이가 어떤 이인지 알어?"

가라앉은 적화의 목소리에 빙휘가 잔을 내려놓고는 고개를 저으며 뒤로 물러나 벽에 기대었다. 빙휘가 무릎을 세워 팔로 감싸고는 고개를 푹 숙이니 적화가 그녀의 손을 꼬옥 잡았다.

"한 번 제 눈에 든 여인은 어떻게든 안고야 마는 인사여. 도성 내에, 아니, 이 제국, 아니, 그가 갔던 수많은 이국들. 기생은 물론

이거니와 미색으로 이름난 여인들을 죄다 취하고야마는, 그러고
한 번 안은 계집은 금세 흥이 떨어져 버리는, 그런 이야."

"그저 소문인 건 아니고? 그리 정치한 눈을 가진 분이 어
찌……."

험하는 적화의 말에도 빙휘는 주저하며 말을 흘렸다. 오늘 갑자
기 다가와 허리를 감은 것 외에는 한 번도 빙휘에게 닿은 적이 없
었다. 한마디 농도 잡담도 없이 종일 춤사위만 봐주는 그의 모습에
오히려 빙휘가 괜한 날씨 이야기를 건네기도 했다. 외양이 점잖은
선비라기엔 지나치게 화려하긴 했지만, 지금까지 빙휘가 봐온 성
정으로는 적화의 말이 와 닿지 않았다.

"이리 흥을 보면서, 왜 접때 참 나리가 언니를 찾지 않았다고 섭
해했어?"

"접때?"

"참 나리를 처음 뵌 날."

"아, 그 사달이 났던 날."

적화가 생각이 났다는 듯 고개를 주억거리다가 빙휘의 눈치를
살폈다. 제 입으로 하기에 쉬운 말이 아니었다. 게다가 빙휘가 싫
어할 얘기인지라 꺼내는 것이 조심스러웠다.

"나야, 사내와 노는 걸 즐기니까 그렇다만…… 넌 아니잖아."

사내를 대하는 것을 재미있어하며 유흥을 즐기는 적화였다. 딱
봐도 빙휘는 전혀 그런 쪽이 아니었기에 한 번도 그런 이야기를 한
적이 없었던 것이다. 적화는 흔히들 생각하는 그런 기녀였다. 웃음
을 팔고 술을 파는 흔한 기녀. 반면에 빙휘는 가장 기녀 같으면서

도 전혀 기녀 같지 않은 기녀였다.

재기를 뽐내며 전두를 받는 기녀였지만, 술자리와는 거리가 멀었다. 적화는 향기방에서 가장 이름난 기녀였지만 빙휘는 그녀가 악기를 만지거나 춤을 추는 것을 한 번도 본 적이 없었다. 가끔 적화의 방을 찾아갔을 때 디딤돌 위에 사내의 신발이 놓여 있거나 방안에 대님이나 행전, 망건 따위 사내의 옷가지가 있던 적이 종종 있었다. 때문에 어느 정도 그러리라 생각하고는 있었다.

"참 나리는 겨우 기생에게 마음을 쓰지 않아. 그저 가볍기 그지없고, 나 또한 사내를 대하는 데 진정이니 연모니 이런 것들에 연연하는 게 싫으다. 해서 그와는 죽이 잘 맞지. 여느 순진한 사내들과는 달리 간섭도 투정도 없으니까."

그것이 빙휘와 달랐다. 기녀로 있으며 혹여나 마음이 흔들릴까 노심초사하며 거리를 두는 빙휘에 반해 적화는 도리어 제가 사내들의 마음을 흔들어댔다. 사내를 가볍게 대한다는 그녀의 말이 어쩐지 슬프게 들리는 것은 빙휘가 아직 연정이란 것에 기대를 품고 있기 때문일까. 빙휘는 이참을 변호하듯 적화를 변명하듯 중얼거렸다.

"그래도, 그런 가벼운 인사라도 진정을 품을 수 있지 않을까?"

적화는 한숨을 내쉬며 고개를 내저었다. 아무리 말로 한다 한들 알아들을 성격이 아니었다. 얌전하고 고분고분하면서도 옆에서 뭐라 하는 말을 절대 듣지 않는 빙휘였기에 적화는 더 이상 험담하기를 그만두었다.

어쩌면 빙휘의 순수한 모습에 이참이 진정 무언가를 깨닫고 변한 것일 수도 있지 않을까, 잠깐 그런 생각이 스쳐 지나갔다. 적화는 이만 쉬라 하며 일어나서는 빙휘가 자리에 누워 이불을 덮는 것을 본 후에야 방을 나갔다.

적화가 방을 나가니 빙휘가 일어나서 치워두었던 경대를 서안 중앙에 올려놓았다. 경대 아래의 조그만 서랍을 여니 비녀대가 두 동강 난 비녀가 들어 있었다. 파란 보석이 박힌 나비 비녀. 빙휘는 물끄러미 비녀를 내려다보며 그렇게 한참 앉아 있었다.

이참과의 수련은 확실히 성과가 있었다. 기본이 충실하니 응용은 더욱 화려해졌고 즉흥춤 역시 모르는 이가 보면 무보가 있는 춤이라 착각할 만큼 깔끔해졌다. 보통 기방에 찾아오는 객들은 가야금 연주를 배경 삼아 술을 나누었기에 금 연주를 청하는 이들이 월등히 많았는데 요새는 금을 청하는 이가 반, 춤을 청하는 이가 반이었다.

"빙휘!"

자정이 되어가 방으로 돌아가는 빙휘의 걸음을 붙잡는 목소리가 있었다. 빙휘가 걸음을 멈추니 연지가 뒤를 돌아보았다.

"석염 나리셔."

그 말에 빙휘가 천천히 돌아서니 한 양반이 체면도 잊고 두루마기 자락을 펄럭이며 뛰어오고 있었다. 급한 대로 일단 빙휘부터 불러 세운 것이었다. 기방이 워낙 시끌벅적하였기에 멀리서부터 기녀를 부르며 달려오는 양반에게 관심을 두는 이는 없었다. 빙휘는 그가 가까이 오자 고개를 가볍게 숙이며 인사를 올렸다.

"자네 참 걸음도 빠르이. 내 창밖에서 계속 기다리고 서 있었는데 어느새 나와 여까지 왔나 그래?"

"쇤네를 기다리셨나이까?"

이를 드러내며 웃으면서 고개를 끄덕이는 그는 황궁의 무관직에 있는 현석염으로 최근 들어 빙휘를 쫓아다니는 양반이었다. 빙휘가 유명하기는 하였으나 고록경 대감의 보호 아래에 있어 많은 사내들이 그저 침이나 삼키며 바라보기만 할 뿐 사적으로 붙는 이가 없었다.

고록경 대감의 권세가 워낙 하늘을 찌르기에 그의 심기를 건드릴까 지레 겁먹고 애첩이란 소문이 난 빙휘를 건드리지 못하는 것이었다. 빙휘에게는 그런 보이지 않는 유리막이 있었다. 한데 이참이 그 유리막을 단번에 깨부수고 빙휘의 낮 시간을 독점한다는 소문이 파다하게 퍼지자 젊은 나리들이 슬금슬금 빙휘의 주위를 맴돌기 시작했다. 그런 이들 중에 가장 적극적인 사내가 바로 현석염이었다.

순진하게 생긴 현석염의 첫인상은 숫기 없는 사내로, 빙휘와 눈만 마주쳐도 얼굴이 금세 시뻘게져서는 말도 못하고 연신 헛기침만 해대곤 했다. 그러면서도 매일 빙휘를 보러 청악기방을 들락거렸고, 빙휘의 일정이 가득 차 부르지 못할 때는 이리 밖에서 기다려서라도 한 번은 얼굴을 보고 가곤 했다.

어느 정도 말을 트고 나니 역시 무관이구나 싶을 정도로 화통한 이였다. 알고 보니 첫인상과는 달리 무예가 뛰어난지 무관들 중 실력이 출중한 자들만 선별한다는 황실 호위무관직에 있는 사내였다.

"오늘 한 번 얼굴을 보지 못했는데, 허면 당연히 내가 기다리고 있을 줄 몰랐단 말인가? 섭하이."

체면 같은 건 모른다는 듯 짐짓 처량한 표정을 지어 보이며 입술을 삐죽 내미는 현석염이었다. 그 모습에 빙휘의 뒤에 서 있던 연지가 키득거리는데, 정작 빙휘는 여전히 얼음장 같은 얼굴이었다. 현석염이 빙휘에게 지대한 관심을 보이는데도 그녀는 눈 한 번 깜짝한 적이 없었다. 도리어 어서 방에 돌아가 쉬고 싶은데 그에게 발이 묶여 피곤하다는 기색이었다.

오늘도 신나서 나불거리는 현석염과 그의 말에 웃느라 바쁜 연지를 두고 빙휘는 잠시 딴생각에 빠졌다. 현석염은 키가 굉장히 커서 계속 올려다보고 있으려니 목이 뻐근해졌다. 뒷목을 잡고 목을 갸웃거리며 풀던 빙휘의 눈에 현석염의 어깨 뒤로 익숙한 이가 지나가는 것이 보였다.

"참 나리!"

이번엔 빙휘가 이참을 불러 세웠다. 빙휘의 부름에 이참이 호선을 그리며 다가왔고, 앞에 서 있던 현석염은 실망한 표정을 그대로 드러내며 뒤를 돌아보았다.

"이제 들어가느냐?"

"예, 나리. 나리께서도 귀가하십니까?"

"아니, 나는 다른 기방에 일이 있어서."

빙휘와 정다이 대화를 나누던 이참이 옆에 선 채 고까운 눈으로 저를 바라보고 있는 현석염에게 고개를 살짝 숙여 보였다. 그에 현석염 역시 고개를 까딱였다. 빙휘 또래인 현석염에 비해 이참의 연배가 훨씬 위였지만 예를 차리는 것은 이참 쪽이었다.

양반들의 세계는 겉으로 보이는 것과는 다른 위계질서가 존재했다. 빙휘에겐 그 또한 다른 세상의 이야기였기에 관심이 없었고, 그저 아비뻘인 이참에게 고갯짓으로 인사를 끝내는 현석염이 거슬렸다.

"자주 뵙습니다, 호위장 나리."

"나를 아시오?"

현석염은 이참이 제 직책을 알고 있으리라고는 예상도 못했는지 뜨끔하며 눈에 힘을 주고 그를 바라보았다. 입을 굳게 다물고 눈을 부라리는 현석염에 반해 이참은 여전히 눈이며 입이며 둥글기만 했다.

"그분을 호위하시는 나리를 어느 누가 모르겠습니까."

빙글거리는 말마디에 현석염은 순간 움찔하며 하마터면 허리춤에 묶어놓은 칼자루를 쥘 뻔했다. 빙휘의 앞인 탓인지 이참을 투기하는 탓인지 이름난 무관답지 않게 볼썽사납게 긴장한 꼴이었다.

본디 황궁의 호위무관 중 장(將) 급의 무관이 누구의 호위를 맡고 있는지는 극비였다. 황실의 주요한 황족들만 호위장을 둘 수 있고, 그들은 곧 황족의 안위와 연결되었기에 황궁 내에서조차 복면으로 얼굴을 가리거나 몸을 숨겨 잘 드러내지 않는 등, 정체를 철저히 감췄다.

물론 황족과 가장 친밀한 호위무관인 만큼 황궁 내의 알 만한 인사들은 호위장의 신분을 알고 있었으나 그 수가 극히 적었다. 그런데 이참이 저를 알은체하니 깜짝 놀란 것이었다. 안 그래도 빙휘의 주변에 딱 붙어 있는 것이 맘에 들지 않아 아니꼬웠는데 황궁에 엄청난 줄이 있다는 것을 자랑이라도 하는 듯한 모습에 더욱 기분이 나빠졌다.

"거, 볼일이 있으시다고. 갈 길이 바쁠 터이니 어서 가보시오."

대놓고 싫은 티를 내는 현석염의 태도에 빙휘의 미간이 꿈틀거렸다. 그 움직임을 놓칠 이참이 아니었다. 이참의 눈에는 현석염도 빙휘와 마찬가지로 어려 보였다. 그렇기에 싫은 감정을 숨김없이 드러내는 모습에 기분이 나쁘기보다는 그가 귀여워 보이면서 아직 뭘 모르는 것 같아 딱하였다.

빙휘와 사이가 좋아 보이는 자신을 어서 쫓아버리고 싶기야 하겠지만 대놓고 그럴수록 빙휘의 호감을 얻을 길은 점점 멀어질 것임을 깨닫지 못하고 그저 눈앞의 빙휘에게만 매달려 있는 꼴이었다.

현석염이 이럴수록 도리어 이참 좋은 일만 해준다는 것을 아는지 모르는지 잘 가라는 듯 고개를 살짝 끄덕이며 인사를 하는 그의 모습에 빙휘의 얼굴이 사악 굳었고, 그 미세한 표정의 변화를 알아차린 이참은 피식 웃음이 새어 나왔다.

"예, 이만 방해꾼은 물러가겠습니다. 빙휘와 좋은 대화 나누시지요. 자네는 내일 낮에 보세."

"살펴 가소서."

쫓아내는 것을 아는 건지 모르는 건지 여전히 눈도 입도 호선을 그리고 있는 이참의 얼굴에 현석염은 입을 꾹 다물고 인사하는 그를 노려보았다.

빙휘에게 한마디 남기는 것도 잊지 않는 이참에 빙휘가 두 손을 모으고 고개와 무릎을 살짝 숙이며 인사를 올렸다. 이참이 솟을대문을 넘어 사라질 때까지 그를 바라보는 빙휘의 모습에 현석염은 시무룩해져 중얼거렸다.

"저자와는 친한가 보이."

풀이 죽은 목소리에 빙휘가 그를 올려다보았다. 전보다 싸늘해진 눈초리였다.

"참 나리께선 쇤네의 춤을 봐주시고 계십니다."

"참 나리라……. 나도, '석염 나리' 하고 친근히 불러줄 수는 없겠나?"

큰 키에 우람한 체격에는 어울리지 않게 잔뜩 처진 현석염의 모습은 이보다 더 안쓰러워 보일 수는 없을 것만 같았다. 그러나 빙휘는 그의 처량한 눈을 외면하며 차갑게 대답했다.

"현석염 나리."

똑부러지는 목소리는 빙휘와 현석염 사이에 선을 긋는 것 같았다. 결국 현석염은 눈을 떨구고 차마 빙휘를 바라보지 못했다.

"늦었습니다. 쇤네 이만 들어가 보겠나이다."

저를 보지도 않는 현석염에게 예를 차리며 인사를 올리고 쌩 하니 돌아서는 빙휘였다. 그런 빙휘의 모습에 연지만 이도 저도 못하고 망설이다가 슬쩍 현석염의 옷자락을 쥐며 소곤댔다.

"빙휘가 오늘 춤 자리가 많아 피곤하여 저런 것이옵니다. 너무 상심치 마시어요."

빙휘의 몸종에게 위로나 받다니, 제 처지가 한심한 것 같아 현석염은 헛웃음이 났다.

"저, 살펴 들어가서요. ……석염 나리."

"……그래, 고맙구나."

석염 나리.

친근하게 다정하게 저리 석염 나리, 하고 부르는 목소리를 내는 것이 저 멀대 같은 몸종이 아니라 빙휘였다면, 저 고운 빙휘였다면 얼마나 좋을까. 그런 생각을 하며 터덜터덜 청악기방을 나서는 현석염이었다.

빙휘는 방에 들어오고 나서야 연지가 바로 따라오지 않은 것을 알았다. 문도 닫지 않고 보료에 앉아 경대를 열어놓고 머리꽂이를 빼고 있는데 연지가 들어왔다.

"어디 갔다 와?"

빙휘가 묻는데도 연지는 대답도 않고 그녀의 뒤에 앉아 말없이 머리꽂이를 빼고, 가체를 내리며 머리 정리를 했다. 빙휘 역시 두 번 묻지 않고 화장을 지우기 시작했다. 아무 말 없이 머리를 정리하고 화장을 지우고 옷을 갈아입고, 이부자리에 누워 얼굴에 꿀을 바르면서야 연지가 입을 열었다.

"석염 나리에겐 왜 그리 쌀쌀맞아?"

현석염에 대해 물을 줄은 몰랐던 빙휘는 연지의 눈을 바라보았다. 연지는 빙휘의 눈을 마주 보지 않고 꿀을 바르는 데 열중할 뿐이었다. 얼굴에 닿는 붓질은 언제나처럼 부드러웠고 꿀도 언제나처럼 시원했지만, 오늘은 어쩐지 그 시원함이 차갑게 느껴졌다.

"그냥."

"그냥?"

"……그냥, 그치, 맘에 들지 않아."

"그렇구나."

연지의 붓질이 입가에 닿았다. 입 근처에도 꿀을 발라 이제 빙휘는 말을 할 수 없었다.

"하긴, 네가 누굴 좋아하고 좋아하지 않고를 내가 간섭할 수야 없는 일이지."

빙휘는 계속 연지를 바라보았지만 연지는 한 번도 빙휘의 눈을 바라보지 않았다. 꿀을 다 바른 연지는 치장하였던 것들을 치우고 옷을 정리했다. 바로 누운 채 눈으로만 연지의 행동을 좇던 빙휘는 오늘따라 연지의 행동에 힘이 없다는 생각을 했다. 연지는 문득문득 하던 일을 멈추고 멍하니 있고는 했다. 연지의 축 처진 어깨가 한 번 들썩이며 숨죽인 한숨 소리가 들리자, 빙휘가 일어나 앉아 옆에 놓인 젖은 면포로 얼굴을 닦았다.

"나는 모두가 맘에 들지 않아."

갑자기 빙휘의 목소리가 들려오자 연지가 놀라 뒤돌아보았다.

"참 나리와 가깝게 지낸 후에 갑자기 젊은 양반들이 내게 친한 척을 했잖아. 나는 그들이 전부 맘에 들지 않아. 현석염 나리도 그들과 마찬가지인 것뿐, 딱히 더 싫고 그런 건 아냐."

"으, 으응. 그렇구나……."

"근데 내가 그 나리를 싫어할까 걱정이라도 되는 거야? 이런 거, 일절 물은 적 없잖아."

"아니, 딱히. 그냥. 매일 널 보러 오는 분인데, 좀 매몰찬 거 아닌가 싶어서."

연지가 제 손을 내려다보며 떠듬거렸다. 마주 잡은 손가락들이 꼼지락거렸다.

"그분, 좀, 귀엽지 않아?"

빙휘는 모르겠단 얼굴로 연지를 바라보며 그저 눈만 끔뻑거렸다. 장대처럼 크고 체격도 건장한 사내를 귀엽다고 하기엔 무리가 있지 않을까 싶었다.

"너무 차갑게 굴진 마. 그래도 그분이, 아니, 그분들이 널 찾아주고 전두도 내어주고, 음. 그냥, 뭐. 일이잖아."

"……알겠어."

빙휘가 그러마고 고개를 끄덕이니 연지가 싱긋 웃어 보였다. 그러고는 다가와 면포로 얼굴을 꼼꼼히 닦아주고는 쉬라는 말을 하곤 방을 나갔다. 빙휘는 연지가 조금 이상하다는 생각을 하며 뒤척거렸다. 연지가 왜 기운이 없는지 이해할 수가 없었다. 무언가 마음이 상한 듯도 한데, 무엇 때문인지 알 수 없었다. 게다가 뜬금없이 현석염에 대해 묻는 것도 이해할 수 없었다.

얼핏 잠이 들었던 것 같았는데 빙휘는 순간 눈이 떠졌다. 공기가 싸늘한 것이 아직 해가 뜨기 전인 새벽인 모양이었다.

"빙휘야아."

작은 목소리가 들렸다. 그 소리에 잠이 깬 것인가, 빙휘가 일어나 귀를 기울이니 저를 부르는 목소리가 다시 들렸다. 자리에서 일어난 빙휘가 창으로 다가가 창문을 열었다.

"빙휘야."

창 아래에 이참이 벽에 등을 기대고 앉아 있었다.

"참 나리."

놀란 빙휘가 창 너머로 몸을 쑥 내밀고 그를 부르자, 그가 고개를 들었다. 얼굴이며 온몸이 새빨개진 참 나리가 항상 그러듯 눈도 빙글, 입도 빙글, 빙글대며 휘었다. 얼마나 마셨는지 그에게서는 술 냄새가 얼큰했다.

"자택으로 가시지 않고, 여긴 어쩐 일이십니까?"

"우리 빙휘, 자지 않았느냐아?"

"나리께서 절 부르시는 소리에 깼습니다."

"내가 빙휘를 깨워 버렸구나."

혀가 풀린 참 나리의 목소리가 살랑거렸다. 빙글빙글 웃기만 하며 저를 올려다보고만 있는 참나리의 모습에 빙휘는 어이가 없었다.

"감기라도 드시면 어찌하려 여기 앉아 계십니까. 날이 찹니다. 어서 들어가소서."

타박하는 목소리에도 여전히 웃기만 하는 이참에 빙휘가 한숨을 내쉬었다. 이제 곧 봄이라고는 하나 새벽의 찬 공기에 얇은 소복뿐인 빙휘가 부르르 몸을 떨었다. 갑자기 이참이 웃음기를 싹 거두고 냉담해진 얼굴로 빙휘를 응시했다. 그의 표정이 달라져 의아해하는 순간, 그가 손을 들어 빙휘의 손목을 잡아당겼다. 그 바람에 빙휘의 상체가 창 너머로 넘어갔다. 빙휘의 얼굴 바로 앞에 이참의 얼굴이 있었다.

"허면 네 방에 들여보내 주겠느냐?"

갑자기 거꾸러진 탓인지 심장이 쿵쾅거렸다. 그에게 잡힌 손목이 뜨거웠다. 반대쪽 손 하나로만 몸을 지탱하고 있어서 그런지 창틀을 잡은 손이 바들거렸다. 빙휘의 가쁜 숨결에 그의 술 내음이 섞여 들어왔다.

"놓으십시오."

술을 마시지도 않았는데 취할 것 같은 기분에 빙휘가 손목을 비틀었다. 얼굴이 달아오르는 것이 숙이고 있어 피가 쏠린 탓인지 알 수 없었다. 항시 웃는 낯이라 그런지 웃음기 없는 이참의 얼굴이 낯설었다. 그 낯설음에, 이 위태로운 자세에 심장이 두근거렸다.

"정녕 들여보내 주지 않을 테야?"

"……나리."

빙휘의 딱딱한 목소리에 그가 피식 웃으며 몸을 돌리며 일어났다. 역시 사내의 힘이라 어렵지 않게 빙휘의 상체를 들어 올리며 창 너머로 세워주었다.

"오늘은 이만 돌아가겠느니라."

빙휘는 말없이 고개만 숙였다. 이참이 돌아서며 팔을 휘휘 내저었다.

아직, 아직이었다. 제가 다가간 탓에 빙휘의 곁에 사내들이 들러붙으니 답지 않게 조급해져서 실수를 할 뻔했다. 그녀의 상기된 얼굴과 두근거림을 분명히 느꼈으니 이제 곧, 이었다. 하지만 여전히 굳은 목소리였다.

'아직.'

이참은 별채를 나서기 전에 슬쩍 뒤를 돌아보았다. 빙휘의 방은 아직 창문이 열려 있었다. 어둑한 창 가운데에 희끄무레한 형체가 서 있었다. 빙글, 그의 입가에 호선이 드리웠다. 그의 눈이 반짝 빛났다.

멀어지는 이참의 뒷모습을 지켜보고 있던 빙휘는 그가 중문을 나가 보이지 않자 그제야 창문을 닫았다. 창을 닫고도 가만히 서서 문고리를 쥐고 있는 빙휘의 뺨은 아직도 붉었다. 새벽 공기는 차가웠는데 온몸이 화끈거렸다. 멍하니 서 있던 빙휘가 자신이 정신을 놓고 있었다는 것을 깨닫고 화들짝 놀라며 고개를 내저었다. 그녀는 괜히 목이 타는 것 같은 느낌에 꼴깍 침을 삼키고 다시 자리에 누웠다.

눈을 감고 누워 있는데 자꾸만 무표정하던 그의 얼굴이 떠올랐다. 그에게서 나던 달짝지근한 술 내음이 아직도 코에 맴돌았다. 사내의 얼굴을 이리 가까이에서 본 적이 없었다. 아니, 아니었다. 이전에도 사내의 얼굴을 가까이서 본 적이 있었다. 생각해 보니 그 역시 이참이었다. 수련실에서 허리를 감쌌던 그의 얼굴이 이처럼 지척이었다.

보이지 않는 손길이 허리께를 스치는 느낌에 빙휘가 몸을 떨었다. 방금까지 화끈거리던 몸이 순간 싸아해지며 덜덜 떨려왔다.

"추워."

저도 모르게 중얼거리며 이불을 끌어안고 몸을 웅크리는데 몸이 주체할 수 없게 바들바들 떨렸다. 허리를 스치던 손길이 손목을 감싸 쥐었다. 꽈악 감은 눈에 그의 부드러운 입매가 빙글거렸다.

뱃속이 뜨거웠다.

다음날, 수련실에 앉아 있으니 언제나처럼 이참이 들어왔다. 빙휘가 일어서며 꾸벅 인사를 하고 춤사위를 보이고자 중앙에 서서 숨을 고르고 있는데 그가 말을 걸었다.

"아니, 이제 되었다."

빙휘가 고개를 돌려 그를 바라보니, 그는 열린 창틀에 걸터앉아 미소를 지었다. 이참의 말이 무슨 뜻인지 알 수 없어 그저 멀뚱히 바라만 보고 서 있으니 그가 손짓을 했다.

"너의 춤은 이제 더 이상 내가 봐줄 수 없구나."

"그게 어인 말씀이십니까?"

온몸의 긴장이 풀려 양팔을 축 늘어뜨리고 빙휘가 이참을 향해 돌아섰다. 이참이 앉은 창 너머로 해가 떠 있어 그의 뒤로 햇빛이 눈부셨다. 그의 얼굴에 시커멓게 그림자가 져서 잘 보이지 않았다. 눈이 부셔 제대로 눈을 뜨고 바라보는 것조차 어려웠다.

"이미 더는 지적할 것이 없느니라. 넘치는 것도 모자란 것도 없이 정갈하여 더는 수련을 하지 않아도 되겠어."

"아."

"기본 사위가 정치하니 너의 그 즉흥춤이란 것도 볼 만하더구나."

항상 지적만 하던 그에게서 처음 듣는 칭찬이었다. 그러고 보니 근래에는 그가 싸리나무 채를 내저으며 잘못을 지적하는 일이 없었다. 간혹 가다 한두 번, 어떤 날은 한 번도 지적하지 않아 말 한

마디 없이 수련이 끝난 적도 있었다. 하기야 무보도 동작도 무한한 것이 아니었기에 언젠가는 끝날 수련이었다. 그런데 이리 갑자기 수련의 끝을 마주하니 빙휘는 어쩐지 마음 한구석이 허전했다.

"허면, 더는 참 나리를 뵐 일이 없겠군요."

"무어?"

빙휘의 말에 이참이 어이없다는 듯이 되묻고는 고개를 젖히며 껄껄대며 웃었다.

"혼자 무얼 그리 급히 가느냐? 수련이 없으면 주석에서 보면 될 것이요, 주석이 없으면 오가다 길에서라도 보지 않겠느냐?"

박장대소하는 이참의 모습에 빙휘의 뺨이 살짝 붉어졌다. 빙휘의 말은 그런 의미가 아니었지만 그녀는 말을 덧붙이지 않았다. 수련실이 아닌 다른 곳에서 마주치는 그는 느낌이 달랐다. 빙휘는 오직 자신과 춤, 이참만이 존재하는 수련실의 만남이 좋았다.

웃음을 멈춘 이참이 창틀에서 일어나 옷자락을 툭툭 털었다.

"허면 이만 가보겠느니라."

"참 나리."

"으응?"

미련 없이 휙 돌아서며 손을 내젓는 그를 빙휘가 급하게 붙잡았다. 그는 돌아서지도 않고 그저 고개만 돌린 채 대답을 했다. 그를 불러 세우기는 했으나 뭐라 말해야 할지 모르고 입만 오물거리던 빙휘가 겨우 입을 열었다.

"저, 지난밤에는 잘 들어가셨습니까?"

"실없기는. 집도 찾아가지 못할 성싶으냐? 잘 들어갔다."

겨우 꺼낸 말에 이참은 대수롭지 않게 대답하고는 고개를 돌렸다. 장지문을 열고 나가려던 그가 멈춰 서더니 말을 툭 던지며 손을 내저었다.

"참, 내 무례하였어. 지난밤 일은 그저 잊어라."

이참은 대답도 듣지 않고 문을 탁 닫아버렸다. 잠시 후에 창 너머로 돌아가는 그가 보였다. 그는 한 번도 뒤를 돌아보지 않았다. 그럼에도 빙휘는 그의 뒷모습을 계속 좇았다.

기녀에게 무례하였다니, 그런 말도 할 줄 아는 인사였던가. 춤이 엉망이라며 주석을 뒤엎고 나가던 첫 만남 때는 참으로 안하무인에 제멋대로인 사내라 생각했었다. 그러나 그것은 춤에 대한 매서운 심미안 때문이었고, 지금 그는 기녀인 자신에게도 예를 차렸다.

이참이 들어오자마자 나오고, 정작 빙휘는 여전히 수련실에 있기에 무슨 일인가 하여 안에 들어온 연지가 빙휘를 건들었다.

"어찌 그리 넋을 놓고 있으셔?"

"아니, 아무것도 아니야."

연지의 말에 정신을 차린 빙휘가 고개를 저었다. 자꾸만 이참의 생각을 하고 있는 자신의 모습이 제가 생각해도 이상하여 차마 연지에게 말할 수도 없었다. 눈만 감으면 지척에 다가왔던 이참의 얼굴이 떠올랐다. 잘난 얼굴도 아니건만 자꾸만 떠오르는 것이 왜 그런지 이유를 알 수 없었다.

"오늘따라 자꾸 정신을 놓더라?"

결국 기방 일을 마치고 돌아오는 길에 연지에게 꾸중 아닌 꾸중을 들었다. 무어라 대답도 않는 빙휘의 모습에 연지는 빙휘의 기가 허한가 싶어 보양이라도 해야겠다는 생각을 하며 머리를 굴렸다.

오늘은 따라붙는 현석염의 조잘거림조차 귀에 들어오지 않았다. 그는 빙휘가 자신의 말은 듣지 않고 다른 생각에 빠져 있음을 눈치 채고 풀이 죽어서는 곧 그녀를 놔주었다. 꾸벅 인사를 하고 돌아서는데 기방에 들어오는 이참의 모습이 보였다. 움찔하며 돌아보니 이참이 아니라 그저 화려한 옷을 걸친 사내였다. 빙휘가 막 들어선 이를 바라보며 멈춰 서니 연지가 물었다.

"아는 이야?"

"아니, 참 나리인 줄 알고."

"너."

무어라 말하려던 연지가 혀를 차고는 설마 하며 고개를 흔들었다.

이참과의 수련은 끝났으나 빙휘는 여전히 낮 시간을 수련실에서 보냈다. 가끔 섬섬과 합을 맞춰보기도 하고 홀로 금 연주를 하기도 했다. 참 나리는 잊으라 하였지만 자꾸만 그의 손길과 그의 얼굴이 떠올랐다. 가슴 안에 묵직한 돌이 들어앉은 듯 답답했다.

"참 나리! 무어 그리 급하셔서는. 갓이 틀어졌사와요."

그의 생각을 하고 있는데 '참 나리'란 말이 들리자 빙휘가 놀라 일어서며 밖을 내다보았다. 중문 너머로 화려한 복색의 사내와 기녀 하나가 마주 서 있는 것이 흘끔 보였다. 낮의 기방은 적막하여 저 너머의 목소리도 크게 들려왔다. 아니, 유난히 기녀의 목청이 높기도 했다. 사내의 목소리는 들리지 않는데 기녀의 높다란 목소리가 까르르 거렸다.

급히 밖으로 나온 빙휘가 다가서니, 화려한 복색의 사내는 이참이 맞았다. 그를 보는 것이 오랜만이라 인사라도 할 참으로 종종걸음으로 다가서던 빙휘는 그의 앞에 서 있는 기녀를 발견하고 걸음을 멈추었다. 그러나 그쪽에서도 빙휘를 발견한 후였다.

"빙휘 아녀?"

초희가 알은체를 했다.

"오랜만이로구나."

"예, 나리."

빙휘가 꾸벅 인사를 하고도 가만히 서 있으니 초희가 부러 들으란 듯이 이참의 팔에 매달리며 칭얼거렸다.

"좀 더 쉬었다 가지 않고서, 어찌 기침하자마자 이리 돌아가십니까? 소녀랑 더 놀다 가시어요."

그 말에 빙휘는 이참과 초희가 동침을 하였다는 것을 깨닫고 낯이 뜨거워져 시선 둘 곳을 찾지 못해 괜히 고개를 돌렸다. 하기야 사내가 아침부터 기방을 드나들 일은 없었다. 지난밤을 기녀와 보냈기에 이런 시각에 기방에 있는 것이리라.

당황하는 빙휘의 모습을 곁눈질하며 초희가 기분이 좋은 듯 헤실거리면서 이참의 팔을 그만 놓아주었다. 이참이 귀엽다는 듯 초희의 볼을 살짝 꼬집었고, 그 모습을 바라보던 빙휘가 고개를 돌리자 이참의 입꼬리가 슬쩍 올라갔다. 그가 초희를 향해 이만 물러가 보라는 듯 고갯짓을 하니, 어쩐 일인지 초희가 두말 않고 빙휘와 이참 둘만 남겨두고 물러났다.

"어찌, 잘 지냈느냐?"

이참이 다정히 물으며 다가오니 고개를 돌리고 있던 빙휘가 그를 바라보았다. 그러나 잠시, 눈을 마주치고는 다시 고개를 숙여 버리는 것이었다.

"안색이 좋지 않구나. 잠이라도 설친 게야?"

그 말에 빙휘가 움찔하였다. 이참이 옳다구나, 한 걸음 더 다가서며 빙휘의 손목을 슬쩍 잡았다. 긴장한 듯 뻣뻣했지만 이전처럼 손을 빼려는 기색은 없었다.

"잠을 잘 자지 못하는 게야? 어찌 그럴까."

"참 나리."

"그래, 말해 보거라."

"잊히지 않습니다. 저도 모르게 계속 생각하고 있더이다. 자꾸만 참 나리의 얼굴이 눈앞에서 아른거립니다."

빙휘를 구슬릴 참이기는 했지만 이리 대놓고 나올 줄은 몰랐던 이참은 잠시 할 말을 잃고 그녀를 바라보았다. 빙휘는 이제야 그를 똑바로 바라보았다. 언제나처럼 무뚝뚝한 얼굴이었지만 눈매가 퍽 부드러웠다. 살짝 팔자로 올라간 눈썹에 뺨에 오른 연한 홍조가 순진한 처녀의 얼굴처럼 애처로워 보이기도 하고 매혹적으로 보이기도 했다.

"너는 참으로 솔직하구나."

떠듬대며 말을 꺼낸 이참은 그만 웃음을 터뜨리고 말았다. 사내를 모르는 기녀란 생각은 했었지만 이 정도일 줄은 상상도 하지 못했다.

'이건 쉬워도 너무 쉽지 않은가.'

이제 됐다, 제 뜻대로 빙휘가 넘어온 것 같아 보여 이참은 웃음이 멈추지 않았다. 그가 계속 웃기만 하자, 영문을 모르는 빙휘는 멀뚱멀뚱 그를 바라보기만 했다. 점점 마음 한구석이 불안해져 왔다. 그럴 찰나, 팔목을 잡고 있던 그의 손이 부드럽게 빙휘의 손을 맞잡으며 입 근처로 가져가는 것이었다.

"오늘 저녁, 내 주석에 너를 부를 것이야. 너와 나, 단둘이."

빙휘의 눈을 바라보며 그리 말한 이참이 빙휘의 손끝을 입에 가져다 댔다. 그의 입술이 닿으니 빙휘의 손이 움찔거리며 차갑게 굳었다. 그에 이참이 씨익 웃어 보였다.

낮 시간이 어떻게 지났는지도 모르게 어느새 해가 저물어 기방으로 객들이 하나둘 들어서기 시작했다. 빙휘는 이미 몇 시진 전에 치장을 마쳐 놓고 방에 가만 앉아 있었다. 평소와는 다른 빙휘의 분위기에 연지만 가야금을 들었다가 놓았다가 안절부절못하고 있었다.

일찌감치 치장까지 마치고 기다리고 앉아 있었지만 일전에도 곧 오겠다고 하고선 며칠 만에야 모습을 드러냈던 이였다. 오늘 저녁에 부르겠다고 했지만 그 저녁이 언제쯤인지 알 수 없었다. 저녁이 시작될 무렵일지 자정쯤일지, 기다리는 사람만 애가 탔다. 지난번에도 늦게 오셨으니 이번에도 늦으실까? 아니, 이번에는 일찍 오실까, 이런 생각에 빙휘는 시간이 가는 줄도 몰랐다.

"빙휘야, 이젠 나가 봐야 해."

결국 기다리다 못한 연지가 부르고서야 정신을 차린 빙휘가 자리에서 일어났다.

"오늘 몇 자리나 잡혀 있어?"

"오늘은 별로 없어. 춤 셋에 금 하나. 아직 몸이 안 좋아?"

평소에 이런 것을 물은 적이 한 번도 없었기에 연지가 빙휘의 안색을 살폈다. 이참의 이야기만 나오면 얼굴색이 바뀌는 연지였기에 빙휘는 그저 아무 말 없이 고개만 저었다. 잡혀 있는 자리를 이제 와서 뺄 수는 없었다. 중간에 그가 오는 일은 없어야 할 텐데, 라는 생각을 하며 빙휘가 기방으로 향했다.

마음이 딴 곳에 가 있던 탓인지 오늘 유독 실수가 많았다. 금 연주에서는 두 번 음을 놓치고 춤은 한 번씩 동작이 틀어졌건만 객들은 빙휘의 재주를 칭찬하기에 바빴다. 이참이었다면 단번에 불호령이 떨어졌을 터인데, 듣는 귀도 보는 눈도 없으면서 그저 아는 체뿐인 치들의 하는 양이 우스웠다. 한 번 웃지 않고 앉아 있어도 그들은 그저 좋아라 했다. 슬쩍 빙휘의 어깨를 감싸려는 손길을 모른 척 일어나며 자연스럽게 피하고 방을 나오니 초희가 기다리고 있었다.

"한 번 뵈시기 참 힘든 분이야, 그래?"

요새 이참과 함께 자주 마주쳤던 초희는 이참이 있을 때와는 달리 웃음기를 싹 지운 표독스런 표정으로 빙휘를 노려보았다.

"무슨 일이야?"

"참 나리께서 기다리고 계셔."

마지막 주석이 춤 자리였기에 연지는 금을 들고 밖에서 빙휘를 기다리고 있을 터였다. 연지에게 언질을 줄까 하다가 방방 뛰며 안 된다고 할 모습이 눈에 선하여 '참 나리'의 '참' 자도 꺼내지 않았던 빙휘는 이대로 연지 몰래 그를 만나기로 했다. 초희의 안내를 받으며 뒤를 따르던 빙휘는 대청과 창 앞을 지날 때 연지가 보일까 싶어 조심스레 걸음을 옮겼다.

초희는 기방의 뒤채로 향했다. 뒤채는 본채보다 크기가 작았다. 주로 큰 주석이나 금, 춤, 악 등 재예를 즐기는 주석들이 잡히는 본채는 방들이 크고 널찍하며 창이 많아 개방적이었다. 반면에 뒤채는 독대나 수청을 위한 곳이었기에 창이 없는 작은 방들이 띄엄띄엄 있었다. 창이 없으니 달빛도 들지 않고 등도 적어 어둑한 복도를 지나고 있으니 어쩐지 마음이 불편해진 빙휘가 초희에게 말을 걸었다.

"참 나리와 친한가 봐?"

그 말에 초희가 걸음을 멈추었다. 가만 서 있으니 양옆의 방에서 기녀들과 객들의 말소리가 두런두런 희미하게 들렸다. 말소리가 작은 것인지, 벽이 두꺼워 방음이 잘되는 것인지 마치 멀리서 들리는 것 같다는 생각을 하고 있는데 초희가 고개를 휙 돌리며 노려보았다. 그녀의 한쪽 입꼬리가 높이 올라가 있었다.

"그건 왜 궁금하시데? 고 대감으론 성이 안 차서 참 나리까정 꿰차고 앉으려구?"

"네 맘대로 꼬아대는 건 여전하구나."

"세상 모든 사내들이 네 아래 있는 것 같지? 착각하지 마. 참 나리는 너처럼 머리 아픈 년보다 나 같은 계집을 아끼시거든. 네 그 고고한 척 잘난 체하는 모습이 언제까지 가나 보자."

이죽거리던 초희는 제 할 말만 내뱉고 또 고개를 휙 돌리며 팔짱을 낀 채 복도를 걸어갔다. 초희와는 도저히 대화가 이어지지 않아 빙휘 역시 입을 다물고 그 뒤를 따랐다. 가장 안쪽 방으로 빙휘를 안내한 초희가 고갯짓으로 문을 가리키고는 흥 하는 콧소리와 함께 돌아 나가 버렸다. 문 앞에 서서 머뭇거리던 빙휘가 슬며시 장지문을 밀었다.

문 바로 앞에 짧은 천 휘장이 드리워져 있었다. 휘장을 손등으로 걷으며 들어서니 겨우 두 사람이 누울 수 있을 만한 작은 방에 이참이 앉아 독작을 하고 있었다.

"늦었습니다."

"기생이야 바쁠수록 좋은 것이지."

빙휘가 고개를 살짝 숙여 보이니 이참이 빙글빙글 웃으며 손짓을 했다. 이미 그의 옆에는 빈 병이 몇 개 굴러다니고 있었다. 두 발자국 다가가니 주안상이라 그 자리에 앉으려는데 이참이 그녀의 손목을 잡아챘다.

"또 마주 앉으려는 게야?"

잡힌 손목이 뜨거웠다. 이참에게서 풍기는 술 내음에 살짝 몸이 굳은 빙휘가 어정쩡하게 서 있다가 그에게 이끌려 옆자리에 털썩 주저앉았다. 사내의 옆에 앉는 것, 이리 취한 사내의 옆에 앉아 술상을 앞에 두고 있는 것이 낯선 탓에 긴장한 빙휘의 뻣뻣한 몸이 느껴졌는지 이참이 잔에 남은 술을 후룹 마시고는 잔을 건넸다.

"내 얼굴이 잊히지 않아 잠을 못 든다 했지."

술을 몇 병이나 비우고도 취하지 않은 것인지 잔을 채우는 그의 손은 떨림이 없었다. 한 잔 가득 채우고 나서 그가 빙휘와 눈을 맞추며 빙긋 웃었다.

"이제 푸욱 잘 수 있도록, 내 도와주마."

이참이 상 위에 술병을 내려놓고 어서 마시라며 손짓을 했다. 이미 주석에서 한두 잔씩 받아 마신 빙휘였지만 이래 봬도 기녀인지라 술에는 꽤 내성이 있어서 가볍게 한 잔을 들이켰다. 잔을 한 번에 비운 빙휘를 보며 이참이 씨익 웃고는 그 잔에 다시 술을 가득 채워 한입에 털어 넣고 빙휘의 어깨에 슬쩍 손을 올렸다.

뒤채에 온 것이 처음이라 그런지 폐쇄적인 건물의 음습한 냄새에 기분이 좋지 않던 빙휘는 이참의 뜨거운 손이 제 어깨에 닿자 놀라서 움찔하며 저도 모르게 몸을 뒤로 뺐다.

"희한하지, 그래."

빙휘가 몸을 빼는데도 이참은 기분 나쁜 기색 없이 가만 빙휘의 턱을 잡아 저를 향해 그녀의 얼굴을 돌렸다. 이참의 얼굴이 코앞으로 다가오니 빙휘의 심장이 뛰었다. 양손을 가슴 앞에 모아 쥔 채 상체를 계속 뒤로 빼는데, 그의 반대쪽 손이 등을 감쌌다.

"분명 화초를 올린 기생이 맞는데, 어찌 이리 숫기가 없을까."

"무슨 말씀이십니까?"

거의 이참의 품에 안긴 꼴이 되어 심장이 세차게 뛰는 탓에 모아 쥔 손에 힘이 잔뜩 들어간 빙휘의 목소리가 살짝 떨렸다. 이참의 눈이, 입이 부드럽게 휘어 올라갔다. 그 부드러운 얼굴에도 빙휘의 몸은 여전히 뻣뻣하게 굳어 있었다.

"한눈에 알아봤지. 다른 이들의 눈은 속여도 내 눈은 못 속여."

점점 다가오는 이참의 얼굴에 빙휘가 뒤로 물러서자 도리어 그가 그녀를 밀어 넘어뜨렸다. 주안상 바로 뒤에 깔려 있던 이불 위에 풀썩 드러누운 빙휘의 목을, 등 뒤에 있던 이참의 손이 올라가 감싸 쥐었다. 그 손이 까슬하여 빙휘의 온몸에 소름이 돋았다.

"너, 초야를 치른 적 없지?"

그 말에 세차게 뛰던 빙휘의 심장이 멈추었다. 헉 하고 들이켠 숨에 이참은 확신했다. 잔뜩 긴장한 빙휘의 몸 역시 그러하다 말해 주고 있었다.

호선을 그리고 있던 이참의 입이 더욱 벌어져 이가 드러나는 웃음이 되었건만 빙휘는 그 웃음이 무섭게만 느껴졌다. 화끈거리던 것도 두근거리던 것도 어느새 사라지고 온몸이 싸했다. 심장이 거칠게 요동쳤다. 몸은 차가운데 귀와 눈은 너무나 뜨거웠다. 몸의 열이 모두 귀 끝과 눈으로 몰린 것 같았다.

목 뒤를 그러쥔 이참의 손가락이 가볍게 건들거렸다. 이를 드러내며 웃고 있던 이참이 어느새 웃음을 지우고는 빙휘의 눈을 바라보며 점점 다가왔다. 천천히 다가오는 그의 입술이 빙휘의 입술 위로 포개지려는 찰나, 그녀가 두 눈을 꼭 감으며 고개를 휙 돌렸다. 그 바람에 이참의 입술은 갈 곳을 잃고 허공에서 멈추었다.

피식 웃는 그의 콧바람이 귀를 스쳤다. 손을 얼마나 세게 모아 쥐고 있었는지 손가락이며 손등이며 여기저기 손톱에 패인 자국이 잔뜩이었다. 빙휘가 숨을 크게 들이켰다. 온몸의 열이 몰려 있는 뜨거운 눈으로 슬슬 물이 차오르는 것 같았다.

"너무 긴장하지 말거라."

이참이 귀에 대고 속삭였다. 부드럽고 다정하기 그지없는 목소리였지만 빙휘는 눈을 번쩍 뜨고 숨을 멈췄다. 그 순간 눈에서 눈물방울 하나가 흘러내렸다. 이참의 손 하나가 빙휘의 모아 쥔 손을 잡아 내렸다. 목 뒤를 잡고 있던 손이 옷깃을 타고 내려왔다. 빙휘가 고개를 돌려 이참을 바라보았다. 그의 눈이 까맣게 빛났다.

"나, 나리!"

순간 빙휘가 소리를 지르며 벌떡 일어났다. 그녀는 후다닥 몸을 일으키며 어느새 이참의 품에서 빠져나와 이부자리 옆에 서서 그를 내려다보았다. 워낙 갑자기 일어난 탓에 방심한 이참은 빙휘를 잡지도 못했다. 내내 웃기만 하던 그의 미간에 주름이 잡혔다.

"송구합니다. 아무래도, 더 이상은 안 될 것 같습니다."

굳은 혀를 겨우 굴려 떠듬떠듬 말을 내뱉은 빙휘의 모습에 이참이 일어나 마주 서며 코웃음을 쳤다.

"안 돼?"

"예. 쇤네는 이만, 물러가……."

짜악.

"안 되긴 뭐가 안 된다는 거야, 겨우 기생년이!"

순식간에 일어난 일에 빙휘는 어안이 벙벙하여 대체 무슨 일이 일어난 것인지 제대로 인지도 하지 못했다. 오른 뺨이 화끈거렸다. 가슴 앞에 모아 쥐고 있던 양손이 어느새 오른 뺨을 감싸고 있었다. 이불 위로 쓰러진 빙휘가 앞에 서 있는 이참을 올려보았다.

"귀엽다, 귀엽다 봐주었더니. 네년이 실성이라도 한 모양이로구나!"

빙휘의 뺨을 내려친 이참이 왼손을 탈탈 털며 그녀의 앞에 다가와 한쪽 무릎을 꿇고 앉았다. 오른손으로 빙휘의 옷깃을 움켜쥔 그가 반대쪽 손으로 그녀의 뺨을 가볍게 톡톡 건들었다.

"설마 기생년이 정조라도 지키는 게냐?"

이참이 항상 그러하듯 웃어 보였다. 한쪽 입꼬리가 올라간 조소가 그의 얼굴에 가득했다.

"웃으라면 웃고, 추라면 추고, 마시라면 마시고! 수청을 들라 하면 수청을 들고! 그런 것이 기생이다. 내 오늘 친히 기생이 어떤 것인지, 백치 같은 네년에게 알려주마."

뺨을 툭툭 건들던 이참의 손이 가만 빙휘의 뺨을 감쌌다. 그 손이 점점 내려와 턱선을 훑고 목을 지나 쇄골을 스쳤다. 손이 지나가는 자리마다 소름이 돋았다. 그러나 목이 콱 막히기라도 한 듯 빙휘의 입에서는 아무 소리도 나지 않았고, 굳어버린 몸은 움직이지 않았다.

매일 빙휘를 기다리는 현석염은 빙휘보다 도리어 그녀의 몸종과 먼저 말을 트고 친분을 쌓았다. 오늘도 금을 들고 대청을 내려오는 몸종을 발견하고 먼저 알은체를 하며 다가간 현석염은 그녀와 함께 뒤뜰의 널따란 바위에 앉아 빙휘를 기다렸다.

"오늘도 일이 많더냐?"

"아뇨. 오늘은 네 자리밖에 없습니다. 이게 마지막이어요."

"흐응, 빨리 끝나겠구나."

현석염은 바위에 앉아 있었지만 연지는 살짝 고개를 숙인 채 바위 옆에 서 있었다.

"무거울 텐데, 내려놓지 않고."

금을 계속 들고 있는 모습에 현석염이 말을 건네자, 연지의 뺨이 붉게 물들었다. 연지가 고개를 더욱 푹 숙이며 금을 슬쩍 바위 위에 올려놓았다. 사실 그의 옆에 서 있다는 것에 금을 들고 있다는 것도 모르고, 무거운 줄도 모르고 계속 금을 끌어안고 있었던 것이었다.

현석염이 팔을 뒤로 짚고 기대서는 반대쪽 손으로 금줄을 살짝 퉁겨보았다. 퉁땅거리는 소리는 음이라고 하기에도 부끄러웠다. 멋쩍음에 에헴, 거리며 헛기침을 하는 모습에 연지가 입을 가리고 쿡쿡거리며 웃었다.

"흠흠. 뭐, 너도 못하지 않느냐."

쿡쿡거리던 연지가 고개를 쳐들며 뽀루퉁해져서는 입술을 삐죽 내밀었다.

"빙휘만큼은 아니어두 저도 금 좀 탈 줄 압니다."

"기방의 노비까지 연주를 한다는 소리는 들어본 적 없는데. 서당 개 삼 년이면 풍월을 읊는다더니, 빙휘의 몸종이라고 금 타는 법을 어깨너머로 배운 게냐?"

그 말에 연지의 얼굴이 다시 붉어졌다. 저이의 눈에는 그저 노비로만 보이는 것이 당연했다. 연지는 화초를 올리지 못해 기녀가 되지 못했다는 것이 부끄러워 차마 동기였다는 말은 하지 못하고 다시 고개를 푹 숙였다. 현석염은 다시 고개를 숙여 버리고 입을 닫은 채 꽁하고 서 있는 연지의 모습에 제가 무슨 실수라도 한 것인지 멋쩍어져 뒷목을 긁적이다가 연지 쪽으로 금을 살짝 밀었다.

"가만 기다리기도 심심하니, 어디 한번 네 연주나 들어보자."

"……예?"

저더러 연주를 하라고 할 줄은 몰랐던지라 연지가 놀란 토끼눈으로 현석염을 바라보았다. 부끄럽고 놀란 제 맘을 모르는지, 그는 아무렇지 않은 얼굴로 고갯짓으로 금을 가리키며 채근하는 것이었다.

빙휘가 혼자 금을 탈 때면 연지에게도 감을 잃지 말라며 한 번씩 금을 만지게 시키곤 했었다. 노비가 금 연주를 해서 뭘 하냐며 투덜거리면서도 가끔씩이나마 금을 만지는 것이 재밌었다. 비록 기녀가 되지는 못했지만 한때 기녀를 꿈꾸었기에 금과 춤 수련을 하는 빙휘의 모습을 지켜보며 부러움에 몰래 눈물을 흘리기도 했었다. 그런 맘을 들킬까 봐 연지는 현석염의 청에도 머뭇거리며 선뜻 응하지 못했다.

"저, 이건 빙휘의 금인데, 제가 어찌 감히……."

"나만 모른 체하면, 네가 빙휘의 금을 만진 걸 그 누가 알겠느냐?"

현석염이 장난스레 웃으며 입 앞에 검지를 가져다 댔다. 쉿, 하며 눈을 찡긋하는 그의 모습에 연지가 허둥거렸다.

"아니, 그래도. 그게, 저. 비, 빙휘에 비해선 너무 형편없습니다. 그냥, 음만 고를 줄 아는 정도라……."

"어허, 감히 양반의 명을 거부하는 게냐?"

"그, 그럼. 그냥 한 곡조만……."

짐짓 불호령을 내리는 듯 현석염이 혀를 딱 차며 인상을 쓰자,

연지가 뺨이 발그레해져서 못 이기는 척 바위에 올라 앉아 금을 잡았다. 길게 심호흡을 하고 뚱땅거리며 음을 고르던 연지가 가볍게 엄지로 금줄들을 쓸어 내렸다. 또로로롱, 하고 맑은 소리가 울렸다.

"웃으시거나 놀리시면 아니 됩니다."

금줄 위에 양손을 올려놓은 연지가 걱정스런 얼굴로 말했다. 고개를 끄덕인 현석엽이 씨익 웃으며 어서 해보라며 손짓을 했다. 눈을 감고 음보를 그려보던 연지가 살짝 눈을 떠 내리깔고 줄을 퉁겼다.

연지의 연주는 생각보다 물 흐르듯 매끄러웠다. 재예에는 문외한인 현석엽의 귀에는 연지의 연주도 빙휘 못지않은 것 같았다. 이리 훌륭한 연주를 하는 것을 보니 그저 빙휘의 몸종으로만 여겼던 연지가 새롭게 보였다.

놀라서 떡 벌어진 입을 다물 줄도 모르고 가야금 위를 노니는 연지의 손가락을 바라보던 현석엽이 끄덕끄덕 고개를 흔들며 가락을 타면서 다시 편하게 기대어 앉았다. 바로 옆에서 금 연주를 들으며 기방 건물을 바라보고 있으니 이런 유흥도 괜찮다는 생각을 하던 찰나, 순간 기방 창으로 빙휘의 얼굴이 스친 것 같아 현석엽이 몸을 일으켰다.

한 기녀의 뒤를 따라가는 기녀가 빙휘를 닮은 것 같았다. 창을 노려보며 그 기녀들의 뒤를 쫓는 현석엽의 귀에는 이미 연지의 연주는 들리지 않았다. 건물 밖으로 나간 건지 한참 동안 보이지 않던 기녀들이 뒷마당을 가로질러 뒤채로 들어가는 것을 발견했다.

저 걸음걸이, 저 뒷모습, 분명 빙휘였다.

"연년아."

"……예?"

"아, 연진이던가? 아무튼 빙휘가 방금 주석이 마지막이라고?"

"예……. 오늘은 춤 자리를 마지막으로 더는 없습니다."

갑작스런 현석염의 부름에 금을 놓고 대답하면서도 연지는 마음이 쓰려오는 걸 어쩔 수 없었다. 연년이라니, 연진이라니. 그나마 '연' 한 글자는 알아주어 다행이라 해야 하나. 현석염이 제 이름도 제대로 모른다는 것에 연지는 괜히 눈시울이 달아올랐다.

그런 연지의 맘도 모르고 현석염은 다른 곳을 보고 있었다. 자신의 연주를 제대로 듣기는 한 것인지, 연지는 더욱 서글퍼졌다. 시큰해지는 콧잔등에 검지로 코를 훑고 그의 등을 노려보는데 그는 어딘가에 정신이 팔려 있었다. 현석염은 심각한 표정으로 뒤채를 주시하고 있었다.

"저곳에 뭐라도 있습니까?"

기껏 연주한 금을 듣지 않은 것 같아 연지가 쌜쭉하게 묻는데도 현석염은 그녀의 말투가 변한 것을 알아차리지 못하고 성의 없이 말을 던졌다.

"아니, 그냥. 비슷한 이를 본 것 같아서."

"예에."

제대로 대답해 줄 생각이 없어 보이는 현석염의 모습에 연지가 입술을 삐죽거렸다. 그때 앞서 들어갔던 기녀가 건물에서 나왔다. 뒤따르던 기녀는 나오지 않고 홀로 건물을 나온 기녀는 팔짱을 낀 채 건물 안을 노려보며 서 있었다.

"초희 저건 왜 저러고 서 있는데."

"저 기녀, 아는 아이냐?"

투덜거리는 연지의 말에 현석염이 바짝 붙어 앉으며 물었다. 연지는 금세 얼굴이 붉어져서는 말까지 더듬으면서 거우 대답했다.

"에엣, 예. 그, 초희라고. 아니, 쟤 진짜 질 안 좋은 기녀예요. 절대, 절대 상종도 하지 마셔요. 매일 이참인지 저참인지 하는 웃긴 치랑 붙어 다니는데……."

"이참?"

이참이란 말에 현석염이 벌떡 일어났다. 청악기방을 매일 들락거리면서 뒤채가 어떤 곳인지 잘 알고 있는 그였다. 뒤채와 이참과 빙휘의 조합은 생각하기도 싫은 일이었다. 제발 자신이 잘못 본 것이길, 이 걱정이 괜한 기우이길 바라면서 현석염은 한 번 확인해보는 것도 나쁠 것 없다는 생각에 연지의 팔을 잡아당겼다.

"빙휘의 마지막 주석으로 안내하거라."

아니라고, 아닐 것이라고 생각하면서도 불안한 마음에 현석염의 걸음이 점점 빨라졌다. 팔이 붙잡혀 거의 끌려가다시피 하면서도 연지는 그에게 붙잡힌 곳이 화끈거리고 두근대서 정신을 차릴 수가 없었다.

처음에 연지는 현석염이 왜 이러는지 이해할 수가 없었다. 그러나 슬쩍 살펴본 방 안에 빙휘는 없었고, 술시중을 들던 기녀 하나를 불러내 물어보니 이미 방을 나간 지 한참이란 말에 순간 불길한 느낌이 엄습했다. 기방 어디에도 빙휘가 없었다. 혹시 모른다며 빙휘의 방에도 가보았지만 방은 불이 꺼진 채 사람이 들었던 흔적이 없었다.

"아까, 그 기녀의 뒤를 따라 뒤채로 들어간 기녀가 빙휘를 닮은 것 같았어."

현석염이 굳은 목소리로 말하자 연지가 사색이 되어 그를 돌아보았다. 어쩐지 불안했다. 초희년은 볼 때마다 재수가 없었다.

"결국 이참 그놈이!"

저도 모르게 성을 내고는 연지가 아차 하며 입을 막았다. 비록 서얼이라고는 하나 양반의 피가 섞인 이에게 이놈 저놈 하는 모습은 양반인 현석염의 불호령을 부를 수도 있었다. 얼굴이 시뻘게진 현석염이 눈을 부라렸다.

"이참, 그자가 빙휘를 취하려는 게냐?"

버럭 소리를 지르는 현석염의 화가 자신이 아닌 이참을 향한 것에 연지가 멍하니 그를 올려다보았다. 씩씩거리던 현석염이 급하게 몸을 돌렸다.

"어, 어딜 가십니까?"

"어디긴! 당연히 빙휘를 데리러 가야지 않겠느냐!"

"예?"

당장에라도 달려갈 듯한 현석염의 기세에 연지가 무례란 생각도 못하고 양손으로 그의 팔을 덥석 잡았다.

"데리러 가다니요?"

"내 어찌 빙휘가 이참 같은 서출 따위에게 안기는 꼴을 보겠느냐! 절대 아니 된다! 너도 이참이 싫은 것 아니었느냐? 어찌 말리는 게야!"

아예 팔을 잡고 매달려 놔주질 않는 연지의 모습에 현석염이 기가 차서 되물었다. 이리 언성을 높여 고래고래 소리 지르는 그의 모습에 겁이 나 하얗게 질려서도 연지는 붙잡은 그의 팔을 놓지 않았다.

"저, 저두, 이참 나리가 맘에 들지 않습니다. 차라리, 석염 나리나 고 대감마님의 수청을 드는 게 백 번 낫다고 생각하여요. 하지만 싫다 해도 객이요, 어차피 해우채를 주고 빙휘를 취하는 것이 아닙니까."

"뭐, 뭐?"

현석염은 어이가 없어 몸에 힘이 풀렸다. 말이야 바른말이었다. 빙휘는 기녀였고 누구나 합당한 전두만 내면 무엇이든 할 수 있었다. 불러다 앉혀만 놓는 것도, 재주를 부리라 하는 것도, 희롱을 하는 것도 모두 객의 마음이었다. 그것이 동기로 자란 연지에게는 당연한 일이었다. 오히려 그동안 수청을 거부하며 재예만 닦는 빙휘가 의아했었다.

"너는 빙휘를 아끼는 줄 알았는데……."

현석염이 가라앉은 목소리로 입을 열었다. 그는 제 팔을 끌어안다시피 붙잡고 있는 연지를 가만 내려다보았다.

"너도 그저 기방 식구에 불과할 뿐이었구나."

그의 말이 비수로 꽂힌 것일까. 기를 쓰고 매달려 있던 연지는 현석염이 반대쪽 손으로 살짝 쓸어내렸을 뿐인데 너무도 쉽게 그의 팔을 놔주었다.

넋 놓고 서 있는 연지를 뒤로하고 체면조차 잊은 채 도포 자락을 펄럭이며 한달음에 뒤채로 달려간 현석엽이 목화를 벗지도 않고 툇마루에 올라섰다. 건물이 작기는 했지만 방들도 작아서 다닥다닥 붙어 있는 방들은 수가 꽤 되었다. 현석엽이 여기서 빙휘가 들어간 방을 어떻게 찾아야 할지 잠깐 고민을 하다가 냅다 소리를 질렀다.

"빙휘!"

조용한 복도에 울리는 고함 소리에 몇몇 방에서 궁금증으로 슬쩍 장지문을 열고 고개를 내밀기도 했다. 미로 같은 복도를 돌고 돌며 애타게 빙휘를 부르는 현석엽의 목소리가 갈라졌다. 뒤채를 한 바퀴 돌고 무례를 무릅쓰고 방문까지 열어 전부 뒤졌지만 빙휘의 모습은 찾을 수 없었다.

황망히 정신을 놓고 헤매던 현석엽이 하얗게 질려 뒤채에서 나오는데, 뒤채의 뒤편에서 누군가가 빠르게 튀어나왔다.

"빙휘?"

빙휘였다. 어째서인지 뒤채의 뒤꼍에서 나오고 있는 그녀의 꼴은 말이 아니었다. 가체는 흐트러지고 잔머리 하나 없이 단정히 빗어 올렸던 머리가 마구 헝클어져 머리카락이 흘러내린 데다가 오른뺨은 빨갛게 부어올랐고, 입가에는 살짝 피가 비쳤다. 게다가 저고리는 어디로 간 건지 벗어 던지고 가슴께에 치마끈만 동여맨 채 앙가슴을 움켜쥐고 있었다.

"아니, 이게 무슨……."

"송구합니다. 일이 있어서."

엉망인 빙휘의 상태에 현석염이 걱정스레 말을 건네는데, 그녀가 말을 끊고는 고개를 살짝 숙인 후 그를 지나쳐 가는 것이었다. 어쩐지 전보다 더 쌀쌀맞은 빙휘의 말투에 현석염이 끈질기게 달라붙었다.

"대체 무슨 일인가? 이참, 이참, 그 자식이 이리 한 게야? 그놈 어디에 있나? 응? 안에서 무슨 일이 있었던 게야? 내가 당장 그놈을!"

"나리."

한마디 대꾸도 않는데도 계속 들러붙어 조잘대는 현석염에게 빙휘가 그제야 돌아섰다. 흥분한 현석염에 비해 빙휘는 너무나도 차분한 얼굴이었다. 아니, 차분하다 못해 차갑게까지 느껴졌다.

"무슨 생각을 하시는 것입니까? 쇤네는 기녀이옵고, 그저 계산이 맞지 않아 약간의 언쟁이 있었을 뿐입니다."

"빙휘, 자네……."

언제나 봐왔던 굳은 얼굴이었지만, 오늘따라 더욱 틈을 주지 않는 얼굴이었다. 헝클어진 얼굴에도 빙휘는 늘 그렇듯 도도하기 그지없었다. 하얀 얼굴에 살짝 서려 있는 비웃음이 저를 멍청하다 나무라는 듯, 간섭이 지나치다며 선을 긋는 듯, 멀게만 느껴졌다.

"……날이 아직 춥네."

속저고리조차 없이 하얀 살결에 마른 뼈마디가 안쓰러워 제 도포를 벗어 덮어주려는데, 빙휘는 그마저도 거절하며 깊게 고개를 숙였다.

"괜찮습니다. 살펴 가소서."

축객령, 너무나도 공손한 축객령이었다. 현석염은 그녀의 드러난 어깨를 덮어주지도 못한 채 도포를 들고 멀뚱히 서서 점점 멀어지는 빙휘의 뒷모습을 바라만 보았다.

아직 기방이 활발한 시각이었다. 기방 건물이며 마당에 가득 찬 객들과 기녀들은 치장이 잔뜩 헝클어져서는 치마만 입고 있는 빙휘의 등장에 수군거리며 시선을 모았다. 그러나 빙휘는 그들의 시선 따위 신경 쓰지 않는다는 듯 너무나 당당하게 걸어갔다. 많은 이들이 무슨 일인가 눈을 빛내며 빙휘를 좇았다.

"어머, 나으리도 차암."

높은 웃음소리는 익숙하다 못해 이제 질리는 상대의 것이었다. 당찬 걸음으로 그녀에게 다가간 빙휘가 어깨를 두드리자 그녀가 고개를 돌렸고, 한 치의 망설임도 없이 빙휘의 손이 빠르게 날아들었다.

짜악!

"꺅!"

새된 비명 소리와 함께 초희가 뺨을 감싸며 바닥에 쓰러졌다. 빙휘가 손가락으로 손바닥을 가볍게 쓸어내리며 쓰러진 초희의 앞으로 다가섰다. 제 발밑에 쓰러져 저를 노려보는 초희를 아무 일 없었다는 듯이 내려다보는 빙휘의 눈초리가 싸늘했다.

"너! 무슨 짓이야!"

"그러는 너야말로 무슨 짓이야. 감히 나를 갖고 장난을 쳐?"

소리를 빽 지르며 벌떡 일어나 달려드는 초희를 슬쩍 몸을 돌려서 피하고는 빙휘가 낮게 읊조렸다. 그 말에 초희가 멈칫하였고,

그녀에게 다가선 빙휘가 초희의 어깨에 손을 올리며 귀에 대고 속삭였다.

"이번은 이 정도로 봐주겠지만, 한 번 더 이런 재미없는 일을 벌여봐. 햇빛 아래 선다는 것이 어떤 것인지도 잊어버릴 만큼 끔찍한 매음굴에 처박아줄 테니까."

어깨를 짚은 빙휘의 손은 시릴 정도로 차가웠지만, 속삭이는 목소리에 비할 것이 못 되었다. 초희는 저도 모르게 몸을 부르르 떨고는 겨우 곁눈질로 빙휘를 바라보았다.

"그, 그런 협박 따위…… 우습지도 않아."

"그냥 협박인지 뭔지 궁금하면 한 번 더 해보던가."

조용하고 고저 없는 음성이었지만 그 목소리가 초희에게 묵직하게 눌러앉았다. 이미 기에서 밀린 초희는 더는 말대답도 못하고 떨리는 입술을 꽉 깨물었다. 빙휘는 눈길 한 번 다시 두지 않고 잠깐의 머뭇거림 없이 가버렸다. 그녀의 모습이 사라지고 나서도 초희는 뺨을 감싼 채 입술을 깨물며 서 있었다. 지켜보고 있던 많은 눈들은 다시 제 할 일로 돌아가긴 했지만 여전히 초희를 흘끔거리고 있었다.

기방에서 그리 당당하던 빙휘의 걸음이 별채로 들어오는 중문을 넘으면서 주춤거렸다. 아직 처소로 돌아온 기녀들이 없어, 왁자지껄한 기방에 비해 별채는 너무나 적막했다.

"우욱."

중문 옆의 담벼락에 손을 짚으며 빙휘가 토악질을 했다. 가슴을 두드릴 때마다 한 바가지씩 토사물이 쏟아졌다. 이참의 얼굴이 쏟아졌다. 그의 빙글거리던 웃음이 쏟아졌다. 초희의 앙칼진 눈초리가 쏟아졌다. 그 계집의 비린 입꼬리가 쏟아졌다. 그 뿌리 없는 악의가 쏟아졌다. 그칠 줄 모르는 토악질에, 위 속이 온통 뒤집어져서 하다하다 이제 쓴 위액까지 뱉어냈다.

"하아, 하악."

가쁜 숨을 몰아쉬던 빙휘가 입안에 남은 텁텁함에 잔뜩 인상을 썼다. 저고리를 벗고 있었음에도 속이 답답했다. 얼마나 두드려 댔는지 가슴팍이 시뻘겋게 올라와 있었다. 빙휘의 숨소리는 아직 거칠었다. 눈을 감고 심호흡을 하는데 자꾸만 그 까슬거리는 역겨운 손길이 느껴졌다. 그 얼굴, 그 손, 그 숨 냄새. 모든 것이 역겨웠다. 겁에 질려 긴장하였던 것은 오히려 그리 붙잡고 있던 옷고름이 풀려 버린 후에 숨통이 트이며 평안을 가장할 수 있었다.

빙휘의 감은 눈 안에 다시 그 방에서의 일이 떠올랐다.

✳ ✳ ✳

"그만."

저고리를 풀어헤친 이참이 치마끈을 잡아당기려는 순간, 빙휘의 너무도 침착하고 단호한 목소리에 그의 손이 멈칫했다. 그는 제가 손을 멈춘 것이 겸연쩍었는지 아무렇지 않은 척 비웃으며 빙휘와 눈을 맞췄다.

"뭐라?"

"이 정도로 그만하시지요. 더 이상은 불가합니다."

"불가? 기생년이 말이 많아!"

그가 다시 손을 번쩍 올려 빙휘의 뺨을 내려쳤다. 짝 하고 마치 살갗이 찢어지는 듯한 소리가 났건만 빙휘는 고개조차 돌아가지 않은 채 그를 마주 보았다.

"기생년이라 계산은 바로 해야지요. 해우채는 넉넉하시답니까?"

"해우채라."

이참이 허헛 하고 웃으며 손등으로 빙휘의 뺨을 쓸어내렸다. 그 손길을 흘겨보던 빙휘가 다시 눈을 똑바로 뜨고 그를 노려보았다. 긴장한 탓에 겁에 질려 꼼짝도 못하던 빙휘는 어디로 갔는지, 침착하고 차분한 얼굴로 맞받아치며 마치 이참의 행동이 가당찮다는 듯 쏘아보는 것이었다.

"그래, 이제야 기생년 같구나. 이 치마폭에 얼마를 안겨주면 되겠느냐?"

"어디 나리께서 내놓으실 수 있는 모든 걸 걸어보시지요. 한 닢에 안은 계집과 와가 한 채로 안은 계집은 분명 다르지 않습니까?"

이참은 돌변한 빙휘의 모습에 헛웃음만 쳤다. 옷고름을 꽉 부여잡고 사시나무 떨듯 불안해하던 계집이 저고리가 벗겨져선 오히려 배포를 부리고 있으니, 혹시 좀 전의 행동들이 사내를 달아오르게 하려는 앙탈이 아니었나 싶을 정도였다. 빙휘를 부르는 데 오가는 돈주머니들의 양을 알고 있었기에 이참의 머릿속에서 돈 꾸러미들과 와가가 떠다녔다.

"참, 상문관 대감께선 쉰네의 뒤를 봐주시기로 하고 하룻밤을 얻으셨지요."

"상문관이?"

겨우 계집을 안는 데 제 권력을 심어줬다는 말이 놀라웠다. 아니, 게다가 하룻밤이라니? 분명 사내의 손은 타지도 못한 계집처럼 굴더니, 그것도 아니었단 말인가? 순간 이참은 움찔하며 혼란에 빠졌다. 이 모든 것이 자신을 유혹하는 것이었나, 되레 빙휘의 손에 놀아난 것이었나?

거기까지 생각이 미치자 그의 얼굴이 화끈거렸다. 세상의 모든 여인을 쥐락펴락하기로 이름난 풍객이었는데, 스물도 안 된 어린 기생년에게 놀림을 당했다니 체면이 말이 아니었다. 따져 보니 애초에 초야를 치르지 않고 기적에 오를 수 없는 일이었다.

"순진한 년인 줄로만 알았더니, 뱃속에 능구렁이가 가득했구나."

"무슨 말씀이신지 모르겠습니다만."

이를 깨물고 부들거리는 이참의 말에 빙휘가 눈을 흘기며 혼잣말인 듯 말마디를 툭 던졌다.

"욕정에 눈이 멀어 짐승마냥 덤벼대는 꼴이라니. 예악 좀 따지기에 어디 한번 풍류나 즐겨볼까 하였더니, 겉만 번지르르한 빈 강정이었어."

"이년이 뚫린 입이라고!"

이참이 또다시 손을 번쩍 들어 올렸다.

"또 손찌검이나 하시렵니까? 어디 마음껏 때려보시지요. 겨우 세 치 혀에 흥분하여서는 할 줄 아는 것이 포악질 뿐이라니, 참으로 가여우십니다. 이리 볼썽사나운 꼴만 보이시니, 점점 나리의 질이 떨어져 해우채를 좀 더 올려야겠습니다. 이년, 이래 봬도 청악의 간판인지라 수이 안으실 수는 없을 겁니다."

빙휘가 눈 하나 깜짝하지 않은 채 줄줄이 내뱉은 말에, 이참의 손바닥이 허공에서 바들거리다가 주먹을 꽉 쥐었다.

"물론 멋대로 취하실 수도 있으시겠지요. 하나, 제 뒤에 누가 있는지는 기억하셔야 할 겁니다. 그분께선 인자하시나, 쇤네의 일이라면 손속에 제약을 두지 않으시지요."

"상문관이나 되는 자가 겨우 계집 때문에 움직인다?"

"믿기지 않으시거든 직접 겪어보시지요."

상문관.

아무리 이참이 대외로 저명한 인물이라 하여도 상문관 정도 되는 이와 척을 질 수는 없는 노릇이었다. 빙휘가 상문관의 비호 아래에 있다는 소문은 이미 들었으나 본디 소문이란 부풀려지게 마련이기에 그리 심각하게 생각하지 않았었는데, 이리 배짱을 부리는 것을 보니 영 뜬소문만은 아닌 것 같았다.

눈앞의 계집과 상문관. 풍객의 명성과 와가를 얹은 재물. 추한 탐욕과 사내의 자존심. 빙휘의 흔들림 없는 눈빛을 마주하니 이참은 달아올랐던 심장이 점점 차가워지는 것을 느꼈다. 순간 제 꼴이 우스웠다. 겨우 계집 하나를 안으려 무슨 행패를 부렸던 것인지, 잠깐 이성을 잃고 추태를 부렸음을 깨달았다. 아니, 사실 그전에 계산이 맞지 않음을 깨달은 것이었다. 참 나리는 가만있어도 안기겠다는 여인들이 줄을 서는 풍객이었다. 상문관과 재물을 감수하면서까지 빙휘를 안는 것은 아무리 생각해도 수지가 안 맞았다.

"이런 수가 있어서 그리 나왔던 게로군."

알아들을 수 없는 이상한 말을 중얼거리며 이참이 몸을 비켰다. 빙휘는 이참이 떨어져 나가자 그가 눈치채지 않도록 조용히 숨을 내쉬었다. 상문관의 이름을 들먹이며 배포를 부렸으나 그것이 먹힐지 자신하지 못했는데 다행이었다. 몸을 일으킨 빙휘가 풀어헤쳐진 저고리를 추스르려는데 이참이 이죽거렸다.

"계집들이란. 네년들이 상문관이란 수를 믿고 그런 내기를 건 게지? 그런 시답잖은 내기를 걸 때부터 알아봤어야 했는데. 감히 나를 갖고 놀았겠다?"

"내기라니요?"

"모르는 척하는 게냐, 모르는 게냐. 초희년과 작당한 것이 아니었느냐? 그년이 그러더라. 빙휘란 기생은 춤과 연주만 할 뿐 절대 수청을 들지 않는데 그년과 하룻밤을 보낼 수 있겠느냐고. 취향도 아닌 년을 꾀려고 춤 연습이니 뭐니 귀찮은 짓거리는 다 해가며 어디 한번 놀아보자 했더니, 기분만 잡쳤어."

빙휘의 손에서 저고리가 툭 떨어졌다. 이참은 체면을 구긴 것에 기분이 상한 듯 연신 초희의 욕을 해댔다.

"……초희와 내기를 하셨습니까?"

"그래, 네년의 하룻밤을 건 내기였지. 그러지 않고서야 내가 뭐하러 기방에서 그 소동을 피우고 기생년 춤이나 봐주며 네 주변을 맴돌았겠느냐?"

머리가 어지러웠다. 내기라니, 하룻밤을 건 내기였다니. 처음부터 모든 것이 내기를 위한 수작에 지나지 않았다는 것을 알게 되니 소름이 돋았다. 즉흥춤에 그 소란을 피웠던 것은 자신이 이참에게 관심을 갖고 찾아가게 만들었고, 매일의 춤 연습과 갑작스런 방문은 이참을 기다리게 만들고 떠오르게 만들었다. 이렇게 생각하고 지난 일들을 돌아보니 모든 아귀가 딱딱 맞아떨어졌다. 이 역겨운 일을 겪게 된 발단이 초희였다는 것에 기가 찼다. 모든 것은 겨우 내기였을 뿐이었다. 빙휘를 걸고 한 내기.

"그것이 사실이십니까?"

"네년에게 거짓을 이를 연유는 또 뭣이겠느냐? 뭐, 내기에 대한 이야기를 들으니 순순히 안길 마음이라도 생긴 것이야?"

떨리는 목소리를 애써 진정시키며 빙휘가 자리에 앉아 이참과 눈을 맞췄다. 비릿한 얼굴로 아니꼬운 듯 흘겨보던 그가 입꼬리를 올리며 치마끈으로 손을 가져다 댔다. 그의 손이 치마끈에 닿기 전에 일어나려던 빙휘는 장지문이 문틀에서 빠져 버릴 정도로 덜컥대며 거칠게 열리는 바람에 놀라 돌아보았다.

활짝 열린 조그마한 장지문은 역시나 문틀에서 빠져 조금 기울어져 있었다. 장지문을 반쯤 가리고 있던 휘장이 낮은 문 안으로 들어서는 장대한 사내의 기세에 어지럽게 휘날렸다. 가쁜 숨을 몰아쉬고 있는 그의 눈이 붉게 빛났다.

"감히 인간 따위가!"

갑작스런 등장에 미처 반응할 겨를도 없이 그가 이참에게 달려들었다. 그의 가늘고 긴 손가락이 이참의 목을 감싸 쥐었다. 이참은 비명은커녕 숨소리조차 내지 못했다. 방금까지만 해도 빙휘가 쓰러져 있던 이불 위에, 이번엔 이참이 바들거리며 깔렸다.

겨우 손 하나, 무릎 하나로 이참을 누르고 있는 그는 조금도 힘을 들이지 않는 기색이건만 이참은 반항 하나 하지 못했다. 갑자기 벌어진 상황을 망연히 바라보고만 있던 빙휘는 이참을 내려다보고 있던 사내의 꽉 깨물고 있던 입이 벌어지는 순간 그에게 달려들었다.

"안 돼!"

막 입을 벌리고 이참을 향해 상체를 기울이던 사내가 제 허리를 붙잡는 빙휘의 손에 멈칫했다. 그녀의 손이 허리춤을 감싸 안고 미미하게 떨리고 있었다.

"초사여, 안 돼요, 안 됩니다. 멈추세요."

"어째서……"

들이닥쳐 단숨에 이참을 제압한 사내는 초사여였다. 허리를 감싼 빙휘의 손을 바라보던 초사여가 이해할 수 없다는 듯 말꼬리를 흐렸다. 그를 말리는 빙휘의 목소리가 단호했다. 그녀가 자신을 막을 줄은 몰랐는지, 초사여가 놀란 눈으로 고개를 돌렸다. 붉게 빛나던 그의 눈은 어느새 이전과 같은 잿빛으로 돌아와 있었다.

"컥, 쿨럭!"

초사여의 손아귀 힘이 풀린 모양인지 이참의 막힌 숨이 급하게 터져 나왔다. 초사여에게 매달렸던 빙휘가 그의 기세가 사그라지니 살며시 고개를 들었다. 그녀는 흔들림 없는 눈으로 초사여를 똑바로 바라보며 고개를 가로저었다.

"이자를 해해서는 안 됩니다. 특히 이 기방에서는 절대 불가합니다. 내가 가만 두고 볼 수 없어요."

"이런 상황은 제가 가만 두고 볼 수 없습니다."

"이런 상황이 대체 무어기에요?"

"마치 아무 일도 아니란 듯이 말씀하십니다."

"예, 아무 일도 아닙니다."

"어찌 아무 일도 아니란 말입니까?"

지나치게 담담한 빙휘의 태도에 초사여의 언성이 높아졌다. 다시 그의 손에 힘이 들어가려는 순간, 빙휘가 그 위에 손을 얹었다. 작고 가는 손은 초사여의 손을 이참에게서 너무나도 쉽게 떼어냈다.

"이 일은 쇤네가 대신 사과를 드리겠습니다. 송구합니다."

아직 제대로 정신을 차리지 못하는 이참에게 고개를 숙이는데, 빙휘의 손을 초사여가 잡아당겼다.

"당신이 대체 왜 저 인간에게 잘못을 구하는 겁니까?"

"허면, 그쪽이 사죄를 하시렵니까?"

쏘아붙이는 목소리에서 냉기가 뚝뚝 묻어났다.

"사죄를 해야 하는 것은 저도, 당신도 아닙니다. 당신에게 무례하게 군 저 인간이지요!"

그 당연한 말에 빙휘는 순간 말문이 막혔다. 눈앞의 사내는 너무나도 당연한 상황에서 당연한 말을 하며 마땅한 상대에게 분노하고 있었지만, 어째서인지 이 지극히도 당연한 상황이 낯설게만 느껴졌다.

아무런 말도 하지 못하고 서 있던 빙휘는 자신을 잡아당기는 초사여의 손에 그대로 몸을 내맡겼다. 초사여의 하얀 머리칼이 흩날렸다. 긴 은빛 실타래 사이로 하얗게 질린 이참이 목을 부여잡고 켈록거리는 모습이 보였고, 문틀에서 빠져 기우뚱한 장지문이 보였고, 어둑한 뒤채의 복도가 보였다.

요동치던 심장이 먹먹하게 짓눌렸다. 초사여는 자꾸만 빙휘를 이상하게 만들었다. 언제나 혼란스런 상황에서 갑자기 나타나는 그의 모습에, 빙휘는 이성적으로 대응할 수가 없었다. 지금도 빙휘는 아무 반항도 하지 못하고 초사여가 이끄는 대로 끌려가고만 있었다.

둘은 어느새 뒤채 뒤편의 작은 공터에 서 있었다. 급하게 나오는 바람에 저고리를 챙기지 못한 탓에 빙휘는 치마만 입은 채 상체를 그대로 내놓고 있었다. 그녀의 온몸이 바들바들 떨렸다. 아직 초봄이라 밤공기가 싸늘하니 그 떨림이 추위 탓이라 여긴 초사여가 빙휘를 품에 안으려던 찰나 빙휘가 손바닥을 내보이며 그가 다가오는 것을 막았다.

"어디서 갑자기 나타난 거죠?"

"당장 그만두십시오."

잠시 당황했던 빙휘가 정신을 가다듬고 입을 열기가 무섭게 초사여가 동시에 말을 던졌다.

"더는 지켜볼 수 없습니다. 결국 이런 일까지 벌어졌으니, 이젠 두고 볼 수 없습니다. 당장 기방을 떠납시다. 저와 함께 이 기방을 떠나……."

빠르게 쏟아지는 말을 가만히 듣고만 있던 빙휘가 들어 올렸던 손을 그대로 뻗으며 초사여의 가슴팍을 밀어냈다.

조금 전의 상황도 채 정리가 되지 않았는데 이어 밀어닥치는 초사여까지, 모든 것이 버거웠다. 아직도 온몸에는 이참의 까칠한 손길이 스멀대는 것만 같은데 난데없이 나타난 이는 또 엉뚱한 소리만 내뱉었다.

초사여의 가슴팍에 닿아 있는 손가락으로 그녀의 떨림이 그에게 전해졌다. 하얀 얼굴이 살짝 일그러지는가 싶더니 빙휘의 고개가 슬며시 떨어졌다. 속 깊은 곳에서 흘러나오는 긴 한숨 소리가 두 사람의 사이를 갈랐다.

"미안합니다. 내 욕심만 과하여, 당신을 미처 살피지 못했습니다. ……괜찮나요?"

그녀의 떨림은 추위 탓이 아니었다. 그 방 안에서 무슨 일이 있었던 것인지 초사여는 알지 못했다. 그가 본 것은 일면에 지나지 않았기에 빙휘를 살피는 초사여의 시선이 조심스럽고도 조심스러웠다.

흐트러진 가체에 헝클어진 머리에, 엉망이 된 얼굴까지. 어느 곳 하나 성한 곳이 없으니 보는 이의 마음이 미어졌다. 입안에 번진 피를 닦아줄 수는 없었으나 부어오른 뺨이라도 감싸주려 뻗는 초사여의 손을 빙휘가 고개를 살짝 꺾으며 피했다. 민망한 손을 못 본 체, 빙휘가 고개를 들며 말을 이어갔다. 어느새 그녀의 얼굴은 아무 일도 없었다는 듯 차분하게 돌아와 있었다.

"괜찮지 않습니다."

"허면 그만두십시오. 기방도 기녀도 전부 그만두고, 버리고 떠날 수는 없습니까? 어찌하여 이곳에 계속 매여 있는 것인지, 이해할 수 없습니다."

말장난 같은 대화였다. 또다시 그만두라는 엉뚱한 소리를 내뱉은 초사여에 빙휘는 저도 모르게 헛웃음이 나왔다. 기녀를 희롱하는 양반에게 분노하고, 당장 기방을 떠나자는 우스운 소리를 내뱉는 초사여의 모습이 순진하고 또 어리석어 보였다. 그가 내뱉는 이야기들은 그의 말처럼 가벼운 일도 쉬운 일도 아니었다.

"괜찮지 않으나, 기녀에게 이깟 희롱이야 당연한 일입니다."

"하나 당신에겐 당연해선 안 됩니다."

"예, 당연할 수 없습니다. 하나 도망치는 것 또한 내겐 있을 수 없습니다."

빙휘가 눈을 뜨곤 말을 이었다. 말마디마다 힘을 주는 목소리가 엄정했다.

"기방을 그만두라는 말은 도망치라는 소리나 마찬가지. 난 도망치지도, 당연하게 받아들이지도 않을 겁니다."

"당신이 받아들이지 않는다 해도, 기방에 있는 이상 저 인간들은 그리 여기며 당신을 함부로 대할 것입니다."

"그치들이 아무리 날 업신여긴다 해도, 나 스스로가 낮춰보지 않으면 됩니다."

"스스로 낮추지 않는 것, 좋습니다. 하지만 이젠 더는 위태로워 보고만 있을 수 없습니다. 이곳이 기방이란 것을 간과하였습니다. 기방에는 고록경 대감 같은 인사만 있는 것이 아니라 색골 같은 한량들도 즐비한 것을. 어찌 당신을 이대로 기방에 머물도록 했던 것인지 참으로 어리석었습니다."

빠르게 섞이는 대화 속에서 초사여는 한 치의 물러섬이 없었다. 그는 안달하고 있었다. 불안하게 흔들리는 눈동자와 미간으로 모인 눈썹과 초조함에 물든 하얀 낯이 빙휘에게 쏟아졌다. 그를 마주하는 빙휘는 당혹스러울 따름이었고, 그 당혹은 곧 불쾌함으로 바뀌었다.

"무얼 믿고 그리 무턱대고 떠나자는 건가요? 마치 날 잘 알고 있다는 듯 친근하게 구는데, 난 그쪽의 이름밖에 알지 못합니다. 대체 어떤 반편이가 이름밖에 모르는 이를 덥석 따라나선답니까? 초사여께서도 내가 기녀라 수이 여기시는 건가요?"

"그런 것이 아닙니다. 저는 단지……."

"단지, 희롱할 계집이 필요했던 것인지요?"

얼음 조각 같은 말이 매섭게 내리꽂혔다. 흔들리던 눈동자도 떨리던 입술도 모두 얼어붙은 듯 굳어버렸다. 초사여의 눈도 눈썹도 하얀 낯도, 이제 다른 의미로 흔들리고 있었다. 그 흔들림이 그를 한 발자국 뒤로 물러나게 했다.

"가깝지도, 오래 보지도 않은 사이에서 초사여의 말은 터무니없는 희롱으로 들릴 따름입니다."

"가깝고 오래 본 사이라면 진지하게 들어주시겠습니까?"

이리저리 흔들리던 얼굴이 진중하게 가라앉았다. 그의 말이 유난히 무겁게 들렸다. 마치 오래도록 알던 사이인 양 건네던 초사여의 말들이 떠올랐다. 고록경 대감에 대해서도 잘 알고 있다는 듯 언급하던 방금 전의 말이 걸렸다.

"……그쪽…… 대체 뭐죠?"

이제 누구냐는 질문은 무의미했다. 은회색의 긴 머리카락, 석영처럼 하얀 낯빛, 붉게 물들었던 잿빛 눈, 무게감도 존재감도 없는 그. 애초에 이 기이한 자를 아무런 의심도 의문도 없이 받아들였던 빙휘의 처사가 이상한 노릇이었다. 그 오래 전 낯선 동굴에서 캐물었어야 했을 질문을 이제야 겨우 내뱉고 있었다.

"제가 당신과 가깝고 오래된 사이라면, 제 말에 따라 기방을 나오실 겁니까?"

그의 표정이 달라졌다. 색이 옅어 금방이라도 허공으로 사라져 버릴 것만 같던 이가 갑자기 눈에 힘을 주고 굳은 얼굴로 다가왔다. 그 눈에 시선이 빼앗긴 빙휘는 그가 한 뼘 거리까지 다가오는데도 아무런 제지를 하지 못했다. 바람결에 가볍게 흩날리는 그의 하얀 머리칼이 손등을 간질였다.

"제가."

초사여의 손이 목에 닿았다. 손끝으로 살짝 목을 감싸며 턱을 스친 손가락이 귓불을 건드리곤 슬며시 아래로 내려갔다. 도드라진 쇄골을 흘러내리듯 지나친 차가운 손가락이 조금은 위험한 곳까지 다가갔다. 가슴을 동여맨 치마 말기 바로 위에서 멈춘 손이 느릿하게 목선과 쇄골을 맴돌았다.

"제가 바로 초아입니다."

어렵게 말을 잇는 그의 미간에 살짝 힘이 들어가 있었다. 눈앞의 사내가 대체 무슨 소리를 하는 것인지 이해하기 어려웠다.

그의 손은 빙휘의 품에 파고든 초아가 빠끔 고개를 내밀던 자리에 머물고 있었다.

"어린 임이여."

탁.

초사여가 다시 입을 열기가 무섭게 빙휘가 그의 손을 세게 쳐내며 뒤로 물러섰다. 빙휘의 가슴이 세차게 오르락내리락했다.

"농이 지나치니 불쾌하군요."

말도 안 되는 괴언이었다. 아무래도 저 사내는 정신이 나간 것이 분명했다. 그래, 저 기이한 외양에서부터 그의 광증이 엿보였다.

어두워진 초사여의 얼굴을 바라보는 빙휘의 낯이 파리했다. 대체 초아에 대해서는 어찌 알아냈는지 모를 일이었다. 그에게서 어떤 대답을 기대했던 것인지, 빙휘는 제 자신이 한심스러워졌다. 오늘따라 여러 가지로 심신이 지쳐 울컥하니 정수리가 달아올랐다.

'초아, 초아……. 초사여.'

하필이면 아직도 초아가 동면에서 깨어나지 않았는지 품 안에 없는 탓에 불안이 커졌다. 되뇌던 초아의 이름 뒤로 초사여가 달라붙으니 고개를 내저은 빙휘가 앙가슴을 움켜쥐고 몸을 돌렸다. 행여나 초사여가 붙잡을까 봐 공터를 벗어나는 빙휘의 걸음이 가빴다.

'말도 안 되는 소리. 음흉한 망발이야. 저치도 내게 장난질을 거는 게 틀림없어.'

혼란했던 심중에 분기가 일었다. 너무 어이가 없다 못해 헛웃음까지 날 듯하여 빙휘가 입술을 꽉 깨물었다. 그간 얼마나 쉽게 보였으면 이다지도 온갖 곳에서 자신을 들쑤시는지. 그렇다면 이제 이쪽에서 나서줄 차례라 생각하며 별채로 향하려던 걸음을 기방의 본채를 향해 돌렸다.

혼란하던 마음을 다잡으니 한결 차분해지는 기분이었다. 그러나 그 와중에도 자꾸만 스며드는 등 뒤의 사내에 대한 생각을 떨쳐 내고자 애써 모른 체하는 빙휘였다.

"빙휘 아니냐?"

입안에 남은 토사물을 뱉어내던 빙휘가 저를 부르는 목소리에 고개를 돌렸다. 일이 일찍 끝난 것인지 후명이 중문을 들어서고 있었다.

"어머니."

엉망인 빙휘의 상태와 너저분한 토사물을 빠르게 살핀 후명이 고갯짓을 하자 그녀의 뒤에 있던 몸종이 재빨리 사라졌다. 기방에서 빙휘와 초희의 소동을 후명도 보고 있었다. 초희의 앞에선 그리 당돌하던 아이가 이리 뒤돌아서는 형편없이 망가져 있는 모습에 후명이 혀를 찼다.

"대체 무슨 일이야?"

"별일 아닙니다."

입을 다물고 돌아서려는 빙휘를 후명이 붙잡았다. 어머니라 부르며 따르기는 했지만 빙휘는 여전히 그녀에게 곁을 내주지 않았다. 그럼에도 후명은 끊임없이 빙휘를 품에 안으려 했다. 그것이 부담스러우면서도 그녀의 딸을 죽음으로 몰았던 죄책감 때문에 어쩌지 못하는 빙휘였다.

"꼴이 이게 뭐냔 말이다. 어찌 이러고 섰어."

붙잡은 빙휘의 손목이 얼음처럼 차가웠다. 봄이라고는 해도 쌀쌀한 밤에 저고리를 벗고 서 있으니 몸이 얼 만도 했다. 어느새 후명의 몸종이 물동이를 들고 돌아와 면포로 빙휘의 옷에 튄 토사물을 닦아내고 있었다.

"빙휘야."

몸종이 하는 대로 내버려 두고 그저 가만 서 있기만 하는 빙휘를 후명이 재차 불렀으나 그녀는 입을 열지 않았다. 몸종이 옷을 다 닦고 물동이의 물을 조금씩 부으며 토사물을 치우기 시작했다. 빙휘는 후명과 시선조차 마주치지 않고 돌아섰다. 위태로운 걸음을 옮기며 방으로 향하는데 후명이 다시 빙휘를 불렀다.

"설아야."

후명이 아명을 부르니 빙휘가 멈칫했다. 저이가 아명으로 부를 때는 차마 모른 척할 수가 없었다. 이름에 묶인 기억이 함께 피어올라 빙휘의 발목을 잡았다. 멈춰 선 빙휘에게 다가와 어깨를 잡으며 눈을 맞추는 후명의 눈시울이 붉었다.

"어찌 이리 차게 굴어. 어머니라 부르는 건 그저 칭하는 말일 뿐이여? 설아, 아가야. 대체 어찌 된 일이더냐. 초희 그 아이와는 왜 그런 것이야."

설아(雪兒)란 이름은 하얀 눈이건만 몰려드는 기억은 붉기만 했다. 흰 눈 위로 붉은 핏자국들이 낭자했다. 이미 뒤집어진 속에 밀려드는 기억들은 너무 버거웠다. 저 여인은 기어코 대답을 듣고야 말 작정이었다. 설아라 부르면 무시할 수 없는 것을 너무나 잘 알고 있는 여인이었다.

"뒤채에 갔었습니다."

꺼내기 싫은 말이었지만 이 정도로 충분했다. 빙휘가 수청을 들지 않음을 잘 알고 있는 후명은 그 말에 눈이 커졌다. 허투루 먹은 기방 밥이 아니었기에 눈치가 휙휙 돌았다.

"초희는 어찌 그리 너를 못 잡아먹어 안달인지."

후명과 친하지는 않아도 그렇다고 사이가 나쁘지도 않은 아이였다. 아니, 초희 쪽에서 후명을 잘 따르며 달라붙고는 했다. 혀를 차던 후명이 빙휘의 등을 쓸어내렸다.

"내 그 아이에게 한 번 일러두겠으니 걱정 말거라, 아가."

"괜찮습니다."

"이 어미가 두고 볼 수가 없구나. 그래도 초희가 내 말은 행수 어르신 말만큼이나 잘 들으니, 이젠 더는 악증을 부리지 못할 게야."

흘러내린 빙휘의 머리카락을 쓸어 올리는 손길이 어딘가 서글펐다. 후명은 마치 친딸처럼 대해주었으나 그녀를 마주할 때마다 마음 한구석이 시렸다. 좀 전의 일 때문인지 더없이 다정하게 쓰다듬는 후명의 손길마저 소름이 끼쳤다. 그래서 저도 모르게 후명의 손을 슬쩍 피하니, 후명은 귀신같이 빙휘의 마음을 알아차렸다.

"손을 타는 것이 싫으냐?"

빙휘는 대답을 하지 않았다. 그러나 그것이 곧 대답이었기에 후명이 낮게 한숨을 내쉬었다.

"하나 어쩌겠느냐. 그네들의 눈에는 우리들이나 삼패 창부들이

나 똑같은 기녀일 뿐인 것을. 제아무리 예능을 갈고닦아 내보인다 하여도 그네들이 원하는 것은 제 품에 안기는 계집의 분내음일 뿐. 높으신 분들의 한마디에 그저 옷고름을 풀 수밖에 없지 않느냐. 예인이라 불리지도 못하는 천한 기녀의 생이 다 그렇지."

"어머니도 그리 생각하십니까?"

"응?"

빙휘가 후명의 눈을 똑바로 바라보며 입을 뗐다.

"어머니도, 스스로를 어쩔 수 없는 천한 기녀일 뿐이라고 납득하고 받아들이시는 것입니까?"

에두르지 않고 바로 날아드는 말에 후명은 눈을 깜빡이며 대답을 하지 못했다. 그리 타고났고 그리 살았기에 반문을 던져 본 적 없는 일이었다. 그게 맞았고 그럴 수밖에 없는 노릇이라 생각했다. 후명은 빙휘를 그저 말없이 제 생각에만 빠져 있는 얌전한 아이라고 생각했기에 저런 질문을 던질 줄은 몰라서 쉽게 입을 열지 못했다.

"저는 그리 생각하지 않습니다. 제 스스로 저를 낮보는 짓은 하지 않을 거예요."

더는 어느 누구에게도 낮보이지 않으리라. 그 상대가 누가 되었든— 같은 기녀이든, 양반이든, 혹은 정체불명의 낯선 사내이든.

주저하는 후명에게서 대답을 기대하지 않는 듯 빙휘가 인사를 하고 마당을 가로질러 갔다. 후명은 멍청히 서서 빙휘의 뒷모습을 바라보고만 있었다. 어느새 정리를 마친 몸종이 후명의 뒤에 와서서 있다가 흘끔 그녀의 안색을 살피고는 움찔하며 고개를 숙였다.

입을 굳게 다문 얼굴이 하얗게 질려 있었다.

침침한 호롱불을 이리저리 비추며 초희가 경대를 들여다보고 있었다. 왼뺨이 붉게 달아올라 있었다. 혀를 굴리니 볼 안쪽은 터져서 비릿한 피 맛이 났다.

"초희."

갑자기 장지문이 벌컥 열리며 후명이 들어섰다. 깜짝 놀라 돌아보았던 초희는 후명을 보고선 다시 고개를 돌려 경대에 집중했다.

"아주머니두 봤어요? 젠체하며 거들먹거리더니 사람들도 많은데 그 지랄이야. 남사스럽게. 아휴, 낼두 손들 받아야 하는데 이게 뭐야. 어때요, 분으로 가려질 것 같아요?"

"그 아이, 건들지 마."

"후명 아주머니."

투덜대며 얼굴을 살피던 초희가 딱딱하게 내던지는 후명의 말에 놀라 돌아보았다. 후명은 여전히 문 앞에 선 채로 초희를 내려다보고 있었다. 멍청히 후명을 바라보던 초희가 인상을 확 구기며 발끈하여 일어섰다.

"아주머니, 그게 무슨 말씀이셔요? 지금 제 앞에서 그년을 두둔하는 건 아니시죠?"

"네까짓 게 행짜 놓을 상대가 아니야. 앞으로 그 아이 건드리는 거 한 번만 더 내 눈에 띄기만 해."

"설마 진짜 그년이랑 모녀 놀이라도 하시겠단 거셔요?"

싸늘하게 엄포를 놓는 후명에게 초희가 헛웃음을 치며 비꼬았다. 뒤돌아 문고리를 잡았던 후명이 그녀의 말에 멈칫하고는 슬쩍 고개를 돌렸다.

"지금 내가 모녀 놀이나 하는 걸로 보여?"

높이 치켜 올려 뾰족하게 그려놓은 눈꼬리가 매서웠다. 한 자 한 자 뚝뚝 끊어 말하는 목소리는 속 깊은 곳에서 울리는 떨림을 애써 눌러내고 있었다. 그 눈초리에, 목소리에 초희는 대답도 못하고 어깨를 움츠렸다. 꽉 다문 후명의 입술이 떨리고 있었다. 후명은 입술을 한 번 깨물고는 장지문을 거칠게 잡아당겼다.

청악기방. 매일 밤마다 도성의 모든 돈을 쓸어 모은다는 말이 있을 정도로 제국에서 가장 크고 유명한 기방이었다. 웬만한 지방 관아의 솟을대문만 한 대문이 하나, 양쪽 담을 따라 돌아서 쪽문이 어느 정도의 간격을 두고 두 개씩, 그리고 뒤쪽으로 거래하는 상인들과 노비들이 오가는 뒷문이 두 개로 기방의 출입문만 일곱이었다.

거기에 기녀들이 기거하는 별채에서 바깥으로 나 있는 문이 둘이요, 붙어 있는 교방의 출입문이 셋이었다. 바깥으로 통하는 문만세어도 열이 넘으니 그 크기가 어느 정도인지 가늠할 수 있으리라.

그만큼 크고 유명세를 떨치는 기방이었기에 미색뿐만 아니라 재주가 넘치는 기녀들이 많아 풍류를 즐기는 객들이 매일 찾아들며 술자리는 물론 시회 등의 갖은 모임들이 열렸다. 그러나 아무리 춤과 악, 소리와 글로 겉치레를 하고 있다고 해도 기방은 기방이었다.

2, 3층 높이의 널찍하고 커다란 본채에서 오가는 전두만큼이나,

아니, 어쩌면 그보다 더 많은 해우채가— 등불조차 몇 개 밝히지 않고 크기조차 본채의 삼분의 일밖에 되지 않는 뒤채에서 왔다.

춤과 악을 선보이는 예기라는 포장으로 가리고 있었지만, 어쩌다 보니 운 좋게도 초야부터 권세가 대단한 양반님의 눈에 들어 그 비호 아래 흙탕물 하나 튀기지 않고 깨끗하고 깔끔한 나날을 보내왔지만, 결국 빙휘 또한 기녀였다.

아무리 고고한 척 고개를 치켜들고 부끄럼 없이 당당히 걸어도 창부란 손가락질을 받을 수밖에 없는 기녀의 신분이었다.

아무도 그녀가 어떤 삶을 살았으며 어떤 생각을 하고 있는지 전혀 관심이 없었다. 세상의 모든 사람들에게 빙휘는 그저 전두에 팔리는 기녀일 뿐이었다. 아무리 날고 긴다 해도, 세상에 내로라하는 명기가 된다 해도 바꿀 수 없는, 바뀌지 않을 시선들이었다. 그동안 제 뒤에서 비치는 상문관이라는 후광에 눈이 멀어, 춤과 악에 빠져 허우적대느라 잠시 망각하고 있었다. 빛에 둘러싸여 있어 그 찬란함에 오히려 발밑의 암흑을 보지 못한 것이었다.

"기녀 빙휘."

제 기명을 입안에서 조용히 읊조려 보았다. 기녀. 기생. 창부. 들병이. 호화로운 청악기방의 기녀나 매음굴의 들병이나 다를 것은 없었다. 그들의 눈에는 모두 똑같은 천한 기녀였다. 뭇 사내들이 저를 보며 품을 욕정과 그 끈적한 시선들이 역겨웠다.

"그렇다면 나 또한 당신들을 그렇게 봐주겠어."

빙휘의 눈동자가 번뜩였다.

"세상의 모든 이들이 천하게 본다 해도, 나는 스스로 천하지 않을 것이야. 그 무엇보다 귀한 천상의 화초로, 결국엔 당신들마저 나를 그리 여기게 만들 것이야."

저를 가지고 장난질을 했다는 것에 새삼스레 기녀란 처지에 눈을 뜬 모양인지 빙휘가 그 어린 날의 다짐을 다시금 되새겼다. 그녀의 움켜쥔 주먹에 뼈마디가 불거졌다. 천하게 여기는 자는 똑같이 천하게 대해줄 것이요, 귀히 여기는 자는 그만큼 귀한 대접을 아끼지 않으리라.

"연지야."

굳은 얼굴로 앉아 있던 빙휘가 밖을 향해 나지막이 외쳤다. 받은 만큼 그대로 되돌려 주리라는 생각을 곧바로 행동으로 옮길 참이었다.

불안한 얼굴의 연지와 달리 빙휘는 걸음마저 시원시원했다. 청지기가 안내하는 대로 따라가니 일전에도 와봤던 방이었다.

"아직 볼일이 남아 있었나?"

오래 기다리지 않아 이참이 방에 들어왔다. 그가 방에 들어서니 연지가 더욱 동요하며 안절부절못하고 이참을 보았다가 빙휘를 보았다가 눈알을 돌리느라 바빴다. 초희와의 일은 소문이 파다하게 퍼졌고, 그런 일도 있었는데 이리 이참의 자가에 찾아든 빙휘를 이해할 수가 없었다.

빙휘는 이참이 들어오는데도 고개 하나 까딱하지 않았다. 그녀의 태도에 딱히 신경을 쓰지 않는 듯 이참은 아무렇지 않게 자리에 앉으며 대뜸 질문을 던졌다.

"그 백색중의 사내, 네년의 기부(妓夫)라도 되는 모양이지?"

비웃음이 서린 얼굴은 지난밤 초사여의 무례를 책망하려는 것인지 체면을 챙기고자 모른 척하려는 것인지 가늠하기 어려웠다.

"기부면 기부답게 기생년 방에나 엎어져 있을 노릇이지 뒤채나 들쑤시는 꼴이라니. 그놈 도량을 보아하니 네년 앞길이 가관이겠구나."

"그런 사내의 밑에 깔려 꼼짝 못하시던 나리께서 하실 말씀은 아닌 듯합니다만."

"워낙에 견문이 넓은 나 정도나 되니 그자의 병증이나마 알아본 것이지, 얼치기 양반놈들은 그 적안과 백발에 귀신이니 영물이니 혼비백산하여 정신조차 제대로 가누지 못했을 게야!"

흥분한 이참이 얼굴을 붉히며 바락 내질렀다. 그의 말에 눈썹이 꿈틀하며 무언가 말을 꺼내려던 빙휘가 반쯤 벌렸던 입을 꾹 닫고 뒤에 서 있는 연지를 향해 고갯짓을 했다. 그에 연지가 주춤 다가서니 빙휘가 그녀의 손에 있던 보따리를 받아서는 이참의 앞에 매듭을 풀어 내용물을 쏟아버렸다.

요란한 쇳소리를 내며 색색의 비단 주머니들이 쏟아졌다. 고급스런 비단으로 만들어 금사로 입구를 조인 염낭이었다.

"이건 또 무엇이냐?"

이참이 난데없이 쏟아진 돈주머니에 언성을 높이던 것도 잊고 물었다. 그는 살짝 당황한 기색이었으나 빙휘는 여전히 차분한 얼굴로 대답을 했다.

"그간 제 춤을 봐주신 노고에 대한 값입니다."

"뭐, 뭐라?"

이참은 너무나 쉽게 흥분하며 다시 얼굴을 붉히고 벌떡 일어섰다. 이런 그의 반응은 너무 빤하고도 생각보다 저급해서 재미가 없었다.

"나리께서 저를 그저 한낱 기녀로 대하셨으니 저 또한 나리를 그리 대해 드리는 것입니다."

저를 얕보는 말에 이참의 얼굴이 붉으락푸르락 노기로 달아올랐다. 이 염낭들은 명백한 전두였다.

"감히, 감히 기생년 주제에……."

나에게 전두라니! 반쪽이어도 양반이라고 차마 전두란 말은 수치스러워 입에서 떨어지지 않는 모양이었다. 그러나 그 뒷말이 나오지 않았다고 모를 이는 이 방에 없었다. 사내에게 전두를 던지는 기녀. 이참은 분기탱천하여 말조차 잇지 못하고, 연지는 사색이되어 입을 쩍 벌리고 있었건만 일을 벌인 빙휘는 너무나 태연했다.

"나리께서 보는 눈이 꽤 높고 정치하신데다 춤에 일가견도 있으시어 나름 값은 후하게 쳐드렸나이다. 하루에 염낭 하나, 하루도 빼먹지 않고 제대로 계산하였다만 염려스러우시다면 직접 셈하여 보시지요."

마치 저자 좌판의 계산이라도 치르는 듯 평이한 말투였다. 말문이 막힌 이참은 벌겋게 달아올라선 입만 빠끔대며 삿대질을 해댔다. 그러나 그 손끝마저 부들부들 떨리는 것이 애처로워 보이기까지 했다. 심드렁한 얼굴로 자리에서 일어난 빙휘가 눈을 내리깔고 이참을 한 번 쓰윽 흘겨본 후에 몸을 돌려 문으로 향했다.

그녀의 지체 없는 걸음에 정신을 놓고 있던 연지가 퍼뜩 놀라며 잽싸게 앞서 나가 장지문을 열었다. 치맛자락을 살폿 들고 장지문을 넘던 빙휘는 뒤를 슬쩍 바라보며 한마디 남기는 것을 잊지 않았다.

"아차, 첫날 기방을 날뛰며 평을 해주신 것은 특별히 상여금을 두둑이 얹어드렸나이다. 술값도 잊지 않고 챙겨 드렸으니 지기들과 한잔하시어요."

"빙휘! 빙휘 네 이녀어어언!"

높다란 솟을대문을 나서는데 등 뒤로 찢어지는 고함 소리가 커다란 기와집에 울려 퍼졌다.

기방으로 돌아오는 내내 빙휘의 눈치를 살피며 고개를 갸웃거리던 연지가 방에 들어오자마자 궁금증을 터뜨렸다.

"백색증은 뭐고, 기부는 또 뭔 소리야?"

"그러게."

엉뚱한 대답에 연지가 동그랗게 뜬 눈만 깜빡였다.

"대체 그자, 뭘까?"

언제나 소란 중에 불현듯 나타났다 사라지고 마는 의문의 사내, 기척도 온기도 없는 기이한 사내라고만 여기기엔 너무 많은 아귀가 어긋났다. 아무리 병증이라 하여도 그리 눈 색이 바뀔 일은 없을 터였다. 게다가 아무리 부지불식간이라지만 그리 쉽게 이참을 제압해 버리는 힘 또한 범인(凡人)이라기엔 무리가 있었다. 그리고 그와는 아직 끝내지 못한 대화가 남아 있었다.

"제가 바로 초아입니다."

다시 울리는 그의 목소리에 빙휘가 다문 입술에 힘을 주었다. 길고 부드러운 눈매에 잠겨 있는 듯 믹믹한 잿빛 눈이 붉게 물들었던 것이 떠올랐다. 붉은색, 어릴 적부터 그녀를 끊임없이 쫓아다니는 이 색은 불길하기만 했다.

평소와 다를 바 없는 하루를 보내고 나서 연지의 수발을 받은 후에 잠자리에 누웠던 빙휘는 잠을 청하다 말고 일어나 앉았다. 어쩐지 방의 공기가 서늘하다는 생각이 들었다. 여전히 눈을 감은 채 잠시 숨을 고르던 빙휘가 눈을 뜨며 고개를 돌렸을 때, 창을 등지고 선 초사여와 눈이 마주쳤다.

"당장 떠납시다."

"아직도 그 소리십니까?"

마치 인사처럼 건네는 허무맹랑한 말에 빙휘의 어이없는 웃음이 담긴 타박이 이어졌다. 마치 기다렸다는 듯이 나타난 초사여의 등장이, 기탄없이 지난밤과 똑같은 대사를 던지는 반복이 우스웠다. 그러나 초사여는 농담이 아니라는 듯 웃음기라고는 조금도 찾아볼 수 없는 진지한 눈으로 빙휘를 바라보고 있었다.

"아직도 제가 못 미더우십니까?"

긴 한숨이 섞인 조심스러운 목소리였다.

"제 이름은 초사여."

그의 입가에 희미한 미소가 걸렸다. 힘없는 그 곡선은 씁쓸하기까지 했다. 대체 무슨 말이기에 이다지도 슬픈 미소를 보이는 것인지, 빙휘마저 덩달아 긴장하여 그를 뚫어져라 쳐다보게 되었다.

"풀 '초'에 뱀 '사'."

그의 가늘고 긴 손가락이 허공에 한 획, 한 획 글자를 써 보였다.

"그리고 벌레 훼 변에 어그러질 려를 쓰니 신령스러운 뱀 '려'라, 기실 오래도록 사여라 자칭하였으나 당신에게 달리 불리던 다정한 이름이 있었기에 저도 모르게 초아라 답할 뻔한 탓에 초사여라 소개하게 되었습니다."

천천히 말을 잇던 그가 살곰 다가와 빙휘의 앞에 앉았다.

"제가 당신의 초아입니다."

"하."

기가 찬 한숨이 터져 나왔다. 저자는 실로 광인이다. 백색증이 아니라 광증에 걸린 것이 분명했다. 더는 들어주기 어려운 소리에 빙휘의 시선이 차가워졌다.

"초아가 누구인 줄이나 알고 말씀하십니까? 초아는 뱀이어요."

"사여라 말씀드리지 않았습니까. 신령스러운 뱀, 바로 접니다."

"그, 무슨?"

담담하게 자신이 뱀이라 이르는 초사여에 빙휘는 잠시 할 말을 잃었다. 그리고 고개를 떨어뜨리며 짧은 숨을 내쉰 초사여가 빙휘의 뺨을 감싸 쥐고 눈을 맞추었다. 버들잎처럼 길고 부드러운 눈이, 그 안에 박힌 잿빛 눈동자가 곧 붉게 물들었다. 새빨개진 눈동자에서 붉은 빛무리가 어렸다. 곧 온몸으로 붉은 기운이 번졌고 그 빛이 초사여를 뒤덮은 순간 빛무리가 중앙으로 오그라들었다.

주먹만 한 실타래가 붉은 빛에 휩싸여 꿈틀거리다가 일순 빛이 사라졌다. 그리고 방금 전까지 초사여가 앉아 있던 그 자리에, 전혀 믿을 수 없는 존재가 자리하고 있었다.

그의 붉은 눈은 깜빡임조차 없이 또렷이 빙휘를 바라보고 있었다. 조고만 입에서 빠르게 날름거리는 긴 혀는 평소보다 흥분한 상태임을 보여줬고, 잠시도 가만있지 못하고 꿈틀거리는 하얀 몸뚱이는 불안해 보였다.

"……초아?"

분명 초아였다. 하얗고 가느다란 작은 뱀, 붉은 눈의 초아.

빙휘의 부름에 고개를 한 차례 흔들고 혀를 날름이던 초아가 다시 붉은 빛무리에 휩싸였다.

"이제야 당신의 앞에 제대로 모습을 보입니다."

어느새 다시 긴 백발의 사내로 돌아온 초아, 아니, 초사여에 빙휘는 하얗게 굳은 얼굴로 아무 말도 할 수 없었다. 초사여는 그녀의 반응에 초조한 듯 멋쩍은 듯 입술을 양 끝으로 당기며 미소를 지으려 애쓰고 있었다.

"언젠가…… 당신이 제게 누구냐 물으셨지요. 그때 제가 한 말을 기억하십니까?"

물음에도 답하지 않는 빙휘를 보며 초사여가 스스로 대답을 했다.

"질문에 답을 건넸을 때, 당신이 저를 어떻게 대하실지 두렵다 했습니다. 그리고 지금 그러합니다. 참으로…… 두렵습니다."

두렵다, 말을 꺼내는 목소리가 떨렸다. 겨우 목 너머로 밀어내는 음절이 딱딱하게 목구멍에 걸렸다. 그러나 빙휘는 여전히 아무런 반응도 보이지 않고 있었다. 그 앞에서 초사여는 마치 판결을 기다리는 죄인인 양 얌전히 앉아 그녀를 기다릴 뿐이었다.

그저 작은 뱀이라고, 귀여운 친구라고 여겼던 초아가 사내의 모습으로 변하여 제 앞에 나타나다니. 어찌 뱀이 인간의 형상을 하고, 또 인간이 뱀의 형상으로 변할 수 있단 말인가.

눈으로 보고도 믿기지 않는 일이었다. 들려오는 목소리는 그대로 귀 밖으로 흘러나가 버렸다. 이불보를 쥔 빙휘의 손에 힘이 들어갔다.

"저는 변한 것이 없습니다. 인간의 모습일지라도 여전히 당신과 수년을 함께 지내온 초아일 뿐입니다. 그저 당신을 만나기 전에 이미 오랜 세월을 살았던 것이고, 하여 그 염(念)이 쌓여 영물의 생을 살게 된 것이고, 이렇게 당신을 만나 인간의 모습을 지니게 된 것뿐입니다."

그 오랜 세월의 외로움과 권태를, 바람에게 전해 들은 이야기와 땅이 품고 있던 진리를 설명할 수는 없는 노릇이었다. 평범한 인간인 빙휘에게 영물이란 낯설고도 이질적인 존재일 터. 하여 초사여는 낮은 목소리로 천천히 말을 이어갈 따름이었다.

그 조심스러운 목소리에도 빙휘는 여전히 얼음장 같은 얼굴로 초사여를 바라볼 뿐이었다. 이불보를 꽉 쥐고 있는 손아귀가 안쓰러워 초사여가 슬며시 제 손을 얹는데, 빙휘가 움찔하며 빠르게 손을 피했다.

초사여의 손은 이불 위에 살짝 떨어져 허공에 얹은 채 굳어버렸다.

"그래. 아니, 그렇죠. 너는…… 초사여는 변한 것이 없겠지만. 하지만 지금 나는 이제 초사여를 어찌 불러야 할는지조차 모르겠습니다. 너에게나 내가 십 년을 함께 보낸 친우일 테지. 하지만 내가 함께 십 년을 보낸 이는 백발의 사내가 아니라 하얗고 작은 뱀이라, 내게 초사여는 여전히 낯설 뿐입니다."

놀란 목소리는 급하게 쏟아지는 말마디가 서로 엉키며 되는대로 쏟아내고 있었다. 초사여를 바라보던 빙휘가 겨우 시선을 돌리며 함께 고개마저 돌려 버렸다.

"그러하니 그만 나가. ……나가 줘."

"저는 여전히……."

"그래, 너는 여전히 초아야."

빙휘가 뒤로 물러나며 이불로 몸을 감쌌다.

"하지만 이제 초사여이기도 하니까."

눈을 꼭 감고 말을 던진 빙휘가 그대로 자리에 누워 몸을 돌렸다.

"더는 내 앞에 나타나지 마십시오. 초아로도, 초사여로도."

등 뒤로는 인기척이 느껴지지 않았다. 하지만 아직 서늘한 공기가 여전히 그가 뒤에 앉아 있음을 알려주었다. 그러나 빙휘는 다시 돌아보지 않았다. 새벽이 올 때까지, 눈만 꼭 감은 채 서늘한 공기를 맡으며 잠조차 청하지 않았다.

빙휘는 며칠 동안 기방을 나가지 못했다. 아무런 말도 하지 않고 누워만 있으니 연지는 속이 터질 노릇이었지만 아마 이참 때문이 러니 짐작하고 그녀를 내버려 두었다. 연지야 그런 빙휘를 말없이 얌전히 이해해 줄 성정이었다. 그러나 빙휘의 소식을 전해 들은 적화는 그 길로 당장 청악기방에 찾아와 요란스레 장지문을 밀치며 들이닥쳤다.

"내 말했지, 그치 조심하라구."

"적화 언니."

양손을 활짝 펴고 장지문을 밀어내고 문지방 위에 대자로 서 있는 적화는 짐짓 화난 얼굴이었다. 두서없는 적화의 말이었지만 그녀가 무슨 말을 하는 것인지 알아들은 빙휘가 자리에서 일어나 앉으며 답했다.

"아무 일도 없었으니 괜찮아."

"괜찮아?"

적화가 언성을 높였다. 그녀의 시선이 빙휘의 뺨에 고정되어 있었다. 빙휘의 오른 뺨은 점점이 푸르스름한 기가 돌아 있었다. 이참에게 맞았던 뺨은 눈에 띄게 심하지는 않았지만 실핏줄들이 터진 것인지 자잘한 멍들이 들었다.

"그래, 아주 시퍼렇게 피멍이 들지 않아 참 다행이구나."

비꼬는 적화의 말에 빙휘가 시선을 회피하며 오른 뺨을 매만졌다. 이젠 볼 일 없는 지난 사람의 이야기를 더는 하고 싶지 않았다. 하지만 모두들 자신이 이참 때문에 이러는 것이라 알고 있기에, 초사여에 대해 설명할 수도 없는 노릇이라 그저 놔두고만 있었다.

게다가 빙휘가 이참을 찾아가 그 콧대를 눌러 버린 줄은 모르고 그저 그에게 당했다는 것만 알고 있는 적화는 그의 욕을 끊임없이 해댔다. 비록 서얼이라고는 하나 양반 급의 인사를 농락한 것을 나불거려 괜히 그자의 체면만 깎아봐야 득 될 것도 없다는 생각에 빙휘는 이참을 찾아갔던 일을 말하지 않았다. 그러나 무슨 말이라도 하지 않으면 적화는 날이 저물 때까지 이참 욕만 계속 하고 있을 기세였다.

"이참을 원망하지 않어. 그분 덕에 내 춤이 보다 정결해졌으니까."

"뭐어?"

"춤 수련을 호되게 한 셈 치지, 뭐."

제가 당한 일에 관심 없다는 듯이 말하는 빙휘의 모습에 적화는 기가 찼다.

"저 화상, 저 반푼이."

빙휘도 이참의 일이 마냥 속 편하지만은 않았다. 재예를 보는 그의 기막힌 눈에 감탄하였고, 수련실에서 보낸 날들이 가슴을 들뜨게 했었기에 그 시간들을 잊는 것이 힘들기는 했다. 어쩌면 이참과 참된 정을 나눌 수도 있을지 모른다고, 양반과 기녀가 아닌 지기가 될 수 있을지도 모른다고 생각했던 때도 있었다. 그러나 그것은 이참이 자신을 예인으로 여긴다고 착각했을 때였다. 결국 그도 자신을 한낱 기녀로밖에 여기지 않았다.

한낱 기녀, 기방에 매인 기녀. 기방을 떠나지 못하는 기녀. 어째서인지 그 순간 기방을 떠나자던 초사여의 목소리가 떠올랐다.

"적화 언니, 나랑 내기하자."

"갑자기 내기는 무슨 내기여."

질펀하게 욕지거리를 늘어놓던 적화가 빙휘에 말에 얼굴을 들이밀었다.

"절대로 기방에서 도망치지 않기로."

"도망?"

이 생뚱맞은 내기에 적화가 고개를 갸웃했다. 난데없이 도망이라니, 분명 무슨 일이 있었던 모양인데 도통 말을 하지 않는 빙휘가 답답하기만 했다. 그러나 그것이 저 나름의 방어려니 하며 짧은 한숨을 내쉰 적화가 빙휘의 장단을 맞춰주었다.

"그래, 내기하자. 너 무얼 걸 테야? 내기면 거는 게 있어야지."

"먼저 화류가를 떠날 시에 원하는 것은 무엇이든 해주고 가야 하는 거야."

"그래, 그래, 내 이미 먹은 기방 밥이 몇 년인데, 이 좋은 화류가를 떠날 리가 있겠어?"

"뭐가 좋을까?"

"음, 나는 금장 비녀. 금으로 만든 비녀대에 황옥이랑 비취 장식이 달린 비녀가 갖고 싶어. 예쁠 것 같지 않어? 값도 퍽 나갈 게야."

적화가 기다렸다는 듯이 꽤나 상세하게 비녀에 대해 조잘거렸다. 그 모습이 마치 장난감을 탐하는 아이 같아 귀여워 웃음이 났다.

"너는? 빙휘 너는 무얼 갖고파?"

"나는……."

애초에 딱히 갖고 싶은 것이 있어 거는 내기가 아니었기에 떠오르는 것이 없었다. 자꾸 떠오르는 초사여를 떨쳐 내고자 마침 떠오른 내기였다. 한참 궁리하던 빙휘가 겨우 대충 말을 지었다.

"난 그냥 좋은 금 하나면 족해."

"가야금? 그래, 너답고나. 자자, 약조!"

적화가 새끼손가락을 쑥 내밀었다. 마치 우스갯소리 같은 내기를 약조하며 옅은 미소를 띤 빙휘가 활짝 웃는 적화와 손가락을 걸었다.

05. 단심(斷心)

완연한 봄이었다. 하이얀 목련은 이미 활짝 벌어져서는 벌써 한 두 송이 떨어져 땅을 하얗게 덮고 있었다. 노랗고 붉은 봄꽃들이 울긋불긋 봉오리를 맺고 드문드문 피어났다. 팔랑거리는 나비들의 날갯짓이 꽃잎을 불렀다.

"빙휘야, 꽃놀이를 가지 않겠는가?"

"않겠습니다."

"아니, 아니, 내 잘못 물었어. 질문이 잘못됐어. 자네, 꽃놀이를 가세!"

"싫습니다."

"에잉?"

꽃술에 벌나비가 달라붙듯, 현석염은 끈질기게 빙휘에게 달라붙었다. 꽃놀이 노래를 부르는 것이 벌써 며칠 째였다. 포기할 줄도 모르는 현석염의 꽃놀이 타령에 빙휘는 시종일관 불허였건만 지치지도 않는지 오늘은 아침부터 쫓아다니고 있었다. 그 모습을 지켜보는 연지만 한숨을 푹푹 내쉴 뿐이었다. 저만하면 못 이기는 척 한 번쯤은 그러마 할 만도 하건마는 빙휘는 요지부동이었다.

"어디 멀리 갈 것도 없으이. 저 뒷산에, 아니, 요 앞산엘 갈까?"

"뒷산도 앞산도 쇤네는 생각이 없습니다."

"둘이 가잘까 봐 부담스러 그러나? 내 지기도 부르고, 그래! 연진이도……."

"연진이가 아니라 연지입니다."

"그래, 그래, 연지도 함께 가세. 어떠하냐, 연지야? 너 꽃놀이 가고 싶지 않느냐?"

아직도 현석염은 연지의 이름을 제대로 몰랐다. 제 몸종도 데려가자 하면 솔깃할까 싶어 괜히 불렀다가 타박만 들어 멋쩍음에 뒷머리를 긁적이며 연지에게로 말꼬리를 돌렸다. 갑자기 돌아보며 눈을 맞추는 현석염에 생각 없이 뒤따르던 연지가 화들짝 놀라며 얼굴을 가렸다.

"아, 예에. 그, 조, 좋겠네요."

연지야 춘풍이 슬슬 불어올 때부터 꽃봉오리를 보며 한 번, 피어오르는 꽃망울을 보며 한 번, 꽃놀이 생각에 맘이 들떴지만 빙휘가 영 관심이 없어 보여 아쉬움에 입맛만 다셨었다. 갑작스런 질문에 저도 모르게 그리 내뱉으니 빙휘가 흘끔 돌아보며 고개를 짧게 흔들었지만, 이미 늦었다. 현석염의 얼굴이 단박에 환해지며 마치 든

든한 지원군을 얻은 듯 의기양양해져 가슴을 내미는 것이었다.

"어허, 우리 연지가 꽃놀이가 가고 싶다는데. 자네가 아끼는 연지는 꽃놀이가 참으로 가고 싶다 하는데?"

"……좋겠다만 한 것이지, 가고 싶다 하진 않았습니다."

"내 귀에는 그리 들리지 않던데?"

슬슬 지쳐가나 싶던 목소리가 연지의 말에 힘을 얻어 다시 펄펄 날았다. 빙휘가 눈을 감고 오른쪽 관자놀이를 지그시 눌렀다. 우렁찬 저이의 목소리가 머리에 울렸다.

"어찌 늦는가 했더니, 손이 찾아 그랬구나."

"대감."

누각 위에서 들려온 목소리에 빙휘가 한 번 올려다보고는 머리를 조아렸다. 활짝 열어놓은 창 아래의 머름에 팔을 기대고 고록경 대감이 내려다보고 있었다. 고록경 대감의 모습에 현석염이 꾸벅 고개를 숙였다.

"아침부터 치장한 연유가 고록경 대감께서 부르신 탓이더냐?"

"선약이 있다질 않았습니까."

"그저 날 내쫓으려는 핑계인 줄로만 알았으이."

어쩐지 뒤도 안 보고 종종대는 걸음이 서두르는 모양새긴 했어, 중얼거리던 현석염이 다시 누각 위를 올려다보니 아직 내려다보고 있는 고록경 대감과 눈이 마주쳤다.

"자네도 올라와 담소나 나누련가?"

"아, 아닙니다, 대감. 대감께서 빙휘를 청한 줄도 모르고 실례하였습니다. 저는 이만 가보겠습니다."

빙휘를 쫓아다니느라 몇 번 마주쳐 통성명까지 한 사이였지만, 현석염은 고록경 대감이 어려웠다. 호위장이라고는 하나 그래 봐야 호위무관이었다. 그런 현석염에게 문관들의 수장인 상문관 고록경 대감은 문관이란 것에서부터 머리가 아파오고 마주 서 있으면 오금이 저리는 상대였다. 하얗게 센 수염이 가슴까지 내려온 늙은이건만 그 눈빛은 웬만한 무장들 못지않게 기백이 넘쳐흘렀다. 빙휘에게 흑심이 있어서 그런지 괜히 자신을 꿰뚫어 보는 것 같은 그의 눈빛에 찔려서 마주하기가 영 껄끄러웠다. 황궁에서는 그림자조차 보기 힘든 고위관료건만 청악기방에선 어찌 이리 마주치는지, 누각 위로 얼른 올라가 버리는 빙휘의 뒤에 대고 대충 인사말을 던지고는 급히 돌아서던 현석염은 연지에게 한마디 하는 것을 잊지 않았다.

"네 주인아씨 좀 꼬드겨 보아라. 아무럼 내 말보단 네 말을 더 잘 듣지 않겠느냐? 꽃놀이 좀 가자고, 봄바람 좀 쐬자고. 으잉? 우리 저번 밤에 뒤뜰에서 금도 타던 사이가 아니더냐."

헤실헤실 웃어대며 연지의 옆구리를 쿡 찌르고는 급하게 솟을대문으로 향하는 현석염은, 제 말에 연지의 얼굴이 동백보다 붉게 물든 줄도 모르고 걸음만 재촉했다. '우리'란 현석염의 말에 연지는 양손으로 뺨을 감싸고는 멀어지는 그의 등을 하염없이 바라보았다.

머름에 기대앉은 고록경 대감은 젊은 무관이 허둥지둥 도망치는 모습에 허헛 하며 웃고 있었다. 흘끔 그를 바라보며 차를 따르던 빙휘에게 질문이 날아들었다.

"저리 애타는데, 어찌 한 번 웃어주지도 않는고?"

"주석 한 번 들이지 않고, 매일 저리 치근덕대기만 하는 치여요."

"거참, 기녀 같은 말이로구나."

"쇤네, 기녀 맞습니다."

고록경 대감의 눈을 똑바로 바라보며 찻잔을 건네는 빙휘의 모습에 그가 그저 웃어 보였다. 그에게 차를 건네고는 제 잔을 채운 빙휘가 잔을 쥔 채 가만히 있었다. 찻잔을 쥔 손이 봄볕만큼이나 따스해 왔다.

따사로운 햇살, 살랑이는 봄바람. 동면에서 깨어난 초아가 햇볕에 몸을 쪼이며 피워대는 재롱을 구경하고자 매년 겨울이란 오랜 기다림을 견뎌왔었다. 그러나 지금 빙휘의 곁에는 초아가 없었다. 그런 연유인지 따뜻한 바람이 불어와도 빙휘의 품은 겨울마냥 시렸다. 인간의 모습을 한 초아, 뱀의 모습을 한 초사여를 보고 나서 빙휘는 이제 초아를, 초사여를 어찌 대해야 할지 몰랐다. 모른 척 초아를 마주할 자신도, 초사여와의 대화를 이어갈 자신도 없었다. 그런 혼란한 속내에 불행인지 다행인지, 더는 나타나지 말라는 빙휘의 말을 철석같이 지키어 초아도 초사여도 더 이상 빙휘의 앞에 나타나지 않았다.

"한데, 현 무관에게 너무한 것이 아니냐?"

무슨 생각에 잠겼는지 표정이 어두워지는 빙휘를 보고만 있던 고록경 대감이 말을 걸어 그녀를 깨웠다. 대감의 말에 초사여에 대한 생각에서 빠져나온 빙휘는 살짝 입술을 내밀고 그를 바라보았다.

"그만하면 기골도 장대하니 사내답고, 무관답지 않게 얼굴도 곱상하지 않느냐?"

"제가 작아 그런지, 그 나리 같은 덩치는 너무 커서 싫습니다."

"하핫, 빙휘의 취향이 아닌 모양이구나."

"대감."

취향이란 말에 빙휘의 얼굴에 옅게 홍조가 올랐다. 그 모습에 고록경 대감이 더 놀려댔다.

"빙휘의 취향이나 한 번 들어보자. 어디, 현 무관처럼 크고 건장한 사내는 싫다 하니. 그럼 적화와 같은 취향이려나? 꽃도령이라던가, 여리하고 선이 가는 사내들 말이다."

"적화 언니에게 몹쓸 말을 배우셨습니다."

꽃도령이라니. 아니, 게다가 적화 언니는 말로만 꽃도령거리지 실은 우락부락한 사내를 좋아합니다, 라는 말이 목구멍까지 나왔다가 그 말을 하였다가는 또 무슨 놀림을 들을까 싶어 애써 삼키고는 괜히 차만 들이키는 빙휘였다.

고록경 대감은 그런 빙휘의 모습에 너털웃음을 흘렸다. 저런 모습이 좋았다. 세상의 짐을 모두 짊어진 듯 웃지도 않고 냉랭한 표정으로 학 같은 얼굴을 하는 것보다, 저리 당황도 하고 홍조도 띠고 저 나이의 여인들처럼 구는 모습이 좋았다. 그러나 빙휘는 쉽게 그런 모습을 내비치지 않았다.

"어찌, 사내가 싫으냐?"

"모르겠습니다. 아직은 사내가 눈에 들어오지 않습니다. 그저 이리, 대감과 담소를 나누는 것이 좋습니다."

순간 떠오르는 하얀 얼굴이 있었으나 빙휘는 말을 아꼈다. 대충 얼버무리며 대답을 회피하는 빙휘는 대놓고 불편한 티를 냈다. 일전에 대감이 아끼는 제자들이라며 젊은 관리들을 불러다가 주석을 열어놓고 뒤로는 빙휘에게 마음에 차는 이가 있냐며 물었던 적이 있었기에 혹여나 또 그런 일을 벌일까 싶어 화제를 끊고자 함이었다. 대감이 저를 아끼는 마음은 알고 있고 그것이 고마웠지만, 이리 나서는 모습은 부담스러웠다.

"너무 늙은이랑만 놀지 말거라. 꽃다운 빙휘 빨리 늙을라."

빙휘의 심기를 읽은 고록경 대감이 가볍게 걱정 어린 잔소리를 놓으며 말을 맺었다. 하지만 빙휘는 그 말마저 못 들은 체하고 대감의 빈 잔만 채웠다. 열어둔 창으로 봄바람이 살랑거렸다. 어서 이 봄이 지나길, 빙휘는 꽃도 나비도 보지 않으려 눈을 감았다. 살랑대는 봄바람에 제 마음도 따라 살랑거릴까 두려운 탓이었다.

그러나 아무리 봄바람을 피하려 해도 다른 이의 마음에 불어드는 봄바람까지 막을 수는 없었다.

"봄이라 꽃들이 많이 폈드라."

치장을 해주며 연지가 지나가듯 말을 꺼냈다. 빙휘는 경대에 비친 연지의 얼굴을 바라보았다. 머리꽂이며 비녀를 이리저리 들어보고 끼워보며 가체 장식을 하는 듯 보였지만, 발갛게 홍조가 오른 얼굴로 똑같은 장신구만 여기저기에 대보고 있는 연지의 마음은 이미 꽃밭에 가 있었다.

"석염 나리 참 이상타. 전두를 내고 부르면 될 일을, 뭐 이리 청을 하며 조른다니?"

"그러게. 내가 기녀인줄 모르나 봐."

빙휘가 대꾸를 하니 연지는 아예 장신구를 내려놓고 빙휘의 옆에 앉아 눈을 맞추며 조잘대기 시작했다.

"그치, 너두 그리 생각하지? 게다가 석염 나리, 전번에 이참 말리겠다며 뒤채로 찾아가기까지 했잖어. 어차피 기녀야 상대가 싫든 좋든 전두만 주면 하란 대로 해야 하는데, 뭘 그리 열을 내며 쫓아가던지."

"그게 무슨 소리야?"

"너, 석염 나리가 빼내온 거 아녔어?"

연지가 옆에 앉아도 계속 경대만 보고 있던 빙휘가 연지를 마주봤다. 그날 밤, 뒤채 앞에서 현석염과 마주쳐, 그도 다른 양반들처럼 해우채를 주고 기녀를 취하러 온 줄로만 알았었다. 한데 저를 찾아온 것이었다니? 놀라 묻는데 영락없이 현석염이 훼방을 놓아 쫓겨난 줄로만 알았던 연지가 더욱 놀라 눈이 뎅그래져서 되물었다.

"그 나리가 왜 날 빼내려 해?"

"그러게 말야. 나두 모르겠다. 치, 내가 말리니까 나보고 기방 식구에 불과했구나, 라던가. 그럼 내가 기방 식구지, 무슨 식구겠어."

"이상한 사내야."

"응응, 이상해. 덥석덥석 잡아대지 않나, 우리라고 말하질 않나, 옆구리를 찌르질 않나."

서로 다른 얘기를 하면서도 고개를 끄덕거리는 연지였다. 기방 생활이 당연한 연지였기에 수청을 들지 않는 빙휘도, 기방 식구 운운하며 이참을 말리고 애원하며 매달리는 현석염도 쉬이 이해가 가지 않았다. 그러면서도 그를 떠올리기만 하면 입가에 미소가 번지며 볼이 달아올랐다.

빙휘는 빙휘 나름대로, 현석염이 기녀를 대하듯 저를 대하지 않으니 거슬렸다. 차라리 다른 양반들처럼 전두를 내밀었으면 이리 신경 쓰일 일도 없건만, 전두를 제하고 사사로이 만나려 드니 더욱 부담스러운 것이었다. 그런 자들을 조심해야 한다고 마음속 어딘가에서 빙휘를 말렸다.

"한데, 진정 꽃놀이 가지 않을 참이야?"

현석염 얘기를 늘어놓던 연지가 빙휘의 팔을 잡아당기며 물었다.

"봄이니까 꽃구경도 하구, 다른 양반들이랑 놀러 가느니 석염 나리랑 가는 게 더 재밌지 않겠어? 그분 말하는 것두 재밌구, 훤칠하니 잘난 사내라 보는 재미두 있구."

"꽃놀이가 가고 싶은 거야, 현석염 나리와 있고 싶은 거야?"

대놓고 물으며 현석염을 걸고넘어지는 연지의 모습에 빙휘는 문득 연지가 유독 현석염만 '석염 나리'라 부르며 자주 입에 올리는 것을 깨달았다. 빙휘의 물음에 단번에 붉어지는 연지의 얼굴에서 빙휘는 확신을 했다.

"너, 그치가 좋아?"

연지가 입을 딱 벌리고는 눈만 깜빡거리며 아무 말도 하지 못하였다. 긴 침묵에 잘못 짚었나 싶어 고개를 돌리려는데 연지가 벌떡 일어났다.

"무, 무, 무, 무슨, 무슨 소리야! 내가? 그분을? 내가 어찌 그분을. 아, 아씨, 허튼소리 마시구 기방 나갈 채비나 하셔요!"

당황하여 큰 소리를 내면서 허둥지둥 연지가 방을 나가 버리자 빙휘는 한참 닫힌 장지문을 멀뚱멀뚱 바라보았다. 말을 더듬으며 버럭 지른 연지의 목소리가 귀에 떠다녔다. 갑작스러웠던 그녀의 행동에 멀뚱거리던 빙휘의 입에서 피식 웃음이 새어 나왔다.

실로 봄이었다. 제 생각에만 빠져 있느라 잊고 있었는데 연지도 빙휘 또래의 여인이었다. 항상 빙휘의 뒤를 쫓아다니며 뒤치다꺼리에 바쁜 연지였지만, 연지 또한 여인이었다. 돌이켜보니 연지의 그 붉은 뺨을 진작 알아보지 못한 것이 우스웠다. 그녀는 현석염의 얘기를 할 때나 그가 앞에 있을 때면 항상 뺨이 붉었다. 그리고 유난히 그의 얘기에 아이처럼 까르륵거리며 웃곤 했다.

연지가 그리 원하는데 꽃놀이나 가볼까, 하던 빙휘의 입가에 올랐던 미소가 금세 사라졌다. 현석염은 고록경 대감까지 알 정도로 유난히 애정 공세가 심한 양반이었다. 그리 티 나게 사적으로 자신을 쫓아다니는 사내였다. 그런 사내를 연지가 좋아한다, 그게 또 걸렸다. 연지는 제 앞에서도 수줍게 그를 거론하고, 그가 저를 쫓아다니는 걸 기분 나빠한 적이 없지 않던가. 좋아한다는 짐작이 억측인 걸까, 아니면 다른 이를 좋아한다 해도 상관없을 정도로 깊게 좋아한다는 걸까. 그도 아니면 그런 건 신경 쓰지 않을 정도로 가벼울 뿐인 걸까.

"내가 지나치게 진지하게 생각하는 걸까?"

지금까지 보아온 대로, 사람의 마음이란 그저 이 정도로 가벼울 뿐인 건가. 그런 생각이 스치며 빙휘의 눈가가 어두워졌다. 머리가 다시 지끈거리며 아파왔다. 빙휘가 가만 서안에 팔꿈치를 기대고 관자놀이를 꾹꾹 눌렀다.

"이보, 현이. 현이!"

무관이라 그런지 본디 성격이 그런지, 현석염은 양반의 위엄은 어딘가에 버려두고 크게 소리를 지르며 뛰어다니고 있었다. 현석염의 목소리를 알아들은 노비가 급하게 중문을 열기가 무섭게 그가 문을 넘었다.

"현이!"

솟을대문에서부터 외쳐대는 목소리가 집 안을 울렸다. 진즉부터 그 소리를 듣고 있었음에도 현석염이 애타게 찾는 '현이'란 자는 이제야 여유롭게 자리에서 일어나서 느릿한 걸음으로 방에서 나와 대청에 서는 것이었다. 현석염은 퇴청하고 집에 도착하여 서찰을 보자마자 뛰어온 탓에 호위장 차림으로 손에 복면을 쥐고 있었다.

"이게 뭔 줄 알겠나?"

환한 얼굴로 그가 내미는 것은 종이 한 장이었다. 몇 자 적혀 있지도 않은 서찰에 이 호들갑이라니, 대체 무슨 내용이기에 그런가 하여 서찰을 받아 들어 읽으니 피식 웃음만 나왔다.

"자네, 겨우 이 말에 그리 급하게 찾아온 겐가?"

"아니, 겨우라니! 무슨 그런 섭한 말씀을. 드디어 우리 빙휘가 꽃놀이를 가자고 직접, 자필로! 연통을 보내왔으이."

함박웃음을 지으며 어깨춤을 들썩이는 현석염은 아무리 봐도 어린애 같았다. 누가 저이를 나라에서 손꼽히는 무관이라 믿으리오. 그런 현석염의 모습에 지기는 못 말린다는 듯이 웃으며 고개를 저었다.

"빙휘란 기녀가 그리 좋은가?"

"좋다마다. 내 그리 고운 여인은 처음 봤으이. 곱다 뿐인가? 춤도 악도 청악에서 제일이라네."

"그런가?"

현석염이 워낙 호들갑스런 성격이라 그의 이런 모습을 자주 봐온 지기는 그저 소리 없이 웃었다. 현석염과는 다르게 누가 봐도 점잖은 선비인 그는 아직 수염도 나지 않은 턱을 마치 수염을 쓰다듬는 듯 매만졌다.

"한데 그리 좋은 소식을 들고 어찌 나를 찾은 건가?"

"내 정신도 참."

현석염이 호탕하게 웃으며 툇마루에 걸터앉았다.

"자네, 꽃놀이에 함께 가지 않겠나? 빙휘의 몸종도 데려오라 했으이. 나는 내 지기를 데려간다 하였고."

"나를 부르겠다고?"

"자네가 기방을 질색하는 건 안다만, 기방이 아니라 꽃놀이를 가는 걸세. 이참에 빙휘도 보고 말이야. 함께 가세나."

현석염이 지기의 옷자락을 잡아당겼다. 그에 지기가 따라 웃으며 그의 옆에 앉았다.

"자네가 이리 청하니 거절하기가 어렵군."

꽃놀이치고는 꽤 늦은 셈이었다. 목련은 이미 다 떨어져 나무 아래마다 누렇게 변한 흰 꽃잎들이 뒹굴고 있었다. 개나리도 가지마다 반쯤은 푸릇한 잎사귀가 돋아 있었다. 약속한 계곡에 먼저 도착한 빙휘와 연지는 계곡물이 내려다보이는 큰 바위 위에 올랐다.

빙휘는 연지가 깔아놓은 커다란 면포 위에 앉아 작은 계곡물 위로 떠다니는 벚꽃 잎을 세고 있었다. 사람의 손을 타지 않아, 드문드문 벚나무가 어지럽게 다른 나무들과 섞여 있었다. 돌 사이로 이름 모를 들꽃도 활짝 피어 자태를 뽐내고 있었다.

"사람들이 이런 꽃들까지 이름을 알지는 못하겠지."

한 줄기 올라와 자글자글 피어 있는 들꽃의 보드라운 꽃잎을 어루만지며 빙휘가 중얼거렸다. 빙휘는 꽃을 잘 알지 못했다. 춤과 금이 아니면 관심이 없어서 그저 봄꽃인가 보다, 생각하는 정도였다.

"찔레꽃이 예뻐? 저쪽에 잔뜩 피었던데, 화환 만들어줄까?"

"찔레꽃?"

면포 귀퉁이에 돌을 올려놓고 옆에 앉던 연지가 꽃을 매만지는 빙휘를 보며 말했다. 망설임 없이 찔레꽃이라 이름하는 연지에 빙휘가 그녀를 돌아보았다. 이런 작은 들꽃의 이름을 알고 있는 이가 있을 줄 몰랐다. 외로운 작은 꽃이라 생각했는데 이름을 불러주는 이가 있고 같은 무리가 있었다. 이 작은 꽃이 저보다 낫다는 생각과 함께 한 줄기 외로움이 스쳤다.

"빙휘야!"

크게 외치며 달려오는 현석염의 뒤로 넓은 갓을 쓰고 접선으로 얼굴을 가린 양반이 보였다. 상투관을 드러낸 채 목에 갓끈을 겨우 매달고 헐레벌떡 뛰어오는 현석염과는 대조적인 모습이었다. 계곡 길을 오르고 있음에도 마치 평지를 걷는 듯 여유롭게 현석염의 뒤를 따르는 이는 천생 선비의 모습이었다.

원한다면 연지를 데려오라고 하며 저도 제 지기를 데려오겠다던 현석염이었다. 그의 성격이 워낙 호탕한데다 뛰어난 무관이라기에 그가 데려오겠다던 지기 역시 무관이려니 했는데 딱 봐도 샌님인 자와 함께 오는 모습이 의외였다. 큰 바위를 뛰어오른 현석염이 그제야 뒤를 돌아보며 지기를 챙겼다. 바위 위에서 오르라며 손을 내미는 현석염에 머뭇거리며 고개를 저어 보인 지기는 바위를 돌아 작은 돌들을 몇 개 밟아 올라왔다. 빙휘와 연지가 바위 위로 올라왔던 길이었다.

"자네는 참 고상해."

그런 지기의 모습에 하핫 웃으며 현석염이 빙휘에게 다가왔다. 연지가 현석염이 빙휘의 옆에 앉도록 얼른 자리를 비켰다.

"먼저 서신을 보낼 줄을 몰랐으이."

"나리께서 부단히도 청하지 않으셨습니까."

"그래도 그런 마음이 참 예쁘지 아니한가. 현이, 자네 어서 와보게. 이 어여쁜 여인이 내가 그리 찬하던 빙휘라네."

싱글거리던 현석염이 지기에게 손짓을 했다. 빙휘가 자리에서 일어나 앞섶에 살포시 손을 올리고 가만 고개를 숙였다. 오른손으로 치맛자락을 가볍게 잡고 무릎을 살짝 굽히며 인사를 하는 모습이 단아했다. 꽃놀이라도 산행이라 가체를 가볍게 올리고 머리꽂이도 간소하게 꽂아 기녀답지 않은 모습이었다. 꾸미지 않은 모습에 몸종까지 데리고 있으니 기녀란 말을 하지 않으면 양가집 여인으로 보일 것 같았다.

"처음 뵙겠습니다. 청악기방의 빙휘, 인사 올립니다."

빙휘가 인사를 올리는데 지기란 자는 여전히 접선으로 얼굴을 가린 채 우두커니 서 있었다. 이렇다 하는 말도, 제 소개도 없이 서 있기만 하는 지기의 모습에 현석염이 당황하며 그에게 다가갔다.

"자네, 빙휘의 미색에 반하여 말문이라도 막힌 겐가? 어헛, 참. 그러면 곤란하이."

현석염이 농을 던지며 웃었지만 그는 여전히 묵묵부답, 상대가 양반이었다면 결례라며 방방 뛰었을 정도로 빤히 빙휘를 바라보기만 하는 것이었다. 그의 그런 모습에 빙휘는 또 제가 천한 기녀라 꺼리는 양반네인가 싶어 기분이 나빠져 저도 모르게 아미가 꿈틀거렸다. 펼쳐 든 접선에 얼굴이 거의 전부 가려, 드러난 부분이라고는 두 눈뿐이었다. 그나마도 넓은 갓에 그림자가 져 잘 보이지 않았다.

대체 얼마나 위세가 높은 양반이기에 그런가 싶어 빙휘가 따라 마주 보았다. 양반의 두 눈을 똑바로 바라보는 행동은 자칫 경을 칠 수 있었으나, 그녀는 개의치 않았다. 그런데 제대로 보이지도 않는 그의 눈을 바라보는 순간 빙휘의 가슴이 쿵 내려앉았다. 심장이 떨어진 것일까, 가슴 가운데에 무언가 무거운 것이 얹힌 느낌에 숨마저 막혔다. 그러면서 동시에 심장이 터질 듯 빠르게 뛰었다. 쿵덕대는 심장 소리가 귀에까지 울렸다.

"설아."

그의 접선이 천천히 내려갔다. 글만 읽는 서생답게 햇빛을 못 봐 하얀 얼굴은 선이 굵어지긴 했지만 낯익은 이의 것이었다.

"오랜만이야, 설아. 아니, 기명이 빙휘랬지."

그가 웃었다. 그의 웃음은 그 옛날처럼 다정했다. 부드럽게 휜 입매는 웃을 때면 입술이 거의 보이지 않을 정도로 얇아지는 것까지 옛날과 같았다. 유난히 위로 올라가 깊게 박히는 입꼬리까지 옛날과 같은 모습이었다.

"설마…… 김일현 도령?"

연지가 엉거주춤 일어서며 놀란 눈으로 그의 이름을 불렀다.

"현이와 아는 사이……?"

현석염이 빙휘와 김일현을 번갈아 보며 말꼬리를 흐렸다. 빙휘의 얼굴은 핏기마저 사라져 하얗게 질려서 굳어 있었다. 치마를 쥔 손에 힘이 들어가 치맛자락이 엉망으로 구겨졌다. 그와는 대조적으로 김일현은 평소보다도 더욱 환하게 웃고 있었다. 본디 입가에 미소를 걸치고 있는 이였지만 이리 환하게 웃는 모습은 처음 보는 것 같았다.

사실 바위 위에 앉아 있는 모습을 봤을 때, 그는 빙휘를 알아보지 못했다. 눈에 익은 옆선인가 싶으며 어딘가 누구와 닮았다는 생각이 드는 정도였다. 그런데 일어나 인사를 하며 얼굴을 바로 보니 세월이 흐른 만큼 변하기는 하였지만 어릴 적 모습이 많이 남아 있었다. 유난히 맑고 고왔던 목소리가 착 가라앉아 낮고 덤덤하게 변한 탓에 그저 닮은 이인가, 다른 이인가 하는 생각이 잠깐 들기도 했다.

그런데 저의 눈을 바라보며 순간 움찔하는 모습에 그녀로구나, 확신이 들었다.

"빙휘. 얼음 빙에 아름다울 휘라 하여 아름다운 얼음인 걸까, 얼음의 아름다움이란 걸까. 기생치고는 퍽 차가워 뵈는 이름이다만, 뭔가 특이하니 그녀의 매력을 드러내는 것 같아."

언젠가부터 지기인 현석염이 빙휘란 기녀의 이야기를 입에 달고 살았다. 기녀답지 않은 기녀를 보았다며 흥미로워하던 후로 점점 언급이 늘더니 이제 빙휘 얘기가 아니면 다른 말은 할 이야기가 없는지, 앉아서 일어날 때까지 '빙휘, 빙휘.' 거리곤 했다.

얼음이란 이름에 문득 눈이란 이름을 갖고 있던 아이가 떠올랐었다. 매일 '얼음'의 얘기를 들으니 '눈'의 생각도 많이 하게 되었다.

"그 아이도 동기였는데."

저와 또래였으니 지금쯤 화초를 올리고 기녀가 되었으려니 싶었다. 혹시 '눈'이 커서 '얼음'이 된 것은 아닐까도 싶었지만, 현석염이 전하는 빙휘의 이야기는 김일현이 기억하는 '눈'과 너무나 달랐다. 웃는 얼굴을 한 번도 본 적 없을 정도로 차갑고 도도한 기녀라고 했다. 그러나 김일현이 아는 '눈'은 작은 일에도 까르르거리며 웃을 정도로 웃음이 많은 아이였다. 잔정도 많고 마음도 여린 아이였기에 현석염이 말하는 이와는 거리가 멀었다.

그래서 다른 여인이라 생각했었다. 다른 여인일 것이라 생각했었다. 그런데 그 '얼음'이 '눈'이었다. 그 보드랍고 여린 눈이 자라며 얼어붙어 얼음으로 굳은 것이었다.

현석염의 채근에 함께 간 계곡에서 빙휘를 마주하니 몸이 멈칫하여 찬찬히 그녀를 살펴보느라 그녀의 인사에 바로 화답하지 못했다. 그리고 저도 모르게 그녀의 이름을 내뱉었다.

그 옛날처럼.

"설아."

놀란 속내를 감추며 부러 더욱 진한 미소를 머금는 그였다.

김일현은 저를 바라보며 환하게 웃고 있었다. 예상치 못한 순간에 너무 갑작스럽게 맞닥뜨린 탓에 순간의 당혹을 숨길 수가 없었다. 그를 잊었다고 생각하고 있었는데 그를 마주하니 동요하고 마는 마음은 어쩔 수가 없었다. 사실 그를 잊었다고 읊조릴 때마다 그를 생각하는 꼴이었다. 그는 양반이었고 자신은 기녀였기에 언젠가 마주칠지도 모른다는 불안감이 있었고, 예상보다 만남이 늦었다 싶기도 하고 빠르다 싶기도 했다. 사실 빙휘는 그런 날이 너무나 두려웠다. 하지만 떠올리고 두려워하고 겁내던 날들을 생각하니 헛웃음만 나는 것이었다.

언젠가는 만나겠지 하며 다시 만날 날을 상상해 보기도 했다. 어쩌면 얼굴을 보자마자 눈물을 쏟아낼지도 모른다고 생각했다. 그러나 정작 그를 마주하자 마음의 준비조차 할 수 없게 너무 갑작스러운 탓인지 상상보다 심장이 거세게 요동쳤다. 터질 듯 뛰어오르며 귀까지 두근거리는 박동이 힘겨워서 아직 저이를 잊지 못한 것인가 하는 낭패감마저 들었다. 하나 그를 계속 바라보면 바라볼수록 심장은 진정되는 듯했고, 그의 웃음을 받아줄 정도로 여유가 생겼다.

생각보다 아무렇지 않았다.

"오랜만에 뵙습니다."

하얗게 질렸던 얼굴이 다시 생기를 찾았다. 빙휘의 무심한 눈이 김일현을 스치고 현석염에 닿았다. 의아해하는 그를 향해 가볍게 설명하는 목소리에 떨림이라고는 찾아볼 수 없었다.

"동기 시절에 친분을 쌓았던 분이십니다."

"아아, 현이가 어린 도령 때 기방을 좀 기웃거렸었지."

현석염이 가볍게 납득하고 자리에 앉았다. 오히려 김일현이 어색한 미소로 주춤거렸다.

"저어, 금이라도 한 곡조 들으시겠어요?"

이러지도 저러지도 못하며 빙휘와 김일현의 눈치를 살피던 연지가 옆에 눕혀놓았던 가야금 주머니를 열며 말을 돌렸다. 현석염이 반기며 재청하니 빙휘가 연지에게서 금을 받아 무릎 위에 올려놓았다. 잠시 음을 고르던 빙휘가 곧 연주를 시작했다.

봄꽃이 흐드러진 맑은 계곡에 빙휘의 가야금 소리가 울려 퍼졌다. 살짝 고개를 숙인 채 금줄에 시선을 고정하고 그 위를 노니는 빙휘의 손가락이 바빴다. 현석염은 두 눈을 지그시 감고 빙휘의 음에 취해 몸을 흔들거리기까지 했다. 그러나 김일현은 금 연주는 귀에 들어오지도 않는 듯 뚫어져라 빙휘의 얼굴만 살폈다. 그의 시선이 느껴진 빙휘는 더욱 금만 바라보며 연주를 했다. 그런 두 사람 사이의 묘한 긴장감을 느낀 연지가 더욱 어쩔 줄을 모르며 두 사람의 기색만 살폈다.

김일현은 대놓고 빙휘만 보고 있었고, 빙휘는 또 그런 김일현을 대놓고 무시하고 있었다. 더 이상 꽃은 눈에 들어오지 않았다. 아무것도 모르는 현석염만 봄을 만끽하며 여유를 즐기는데, 그 모습에 연지가 답답하여 쿡쿡 찔러보아도 그는 왜 그러느냐며 따라서 찔러대며 장난을 걸 뿐이었다. 눈치 없는 그에 연지는 한숨을 쉬었다.

"이만 내려갈까요?"

"에잉, 벌써? 오랜만에 자연을 벗 삼아 이리 맘 편히 쉬니 참으로 좋으이. 급한 일도 없는데 좀 더 있다 가세."

연지만 홀로 좌불안석인지라, 자리를 파할까 하는 말에 현석염은 아예 드러눕는 것이었다. 거기에 빙휘까지 일어날 생각이 없어 보여, 혹 자신이 너무 예민하게 받아들였나 싶었다.

"그래, 연지야. 춘흥이 진진하니 좀 더 즐기다 가자."

그 말은 하지 않는 편이 좋을 뻔했다. 고양된 어조에 과장된 말투, 살얼음 같던 여유는 금시에 깨져 버리고 말았다. 연지는 빙휘가 무리하고 있는 것을 알아차렸다. 더는 못 보겠다 싶어 억지로라도 끌고 내려가야겠다는 생각에 일어나려는데, 가만 앉아 있던 김일현이 침을 꿀꺽 삼키고는 무언가 결심한 듯 굳은 눈빛으로 접선을 소리 나게 펼치며 시선을 끌었다.

"꽃은 흐드러지는데 어찌 나비는 보이지 않는 듯하네."

그의 말에 현석염이 순진하게도 저쪽에 나비가 많으이, 하고 말을 던졌다.

'나비라……'

빙휘의 입꼬리가 꿈틀거렸다. 얼핏 비소가 비치는가 싶던 입이 부드럽게 열렸다. 김일현을 마주하는 빙휘의 눈빛이 쏘아보듯 매서웠다.

"꽃향기가 흡족치 않아 날갯짓할 흥취가 나지 않는가 보옵지요."

"내 가락이라도 더해주면 흥취가 돋으려나?"

"나리의 가락에 춘심이 흥할까 모르겠습니다."

"들어보지도 않고 섣불리 판단하지 말게."

"들어봐야 아는 것도 있지만, 듣지 않아도 아는 것이 있습니다."

주고받는 말이 빨랐다. 얽힌 시선은 풀릴 줄을 몰랐다. 김일현이 씨익 웃으며 연지에게 손을 내미니, 못마땅한 눈초리로 그를 살피던 연지가 빙휘의 금을 건넸다. 김일현은 여전히 빙휘에게 시선을 고정한 채로 익숙한 손놀림으로 금을 탔다.

졸졸거리는 계곡물 흐르는 소리를 덮고 김일현의 가야금 소리가 울렸다. 처음에는 그의 금 연주를 즐기던 현석염은 서로를 뚫어지게 바라보는 김일현과 빙휘의 모습에 그제야 무언가를 눈치채고 슬쩍 뒤로 물러섰다. 연지를 툭 건들며 두 사람을 고갯짓하며 말없이 묻는 현석염에 연지는 그저 한숨을 쉬며 어깨를 한 번 들썩이고 는 고개를 저었다.

김일현의 연주가 끝날 때까지 빙휘는 꼼짝하지 않았다. 거의 노려보다시피 서로를 응시하던 두 사람은 연주가 끝나고 김일현이 입술을 깨물며 눈을 내리까는 것으로 시선을 풀었다.

"좋은 연주였으나, 역시 감동하기엔 미흡하군요."

유난히 서슬 퍼런 목소리였다. 저를 망신 주는 말에도 김일현은 빙긋 미소만 지었다. 그에 빙휘가 벌떡 일어나 연지를 채근했다. 연지가 급하게 금을 챙기는데 빙휘는 먼저 바위를 내려가서는 걸음을 서둘렀다. 현석염이 당황하며 빙휘를 부르려는 찰나, 김일현이 바위에서 뛰어내려 빙휘의 손목을 잡아챘다.

"설아."

"제 기명은 빙휘입니다."

빙휘가 돌아보지도 않고 냉담하게 대답하며 김일현의 손을 뿌리쳤다. 그러나 김일현은 다시 손목을 잡으며 빙휘를 놓아주지 않았다. 얼마간의 의미 없는 반복 뒤에 사내의 힘을 어쩔 수 없어 빙휘가 포기하고 손목을 내주었다. 여전히 그녀의 손목을 꽉 잡은 채로 김일현이 뒤를 돌아보며 현석염을 향해 말했다.

"미안하네. 오랜만에 만나 단둘이 회포를 풀어야 할 듯해. 먼저 가보겠네. 좀 더 있다 오게나."

웃으며 남긴 말은 청을 가장한 명이었다. 샌님 같은 인상과는 다르게 억센 손으로 잡아끄는 김일현을 빙휘가 어쩔 수 없이 따라갔다. 연지가 둘을 따라가려 자리에서 일어나는데 현석염이 그 손을 잡아당겼다.

"연지야, 너는 나랑 꽃구경이나 하자."

드러누우며 연지를 붙잡은 현석염의 말투는 능글거렸지만 그의 얼굴에는 여유가 없었다. 아무리 눈치가 없어도 이 정도쯤 되면 김일현과 빙휘 사이에 무언가가 있다는 것을 짐작할 만했다. 어쩐지 마음 한구석이 싸해지니, 연지를 붙잡은 손에 힘이 들어갔다.

얼마간 계곡 길을 따라 내려오던 김일현이 길을 벗어나 숲으로 들어갔다. 몇 그루의 나무에 몸이 가려질 만큼 들어오고 나서 그가 나무 하나에 빙휘를 밀어붙였다. 잡아끌던 기세는 어디로 사라졌는지 빙휘를 눈앞에 두고는 거친 숨만 몰아쉬던 김일현의 손이 빠르게 빙휘의 목 뒤로 들어왔다.

눈을 감은 그의 얼굴이 갑자기 다가오자 빙휘가 반사적으로 고개를 돌렸다. 김일현은 주저하지 않고 다시 빙휘의 입술을 찾았다. 쉼 없이 밀려드는 그의 입술을 피해 이리저리 고개를 돌리던 빙휘의 턱을 억센 손이 부여잡았다. 나무와 김일현의 품 사이에 꼼짝없이 갇혀 버린 빙휘의 입술을 뜨거운 것이 덮쳤다. 달아오른 그의 입술이 빙휘의 입술 위로 포개지는 순간이었다.

"악!"

외마디 비명과 함께 김일현이 빙휘에게서 빠르게 떨어져 나갔다. 입을 감싼 그의 손 사이로 붉은 것이 비쳤다.

"제가 천한 기녀라, 쉬워 보이십니까?"

빙휘의 입술에도 붉은 것이 묻어 있었다. 김일현의 입술이 물어

뜯겨 피가 흘러내렸다. 빙휘는 가만 나무에 기대선 채 그를 노려보고 있었다.

"나는 다시 너를 만나게 되어 기쁘고 반가운데, 너는 그렇지 않은 모양이로구나."

물기 어린 목소리였다. 입술이 뜯겨 그런지 다른 이유 때문인지 알 수는 없었으나, 그의 눈이 젖어들었다. 얼마나 세게 물어뜯었나, 그의 입술에서 흐른 피가 턱 아래로 뚝뚝 떨어져 도포에 붉은 점을 찍어냈다.

"반가우십니까? 저 또한 그러리라 생각하셨습니까?"

바르르 떨리던 빙휘의 입술에서 기가 찬 웃음이, 헛 하는 숨소리와 함께 터져 나왔다.

"나리께선 제가 참으로 쉬우신가 봅니다."

"그게 무슨 말이냐? 아니다, 난 항상 너가 어려웠어. 혹여나 맘에 들지 않아 할까, 혹여나 성에 차지 않아 할까. 언제나 노심초사 너의 기색을 살폈단다."

울컥하며 그가 애달픈 목소리로 외쳤다. 한 발짝 빙휘에게 다가서던 김일현은 그녀가 움찔하며 나무에 몸을 붙이자 어깨를 축 늘어뜨리며 걸음을 멈추었다. 빙휘의 눈이 다시 그를 쏘아보았다.

"허면 그땐 왜 그러셨나이까?"

그때.

언제라 설명할 필요도 없었다. 그 말이 언제를 가리키는지는 둘 다 너무나 잘 알고 있었다. 그의 눈이 커졌다. 한동안 말이 없는 그의 모습에 빙휘는 속이 서늘해지는 것을 느꼈다. 쉽게 변명하지 못하는 그의 모습에 더욱 실망이 밀려드는 것일까, 어떤 달콤한 말을 속삭일까 궁리하는 분주한 머릿속이 보이는 것 같았다.

"너무 어렸다."

떠듬거리며 내뱉는 목소리가 떨렸다. 김일현의 두 눈에 가득 고여 있던 눈물이 결국 흘러넘쳐 뺨 위로 떨어져 내렸다.

"나는 그때 너무 어렸어. 너마저 잃을까 두려웠단다, 다시 또 누군가가 너를 해하려 들까 겁이 났어. 그래서 너를 외면했다. 너를 모른 척하고 등을 돌렸어. 너무나 어리석은, 너무나 멍청한 짓이었어……."

이어지는 말은 속사포였다. 빠르게 말을 내뱉으며 흔들리는 눈빛이 애처로웠다. 떨리는 손을 들어 빙휘의 뺨을 감싸려는 듯 움찔거리던 손가락은 그녀의 차디찬 눈빛에 차마 다가가지 못하고 허공에 멈추었다.

"나는 그때…… 너무 어렸다……."

떨리는 목소리로 작게 읊조리며 김일현이 무너져 내렸다. 봄기운에 푸릇하게 돋아난 풀 위에 쓰러지듯 주저앉은 그가 빙휘를 올려다보았다. 빙휘는 가만 그를 내려다볼 뿐 이렇다 할 말이 없었다. 그렇게 한참을 바라만 보다가, 그녀의 마른 입술이 열렸다.

"쇤네 또한 어렸습니다."

김일현과는 대조적으로 너무나도 차분한 목소리였다.

"외면하며 잔인한 말을 내뱉는 등을 마주해야만 했을 때, 쇤네 또한 나리만큼이나 어렸습니다. 나리는 모른 척 도망치셨지만 저는 도망칠 수조차 없었습니다."

두려움에 도망쳤다는 김일현의 말을 쉬이 받아들일 수 없었다. 아니, 그렇다고 쳐도, 그의 말이 사실이라 해도, 그에게서 받은 절망은 지울 수 없었다. 게다가 모른 척 도망칠 수 있었던 그와는 달리, 빙휘에게는 받아들이고 마주하는 것 외에 다른 선택지가 없었다. 김일현이 받아들이지 않은 만큼 더욱 가중된 고통을 마주해야만 했다.

다 지나고 이제 와서 눈물을 흘리며 변명하는 그의 모습에 어이가 없었다. 차라리 그가 별일 아니라는 듯 무얼 그리 신경 쓰냐며 무심하게 굴었다면 역시 그런 사람이구나, 비웃었을 텐데. 저리 무너지는 모습은 보기에 흉했다. 아니, 그의 눈물이 마치 제 본심은 그런 것이 아니었다며 가장하는 것 같아 가증스러웠다.

"설아."

"빙휘입니다."

"……그래, 빙휘."

끝까지 설아라는 이름에 답하지 않는 빙휘를 보는 김일현의 입가에 씁쓸한 미소가 어렸다. 주저앉은 채 빙휘를 올려다보던 그가 손을 내밀었다.

"많이 늦었지만, 많이 돌아왔지만, 다시 너에게 갈 수 있을까?"

그의 도화안이 부드럽게 휘었다. 살짝 기운 눈썹에 희미하게 미소 띤 얼굴이 어찌나 처량해 보이던지, 빙휘는 돌아설 순간을 놓치고 멈칫하고 말았다.

저를 향해 뻗은 젊은 사내의 손. 누군가 잡아주길 기다리는 손은 흔들림 없이 빙휘를 향해 있었다. 사내치고 고운 손이었다. 고생

하나 하지 않은, 책밖에 잡아보지 않은 귀하게 자란 도련님의 손. 언젠가 저 손이 다정하게 잡아주던 때도 있었고 따스하게 안아주던 때도 있었다. 그 손을 바라보는 빙휘의 눈동자가 흔들렸다. 아무리 미운 임이라, 어린 풋정이라 하여도 저 손은 처음 마주한 따스함이었고 처음 건넨 마음이었다.

빙휘의 얼굴이 굳었다. 입술과 눈썹에 힘이 들어갔다. 움찔거리던 손이 치맛자락을 꽉 움켜쥐었다. 힘이 잔뜩 들어간 손은 뼈마디가 불거져 바들거렸다. 어리석게도 아직까지 잊지도, 지우지도 못했다. 그저 기억 너머로 묻어놨을 뿐, 현실이 된 김일현을 눈앞에 마주하니 빙휘는 차마 그를 외면할 수 없었다.

"분명 경고했소만."

그때 낮은 울림이 서늘하게 귓가를 스쳤다. 들려온 목소리에 빙휘가 흠칫하며 반응하기가 무섭게 눈앞에서 하얀 빛이 부서졌다. 소리 없이 흩날리는 하얗고 기다란 머리칼에 나뭇잎 사이로 스며든 햇빛이 반짝이며 바스러졌다.

기척 없이 모습을 나타낸 초사여가 빙휘에게서 등진 채 그녀와 김일현 사이에 끼어들었다. 김일현이 초사여를 인식하기도 전에 내밀고 있던 그의 손을 잡아챈 초사여가 가볍게 그를 들어 올렸다. 손을 잡아당기는가 싶더니 팔꿈치로 김일현의 가슴팍을 밀며 부드럽게 반 바퀴 회전한 초사여가 그를 나무줄기로 밀어붙였다.

"크흑."

딱딱하고 거친 나무껍질에 등이 부딪히며 김일현이 짧게 신음을 터뜨렸다. 그러나 이내 목을 치고 들어오는 초사여의 팔꿈치에 김일현은 등의 통증도 잊고 괴롭게 숨을 들이켜며 고개를 돌렸다. 여전히 손을 쥔 채 팔로 그의 가슴과 목 부근을 압박하고 있는 초사여가 그의 귓가에 속삭였다.

"도령의 경거망동 몰라서 가만 놔두는 게 아니라고, 설아가 도령 덕에 웃고 있으니 모른 척하는 것일 뿐이라 경고했는데 잊었나?"

"넌……."

귓가에 읊조리는 목소리에 김일현이 눈동자를 굴려 초사여를 바라보았다. 마치 시체처럼 차갑고 딱딱한 초사여의 팔에 짓눌린 목동맥이 요란하게 펄떡댔다. 하얀 머리칼 사이로 긴 눈 안에 박힌 색 없는 눈동자를 보는 순간 김일현은 치기 어린 배포에 칼침을 맞았던 날이 떠올랐다.

❋　❋　❋

어린 도령은 제 인물이 꽤 잘난 것을 알고 있었고, 계집들의 눈에 멋져 뵌다는 것도 알고 있었다. 저를 흠모하는 계집들의 시선을 즐겼고, 제 눈에 들려고 갖은 애를 쓰며 아양을 부리는 모습을 구경하는 게 재밌었다.

"기왕 동기년 데리고 노는 거, 좀 더 잘난 년을 취해야 않겠어?"

아예 화류가까지 드나들며 아직 머리를 올리지 않은 어리숙한 동기들을 데리고 어른 흉내를 내며 유흥을 즐기던 차에, 함께 화류가를 드나들던 동문이 넌지시 찔러댄 말에 혹하고 만 것이 화근이라면 화근이었다.

화류가에서 제일가는 기방인 청악기방, 그곳의 동기들이 제일이겠다 싶어 근처를 맴돌며 몇몇 동기들을 눈여겨보던 도령은 곧 좋은 기회를 잡을 수 있었다. '괴롭힘을 당해 울던 중에 손을 내미는 잘생긴 도령'이란 설정은 스스로도 굉장히 흡족했고, 그 순진한 동기도 도령의 의도대로 잘 따라왔다. 게다가 순진한 동기는 도령의 신분조차 몰라보며 평대를 해대는데 그게 또 신선하여 마음에 들었다. 다른 동기들의 도련님 소리가 지겨울 때면 간혹 그 아이를 찾아갔고, 아이는 언제나 도령을 환대하며 활짝 웃었다. 그 아이가 마음에 들어 나비 비녀도 사주고 여타 동기들과는 다른 순박한 놀음에 푹 빠져 있던 도령은 여느 때와 마찬가지로 아이를 데려다주고 돌아가다가 아이가 곤경에 처하는 것을 보게 되었다.

같은 기방의 동기로 보이는 웬 계집이 도령의 순진한 아이에게 행패를 부리기 시작했다. 악다구니를 쓰던 계집은 곧 아이에게 달려들었다. 그 순간 도령의 뇌리에 멋들어진 그림이 떠올랐다. 행패를 부리는 계집에게서 구해주는 도령.

도령은 미소를 머금고 담벼락 그림자에 몸을 숨긴 채 천천히 다가갔다. 언제 끼어들어야 할까, 적시를 노리던 도령은 아이를 바닥에 깔고 올라탄 계집이 상체를 들고 한 손을 들어 올리는 순간 아이의 이름을 부르며 달려들었다.

"설아!"

안일하고 조심성 없는 행동이었다. 도령은 조금 더 주의 깊게 계집을 살폈어야 했다. 어린 계집년의 손이 아파봐야 얼마나 아프겠냐 하는 계산이었으나 우습게도 동기 아이가 내려치던 것은 손이 아니라 은장도였다.

그날의 기억은 욱신거리는 등의 통증과 짜증, 불쾌감으로 이어졌다. 그리고 흐릿한 의식 속에서 봤던 적안의 백발 사내의 환영. 오싹할 정도로 눈부신 백발의 사내가 붉은 눈을 번뜩이며 다가왔을 때 도령은 꼼짝없이 괴인에게 죽는구나, 하며 정신을 잃었다. 그 사내는 그저 정신이 혼미한 와중에 본 환영이라고만 생각했다.

하지만 도령은 곧 그 환영을 다시 마주치게 되었다. 자신을 다시 찾아온 순진한 동기에게 몇 마디 속내를 쏟아붓자 안색이 파리해지며 넋을 놓기에 쓰러지는 아이를 붙잡으려던 도령의 손을 쳐내고 아이를 품에 받아내는 사내, 갑자기 나타난 그는 분명 그날 본 백발의 사내였다.

"도령이 다른 동기들을 만나고 다니는 것은 진즉 알고 있었으나, 설아와의 만남을 막지 않은 것은 도령 덕에 그녀가 웃고 있기 때문이었소. 하지만 이젠 더는 두고 볼 수 없으니, 다시는 이 근처에 그림자도 비추지 마시오. 도령의 그림자 하나, 웃음소리 하나라도 내 눈에 띄는 날엔 도령을 어찌할지 나도 모르오."

기억 속 적안과 달리 방금까지 회색조였던 눈동자가 갑자기 붉게 물들었다. 붉게 번지는 눈동자, 그 눈동자는 어떤 협박보다도 소름 끼치는 위협이었다.

❋　❋　❋

지금 자신을 짓누르고 있는 이는 분명 그날의 사내였다. 붉었던 눈은 어린 시절의 망상이었는지, 백발의 괴인은 잿빛 눈으로 김일현을 노려보고 있었다. 김일현과 초사여의 시선이 얽혔다.

"다시는 나타나지 말라, 다시는 내 눈에 띄지 말라 했을 텐데."

초사여의 팔꿈치에 힘이 들어갔다. 겨우 손 하나에 꼼짝하지 못하고 묶여 있는 김일현은 목을 조이는 서리한 뼈마디에 얕은 숨을 뱉었다. 그를 압박하고 있는 초사여의 눈이 매서웠다. 잘근잘근 씹어 뱉는 말마디마다 분노가 스몄다. 초사여의 시선은 핏방울이 맺힌 김일현의 입술에 고정되어 있었다.

찢겨 핏방울이 맺힌 입술, 빙휘의 입가에도 핏기가 비쳤던 것을 떠올리니 무슨 일이 있었는지 자연스레 상상할 수 있었다. 너무나도 귀하고 애달파 차마 손조차 내밀지 못하고 멀찍이서 바라볼 수밖에 없는 상대가 빙휘였다. 한데 그런 그녀의 입술을 감히 얼치기 양반 따위가 쉽게 탐하고 맞닿기까지 하다니. 가슴 부근이 싸해지면서 뱃속이 부글부글 끓는 기분이었다. 인간의 모습을 하게 되면서 더욱 요동치는 감정에 손아귀에 힘이 들어갔다.

"초사여."

그러나 초사여의 들끓는 감정은 빙휘의 짧은 말에 너무나도 쉽게 가라앉고 말았다.

"그만둬. 그자에게 해를 가해서는 안 돼."

자신을 부르는 빙휘의 목소리에 움찔했던 초사여는 이어지는 차디찬 목소리에 온몸의 힘이 풀려 버렸다. 하얀 낯이 더욱 창백해져 돌아보는 얼굴에는 침침하게 가라앉은 여러 감정들이 뒤섞여 있었다.

초사여의 손에서 힘이 빠지기가 무섭게 몸을 빼낸 김일현이 옆의 나무에 기대어 막혔던 숨을 요란한 기침으로 터뜨렸다.

"쿨럭쿨럭!"

"저는……."

사납게 달려들던 사내가 빙휘에게 안절부절못하며 말꼬리를 흐리는 모습에 김일현이 숨을 고르다 말고 웃음을 얹은 채 비아냥거렸다.

"들었느냐? 감히 뉘 몸에 손을 대는 게야!"

"나리를 위하여 그만하라 이른 것이 아닙니다. 단지 양반에게 위해를 가해 일이 귀찮아질까 걱정된 것이지요. 기실 나리께서 다치든 말든 전 아무 상관 없습니다."

"빙휘, 그 무슨 섭한 말이야?"

딱 자르는 빙휘의 말에 김일현의 얼굴에 떠올랐던 가소롭다는 웃음이 사라져 버렸다. 처량한 눈을 동그랗게 뜨고 쏟아내는 말이 애처로웠다.

"그래, 내가 비겁했어. 어리단 변명으로 도망치고 말았지만 난 한시도 널 잊은 적이 없단다. 네가, 너의 얼굴이, 너의 미소가 눈에 밟혀 기방 근처는 다시 찾은 적도 없거니와 다른 계집들에게 눈길 한 번 둔 적조차 없어."

그 변명에 빙휘의 눈썹이 꿈틀거렸다. 초사여의 눈치를 보던 김일현이 조심스럽게 빙휘를 향해 발을 뗐다. 그리고 그의 발이 한 발짝 나가는 것과 동시에 빙휘는 뒷걸음을 쳤고 초사여가 손을 내밀어 김일현의 앞을 막았다. 빙휘에게 다가가는 제 걸음을 막아선 초사여의 손을, 김일현은 치우지도 넘지도 못하고 구겨진 얼굴로 바라만 보다가 마치 고자질을 하듯 빙휘에게 시선을 던졌다.

그러나 그녀는 그를 보고 있지 않았다. 그녀의 반듯한 눈썹이, 고요한 눈동자가, 차분한 얼굴이 모두 하나같이 초사여를 향해 있었다. 자신을 바라보던 흔들리는 눈빛과는 달리 침착하고 곧은 시선을 던지는 빙휘의 모습에 욱한 김일현이 상체에 힘을 주고 앞으로 나서려는데, 가슴팍을 막아선 초사여의 손이 마치 고목처럼 단단하여 넘을 수가 없었다.

"방금 들었지? 네놈이 다치든 말든 아무 상관 없다는데. 이대로 물러난다면 한 번쯤은 더 눈감아주겠다만, 계속 다가가겠다면 그 '귀찮은 일'이란 게 어떤 것일지 한번 벌여볼까 싶은데."

위협하는 낮은 목소리에 김일현이 움찔했다. 아무래도 백면서생이라 초사여의 풍채와 기세에 기가 눌린 모양이었다. 그는 빙휘를 대할 때와는 딴판으로 꼬리를 말고 헛기침을 했다.

"흠. 빙휘, 이자와는 무언가 오해가 있는 듯하네만. 일단 오늘은 이 정도로 하지."

애원하던 말들이 무색하게도 김일현은 참 빠르게 몸을 돌렸다. 나무들 사이로 숲을 빠져나가는 모습이 어이없을 정도였다.

"……겨우 저런 자를 어쩌지 못하고 흔들리고 계십니까?"

"저자에게 흔들리는 것이 아니야. 저자에게 주었던 내 마음이 떠올라 흔들리는 거지."

초사여의 안타까운 말에 빙휘가 매섭게 답했다. 그가 얼마나 최악이었는지 똑똑하게 기억하고 있었다. 김일현에게 남은 마음은 한 줄기도 없었으나, 떠오르는 기억과 스미는 첫정의 추억은 어찌할 도리가 없었다.

"그리고, 내가 분명 다시는 내 앞에 나타나지 말라고 했는데."

그 말에 초사여가 움찔했다. 역시나 빙휘는 한마디도 지지 않았다. 그 엄포에 꺾이는 초사여의 눈빛이 순간 귀엽다는 생각에 빙휘의 입가에 슬쩍 미소가 떠올랐으나, 혹여나 그가 눈치챌까 싶어 급하게 감추고는 그녀가 몸을 돌렸다. 조금 전의 일을 까무룩 잊어버리고, 금세 그런 생각이나 떠올린 자신이 어이없을 따름이었다.

"도령이 갑자기 기방 거리에서 사라지긴 했었지."

초사여를 남겨둔 채 산에서 내려온 빙휘가 처소로 돌아왔다. 방을 들어서니 적화가 빙휘의 자리에 앉아 기다리고 있었다. 계곡에 좀 더 있다가 기방으로 돌아왔는데도 빙휘가 보이지 않아 걱정된 연지가 적화를 찾아왔다고 했다. 적화는 그 길로 연지와 함께 청악에 와서 빙휘를 기다린 것이었다. 빙휘의 눈치를 살피기에 바쁜 연지와 달리 적화는 대수롭지 않다는 듯이 말을 툭툭 내뱉었다.

"그 좋아하던 동기들 꽁무니 쫓아다니기도 관두고. 나이도 나이니만큼 초시를 준비하려나 했지, 모. 집안에서 도령의 행실을 알고 막은 걸 수도 있구. 도령 말고도 사내는 차고 넘치니 딱히 신경 쓰질 않았어야. 오면 오는 대로 가면 가는 대로, 막지도 잡지도 않으니."

적화가 귀밑머리를 만지작거리며 말을 이었다.

"그 후론 이 근처랑은 얼씬두 하잖아서 도성을 뜨기라두 한 건가 했더니. 모, 잘살구 있었고나. 염치도 없지. 어떻게 먼저 널 알은체를 한다니?"

"기방을 멀리한 건 맞긴 하구나."

무심코 내뱉은 빙휘의 말에 적화가 깜짝 놀라며 눈을 동그랗게 뜨고 상체를 내밀었다. 그녀가 만지작거리던 머리카락이 동글게 말려서 대롱거렸다.

"너. 설마 그치의 말을 순진하게두 곧이곧대로 믿는 건 아니지?"

"내가 무얼."

적화는 눈을 회피하며 고개를 돌리는 빙휘가 내심 불안했다. 기방의 기녀라 불안했다. 고운 여인들이 많은 곳이었고, 사내들이 수시로 들락거리는 곳이었고, 그만큼 가벼운 만남이 많은 곳이었다. 마음을 주는 일도, 상처를 받는 일도 무수한 곳이기에 처음부터 드러내 놓고 벽을 치고 있는 빙휘가 오히려 더 위험해 보였다.

작은 웃음조차 흘리지 않고 꽁꽁 얼어붙은 얼굴로 저리 싸매고 있는 모습은, 다가오는 이에게 쉽게 빠져들고 쉽게 마음을 내주고 또 그만큼 쉽게 상처받는다고 온몸으로 외치는 것과 마찬가지였다. 차라리 성긴 탑이라면 정을 쪼아도 그 빈 공간에 박혀 그저 조금 흔들리고 말 텐데, 틈새 없이 견고한 탑이라 가볍게 톡 쪼아도 바자작 금이 가서 가루가 되어 부서질 것 같았다. 숨 쉴 틈조차 허용하지 않는 그 여유 없는 빙휘의 모습이 안쓰러웠다.

그래, 빙휘는 이제야 겨우 두 해가 지난 초짜 기녀였다. 아직 어린 탓이리라. 당장은 위태로워 보여도 좀 더 데이고, 좀 더 겪으며 손을 치르다 보면 달라지겠지. 그만한 여유도, 그만한 연륜도 시간이 지나면 괜찮아지겠지만, 그래도 조금 덜 다치며 그 길을 걸어갔으면 하는 마음은 어쩔 수 없었다. 게다가 첫정이라 쉬이 끊어내지 못하는 모양이라 걱정이 일었다. 겉으로는 아닌 척한다고 해도 어쩔 수 없이 흔들리고 마는 마음은 굳게 붙잡기 힘들 터였다. 그게 염려된 적화가 김일현과의 헤어짐이 어땠는지 상기시켰다.

"그치가 기방을 멀리한 게 사실이긴 하다만. 잊지 말어, 너를 버리구 모른 체한 것도 사실이란 거."

항상 장난 같은 말만 하던 적화가 굳은 목소리로 나지막이 말했다. 고개를 돌린 채 괜히 경대만 바라보던 빙휘가 고개를 끄덕였다.

"너, 금방이라도 쓰러질 것 같아. 초췌해. 웬만하면 오늘은 기방 결석하구 쉬어라."

퉁명스럽게 걱정을 던지고는 속으로 뭐라 중얼거리며 입술을 움찔거리면서 적화가 일어났다. 연지가 따라나서며 살펴가시라며 인사를 하는데도 빙휘는 여전히 경대만 바라볼 뿐이었다.

적화를 배웅하고 장지문을 열고 서서 빙휘의 기색을 살피던 연지가 에휴, 하는 짧은 한숨을 쉬었다. 혼자 생각할 것이 많을 테지. 아직 기방에 나갈 시간도 한참 남았으니 잠시 놔두자는 생각으로 연지가 방을 나갔다.

탁, 소리가 나게 장지문을 닫고 디딤돌을 내려가 마당을 가로지르는 발소리가 멀어질 때까지도 빙휘는 꼼짝 않고 경대만 바라보고 있었다.

이렇게 앉아 있을 때면 언제나 초아가 슬슬 기어 나와 손등 위를 넘나들고는 했다. 그러나 지금 이 빈방에 빙휘를 감싸 도는 것은 서늘한 공기뿐이었다.

"초아, 그는 날 기억하고 있던 걸까?"

습관처럼 빙휘가 중얼거렸으나 답은 돌아오지 않았다. 항상 곁에 있던 초아였다. 초사여가 산에서 뒤를 쫓아와 방 어딘가에 몸이라도 숨기고 있을까 싶었으나 그는 말도 참 잘 들었다. 나타나지 말라, 가만 놔두라 한 것은 자신이면서도 혹여나 곁에 있을까 기대하는 저의 모순된 심정에 헛웃음이 났다. 모순적이며 또한 어지러웠다. 어느 한 쪽이라도, 어서 말끔해지길 바랐다. 그 쓴웃음을 삼키고는 경대를 들어 서안 위에 올려놓은 빙휘가 조금 머뭇거리며 경대 아래의 작은 서랍을 열었다.

빙휘가 항상 들여다보고 있던 서랍이었다. 그 안에는 비녀대가 부러진 나비 비녀가 들어 있었다. 어린 도령이 선물한 비녀. 그에 대한 원망으로 부러뜨리고도 차마 버리지 못한 비녀였다. 서랍 속에만 있어서 그런지 비녀에 달린 나비 장식은 작은 보석 하나 빠지지 않고 온전한 모습이었지만, 처음 봤을 땐 붉고 푸르게 빛나던 보석들이 빛을 잃고 시커멓게 죽어 있었다.

"사실 나는 하나도 잊지 못하고, 그날들에 붙잡혀 있었어."

도령— 아니, 이제 도령이라기엔 너무나 커버린 김일현과 조우하고 나서야 빙휘는 자신이 아직도 어린 시절의 꿈 같던 나날을 놓지 못하였다는 것을 깨달았다. 누구에게 들킬까 몰래 숨겨놓고 혼자가 되어서만 꺼내보던 이 비녀가 계속 말해주고 있었지만, 그것을 인정하고 받아들이기 싫었다. 자신이 싫다며 버리고 가버린 이를 계속 그리워하고 있었노라고, 아직 연모하고 있노라고 인정하는 꼴이 될까 싫었다.

사실 그와 마주하고 돌아서면 펑펑 울음을 쏟을 것 같았다. 하지만 산에서도 적화의 앞에서도 눈물이 나지 않아 신기했다. 그러나 그 눈물은 흐르지 않았을 뿐이지, 빙휘의 가슴 안에 가득 차올라 있었다. 가슴이 저리지도 아프지도 않았다. 슬프다는 생각도 하지 않았다. 그러나 눈물이 멈추지 않고 쏟아졌다. 줄줄 흘러내리는 눈물은 눈 앞꼬리에서, 뒤꼬리에서, 두세 갈래로 넘쳤다.

이제 5년이 지나가는 일인데도, 마치 어제처럼, 아니, 오늘 있었던 일처럼 생생했다. 눈만 감으면 그날의 얼굴이 아른거렸다. 그 햇살이, 그 바람이 온몸의 모든 자극이 떠올랐다. 옷깃이 스치고 손끝이 스치고 모든 그의 손길이 다시 아로새겨졌다. 첫정이란 그만큼이나 지독한 것이었다.

"나는 정말 바보 같구나, 초아야."

다시는 울지 않겠다고 했는데 또 울고 말았다. 슬쩍 비친 한 방울 눈물은 눈물샘이 놀랐을 뿐이라 변명한다 해도, 이리 펑펑 쏟아내는 울음은 둘러댈 말도 없었다. 빙휘는 얼굴 가득 흐르는 눈물을 닦을 생각도 하지 않았다. 항상 곁에 머무르던 이가 없는데도 초아를 부르며 안타까운 눈물만 흘려대고 있었다. 편히 안겨 눈물을 흘릴 수 있는 존재는, 빙휘에게는 초아뿐이었다.

울음에 젖어 잠이 들며 빙휘는 꽤 오랜만에 붉은 악몽을 꾸었다. 등 뒤로 칼이 튀어나온 부모님의 시신을 바라보며 웃고 있는 양반의 얼굴 위로 김일현의 얼굴이 겹쳤다. 어린 도령이 아닌 장성한 김일현의 얼굴이 붉은 하늘 위를 빙빙 돌았다.

그렇게 매일과 같은 날들이 지났다. 적당히 낮 시간을 보내고 해가 저물면 기방에 나가는 평범한 날들이었다. 최근 들어 빙휘의 눈 언저리가 붉고 안색이 조금 퀭하였으나 창백한 인상과 어우러져 이 세상의 것이 아닌 것 같은 미색이 돋보였다. 매일 한 치의 오차도 없는 연주와 춤이었지만 마음이 담기지 않은 동작들이 느껴지는지, 몇몇 정치한 눈의 단골들이 무슨 일이냐며 물어오곤 했다.

그리고 이전과 다른 점이라면 하루도 빠지지 않고 들러붙던 현석염이 그날 후로 더 이상 보이지 않는 것이었다. 연지가 가끔 고개를 내밀며 그의 자취를 찾았지만, 아예 기방에 오지 않는 모양이었다.

"무슨 일 있으신 걸까?"

두리번거리며 별채로 향하던 연지가 중얼거렸다.

"지기라니 똑같은 거겠지."

"뭐가?"

"이제 질린 탓이 아니겠어? 볼일이 없으니 오지 않는 게야."

빙휘의 마른 목소리에 연지가 멈춰 섰다. 뒤를 따르던 연지가 멈춘 것을 알면서도 빙휘는 걸음을 옮겼다.

"그분은 달라."

그리 말하는 제 목소리가 너무 작아 연지의 얼굴이 빨개졌다.

"다른 양반과는 뭔가 달라."

재차 힘을 주며 말하면서도 떨리는 음성은 어쩔 수 없었다. 사실 현석염에 대해 많은 것을 알지 못하기에, 그저 자신의 느낌일 뿐이기에 작고 떨리는 목소리였다.

"누가 다르다는 게냐?"

갑자기 뒤에서 들려온 목소리에 연지가 화들짝 놀라며 돌아봤다. 키가 큰 현석염이 허리를 숙이고 연지의 얼굴 옆에 속삭인 것이었다. 그 목소리에 빙휘도 걸음을 멈췄다.

"잠시 네 아씨와 얘기 좀 나눠도 되겠느냐?"

여전한 그의 말에 연지의 얼굴에 잠깐 실망의 빛이 스쳤다. 그럼에도 가까운 그의 얼굴에 빨개진 얼굴로 고개를 끄덕인 연지가 종종걸음을 쳤다. 다 들었음에도 여전히 등을 돌리고 선 빙휘의 모습에 현석염이 그녀의 앞으로 갔다.

"먼저 돌아보는 법도, 다가오는 법도 없으니 자네를 향해 내달리는 나만 섭하이."

"허면 나리께서도 그저 게 가만 계시면 될 것 아니십니까."

그럴 줄 알았다는 표정으로 씨익 웃는 현석염이었다. 사실 웃으면서도 맘이 쓰렸다. 오랜만에 마주한 빙휘의 얼굴이 많이 상해 있었기 때문이다.

"현이에게 자네 이야기를 들었네."

그는 역시나 대뜸 본론을 꺼내들었다. 빙휘의 아미가 꿈틀거리며 그녀가 시선을 올려 현석염과 눈을 마주쳤다. 유순하고 인상 좋은 얼굴로 대체 무슨 말을 하려는 의중인지 그 속을 짐작할 수가 없었다. 대체 김일현에게 무슨 이야기를 들었는지도 상상하기 무서웠다.

"현이가 어렸을 때야 철없이 기방 골목을 들락거리긴 했다만, 장성하고서는 원체 여인에게 눈길 하나 주지 않으며 글공부밖에는 관심조차 갖지 않는 지기일세. 현이와 자네가 무슨 관계인가 의아했었는데, 차마 물을 수가 없었어. 한데 현이가 나서서 얘기해주더이. 그 어린 시절에 그런 인연이 있었을 줄이야. 그 끝이 좋지 않았던 것도 들었네. 하지만 그만 현이에 대한 원망을 풀어주면 안 될까?"

미안함이 가득 담긴 얼굴로 천천히 말을 고르며 긴말을 마친 현석염은 빙휘에게 어떤 대답도 바라지 않다는 듯이 웃어 보였다.

"현이의 일은 내가 대신 사과함세. 또 자네에게 꽃놀이를 닦달한 것도 사과하여. 그리고…… 그간 멋대로 쫓아다니며 자네를 곤란하게 한 것 또한 사과하네. 이제 더는 자네를 찾지 않겠어. 그런 지기를 두고 감히 내가 어찌 자네의 마음을 바라겠는가. 벗이라, 역시 나는 차마 자네를 그저 마음에나마 품을 수가 없으이. 그러니 더는 자네를 귀찮게 하는 일 없을 것이야."

그는 역시나 그저 웃어만 보였다. 그가 대체 김일현에게 얼마나 어디까지 어떻게 이야기를 들었는지는 알 수 없었다. 그러나 지금 이렇게 눈앞에서 웃으며 말하고 있는 모습만 봐도 그는 제대로 알지 못하는 것이 분명했다. 빙휘가 김일현에게 품고 있다는 '원망'이 어떤 것일지 감조차 잡지 못하는 듯했다. 김일현은 제 지기에게 자신의 허물은 숨긴 채 과거를 적당히 미화하여 둘러댄 것이 분명했다. 빙휘는 입안 가득 번지는 쓸쓸함을 삼키고, 별 대답 없이 현석염의 말을 듣기만 했다.

'벗이라……'

방에 앉아 화장을 지우는데 현석염의 그 한마디가 문득 떠올랐다. 오늘따라 연지는 아무 말도 하지 않고 조용히 머리 정리에만 열중했다. 경대 안의 여인은 화장이 반쯤 지워진 얼굴로 저를 바라보고 있었다. 순간 화장이니 치장이니 하는 것들에 치가 떨렸다.

"나가."

아직 가체도 내리지 않았는데 나가라는 말에 연지가 멀뚱히 빙휘를 쳐다봤다. 서릿발 같은 얼굴에 갑자기 울컥한 연지가 빙휘의 어깨를 돌렸다.

"뭐가 또 맘에 들지 않으셔?"

"내가 뭘."

"너는 또 그 김일현 도령 생각이나 하고 있는 거지?"

저 얼굴, 빙휘가 저리 기분이 가라앉을 이유는 그뿐이었다. 경대를 바라보는 눈빛이, 경대가 아니라 그 아래의 무언가를 보는 것 같았다. 열어본 적은 없지만 빙휘가 몰래 혼자 들여다보곤 하는 서랍 안에 무엇이 있는지는 눈치로 알고 있었다.

"석염 나리에게 그런 말을 들어도 니 머리에 떠오르는 건 그 도령뿐이지? 5년을 한결같이 니 얘기만 하면서, 다른 여인이라고는 눈길 하나 주지 않으면서, 그렇게 너만 생각하고 집에만 틀어박혀 글공부밖에 하는 게 없었다던 그 도령 생각뿐이지? 매일 기방에 들러 겨우 얼굴 도장이나 찍으면서 너 한 번 보는 게 낙이었던 석염 나리 생각 따위는 하지도 않지?"

"전혀 그런 거 아니니까 그만해."

"잘난 첫정이다. 눈물 나는 순애보네. 근데 어쩜 그리 5년 동안 얼굴 한 번 비출 생각도, 니 소식 궁금해하지도 않았다니? 이제 와서 우연히 마주치곤 말만 번지르르하게 내뱉으면 그만이라니. 진정 좋아했으면 이리 못 살지. 어디 사는지도, 뭐 하는지도 뻔히 알면서 엎어지면 코 닿을 곳에서 뭐가 그리 비싼 몸이라고 한 번 보러 오지도 않는 게 어찌 연정이야?"

빙휘의 뒤에 서서 현석염의 말을 듣고 또 방에 들어와 빙휘의 기색을 살피던 연지가 결국 속이 터진 듯 말마디를 왈칵왈칵 쏟아댔다. 연지는 어린 도령과 빙휘의 사이에 무슨 일이 있었는지 제대로 알지 못했다. 그저 기방이 들썩이고 후명이 그 난리를 쳤을 정도로 대단한 만남이었겠거니, 짐작만 할 뿐이었다.

아무리 그렇다 해도 이것은 아니었다. 대놓고 저를 좋다며 따라다니는 현석염에겐 눈길 한 번 주지도 않으면서, 소식 하나 없다가 이제야 나타나선 구색 좋은 변명만 늘어놓는 허여멀건한 샌님의 생각에 푹 빠져 있는 것이 맘에 들지 않았다. 아니, 사실은 제 눈에는 그리 멋져 보이는 현석염이 혼자 좋아하다 혼자 이별을 말하는 모습에 속이 쓰린 탓이었다.

"너는 정말 석염 나리 생각은 하나도……."

"내가 그 나리 생각을 왜 해야 하는데?"

이제 눈에 눈물까지 머금은 연지의 말에 빙휘가 물었다. 연지는 지나쳤다. 양반에 대한 관심도, 양반에게 내어줄 마음의 정도도, 스스로의 처지에 대한 자비(自卑) 역시 지나치도록 과했다. 결국 마구 쏘아대는 연지에 빙휘도 더는 참지 못했다.

"기녀니까 양반들 생각을 골고루 해줘야 하니? 그 나리 좋아하는 건 넌데 왜 날더러 그 나리 생각을 하라는 거야. 너는 기녀 몸종이고 내가 기녀니까? 네 말마따나, 좋으면 네가 좋다고 표현해. 괜히 날더러 그 나리를 생각하란 궤변이나 늘어놓지 말고."

빙휘의 말에 연지의 얼굴이 빨갛게 물들었다. 그리 티를 내고 다녔으면서도 다른 사람이 자신의 마음을 알아채리란 생각을 못한 모양인지, 연지는 입만 벙긋거리며 말을 내뱉지 못했다.

"그만 나가."

빙휘가 등을 돌렸다. 그 새초롬한 등에 연지는 자신이 너무나 한심하게 느껴졌다. 빙휘의 춤이 좋아 몸종을 자처하고 붙어 있으면서, 저는 하지도 못한 치장을 공들여 해주면서 마음 한구석으로는 빙휘를 부러워하고 샘내기도 했었다. 가체를 틀어 올리고 꽃처럼 화장을 하고 곱고 화려한 옷을 입는 빙휘를 한 번도 시샘하지 않았다면 그것은 거짓말이었다.

연지도 치장을 하고 비단옷을 입고 싶었다. 하지만 눈을 감고 한껏 상상을 해봐도 눈을 떠보면 무명옷이나 입는 노비일 뿐이었다. 그런 제 처지에 빙휘를 보며 대리만족을 하고 있었는데, 그것은 어디까지나 '대리'에 지나지 않았다.

현석엄은 처음부터 연지를 한 번도 봐주지 않았다. 계절이 바뀌도록 제 이름도 제대로 모르고 있었다. 매일 빙휘가 좋다며 쫓아다니는데, 그 모습을 보면서 연지는 현석염이 점점 좋아졌다. 그리고 그것을 깨달으며 기녀가 되지 못한 자신의 처지를 한탄했다. 자신이 좋아하는 이를 무시하는 빙휘가 섭섭하고 원망스럽기까지 했다. 그 마음이 쌓여서 결국 이렇게 터뜨리고 말았지만, 그래 봐야 비참한 자신의 신세만 두드러질 뿐이었다.

연지는 더 이상 아무 말도 하지 않았다. 그저 말없이 눈물을 뚝뚝 흘리며 조용히 일어나서 방을 나갔다.

빙휘는 연지가 나가는 소리를 듣고도 시선 한 번 주지 않았다. 사실 연지가 한 말이 모두 맞았다. 빙휘도 속으로는 그렇게 생각하고 있었다. 진정 좋아했다면 그 오랜 시간 동안 한 번도 오지 않았을 리가 없었다. 모두 말뿐인 포장이라고, 그렇게 여기고 있었지만, 그 말을 다른 누군가에게서 직접 들으니 가만히 듣고 있기가 힘들었다. 어쩌면 마음속 깊은 곳에서는 그 말을 그대로 믿고 싶은 기대감이 있었는지도 모르겠다.

"정말 엉망이구나."

빙휘가 잘근 입술을 깨물었다. 매일 함께 지내면서 빙휘가 아무리 냉정히 굴며 찬바람이 씽씽 불어도 항상 웃기만 하던 연지였다. 이 기방에서 가장 편하고 마음을 터놓고 지낼 수 있는 이가 연지였다. 그런 연지와 처음으로 말다툼을 하고, 그런 연지를 울렸다는 것에 빙휘는 더욱 마음이 불편해졌다.

그냥 이대로 모든 것이 사라졌으면 좋겠다는 생각이 들었다. 자신도 연지도, 김일현도 현석염도. 기녀니 양반이니, 연정이니 지기니 하는 것들도. 내일 아침이 밝아서 다시 이런 것들에 들볶이고 떠올리고 싶지 않았다.

빙휘가 방에 앉아 속을 태우고 있을 때, 밖으로 나온 연지는 별채의 마당을 서성이다가 중문 쪽에서 낯익은 그림자를 발견하고는 설마 하며 다가갔다. 그림자의 정체를 확인하고, 연지는 다시 복잡한 심정이 휘말렸다.

"연지로구나."

"석염 나리…… 어찌 여기 서 계십니까?"

저를 알아보는 현석염에게 꾸벅 인사를 하며 다가서면서, 그런 말을 해놓고도 빙휘를 잊지 못해 이리 서성이는 그가 밉기도 하고, 생각지도 못하게 그와 마주치고 그가 먼저 알은체를 하니 반갑고 기쁘기도 하여 그 상반된 감정에 어떤 표정을 지어야 할지 몰라 어색한 얼굴이 되어버렸다.

"울었느냐?"

현석염이 놀란 어조로 물으면서 손으로 연지의 눈 밑을 훑었다. 그 스스럼없는 행동에 연지가 깜짝 놀라며 뒤로 물러섰다. 그의 손에 연지의 심장은 두근거리는데 그는 너무나 태연해 보였다. 그도 그럴 것이, 그의 눈에는 저는 여인이 아니라 그저 노비로만 보일 테니 당연히 아무렇지 않을 터였다. 다시 참담한 기분이 연지를 덮쳤다.

놀라 몸을 피하는 연지의 모습에 손을 거둔 현석염은 그녀의 표정이 어두워지자 미안하다는 말을 하고는 입을 다물었다. 아무런 말도 하지 않고 그저 가만히 옆에 서 있기만 하던 현석염이 한숨을 내쉬었다.

"빙휘에게는 더는 귀찮게 굴지 않겠다며 당당하게도 작별을 고하시고는, 계속 여기서 머뭇거리고만 계셨습니까?"

딱한 이였다. 노비가 이리 대뜸 건방진 말을 건네는데도 실없이 웃으며 뒷머리나 긁적이는 양반이라니. 저도 참 한심하지만 이 양반도 어지간히 한심하다는 생각이 들어 피식 웃음이 새어 나오는 연지였다.

"혹여 밤 마실이라도 나올까, 그 모습 먼발치서나마 한 번 보고나 갈까 해서 잠시 기다린다는 것이 발걸음이 떨어지지 않는구나."

"나리 맘두 몰라주는데, 고게 뭐가 예쁘다고 그러셔요."

"현이 때문에 이 마음을 접어야겠다고 결심을 하였다만, 그 어찌 쉬운 일인가."

멋쩍은 듯 괜한 변명을 중얼거리며 허허 하고 웃는 현석염의 모습이 안쓰러웠다.

"양반님네들은 다들 그러십니까? 친우의 여인이었다는 이유로 아직 이리 그리워하시면서 맘을 접겠다느니, 이별이라느니, 보내주겠다느니. 그 말이 다 무어답니까? 아니, 그래. 그 무슨 체통이니 위신이니 하는 것들 때문에 그런다고 쳐요. 근데 무슨 양갓집 규수도 아니고 화류가에 널린 기녀인데. 뭐, 지기와 놀았던 기녀라 찝찝하신 건가요?"

사실 현석염의 태도가 쉬이 이해가 되지 않는 연지였다. 그래 봐야 기녀인데, 여인 취급도 받지 못하는 천한 기녀인데.

"빙휘는 그냥 기녀가 아니잖느냐."

참 속도 좋은 양반이었다. 현석염은 눈까지 휘며 웃어 보였다.

"기방에서 분내 나는 기생 틈에 앉아 있어도 빙휘는 천해 보이지 않아. 그래서 내가 이런가 보다. 그녀가 귀해 보여서, 기생 같다는 생각이 안 들어서. 그래서 현이와 정을 나눴던 사이란 말에 차마 안을 수가 없다는 생각이 드나 보이."

현석염이 그 특유의 장난스러운 말투로 말을 맺었지만 그의 말은 전혀 가볍게 들리지 않았다. 이런 양반도 있구나, 하는 생각에 연지가 저도 모르게 현석염의 얼굴을 빤히 바라보았다. 기녀라는 이유로 쉽게 여기고 가볍게 대하는 양반들이 천지였다. 한데 기녀임에도 귀해 보인다는 말을 하는 양반이 있다니.

생각해 보니 빙휘를 대하는 양반들은 모두 그런 느낌이었다. 연지는 그게 이상하다고 생각하면서도 빙휘에겐 그런 양반만 꼬이나 보다, 빙휘가 무슨 재주라도 있나 보다고 여겼었다. 저의 눈에는 기녀답지 않게 도도하게 굴고 콧대 높다고만 생각했는데, 빙휘가 그렇게 행동했기 때문에 다른 기녀들처럼 천대받지 않는 것이었다.

아, 그런 것이었구나. 그래서 빙휘가 그렇게 당당했던 것이었구나. 스스로를 천하게 여기지 않으니 다른 이들이 천하게 보지 않는 것이었구나. 뭔가가 연지의 머리를 세게 때리는 것 같았다. 그래서일까, 연지는 이전이라면 감히 생각도 못했을 말을 입에 담았다.

"그렇다면 저는 석염 나리께서 은애하던 기녀의 몸종이었으니,

나리에게 안길 수 없는 걸까요?"

"……으응?"

갑작스런 연지의 말에 현석염이 당황하며 되물었다. 그의 놀란 눈에 연지가 자신이 무슨 말을 내뱉었는지 깨닫고 얼굴이 빨개졌다. 연지의 새빨간 얼굴을 마주하니 현석염의 얼굴 역시 빨갛게 물들었다.

두 사람의 사이에 짧은 정적이 감돌았다. 그리고 현석염이 입을 열려는 순간 연지가 부리나케 별채로 도망을 쳤다. 연지가 달아오른 제 뺨을 부여잡고 어둠 속으로 내달렸다.

'남사스럽게, 망신스럽게. 계집이 부끄러운 줄도 모르고 그런 말을!'

연지는 입을 앙물고 속으로만 소리소리 외쳤다.

지난밤에 처음으로 말다툼을 하고 연지는 빙휘를 어찌 봐야 하나 싶어서 장지문 앞에서 서성거리며 쉽사리 방 안으로 들어가지 못했다.

"어제는 내가 정말 정신이 나갔지……."

빙휘에게뿐만 아니라 현석염에게도 별소리를 다하여 얼굴을 볼 낯이 없었다. 이미 엎지른 물을 후회해 봐야 무슨 소용이겠냐마는 연지는 한숨을 폭폭 내쉬며 제 입을 툭툭 때리고 섰다.

"안 들어오고 뭐 해."

그때 장지문 안에서 빙휘의 목소리가 들렸다. 그 목소리에 연지가 깜짝 놀라며 두리번거리다가 슬쩍 문을 열었다. 멋쩍은 얼굴로 웃으며 들어서는 연지가 뒷머리를 긁적였다.

"보고 있었어?"

"보란 듯이 문 앞에서 한참을 부스럭거리고는."

"그게, 쉬 들어올 수가 있어야지……."

연지가 말꼬리를 흐리며 손을 꼼지락거렸다. 마치 잘못을 저지른 어린아이 같은 모습에 빙휘가 손짓을 했다. 그에 연지가 다가가 빙휘의 옆에 앉았다.

"맞는 말을 해놓고 뭐 그리 걱정이야."

빙휘는 보료 위에 앉아 있었지만 아직 소복 차림이었다. 옆에 앉은 연지의 손 위에 제 손을 포개고 매만지던 빙휘가 그녀의 무릎 위에 머리를 뉘었다. 연지의 치마폭에 얼굴을 묻은 빙휘가 몸을 웅크렸다. 당황한 연지는 어찌할 바를 모르고 멀뚱히 있다가 조심스럽게 빙휘의 어깨 위에 손을 올렸다.

"왜 우린 천민으로 태어난 걸까?"

그 말에 빙휘의 어깨를 쓰다듬던 연지의 손이 움찔거렸다.

"천민으로 태어나지 않았다면, 양반은 못 되어도 양민이나마 되었더라면, 이리 기녀가 될 일도 없었겠지. 사내들의 틈에서 여인 취급도 받지 못하며 하루하루 술자리의 흥이나 돋우며 살지 않았겠지. 한 사내의 지어미가 되어 아이들을 키우는 그런 소박하고 평범한 꿈을 꿀 수 있었겠지."

천민으로 태어났지만 한 번도 그에 의문을 품은 적이 없던 연지였다. 그저 그런가 보다 받아들이고 그것이 당연하다고 마땅하다고 생각할 뿐이었다. 의문을 품고 다른 상상을 해본다는 것 자체를 큰 죄라 배웠고 그렇게 느껴왔다. 그랬기에 연지는 빙휘의 말이 너무나 무서워서 손이 바르르 떨렸다.

빙휘는 제 등 위에 있는 연지의 손이 떨림을 느꼈다. 연지의 성격을 알고 있는 빙휘였기에 그 반응이 당연하단 생각과 함께 피식 웃음이 새어 나왔다. 빙휘가 씁쓸한 웃음으로 돌아보며 연지와 눈을 맞췄다.

"사실 나는 노비보다도 못한 노예 출신인데, 노비를 부리고 있단 게 참 웃기지?"

"왜, 왜 그래. 그게 무슨 소리야."

연지의 얼굴이 빨갛게 물들었다. 연지는 참 잘도 얼굴이 빨개졌다. 이름값을 하는 건가 하는 장난 같은 생각이 얼핏 떠올랐다.

저 아이는 아무것도 재고 따지지 않고 그저 단순하게 살기에 그렇겠지. 그렇기에 천민의 삶도, 동기의 삶도, 노예 출신 기녀의 노비의 삶도 한 가닥 의문 없이 받아들이며 묵묵히 사는 것이겠지.

그러나 빙휘는 그러지가 않았다. 그렇게 되지가 않았다. 조용히 받아들이기엔 너무나 많은 것이 빙휘의 심기를 거슬렀다. 좀 더 무뎌야 하는데, 너무 신경이 예민하고 감정이 풍부한 탓이려나. 무표정을 가장하고 꾹꾹 눌러 왔던 감정들이 다시 용솟음쳤다. 그것은 모두 5년 만에 그 얼굴을 다시 마주하였기 때문이다.

"그래, 네 말이 맞아."

빙휘가 다시 알 수 없는 말을 내뱉으니 연지의 얼굴이 이번엔 하얗게 질렸다. 참으로 감정이 그대로 드러나는 얼굴이었다. 그래서 연지가 좋았다. 저와는 달라서, 감정을 꽁꽁 숨기고 있는 저와는 달리 그대로 얼굴에 떠올라서.

"그는 아직까지도 나를 보러 오지 않아."

밤새 빙휘의 머릿속을 떠다니던 질문은 일어나서도 그녀를 괴롭혔다. '왜 그는 나를 보러 오지 않는 것일까?' 대답할 수 없는 질문이었다. 아니, 대답할 수 있지만 대답을 피하고만 싶은 질문이었다.

그러나 그 질문은 떠올리지 않는 편이 나았을지도 몰랐다. 그 물음 탓이었을까, 기방에 나가 첫 주석에 들어서니 상석에 김일현이 앉아 있었다. 장지문을 반쯤 가린 휘장을 들어 올리며 들어서던 빙휘는 그의 얼굴을 보고는 손을 든 채로 굳어버리고 말았다. 손등에 올려 있던 얇은 휘장이 부드럽게 흘러내렸다. 그러나 그 손은 내려올 줄 모르고 허공을 얹고 있었다.

"왜 그리 서 있어? 앉지 않고."

김일현이 웃으며 제 옆자리를 톡톡 가볍게 두드렸다. 부드럽게 휜 눈꼬리가 꽃잎처럼 물결치며 위로 올라갔다. 아무 일도 없었다는 듯 천진하게 마주하는 김일현을 보며 빙휘는 당혹스러워 어찌해야 할지 감조차 잡지 못했다. 보러 오지 않는 이라, 보러 오지 않을 이라 여겼던 사람이 불쑥 눈앞에 나타나니 그 어떤 생각도 할수 없었다.

"……설마 기방에 찾아오실 줄은 몰랐습니다."

"이곳으로 찾아오면 날 만나주리라 생각했지."

그는 옆자리를 두드리던 것을 그만두고 소리 없이 웃음을 흘리며 술병을 집어 들었다. 선비의 잘은 손목은 술병마저 마치 찻주전자를 대하듯 기품이 있었고, 차를 따르듯 정갈하게 잔을 채웠다.

"보고 싶었다."

부드러운 목소리가 더없이 날카로운 비수로 들렸다. 움찔한 빙휘는 서둘러 손을 내리고 못 들은 척 사뿐한 걸음으로 주안상에 다가갔다. 그리고 언제나처럼 객의 맞은편에 앉아선 무릎 위에 손을 올리고 시선을 살짝 내리깔았다. 반쯤 감긴 눈동자를 덮은 눈꺼풀과 길게 뻗은 속눈썹이 매혹적이었다.

"독대라 들었습니다. 춤도 금도 원치 않으시고 그저 말벗이 필요하시다고."

"네 춤과 금은 내 익히 보고 들어왔으니 말이다."

제 잔을 채운 김일현의 빙휘의 잔까지 채우고는 손가락으로 가볍게 잔을 감싸 쥐었다. 시선은 내리깔았으나 자신을 바라보는 도화안을 무시할 수 없었다. 꽃잎마냥 흰 눈꼬리가 자신을 응시하고 있으니 빙휘가 슬쩍 눈을 감았다 뜨며 그를 바라보았다. 그를 따라 술잔을 들어 올린 빙휘가 깜빡임조차 없이 그의 눈을 똑바로 마주하며 술을 들이켰다. 동그랗고 매서운 눈이 냉랭하게도 쏘아대는데, 김일현은 여전히 웃는 낯으로 술을 한입에 털어 넣을 뿐이었다.

"어떻게 지냈는가?"

무엇이 그리 좋은지 매양 웃는 입술이었다. 술잔을 탁 소리가 나게 상에 내려놓은 빙휘는 그 미소가 난감하고 당혹스러울 뿐이라 무어라 답할 수가 없었다.

"내 생각은 간혹 했는지, 궁금하더구나."

"떠올릴 시간이 그리 많지 않았습니다. 매일 바빴으니까요."

"거, 서운한데?"

김일현의 눈썹이 위로 올라갔다. 과장스런 목소리에 장난스런 어투, 입안 가득 겨를 물고 있는 듯 껄끄러웠으나 뱉어낼 수도 없었다.

"설아에게 내가 겨우 그 정도였던 건가?"

"빙휘입니다."

"아, 그래."

아차하며 눈을 동그랗게 뜬 김일현이 색색의 옥돌로 장식된 갓끈을 매만지며 씩 웃었다.

"빙휘. 눈이 얼어버린 얼음, 빙휘."

속이 탔다. 앉아 있는 자리가 배겼다. 무릎 위에 올려놓은 손가락 하나하나의 위치가 신경 쓰였고 손가락의 각도나 마디의 꺾임 따위까지 거슬렸다. 살갗에 닿는 옷자락마저 신경을 곤두서게 했다. 차마 이 자리를 벗어나지 못하고 있는 것이 저자에 대한 미련 때문인지 기방 일에 대한 의무감 때문인지 스스로도 몰랐다. 불편함을 느끼면서도 감수하고 앉아 있을 뿐이었다.

그런 빙휘를 알면서도 모른 척하는지 김일현은 연신 웃음을 날리며 시시껄렁한 대화를 이어갔다. 그는 딱히 대답을 바라지 않는 모양으로 혼자서도 신나하며 말을 늘어놓았다.

"그때도 고왔지만, 더욱 예뻐졌어. 꽃이 피었다고나 할까? 난 알고 있었지, 너의 미색과 재기가 분명 빛을 발하리란 걸."

술잔이 비고 술병이 비어갔다. 같이 따르고 같이 비우며 같은 양을 마셨지만 역시 글만 읽던 선비라 그런지 김일현은 벌써 술기운이 돌며 혀가 풀리기 시작했다.

"명기라더니, 화대도 꽤 나가더구나. 웬만한 기생을 품에 안는 것보다 빙휘 네 얼굴 한 번 보는 것이 더욱 어려우니 말이다. 어려선 기생 일에 넌더리를 내는 것 같더라니 지금은 그도 아닌 모양이야?"

풀린 혀만큼 생각의 끈도 풀려 버렸는지 언사가 조절되지 않았다. 살짝 벌어진 입에서 달짝지근한 숨소리와 함께 웃음이 흘러나왔다.

"이만, 다음 주석에 나가 봐야 하여 일어나겠습니다."

술상을 넘어 김일현의 손이 빙휘에게 닿으려는 순간 빙휘가 그 손길을 피하며 자리에서 일어났다. 허공을 훑은 손을 멋쩍게 거두어들이는 김일현의 인상이 팍 구겨졌다. 그의 입에서 볼멘소리가 나왔다.

"내가 가장 먼저 와서 널 불렀는데? 내가 나가 보라 할 때까지 있어야 하는 것 아닌가?"

"나리의 말마따나 명기라, 이미 달포 전부터 예약된 자리들이 즐비하답니다."

"하, 예약이라. 그래, 선금으로 얼마나 놓고 널 묶어둔 것이야? 이 정도면 되겠어?"

김일현이 도포 안 자락을 뒤지더니 염낭을 하나 꺼냈다. 그의 급한 손놀림에 내던져진 염낭이 빙휘의 발치에 떨어지며 안에 들어 있던 엽전이 쏟아졌다.

"……겨우 염낭 따위로 저를 붙잡으시려 하십니까?"

"모자라? 하긴, 무려 청악의 명기인데 이 정도로는 어림없겠지."

품에서 염낭을 찾던 김일현이 세조대에 매달려 있던 장식을 뜯었다. 손바닥만 한 옥패가 빙휘의 치맛자락을 건들며 바닥에 뒹굴었다. 푸르고 투명한 청옥에는 부드러운 곡선 무늬가 양각되어 있었다. 그것을 바라보는 빙휘의 표정이 어두워졌다. 그 얼굴에 김일현이 재차 무언가를 내밀었다.

은괴. 손가락 길이의 둥근 은괴였다. 둥근 은괴의 곡선이 마치 자신을 비웃는 것 같았다. 붙잡는 손이 염낭과 옥패에 이어 은괴라. 빙휘의 입술이 떨렸다.

"이 정도면 예약을 파할 수 있을까?"

"더 버틴다면 금괴라도 나오리까?"

"금괴? 그도 무리는 아니지. 곧 자가에 연통을 넣어 가져오라 할 터이니……."

"많이 변하셨습니다. 아니, 애초에 이런 분이셨던 것을 제가…… 쇤네가 미처 알아 뵙지 못한 것인지요."

쇤네라 자칭하는 빙휘의 얼굴이 잠시 달아올랐다가 차분하게 가라앉았다. 그녀의 입가에는 이제 습관처럼 짓는 접대용 미소가 떠올랐다. 저와 쇤네의 차이, 그 먼 거리만큼이나 의미 없는 미소였다.

"좀 더 흥을 내고 싶으시다면, 다른 아이를 부르시지요."

"빙휘, 나를 두고 다른 사내에게 가려는 거야? 실로 내가 그 정도밖에 되지 않는가? 너에겐 그 어떤 이보다 내가 중한 것이 아니었어?"

돌아서 나가려던 빙휘는 질기게도 부여잡는 김일현의 목소리에 눈을 감고 한숨을 내쉬었다. 굳은 눈썹에 번쩍 눈을 뜬 빙휘가 뒤를 돌아보았다. 어느새 자리에서 일어난 김일현이 상을 넘어 그녀에게 다가오고 있었다.

"쉰네에게는 시답잖은 한담이나 늘어놓는 손보다는 춤과 곡조를 즐기는 손이 더욱 중합니다."

살짝 고개를 기울이며 인사를 한 빙휘가 휘장을 걷었다. 막 장지문을 열려는데 김일현이 손목을 잡았다. 술기운이 돌아 붉게 달아오른 손이 뜨거웠다.

"한담이라. 기껏 찾아와 겨우 한담밖에 늘어놓지 못하니 나도 참 어리기도 하지. 5년이야. 5년 만에 만난 이에게 농이라도 던지지 않고는 그 세월의 서먹함을 줄이기가 어려운 탓이었어. 실은, 실은 네게 이걸 주고 싶었을 뿐이야."

뒤적이던 품 안에서 비단보로 감싼 작고 기다란 함이 나왔다. 잡아챈 손 위에 그 함을 올려주며 그의 손가락이 빙휘의 손가락을 감싸 쥐었다. 손가락이 하나하나 뜨겁게 타올랐다. 그의 달짝한 호흡이 휘장 너머로 새어들었다.

다음 주석을 핑계로 김일현에게서 빠져나왔으나 사실 오늘은 예약된 자리가 없었다. 그가 쥐어준 함을 손에 쥔 채 방에서 나온 빙휘가 장지문을 닫고 잠시 문에 기대었다. 아직도 그에게 잡혔던 손이 뜨거웠다. 괜찮냐며 다가온 연지에게 입술을 몇 번 달싹이다가 고개만 저어 보이고는 긴 한숨을 내쉰 빙휘가 관자놀이를 지그시 눌렀다.

"오늘은 일찍 들어가 쉴게. 너도 그만 들어가 봐. 따라오지 않아도 괜찮아."

하얗게 질린 빙휘의 얼굴에 연지가 더 캐묻지 않고 순순히 고개를 끄덕였다. 그러나 아무래도 빙휘가 걱정된 연지는 별채까지 그녀를 부축하고 방에 들어가는 것을 보고서야 돌아갔다.

창문을 살짝 열어 연지가 돌아가는 것을 확인하고서야 빙휘가 쓰러지듯 보료 위에 주저앉았다. 잠시 멍하니 앉아 있던 빙휘가 문득 손을 내려 보고는 조심스럽게 서안 위에 함을 올려놓았다.

손바닥보다 조금 더 긴 길이의 가느다란 함을 한참 노려보던 빙휘가 머뭇거리며 비단보를 펼쳤다. 자개 장식이 앙증맞은 꽃 모양으로 박혀 있고, 걸쇠조차 달려 있지 않은 단순한 함이었다. 그러나 빙휘의 눈에는 복잡하게 꼬인 자물쇠라도 걸린 듯 보여 선뜻 뚜껑을 열 수가 없었다.

찾아와선 허튼소리만 늘어놓다가 재물 따위로 빙휘를 붙잡으려던 자였다. 그래, 겨우 그런 한심한 인사였다. 그 생각에 빙휘가 입술을 깨물고 뚜껑을 들어 올렸다. 뚜껑을 열자 긴 종잇조각이 가로로 반 접혀 있었다. 쪽지를 펼치니 작고 깔끔한 서체의 짤막한 문장이 쓰여 있었다.

─가장 아름다웠던 동기 시절의 빙휘를 기억하며······.

쪽지 아래에는 가늘고 긴 은비녀가 놓여 있었다. 비녀의 끝에는 활짝 핀 꽃 위에 앉아 있는 나비 장식이 달려 있었다.

"나비 비녀······."

심장이 쿵 내려앉았다. 나비 비녀를 보는 순간 다정했던 시절의 그가 밀려들어 왔다.

"아······ 아아!"

그는 모든 것을 잊어버린 듯 굴어야만 했다. 아는 척도 해서는 안 되었고, 지나간 일을 떠올리게 해서도 안 되었다. 그 순박한 미소와 멸시하던 눈초리와 염낭을 내던지던 주석의 웃음을 모두 한데 섞어서는 안 되었다.

그러나 모든 것이 일그러졌다. 마치 어린 도령마냥 나비 장식의 비녀를 쥐어주는 그는, 분명 5년 전 어린 동기를 비웃던 도령이었고, 화대를 올리며 기녀를 취하려던 한심한 양반이었다. 순진하다 하기엔 맹랑했고 역겁다 하기엔 정다웠다.

"차라리 찾아오지나 말지, 이게 다 무어답니까. 겨우 그 꼴이나 뵈주려 찾으셨습니까."

빙휘가 앞섶을 움켜쥐었다. 그녀의 얼굴이 잔뜩 틀어지며 눈꺼풀 사이로 물기가 배어들었다. 그녀의 바들바들 떨리는 몸이 움츠러들며 보료 위에 얼굴을 묻었다. 감은 눈 위로 김일현의 도화안이 떠올랐다. 그만큼이나 부드럽게 휘어진 입술이 떠올랐다. 그 곡선이 뱅글뱅글 돌며 하얀 소용돌이를 만들었다. 모두 잊었다고, 괜찮다고 생각했으나 다 커버린 첫정을 다시 마주하니 그 괴리감을 견디기 힘들었다. 그의 진심이 무엇인지 헤아릴 수 없었다. 실로 마음을 주었던 것인지, 그저 기녀로만 여긴 것인지 아리송한 태도에 혼란만 일었다. 그만큼 어지러운 눈물이 보료를 흠뻑 적셨다.

"제발."

뜨겁게 열이 오른 이마에 차가운 손길이 닿았다.

"제발 그만 떨쳐 내실 수는 없습니까?"

낮은 목소리가 울렸다. 빙휘가 떨리는 눈꺼풀을 겨우 들어 올리니 가득 찬 눈물로 흐릿한 시야에 하얀 그림자가 비쳤다.

"당신의 말대로 더는 나타나지 않으려 했습니다. 하지만 이리 괴로워하는데 어찌 지켜만 볼 수 있으리까? 이제 전 당신을 안을 수 있는 품이 있습니다. 그런데도 이전처럼 지켜봐야만 하는 것은 형벌입니다."

모든 것을 놓아버린 채 웅크리고 흐느끼던 빙휘의 몸이 가볍게 들어 올려졌다. 쏟아낸 눈물만큼 기운이 빠져 버린 탓에 제 몸을 이끌고 있는 손을 거부할 힘조차 없었다. 불덩이처럼 타오른 몸에 서늘한 옷깃이 스쳤다. 얼마나 시간이 흘렀는지 촛대는 이미 다 타 버려 꺼진 지 오래였고, 어둑한 방에 달빛만 새어들고 있었다.

멀리서 기방의 가벼운 소음이 들려왔다. 그리고 바로 귓가에서 떨리는 숨소리가 들렸다.

"저를 혼내고 타박하셔도 좋습니다. 하지만 이젠 당신의 말을 따를 수 없습니다. 이리 아파하는 모습을 지켜볼 수만은 없습니다. 모두 제게 내려놓고, 모두 제게 기대십시오. 제가 당신 대신 아파 해 드리리다."

커다란 사내의 품이었다. 들뜬 열이 서늘한 체온에 진정되듯 가라앉았다. 복숭아 꽃잎이 흩날리며 어지럽게 지끈거리던 머리의 통증이 서서히 사라지며 차분해졌다. 울음에 막혀 서툰 호흡을 내뱉던 입에서 흐끅거리던 소리가 멎어들고 가느다란 숨소리가 흘러나왔다.

"초사여……."

널따란 어깨에 머리를 누이고 있던 빙휘가 슬며시 눈을 떴다. 눈앞에 매끈한 목선에 튀어나온 목울대가 보였다. 조금 더 시선을 들어 올리니 하얀 달빛이 부서지는 부드러운 얼굴이 시야에 들어왔다. 그 누군가의 진한 도화안과는 달리 홑꺼풀의 긴 버들잎 눈 안에 온기를 머금은 잿빛 눈동자가 반짝이며 그녀를 바라보고 있었다.

언제나 초아의 붉은 눈을 바라보고 있자면 마음이 편안해져 평정을 되찾을 수 있었다. 그리고 그것은 초사여의 눈도 마찬가지였다. 뱀의 눈이라든지 붉은 눈이라든지 하는 것이 그녀를 편안하게 해주었던 것이 아니었다. 그 눈빛, 다정하게 감싸주는 눈빛이었다.

힘없이 초사여를 올려다보던 빙휘가 천천히 손을 들었다. 가느다란 손가락이 조심스럽게 초사여의 얼굴에 다가왔다. 손끝이 가볍게 콧잔등을 스치고 투명하리만치 새하얀 속눈썹을 건들었다. 버들잎 눈은 깜빡임 없이 빙휘를 응시했다. 반쯤 감긴 젖은 눈동자와 이슬이 맺혀 있는 속눈썹이 파르르 떨렸다. 다시 눈물을 쏟아낼 것만 같은 홍수를 머금은 눈망울에 초사여가 제 얼굴에 닿아 있는 그녀의 손을 살며시 감싸 쥐었다.

"항상 조심스러울 수밖에 없었고 지켜볼 수밖에 없었습니다. 당신은 인간이고 난 영물이니까."

그 진중한 울림이 가슴에 와 닿았다. 빙휘의 눈에서 강줄기가 한 가닥 흘러내렸다.

"네가 누구인지 모르겠어. 초아인지 초사여인지. 영물이라 니…… 그런 건 설화 속에만 나오는 거라 생각했는데."

초사여를 바라보는 빙휘의 눈에는 지금 두 사람이 보였다. 대체 어느 쪽이 맞는지 분간할 수 없는 두 사람. 뱀의 모습을 한 초아인 건지, 인간의 모습을 한 초사여인 건지 정체를 알 수 없는 백색의 사내. 그리고 자신을 실로 좋아했던 건지, 그저 가벼운 유흥으로만 여긴 건지 진심을 알 수 없는 김일현. 둘 다 두 가지 상반된 모습으로 빙휘에게 혼란을 안겨주었다. 두 가지 모습 중에 어느 쪽을 믿어야 하는지 머리가 아파왔다.

"초아인지 초사여인지, 무엇이 중요하리까."

초사여가 가볍게 쥔 빙휘의 손을 입가에 가져갔다.

"뱀의 형상이든 인간의 형상이든 저는 그저 저일 뿐입니다. 어떤 모습을 하고 있든 전 당신을 아끼고, 애달파하고, 떠올리고, ……연모합니다."

부드러운 입술이 손에 닿았다. 뜨거운 숨이 가볍게 불어왔다. 깊숙이 집어삼킬 듯 손가락을 훑던 입술이 여린 소리를 내며 살며시 떨어졌다. 두 눈을 감고 빙휘의 손에 입을 맞추었던 초사여가 옅은 미소를 지으며 눈을 떴다. 그의 눈동자가 다시 빙휘를 향했다.

"당신이 저를 초아로 대하든 초사여로 대하든 상관없습니다. 그저 당신이 편한 대로 대하시면 됩니다. 억겁을 살아온 영물이라 어려워하지 마세요. 초아라 부르며 저를 곁에 두었을 때도 지금과 마찬가지로 전 억겁을 살아온 영물이었으니까, 제가 당신의 초아라는 것은 변하지 않습니다."

"어느 쪽이든…… 상관없어?"

"예, 상관없습니다. 당신을 연모하는 제 마음만은 분명하니, 저를 물리치지만 않으신다면 그로 충분합니다."

"상관없다고……. 그 마음만은 분명하니…… 충분하다고."

초사여가 고개를 끄덕였다. 그의 입가에는 미소가 번져 있는데 빙휘의 눈가에는 물기가 스며들었다. 연모를 말하는 초사여에게는 미안했지만, 빙휘에게 그의 고백은 들리지 않았다. 아직도 빙휘에게 그는 영물이라는 낯선 존재에 불과했고, 진정을 느끼기엔 현실감이 없었다. 그러나 초사여의 말이 한 단어, 한 단어 빙휘에게 박혔다. 그 단어에 담겨 있는 초사여의 감정은 제한 채 새로운 의미를 담아 곱씹는 빙휘였다.

상관없었다. 어느 쪽이든 상관없었다. 분명하고 명쾌한 마음이 하나 있을 뿐이었다. 그 마음만은 또렷하니 그로 충분했다. 초사여의 이중성을 바라보며 빙휘는 이중성을 띤 또 다른 사내를 떠올리고 있었다.

"그가 어떻든 상관없는 거야? 내 자신의 마음만 또렷하다면 상대야 어떻든 내 마음이 중하단 거지?"

"그렇습니다, 어린 임이여."

"내 마음, 내 진정."

무엇보다 자신이 중하다는 것. 그것은 동기 시절부터 읊조렸던 빙휘의 소망과 일맥상통하는 것이었다. 그리 외웠으면서도 어리석게도 첫정이란 감정 앞에서는 자신을 잃어버린 채 속절없이 휘둘리고 말았다. 빙휘는 새삼 저의 신념을 떠올리며 나지막이 중얼거렸다.

빙휘의 눈이 자신이 아닌 어딘가 먼 곳을 보고 있는 것을 알고 있는 초사여였지만 그 너머 어딘가를 향하고 있는 빙휘의 눈동자를 바라보며 그는 그저 미소를 지을 뿐이었다. 지금은 빙휘가 영물인 자신을 거부감 없이 받아들이는 정도로 족했다. 저를 통해 다른 이를 보고 있다 하더라도, 다시 자신을 돌아보게 할 시간은 앞으로도 넉넉히 넘쳐흐를 터이니— 일단 지금은 빙휘의 곁에 머무를 수 있는 것이 중요했다.

"상관없어."

긴 울음에 지쳤던 빙휘가 몰려오는 고단함에 눈을 감았다. 그녀는 여전히 초사여에게 몸을 맡긴 상태였다. 그녀는 더 이상 혼란하지 않는 듯싶었다. 눈앞의 초사여는 단지 전보다 몸집이 다소 커지고 의사소통이 가능하게 된 초아에 지나지 않는다고 여기는 듯했다.

"내 마음은 분명하니까."

그녀의 입가에 희미한 미소가 떠올랐다. 체념이 어린 미소는 슬퍼 보였지만 그래도 전보다는 평온해 보였다. 그녀가 고개를 살짝살짝 흔들어 초사여의 어깨 위에서 적당한 자리를 잡았다. 마치 어린아이처럼 초사여의 품에 안긴 빙휘가 그의 어깨에 머리를 누인 채 휴식을 청했다.

초사여의 손에 담긴 그녀의 손에서 힘이 빠져나갔다. 그녀의 몸 역시 힘을 빼고 편안하게 그에게 기대왔다. 오롯이 몸을 내맡긴 이 무게, 그토록 품고 싶었던 느낌이었다. 잠든 손을 그녀의 가슴께에 얹어주고 잠시 빙휘를 꼬옥 그러안은 초사여가 보료 위에 그녀를 뉘었다.

얼마나 진을 뺐던 건지 빠르게 잠든 빙휘의 이마에 머리칼이 가닥가닥 들러붙어 있었다. 붉게 달아오른 눈가는 부어오르고 뺨 위로 어지럽게 눈물 자욱이 흐드러졌다. 그 얼굴이 안쓰러워 한참 바라보던 초사여가 조심스럽게 이마에 붙은 머리칼을 한 가닥씩 떼어내 쓸어 올렸다.

"그 도령 탓인지 생각보다 당신이 절 쉬이 받아들이신 듯합니다."

저를 바라보던 그 놀란 눈과 경악이 어린 얼굴에 어쩌면 다시는 빙휘의 앞에 서지 못하게 될지도 모른다고 생각했었다. 다행이란 생각이 들면서도 어딘가 씁쓸한 것은 어쩔 수 없었다.

"도령에게 감사해야 할까요."

마지막으로 빙휘의 머리를 천천히 쓰다듬으며 초사여가 미소를 지었다. 썩 달지만은 않은 미소였으나 다시 그녀의 잠든 머리맡을 지킬 수 있게 된 것으로 만족하고 싶었다.

지친 잠에서 깨었을 때 눈앞에 초아가 똬리를 틀고 자고 있었지만 빙휘는 꺼리지 않았다. 예전처럼 슬쩍 비단결 같은 몸을 한 번 쓸어줄 뿐이었다. 이 손 끝에 초사여의 은회색 머리칼과 길고 단단한 몸이 스친 것일까 하는 생각에 민망하기도 했지만 한편으로는 재미나기도 했다.

우려했던 것과는 달리 빙휘는 꽤 멀쩡해 보였다. 하룻밤의 흐느낌에 모든 잡념을 흘려보냈는지 이전과 같은 흐트러짐 없는 모습을 고수했다. 그리고 전처럼 초아를 품에 넣고 다니지는 않았지만 곁에 두고 가끔씩 눈을 맞추고는 했다.

그렇게 봄이 지나고 여름이 다가오고 있었다. 꽃잎이 저물면서 나뭇잎이 초록을 더했다. 바람이 불고 공기가 달라졌다.

그런 어느 날, 빙휘는 말벗을 찾는다는 주석에 들어가게 되었다. 보통 빙휘를 찾는 이들은 금과 춤 둘 중 하나를 불렀기에 말벗이란 말에 혹시나 하는 감이 왔다.

"오랜만이야."

상석에 앉아 있는 김일현을 보았을 때 빙휘는 놀라지 않았다. 그녀는 대수롭지 않게 인사를 올리고 주안상에 다가갔다.

"그간 잘 지냈어?"

마치 어제 본 동무를 만나는 듯 평이한 말투였다. 또 지난날의 일들은 모두 잊었는지 나긋나긋 웃고 있는 그를 보니 빙휘는 피식 웃음이 새어 나왔다.

저런 치였다. 아무 일도 없었다는 듯이 웃기만 하는 사내, 앞으로는 진정을 말하면서 결국은 전두를 내놓으며 기녀를 부르듯 저를 부르는 사내. 김일현은 언제나 기방을 통해, 전두를 통해서만 빙휘를 찾았다.

"참…… 태연하십니다."

빙휘의 말에 싱긋 웃어 보인 김일현이 술병으로 손을 뻗었다. 그러자 빙휘가 우아하지만 빠른 손놀림으로 먼저 술병을 잡았다.

"처음엔 말입니다."

왼손으로 소맷부리를 감싸 쥐고 오른손으로 술병을 들어 올린 빙휘가 맵시 있는 놀림으로 술잔을 채웠다. 술줄기가 가느다랗게 술잔 안으로 떨어지며 맑은 소리로 울렸다.

"처음에는, 날 가지고 놀았을 뿐인 걸까, 진정 정을 줬던 적은 있는 걸까 의심하고 의문하였습니다. 그 옛날에도 지금도. 한 번이라도 진정을 품긴 했을까 궁금하였습니다."

"나는……."

"아니, 말씀 마십시오."

빙휘가 그의 말을 끊고 가로채는 것과 동시에 술잔을 울리던 소리가 끊겼다.

"이젠 상관없습니다. 나리의 마음이 어떠했건 하등 상관없습니다. 그 어린 도령에게 연정을 주었던 쇤네의 마음만은 분명하니, 그로 충분합니다. 도령을 연모했던 쇤네의 마음이 진실하니, 이로 족합니다."

김일현의 잔만 채운 빙휘가 술병을 소리 없이 내려놓고 손을 거두었다. 그에게 말자루를 넘긴다면 또다시 그의 언변에 휘둘릴 것 같았다. 때문에 빙휘는 그가 입을 열 틈을 주지 않고 쉼 없이 말을 쏟아냈다.

그 어느 쪽이든 상관없었다. 김일현의 진정이 어느 쪽이었든, 중요한 것은 빙휘 자신의 마음이 분명했다는 사실뿐이었다. 그 슬픔에 잠겼던 밤에 초사여를 보며 깨달은 바였다.

"어린 시절의 모자란 첫정으로 그렇게만 기억했으면 좋았을 걸, 차라리 나리를 다시 뵙지 않았다면 그 추억에 그저 철없던 도령으로만 기억할 수 있었을 텐데. 그렇다고 나리를 탓할 생각은 없습니다. 단지 아쉬움만 남을 뿐이지요."

빙휘가 품에서 무언가를 꺼냈다. 말벗을 청한 손이라는 말에 연지를 시켜 미리 챙겨둔 물건이었다.

"이것은 제가 받을 수 없는 물건이라 돌려 드리겠습니다. 부디 정중한 선비처럼 사십시오. 쇤네의 어린 첫정이 더는 빛바래지 않도록, 더는 욕되지 않도록."

그 말을 남기며 빙휘가 자리에서 일어났다. 그녀는 김일현과 눈을 마주치지 않으려 노력하며 세차게 몸을 돌린 순간이었다.

"여전하구나, 여전해. 주제도 모르고 고고한 척 구는 건. 아니, 명기 소리 좀 듣는다고 좀 더 심해졌나?"

조롱 어린 목소리가 뒤에서 빙휘의 발길을 붙잡았다. 당황보다는 웃음이 번졌다. 입꼬리가 살짝 들려서 힐끔 뒤를 돌아본 빙휘의 눈에, 안면 몰수하고 모진 말을 쏟아내던 어린 도령의 얼굴과 같은 표정으로 조소를 날리고 있는 김일현이 들어왔다.

"그래도 어릴 적에 귀여운 맛이 있었기에 이리 재회한 것도 연이라, 오랜만에 즐겨볼까 했더니 시종일관 철벽이라. 가는 게 있으면 오는 게 있어야지 않느냐?"

"이것이었습니까?"

눈물을 머금고 사죄하던 선비는 이 자리에 없었다. 어디까지가 꾸며낸 모습인지는 모르겠지만 일단 지금만큼은 본심이 분명했다. 첫정을 더 이상 욕되지 않게 해달라고 부탁한 말이 아직도 허공을 맴돌고 있는데, 김일현은 다시 또 그 정 없는 얼굴을 내밀고 있었다.

"나리의 본심은 이런 것이었습니까?"

"본심? 천한 기생 년에게 내어줄 본심 따위가 있을 성싶으냐? 안타깝게 되었어. 네년이 좀 더 영특하게 굴었더라면, 내 친히 첩으로 들여줄 용의는 있었는데 말이다. 명문가의 후실이 될 기회를 놓쳤구나."

"기회라……."

우스웠다. 결국 재회에서부터 지금까지 모든 날들이 김일현의 알량한 유흥에 지나지 않았던 것이다. 고민하며 쏟아냈던 눈물이 아까울 지경이었다. 그래도 끝에서는 그가 어떤 인물상인지 분명히 알게 되어 다행인가도 싶었다. 미련하게 남아 버릴 미련조차 한 가닥 남지 않고 깔끔히 치워 버릴 수 있을 듯했다.

"그런 기회, 이쪽에서 먼저 사양입니다."

"사양이래도 늦었다. 자넨 이미 놓쳤어."

"놓친 것이 아니라 잡지 않은 것입니다. 나리의 진정이라곤 한 오라기도 담기지 않은 놀음 따위 애당초 잡을 생각조차 없었습니다."

더는 말을 섞고 싶지 않았다. 이 이상으로 진흙탕을 보고 싶지 않았기에, 빙휘는 이어지는 김일현의 말을 무시하고 방을 나가 버렸다. 한 상 가득 차린 주안상 위에 가득 찬 술잔이 하나, 빈 술잔이 하나 놓여 있었다. 누군가가 앉아 있어야 할 자리에는 비단보에 싸인 가느다란 함 하나만 놓여 있었다.

빙휘는 어떻게 그 방을 나왔는지 기억나지 않았다. 정신을 차리고 보니 걱정스런 얼굴로 저를 바라보는 연지와 함께 뒤뜰 바위에 앉아 있었다.

"주석서 무슨 일이라두 있었어?"

연지의 물음에 빙휘는 그저 고개를 저었다. 가슴이 답답했다. 갑작스런 마주한 본심에 어이가 없었지만 뭐라 할 말도 없었다. 그에게서 무언가를 기대한 것은 아니었으나, 씁쓸함은 숨길 수 없었다.

"그 정도로 내가 의미가 없었던 걸까."

입안이 썼다. 언짢았다. 빙휘의 중얼거림에 연지는 입을 다물고 얌전히 앉아서 고개를 숙였다. 지난 꽃놀이 이후로 빙휘가 이상했다. 근자에는 괜찮아졌다고 여겼었는데 그도 아닌 모양이다. 이 모두 김일현 탓이리라.

"아직도 많이 좋아하는구나."

"아니."

연지의 말이 끝나기가 무섭게 빙휘가 딱 잘랐다. 한 치의 머뭇거림도 없는 짧은 대답이었다. 빙휘가 눈을 감았다.

"그저 당황했을 뿐이야, 묻어둔 기억을 준비조차 하지 못하고 마주한 탓에. 그 사람에게 남은 정은 한 포기도 없지만, 그와 함께 떠오르는 어린 마음의 기억 때문에 당황스러웠을 뿐이야."

눈을 감으면 자꾸만 떠오르던 어린 도령의 얼굴이 있었다. 그 얼굴에 그립다는 생각이 들까 봐 두려워 애써 무시하고 아니라고 저를 속여왔던 얼굴이었다. 선명하던 그 얼굴은 오 년이 지난 후에 그를 마주하니 오히려 뿌옇게 흐려졌다.

생각만 하고 있었을 때는 몰랐는데, 그의 실체를 마주하고 나니 한껏 흔들리고 한껏 울고 한껏 엉망이 되어 지친 마음을 부여잡고 있어보니, 전혀 딴사람 같은 그의 본심을 마주하여 한차례 씁쓸함을 곱씹고 나니 오히려 홀가분해지며 모든 것이 확실해졌다.

김일현은 오 년간 한 번도 자신을 찾지 않았다. 결국에 마지막에 털어놓는 말이라곤 어릴 적과 다를 바 없는 안하무인격의 언사였다. 그의 속내를 도통 헤아릴 수 없었지만, 그의 행동은 분명하게 눈에 보였다.

"이젠 정말로, 아무렇지 않아."

우스웠다. 선심 쓰듯 후실 자리나 내어주겠다며 유흥 삼아 정인 놀음이나 하자 싶을 정도로 자신이 의미가 없었음이 우스웠다. 오랜만의 재회에서 입술이나 탐하려 들던 모습이 우스웠다. 자신을 이 정도도 생각해 주지 않는 이에게 붙잡혀 있었던 어리석음이 우스웠다. 혼자 애태우고 혼자 애달파한 자신이 우스웠다. 그에게는 단지 한낱 기녀에 지나지 않았을 자신의 마음이, 너무나 우스웠다.

아무것도 거짓이라 생각하지 않았다. 그가 웃어 보인 것도, 진정이라 말하던 것도, 그의 따스한 품도, 차갑게 돌아선 등도, 미안하다던 눈물도 거짓이라고는 생각하지 않았다. 그저— 가벼웠을 뿐이리라.

"미워도 내 임이요, 못나도 내 임이라."

진정을 품기엔 그 마음이 너무나 가벼웠을 뿐이리라. 빙휘는 이제야 제대로 '일현 도령'을 보낼 수 있었다. 첫정이란 의미를 두고 있었지만, 그저 지나간 정일뿐이었다. 계속 붙잡고 있을 의미가, 빙휘에게도 이젠 남지 않았다. 그나마 다행인 점은, 빙휘가 스스로 마음을 정리한 후에 그의 본심을 마주한 것이었다. 만약 아직도 빙휘가 그의 진정에 매달려 흔들리고 있었더라면, 이번에야말로 재기할 수 없을 정도로 속절없이 쓰러지고 말았을지도 몰랐다. 거기까지 생각이 미치니, 마음을 잡을 수 있도록 긴 이야기를 꺼내준 초사여가 고마웠다. 어쩐지 후련한 마음에 빙휘는 탈탈 먼지를 털듯 잡념을 털어내고 일어섰다.

"이제야 참으로…… 아무렇지도 않구나."

방으로 돌아온 빙휘는 경대 서랍의 비녀를 바로 내버리지 않았다. 사실 화장을 지우고 잠자리에 들 준비를 하느라 비녀에 대한 생각을 미처 떠올리지 못했었다. 그를 마음에서 보내고 나니 그리 부여잡고 있던 비녀조차 떠올리지 못했다. 여러 날이 지나고 나서 한가롭던 어느 날 아침, 덧없이 경대를 바라보다가 문득 떠올리고 서랍을 열어 꺼내어서 연지에게 버리라는 말 한마디 이르고 끝이었다.

빛을 잃고 탁해진 장식의 나비 비녀. 한때는 반짝이며 빛나게 흔들리던 때가 있었다. 그러나 지금은 비녀대가 부러져 꽂지도 못할 비녀였다.

06. 저문 빛

　근래 들어 연지의 외출이 잦았다. 연지는 빙휘의 몸종이었기 때문에 기방에 속한 다른 노비들보다 훨씬 일이 적었다. 빙휘의 곁에서 수발을 드는 것 외에는 간단한 빨래를 하거나 식사를 챙기기만 하면 되기에 멀리 떨어질 일이 없었다. 할 일이 없을 때에도 그저 빙휘의 옆에 앉아서 잡담을 주고받거나 가만히 시간을 보내고는 했는데, 요새는 빙휘의 옆에 붙어 있는 일이 적었다.

　세어보니 이틀을 붙어 있으면 이틀은 나가 있는 것이었다. 하루 종일 무엇이 그리 바쁘냐고 물어도 배시시 웃어넘길 뿐 이렇다 할 대답을 해주질 않았다. 그래도 일이 없어도 옆자리를 지키고 앉아 있는 것보다는 밖으로 나도는 것이 차라리 마음이 편했다. 항상 제 옆에만 붙어 있는 연지에게 미안하기도 했는데, 그녀에게 뭔가 취미라도 붙은 것 같아 안심이었다.

빙휘가 연지에게 모든 것을 맡기는 성격이 아니었기에 연지가 없으면 혼자 알아서 치장을 하고 정돈을 하였지만, 항상 옆에서 종 알거리던 연지가 없으니 조금 쓸쓸하기도 했다. 초아야 옆에 있어도 대답할 줄도 모르고 혀만 날름거리기에 혼자 내뱉은 말이 을씨년스럽기까지 했다. 그렇다고 낮에 초사여의 모습을 보이는 것은 위험하기도 하여 자제했다.

적화는 다른 기방에 있기에 자주 보기가 서로 어렵기도 했고, 이제 빙휘의 자리가 슬슬 잡혀가니 바람막이 역할을 해주던 고록경 대감도 발걸음이 점차 뜸해졌다. 그러니 자연스레 후명과의 왕래가 잦아졌다.

후명을 어머니라 부르고는 있었지만, 거리감이 있는 것은 사실이었다. 그녀를 마주하고 있으면 자연스레 다른 이들의 얼굴이 겹쳐 마음이 불편한 탓이었다. 그 옛날의 어린 동기의 얼굴이 떠올라 죄책감이 짓눌렀고, 저를 아끼는 고록경 대감의 얼굴이 떠올라 꺼림칙한 기분이 들기도 했다. 친어미만큼이나 자상하게 대해주는 후명이었지만, 두 사람의 이야기를 꺼내려고만 하면 무서운 얼굴로 돌변하며 말문을 돌렸다. 후명의 친딸에 대한 사과야 아무리 말해도 못 미칠 것을 알기에 차치하더라도 고록경 대감에 대한 엇나간 원망은 풀어주고 싶었건만 말조차 꺼낼 수 없으니 답답했다.

때문에 항상 본론을 꺼내지도 못하고 겉도는 얘기만 하느라 속이 답답해서 거리를 좁히지 못했었다. 하지만 남아도는 시간에, 빈 연지의 자리에 담소나 나누며 함께 보내다 보니 빙휘는 또 금방 후명에게 마음을 열게 되었다. 자주 찾다 보니 후명도 빙휘처럼 차를 좋아한다는 사실을 알게 되어 그녀와 함께하는 시간이 점점 즐거워졌다.

빙휘는 차를 즐기기는 하나 그 종류에 대해 잘 알지 못하여, 그저 연지가 차려주는 다과상을 받기만 했었다. 한데 후명은 다양한 차 종류를 즐기고 비싼 찻잎도 사들일 정도로 관심의 깊이가 남달랐다. 후명의 방의 화려한 장식장 안에는 그녀가 모은 다과도구들이 가득했다.

"사내가 생긴 모양이지."

눈을 감고 차향을 깊게 음미하던 후명이 무심하게 툭 던졌다. 그 말에 빙휘가 당황하여 찻잔을 놓칠 뻔했다. 찻잔을 떨어뜨릴까 봐 두 손으로 움켜쥐고 놀란 눈으로 빙휘가 후명을 쳐다보았다.

"무에 그리 놀라?"

후명이 한쪽 눈을 슬쩍 뜨면서 교태롭게 웃었다.

"계집이 제 할 일도 잊고 그리 나다닐 일이 무어 있겠어. 정분난 것이 분명해."

"연지가요?"

딱 잘라 말하는 후명에 빙휘가 고개를 갸웃거렸다. 빙휘가 보기에 연지는 저를 꾸미는 것밖에 모르는 아이였다. 뭐라도 사 먹고 예쁜 것이라도 사라며 돈을 쥐어주면 어김없이 빙휘의 옷을 지을 비단을 사오거나 빙휘의 치장을 할 장신구를 사오고는 했다. 가체를 앞에 두고 골똘히 생각에 잠겨 있기에 무얼 하냐고 물으니, 어떻게 틀어 올려야 고와 보일까, 새롭게 얹는 방법이 없을까 고민하고 있었다고 대답하기도 했다. 또 한참을 달그락거리기에 뭘 하는지 봤더니, 밤마다 제 얼굴에 바르는 꿀에 이것저것 넣어보며 시험을 하고 있었다.

빙휘 본인보다도 더욱 빙휘에게 신경 쓰는 연지였기에, 후명이 당연하다는 듯 하는 저 말이 생소하게 들렸다. 정말 그런 것일까 하고 생각하고 있는데 문득 현석염의 앞에서 붉어지던 연지의 얼굴이 떠올랐다. 그리고 처음으로 말다툼을 하였던 밤이 떠올랐다.

"하지만 그는 혼인을 한 몸인데……."

혹시 연지가 현석염과 만나는 것일까 하는 생각에 저도 모르게 이런 말을 중얼거렸다. 빙휘가 그리 달라붙는 현석염을 모른 체한 것은 그가 혼인한 몸인 탓이기도 했다. 물론 자신은 기녀였지만, 내자가 있는 사내의 정까지 받아내고 싶지는 않았기 때문이다.

"혼인? 누가 혼인을 해?"

"에, 그…… 어쩌면, 연지가 만나고 있을지도, 모를…… 사내가요."

빙휘의 중얼거림을 놓치지 않고 후명이 물었다. 빙휘가 떠듬거리며 대답을 하니, 후명이 높은 목소리로 웃는 것이었다.

"그게 대수더냐?"

웃으며 손을 내젓는 후명의 모습에도 빙휘는 그저 눈을 깜빡일 뿐이었다. 그 모습에 후명이 어쩔 수 없다는 듯이 고개를 흔들었다. 빙휘는 기녀답지 않게 너무 곧았다. 그저 흐드러지게 피어오르는 꽃망울이든지 푸지게 퍼지는 꽃잎장이라면 좋으련만, 빙휘는 청초한 한 떨기 난 줄기요, 굽이 칠 줄 모르는 곧은 대나무였다.

"천한 년이 어디 지어미 노릇을 하겠어. 똑같이 천한 놈한테나 바가지 긁는 본처 자리 꿰차 앉고 말지. 아무리 본처가 좋다고 해도, 재물 많은 양반네 첩 자리에 비할쏘냐."

대수롭지 않게 말하는 후명이었건만 첩이란 말에 빙휘의 얼굴은 딱 굳어버렸다. 후명은 그 얼굴을 보고도 모른 척 홀홀거리며 말을 이어갔다.

"연지 그년, 재주도 좋아. 어찌 화초는 올리지도 못해서 노비가 되었으면서두 어디서 잘난 양반이라도 하나 주워 물었나? 노비첩이야 기생첩보다 좀 처져 보인대두, 뭐 어차피 천첩은 둘 다 똑같은 천첩이니까. 첩질은 양첩보단야 천첩이 욕은 덜 먹지."

"모를 일입니다."

빙휘의 미간이 살짝 좁아졌다.

"사내를 만나는 것인지, 제가 생각한 그이를 만나는 것인지. 아니면 그저 다른 취미나 소일거리가 생겨 바쁜 것일지. 아직은 모를 일입니다."

"뭐, 그래. 그럴 수도 있고."

빙휘가 정색하고 말하니 후명이 둘러 대답하며 고개를 끄덕였다. 그러면서도 차를 홀짝 마시며 중얼거리는 것은 잊지 않았다.

"아닐 수도 있고."

웃음 띤 눈이 아무래도 후명은 자신의 짐작이 확실하다고 여기는 것 같았다. 빙휘의 미간에는 힘이 풀리지 않았다. 사실 후명의 말은 빙휘의 심기에 거슬릴 뿐이지 틀린 말은 아니었다.

"없는 이 얘길 계속해서 뭐 하겠어. 어서 들으렴. 차 식겠다."

빙휘의 기분이 안 좋아 보이자 후명이 말을 돌렸다. 그 후로 후명과 평소와 같은 잡다한 이야기를 나누었지만 빙휘의 신경은 온통 연지에게 쏠려 있었다. 그저 자신이 아닌 다른 것에 흥미를 두어 바쁠 뿐이려니 여겼던 공백에 후명의 말로 인해 다른 의문이 피어올랐다.

이제 치장을 하러 가야겠다며 후명의 방을 나와서 곧장 처소로 향한 빙휘가 방에 들어섰다. 방은 자신이 나왔던 후로 들었던 사람이 아무도 없었는지 싸늘했다. 툇마루를 내려온 빙휘가 주변을 둘러보았다.

"저기……."

별채에서 일하는 노비를 발견하고 이름을 몰라 그리 부르니, 노비는 알아서 쪼르르 빙휘의 앞으로 다가왔다.

"혹 연지를 봤어? 내 몸종인데."

"연지 알아요. 글쎄, 아까 낮에 나가는 거 보고는 별채에선 못 봤는데."

고개를 흔드는 노비의 모습에 빙휘가 손짓을 했다. 노비는 머리를 꾸벅이고는 자리로 돌아가 싸리비를 들었다. 별채는 한가로워 보였다. 기녀들이 기방에 나갈 치장을 할 시간이라 다들 방에 들어가 있어서, 커다란 마당에 사람이라고는 빗질을 하는 노비 하나뿐이었다.

황망히 서서 그 모습을 바라보고 있으려니 가슴이 먹먹해 왔다. 연지를 찾고 싶은 마음은 조급한데 어디서부터 어떻게 찾아야 할지 아무것도 알 수 없었다. 연지가 갈 만할 곳이 어디일지 짐작도 되지 않았다. 마음만 급할 뿐 걸음 하나 뗄 수 없었다.

"천첩은 천첩이니까."

후명의 목소리가 떠올랐다. 빙휘가 입술을 잘근 깨물고 돌아서 디딤돌에 혜를 아무렇게나 벗어 던지고 툇마루에 올라섰다. 장지문을 여닫는 손이 거칠었다.

번다한 잡념을 떨쳐 내려 치장을 준비하는 빙휘의 동작이 빨랐다. 평상복을 내던지고는 겹겹이 속치마를 둘러싸고 큼지막한 금박이 박힌 붉은 치마를 두르니 여러 겹 겹친 속치마에 치맛자락이 풍성하게 부풀었다. 소매 끝이 은박으로 둘러진 은근히 속이 비치는 검은 저고리를 마저 입은 빙휘가 가체와 장신구, 화장도구를 경대 앞에 꺼내놓고 앉았다. 가체를 틀어 올리고 장신구를 달고 화장을 하는 손이 어찌나 빠르고 매서운지 마치 전장에 나서는 장수가 무기를 챙기는 기세 같았다. 빠른 손놀림에 빙휘가 직접 한 치장치고, 아니, 연지가 해준 치장까지 통틀어 여태껏 빙휘의 치장 중 가장 화려한 화장이 완성되었다.

복색부터 평소에는 잘 끼지도 않는 가락지까지 끼며 할 수 있는 치장은 모두 하였건만 아직도 기방에 나가려면 시간이 한참이나 남아 있었다. 그 말은 연지가 돌아올 때까지도 한참의 시간이 남았다는 말이었다. 한 번 나간 연지는 기방 일이 시작될 때 부랴부랴 돌아오기 일쑤였다. 어떤 날은 지나치게 늦어 빙휘가 주석에 들어가고 나서 돌아올 때도 있었다.

"대체 뭐가 그리 바쁜 걸까?"

경대 뒤에서 고개를 내밀고 바라보는 초아를 향해 빙휘가 물었다. 그러나 돌아오는 것은 역시나 대답이 아닌 혀놀림뿐이었다. 빙휘가 건네는 말을 초아가 알아들을 수 있다는 것은 알지만, 초아가 하는 말을 빙휘는 이해할 수 없기에 고개를 내저을 따름이었다. 딱히 처소에서 할 일도 없었기에 기방에나 미리 나가 있을 생각으로 빙휘가 자리에서 일어났다. 초아에게 다녀오마고 인사를 하고 가야금을 들고 방을 나서는데, 오늘따라 유난히 금이 무겁게 느껴졌다.

"이 무거운 걸 연지는 매일 군말 없이 들고 다닌 건가?"

연지가 빙휘보다는 몸집이 크기는 하지만 그래도 같은 여인인데, 몸종이라고 너무 부렸나 싶어 연지에 대한 미안함이 피어올랐다. 그래서 이 무거운 것을 벗어 던지고 싶어 밖으로 도망간 걸까 하는 생각이 스치자 코끝이 찡해왔다. 조금 전까지는 그리 분분하더니 금세 침울해져서 기방 마당을 지나는 걸음이 굼떴다.

대들보에 금을 기대어놓고 대청에 걸터앉아 연지 생각에 한숨을 내쉬었다 하늘을 보았다 하는데, 아직 아무도 들지 않아 한적한 탓인지 먼지 구르는 소리마저 들릴 것 같았다. 기방의 고요함은 드문 일이라 귀를 기울여 그 적막을 듣고 있는데, 문득 어딘가에서 웃음소리가 들린 것 같았다. 벌써 객이 들었나 싶었는데, 쉬쉬거리며 숨죽인 웃음소리가 이어지니 어딘가 의문스러웠다. 철없는 어린아이나 주머니 가벼운 나그네가 몰래 숨어들었나 싶어 빙휘가 웃음소리를 따라 걸음을 옮겼다.

소리는 맨 끝 방에서 나고 있었다. 맨 끝이라 가장 바깥쪽, 솟을 대문과 가까운 곳이었다. 기방을 드나드는 객들과 기녀들의 호객 소리까지 들려 가장 먼저 시끄러워지고 가장 늦게 조용해지는 방이었기에 주석이 잡히는 일이 없어, 보통 기녀들이 잠깐 앉아 쉬는 방으로 쓰이는 곳이었다. 숨어들 것이면 들키지 않게 깊숙한 방을 찾을 것이지, 가장 바깥의 방을 고르다니. 도망치기 수월하니 그런 것일까 하는 생각으로 목소리에 귀를 기울이지 않고 장지문을 열어젖히고 빙휘는 잠깐 아차 싶었다.

안 그래도 어지러운 심기에 불청객들을 어찌 내쫓을까 하는 생각뿐이었던 빙휘는 방 안에 있는 두 사람을 보고 당황하여 장지문을 밀어 연 자세 그대로 굳어버렸다. 당황한 것은 빙휘만이 아니었다. 소반 위에 술병 하나, 전 한 접시뿐이라 조촐하긴 하였으나 나름 술상까지 차려놓고 거의 품에 안기다시피 붙어 있던 두 사람 역시 빙휘의 등장에 당황하여 떨어질 생각조차 못하고 놀란 눈으로 빙휘를 올려다보았다.

"비, 빙휘야, 어찌 이리 이른 시각에 기방엘⋯⋯."

아직 기방에 나올 시각이 아니었는데 이곳에 서 있는 빙휘의 모습에 제 꼴은 어떤지도 모르고 그런 말을 내뱉는 것이 어이가 없었다. 보고 서 있는데도 눈앞의 상황이 믿기지 않았다. 방 안에 있는 것은 연지였다. 아니, 연지와 현석염이었다.

"등잔 밑이 어둡다더니, 매일 어딜 그리 쏘다니다 했는데 코앞 기방에 있었어?"

저도 모르게 억양이 높아졌다. 최근 들어 감정 기복이 심했던 빙휘는 화가 난 것인지 놀란 것인지 알 수 없는 묘한 얼굴로 눈썹을 치켜세웠다. 슬쩍 눈시울이 붉어진 것도 같았다. 유난히 높은 목소리는 날카로우면서도 쌩 하니 찬바람이 불었다.

사실 빙휘는 자신이 왜 이런 감정이 드는지 이해되지 않았다. 연지와 현석염이 이리 붙어 있는 모습을 보니 저도 모르게 정수리가 뜨거워지면서 온몸이 싸해졌다. 연지가 현석염을 좋아하는 것은 알고 있었다. 빙휘는 현석염에게 전혀 관심도 없었으니 이것은 여인의 투기는 아니었다. 그렇다면 현석염 쪽을 투기하는 것일까? 항상 제 옆에만 붙어 있던 연지가 저를 나 몰라라 두고 사내의 품에 안겨 있는 것에 질투가 인 것일까? 아니다. 빙휘는 연지가 스스로를 살피지 않고 너무 저에게만 붙어 있는 것 같아 안타까웠다. 그랬기에 연지가 자리를 비우는 것도 뭐라 하지 않았었다.

하지만 연지가 혹여 상처받게 되진 않을까 염려하는 것이라기엔 너무 열이 났다. 무슨 일일까 궁금하기도 했고, 걱정도 되었다. 연지를 찾아보기도 했고, 기다리기도 했다. 물어보기도 했지만 그녀는 대답을 해주지 않았다. 그래 놓고 이제 와보니 이렇게 기방의 방 하나를 잡고 앉아서 희희낙락거리고 있었다. 아, 그래. 이것이었다. 저에게는 아무 말도 해주지 않고 몰래 속인 것 같아 분이 인 것이었다.

둘의 사이가 어찌 되든 빙휘는 관심이 없었다. 그런데 굳이 저를 속이고 이리 몰래 만났다는 것에 실망과 배신감이 밀려왔다. 게다가 몰래 만난다는 곳이 겨우 기방이라니, 눈 가리고 아웅 하는 격이 아닌가. 문득 서글픔까지 겹쳤다. 연지에게는 저가 아무것도 아니었던 것일까, 이런 것 하나 말할 수 없을 정도로 얕은 사이라 여기 것일까, 몰래 숨길 정도로 멀게 느끼고 있었던 것일까.

빙휘의 머릿속에서 수많은 생각이 빙빙 도는데 현석염이 헛기침을 하며 자리에서 일어났다. 그 행동에 연지도 정신을 차리고 조촐한 술상을 챙기고 방을 정리했다. 염치없는 것은 아는 모양인지 현석염이 얼굴을 살짝 붉히고 입을 가린 채 연신 헛기침을 해댔다.

"그, 저, 나는 이만."

"어딜 가십니까?"

자리를 피하려는 현석염의 모습에 빙휘의 미간이 찌푸려졌다. 빙휘가 그의 팔을 움켜쥐고 그를 붙잡았다.

"이 자리를 도망가려 하십니까? 기골이 장대하여서는 생긴 것과는 영 반대로 노시는군요."

"빙휘야."

"넌 나중에 얘기하자."

빙휘의 날 선 말에 연지가 나무라듯 부르는 것을 딱 자른 빙휘가 목까지 시뻘게진 현석염을 매서운 눈초리로 흘겨보았다. 흘겨보는 시선에 아무 말 못하고 고개를 숙이는 현석염을 보며 속을 다스리려는 듯 깊게 숨을 내쉰 빙휘가 소반을 들고 발을 동동거리며 서 있는 연지를 향해 턱짓을 했다. 연지가 어깨를 움츠리며 작게 고개를 흔들었으나, 다시 한 번 바깥을 향해 턱짓을 한 빙휘가 시선을 돌려 버리니 어쩔 수 없다는 듯 한숨을 쉬며 방을 나갔다.

연지가 복도를 돌아 나가는 것까지 확인하고 장지문을 닫은 빙휘가 현석염의 팔을 놓아주었다. 그는 아무 말도 하지 못하고 빨개진 얼굴로 빙휘에게 잡혔던 팔을 괜히 쓰다듬었다.

"전두는 내셨습니까?"

전혀 예상치 못한 질문에 현석염이 벙 쪄서 입을 벌리고 빙휘를 돌아보았다. 그가 아무 말도 하지 않으니 빙휘가 재차 물었다.

"술값은 치르셨지요?"

"아니, 자네, 그 무슨 말을."

"술시중을 든 것이 기녀가 아니라 노비라서 셈을 할 수 없다는 것입니까?"

"이보게, 빙휘."

현석염이 얼굴을 굳히고 입을 열려는 것을 빙휘가 재빠르게 막아섰다.

"왜요, 그런 것이 아니라 말씀하시려는 것입니까? 진정을 나누었을 뿐이라 말씀하시고픈 것입니까?"

"자네, 지금 나를 뭘로 보고 있는 것인가? 내가 여인을 꾀어내는 난봉꾼이라도 된다는 것이야?"

"나리께선 참 마음도 넓으십니다. 이리 천한 것들도 여인으로 대해주시나 봅니다."

빙휘의 말에 현석염이 눈을 떨궜다. 속으로 뭔가 켕기는 것이 있는 것인지, 떳떳하지 못한 모양으로 그는 빙휘의 눈을 바로 보지 못했다.

"참으로 나신 양반이십니다. 바로 선 도를 걸으시고 도리가 뭔지 아는 분이십니다. 친우와 정을 나눴던 여인이라 도리를 운운하며 이별을 고하더니, 그 여인의 몸종과 정을 나누는 것 또한 양반의 도리란 것인가 봅니다?"

"말이 지나치지 않은가!"

현석염이 흥분하여 언성을 높였다. 비꼬는 빙휘의 말이 지나치게 매서웠다. 감히 양반 앞에서 이런 발언을 하면서도 고개를 꼿꼿이 세운 빙휘의 시선은 흔들림이 없었다. 무너지고 피하게 되는 것은 오히려 현석염 쪽이었다.

"연지는 제 몸종입니다. 이리 술이나 따르라고 있는 아이가 아니란 말입니다. 정 곁에 두고 싶으시거든 제대로 셈을 치르고, 작첩을 하시던가요."

작첩(作妾)이란 말에 현석염이 움찔거렸다. 큰 덩치가 무색하게도 그는 아무런 말을 하지 못했다. 빙휘는 기다리지도 않고 돌아서 방을 나가 버렸다. 얄미웠다. 두 사람이 전부 얄미웠다. 아니, 더 얄미운 쪽은 연지였다. 아니, 연지가 얄미워지는 만큼 더욱 현석염이 미워졌다.

"물색없는 사내. 물색없는 것. 물색없는 이들."

제가 이리 호통을 칠 일이 아니었다. 양반이나 되는 자가 기녀의 몸종을 데리고 논다고 손가락질할 이는 아무도 없었다. 결국 천민이요, 노비인 신분이기에 양반의 명 한마디로 끝이었다. 그런데도 아무런 대꾸가 없었다. 변명조차 하지 않는 모습이 더욱 마음을 불편하게 만들었다.

도리어 갑자기 들이닥친 빙휘를 혼내도 마땅한 상황이었다. 그런다 한들 아무런 말도 할 수 없는 상대였다. 그럼에도 그는 죄를 지은 듯 행동하고 있었다. 마치 자신이 연지와 만나는 것이 죄를 짓는 것이라 생각하는 듯 행동하고 있었다. 그런 비루한 마음으로 연지와 만나고 있는 것이었다. 연지는 온 정신이 팔려 행복해하고 있는데, 그는 기녀인 자신에게조차 떳떳이 말할 수 없는 마음으로 연지는 대하는 것이었다.

"알아."

현석염이 얼토당토않는 사내라 생각했는데, 더욱 황당한 것이 여기에 있었다. 자신을 보자마자 미안하다는 말만 하는 연지에게 현석염에 대한 말을 하려고 하니 너무나 평온한 얼굴로 저런 말을 내뱉었다. 심지어는 행복해 보이기까지 했다.

"술이 과하신 날이면 내 손을 잡고 이 손이 빙휘의 화장을 해주던 손인가, 이 손이 빙휘의 옷고름을 매어주던 손인가, 하시며 쓰다듬으시곤 해."

"뭐, 뭐라고?"

듣고도 믿기지 않는 말이었다. 그런 말을 연지에게 했다니. 그런데도 그 말을 전하는 연지는 입가에 웃음을 띠우고 두 뺨에 홍조를 띠우고, 제 손을 쓰다듬고 있었다.

"넌 그런 말을 듣고도 그치가 좋아? 그런 말을 들으면서 곁에 있고 싶어? 게다가 내자가 있음에도 기녀를 쫓아다니던 자야. 그런 사내가 진정 좋아? 그런 사내의 곁에 있고 싶어? 그런……."

"그런 사내가 어떤 사내를 말하는 거야?"

연지의 말에 어이가 없어 횡설수설하는 빙휘의 손을 잡아 그녀를 진정시키며 연지가 입을 열었다.

"기방에 드나드는 사내 중에, 기녀를 품고 노는 사내 중에 내자가 없는 이 몇이나 될까?"

연지의 말에 빙휘는 바로 대답할 수 없었다. 연지의 물음이 진정 그 수를 묻는 것이 아님을 알기 때문이었다. 기실 내자가 있기 때문에 현석엽을 멀리한 빙휘의 태도가 이상한 것이었다. 기녀가 내자가 있는 사내면 어떻고 미취한 사내면 어떻겠는가. 그런 것을 따지는 기녀는 없었다.

일단 기본적으로 기방을 드나드는 사내는 대다수가 기혼이었다. 몇몇 어린 서생들이나 젊은 한량들, 나이 든 지인의 손에 끌려온 이들 등 손에 꼽을 정도의 사내들이나 총각이었지 거진 누군가의 지아비요, 누군가의 아비인 자들이 천지였다. 그런 기방 속에서 빙휘처럼 구는 것은 유난떤다는 뒷말을 들을 일이었다.

"그런 사내가 아니라, 사내들이란 그런 것이야."

빙휘의 입에서 헛웃음이 나왔다. 몸종이 기녀에게 사내에 대해 일침을 놓다니. 우스운 꼴이었다.

"그런 사내만 봐온 탓은 아니고?"

"빙휘 넌……."

지지 않고 말을 되받아치는 빙휘에 연지가 발끈하다가 고개를 저었다. 이대로는 끊임없이 반복될 대화였다. 빙휘는 제 뜻을 꺾는 법이 없었고, 그런 빙휘였기에 기녀로 있으면서도 아직까지 제 신념대로 살고 있는 것이리라.

'넌 꿈을 꾸고 있는 거야.'

연지는 차마 말을 내뱉지는 못하고 속으로 삼켰다. 빙휘는 연지가 말을 하려다 마는 것에 다시 열이 올랐다.

"그럼 차라리 제대로 앞에서 첩질을 해. 이렇게 뒤에서 몰래 기녀 흉내나 내지 말고. 기녀도 아니면서 어찌 기방에서 술을 따르고 사내의 품에 안겨? 제대로 후실로 들어가 앉던가."

기녀가 되지 못한 연지였다. 기녀가 되고자 했으나 될 수 없었던 연지였다. 그런 연지에게 해서는 안 될 말이었다. 그럼에도 내뱉고만 것은 쉬이 연지를 이해하고 봐줄 수 없는 그 꼿꼿한 자존심 때문이었다.

"너는 정말……."

결국 연지가 눈물을 그렁그렁 매달고 자리를 뛰쳐나가고 말았다. 빙휘는 연지를 잡지도, 부르지도 않았다. 그저 입안이 썼다. 너무 써서 목이 막혔다.

"어찌 그리 매정하게 굴었더냐?"

고록경 대감과는 오랜만에 마주한 것이었다. 반가울 담소에 빙휘가 서릿발 같은 얼굴로 앉아 있으니 무슨 일이냐 물은 고록경 대감이 연지에 대한 이야기를 다 듣고 내뱉은 말이었다. 나무라는 대감의 어조에 빙휘는 눈을 내리깔았다. 답지 않게 빙휘가 치맛자락을 구겨대며 손을 꼼지락거렸다.

"모르겠습니다. 그리 말하려던 것이 아니었는데."

"그래, 그럴 테지. 그 아이도 빙휘의 진심이 그런 것은 아니란 걸 알 게야. 그래도 그런 말을 들은 속은 속이 아닐 게다."

"모르겠습니다. 요새는, 어쩐지 쉽게 화가 나고 가라앉고, 피곤합니다."

빙휘의 눈가가 젖어들었다. 고개를 가볍게 저으며 빙휘는 이마를 짚었다. 요즈음 빙휘의 기색이 이상하기는 했다. 이전에는 잔잔한 호수처럼 평정을 유지하는 모습이 나이에 비해 조숙하여 초탈한 것인가 싶을 정도였는데, 요새는 풍랑이 이는 바다 같았다. 쉽게 동요하고 쉽게 흥분하며 우울한 듯 눈시울을 붉히고 있던 적도 많았다. 가끔 보는 대감마저 알아차릴 정도였으니 감정 기복이 여간 심한 것이 아니었다. 평소 빙휘에게 감정을 내보이라 말하던 그였지만 이리 기복이 들쭉날쭉한 모습에 걱정이 될 정도였다. 아무래도 무슨 일이 있었던 모양인데 빙휘가 말해주지 않으니, 대감은 캐묻지 않고 그저 지켜보기만 했다. 빙휘가 마음줄을 잡지 못하고 흔들리는 모습이 안쓰러웠으나 지켜보는 수밖에는 어찌할 도리가 없었다.

"춤도 연주도 이전 같지가 않습니다. 가슴 언저리가 꽉 막혀 아려서, 도저히 사위에도 곡조에도 집중할 수가 없습니다. 꿈자리도 사나워 편히 잠들질 못합니다. 자꾸만 피가 낭자한 꿈을 꿉니다."

빙휘의 눈빛이 불안하게 흔들렸다. 고록경 대감이 접선을 내려놓고 빙휘의 등을 가만 쓸어주었다. 그의 손길이 닿자 빙휘가 무너져 내렸다. 그리 굳세고 단단하던 모습은 어디로 간 것인지, 그녀가 눈물을 머금고 대감의 품에 머리를 뉘었다.

계속 지켜보기만 하기엔 빙휘의 상태가 지나치게 난조였다. 춤과 연주에 위안을 삼던 빙휘였는데 그조차 안 된다면 대번에 망가져 버리고 말 터였다. 예인의 정신은 마치 유리알 같아서 투명하고 맑은 것이 아름답지만 그만큼 깨지기도 쉬웠다. 지금 빙휘의 정신은 위태롭게 금이 잔뜩 가 있었다. 더는 지켜만 볼 수는 없다는 생각에 고록경 대감이 빙휘를 달래듯 다정한 목소리로 입을 열었다.

"빙휘야, 말해보려무나. 어찌했으면 좋겠느냐? 무엇이 그리 불안한 것이야?"

"대감."

빙휘가 입술을 깨물었다. 고록경 대감의 두루마기를 잡은 손에 힘이 들어가 가는 뼈마디가 드러났다. 그 떨리는 손이 안쓰러워 손을 얹은 대감은 빙휘의 손이 얼음장처럼 차가워 놀라 그녀의 손을 꼭 쥐었다.

"대감, 대감."

고록경 대감을 부르기만 하던 빙휘가 드디어 말을 이어갔다.

"무섭습니다. 기억도 나지 않는 부모가 자꾸만 눈앞에서 죽어갑니다. 더없이 살갑게 굴던 이도 떠나고, 그저 농락하려는 가벼운 이들 뿐입니다. 그렇게 연지 또한 떠나갈 테지요? 대감께서도 쇤네 따윈 가볍게 잊으실 테지요? 두렵습니다, 대감. 어찌하여 만나면 보내야 할까요. 진실로 오래도록 곁에서 정을 나눌 이는 없는 겁니까? 그저 쇤네의 어리석은 망상일 뿐인 겝니까?"

"빙휘야……."

사람이 상처였다. 금강석처럼 단단해 보이던 빙휘는 제 상처를 보이기가 두려워 그저 꽁꽁 싸매고 숨기고 있었을 뿐이었다. 아무렇지 않게 지우고 넘긴 것이 아니었다. 빙휘를 스쳐 지나간 많은 이들을 그녀는 터럭 한 올, 웃음 한 자락 잊지 않고 품고 있었다. 그렇게 품어 놓고 몰래 꺼내보며 혼자 계속 상처를 쌓아두고 있었던 것이다.

고록경 대감은 줄줄이 지난 일을 읊는 빙휘의 말을 들으며 그녀의 등을 계속 쓰다듬어 주었다. 처음 듣는 그녀의 이야기에 고 대감은 비로소 빙휘가 어찌 이리 냉정을 가장하는지, 저를 드러내려 하지 않는지 이해할 수 있었다. 그것이 그녀가 스스로 찾은 자기 방어였다. 빙휘는 스스로를 지키기 위하여 얼음 뒤로 몸을 숨기었다. 너무나 쉽게 상처받고 흔들리는 자신을 지키기 위함이었다.

귀로는 빙휘의 말을 담아듣고 손으로는 빙휘의 마음을 어루만지며, 고록경 대감은 머릿속이 바빴다. 이리 흔들리고 감정에 휩쓸리는 모습을 보아 빙휘는 이제 한계에 다다른 것 같았다. 어찌해야 할까, 어찌해야 이 어린 아이가 눈물을 거두고 맘을 편히 둘 수 있을까, 어찌해야 이 아이가 다시 전처럼 마음 놓고 가락에 흠뻑 빠질 수 있을까, 저리 사람을 칼날처럼 쥐고 있는 아이가.

"두려워만 하지 말거라. 넓은 세상에 어찌 좋은 이들뿐이겠느냐. 아직 빙휘가 진정을 통할 이를 만나지 못했을 뿐이야. 아직 좋은 이를 만나지 못한 것뿐이다. 많은 이들을 보내고 많은 일을 겪은 만큼 더욱 단단해진 빙휘에게 그만큼 단단한 이가 나타날 것이야."

그 말을 듣는데 빙휘의 눈에 다시 눈물이 맺혔다.

"그리 마음을 닫아걸고만 있으면 좋은 이도 만나지 못할 것이야. 하니 조금은, 조금은 틈을 열어주지 않겠느냐. 그 틈으로 때론 비수가 꽂힌다 하여도, 누구보다 따뜻하고 부드러운 품을 찾기 위한 시험이라 여기어주렴."

고록경 대감이 다정히 빙휘를 품어주었다. 왈칵 쏟아지려는 눈물을 삼키며 빙휘는 잠시 그 따뜻한 품에 기대었다. 매섭게 몰아치는 폭풍에 잠시 잊었던 따스함이었다. 이리 다정하고 좋은 사람도 있었는데, 너무 나쁜 기억에만 매달려 있었던 자신이 한심했다.

고록경 대감에게 속내를 털어놓으니 한결 마음이 가벼워졌다. 그렇다고 어지러운 머릿속이 개운하게 정리된 것도 아니었고 차마 꺼낼 수가 없어 초아와 초사여에 대한 이야기는 하지도 못했지만, 전처럼 홀로 죄다 끌어안고 끙끙거릴 때보다는 훨씬 가뿐했다. 생각이 깊어 보이는 얼굴로 그가 자리에서 일어나니 제 짐을 대감에게 얹어주었나 싶기도 했지만 그는 언제나처럼 인자한 미소를 남기고 기방을 나섰다.

고록경 대감을 배웅하고 별채로 돌아가려던 빙휘는 자신을 부르는 목소리에 걸음을 멈추었다. 처음 보는 노비가 그녀를 부르며 총총걸음으로 다가왔다. 빙휘의 앞에 서 꾸벅 인사를 한 노비가 품에서 서찰을 꺼내 그녀에게 전해주었다.

"어느 댁에서 왔소?"

빙휘가 서찰을 펼치며 노비에게 물었다. 그리고 노비의 대답과 거의 동시에 빙휘의 얼굴이 하얗게 질렸다. 서찰을 쥔 손에 힘이 들어가 종이가 구겨졌다.

연지와 현석염의 관계를 알고 나서 빙휘의 머릿속에 가장 먼저 스친 감정은 그녀가 떠날지도 모른다는 두려움이었다. 기녀가 되고 나서 아침에 눈을 떠서 밤에 잠을 잘 때까지 항상 연지와 함께였다. 처음 연지가 빙휘에게 온 것이 빙휘가 바란 바는 아니었으나 지금 빙휘에게 연지는 단순한 몸종을 넘어선 동반자요, 믿고 의지할 수 있는 버팀목이었다. 빙휘는 지금까지 한 번도 연지가 없는 일상을 생각해 본 적이 없었다.

차라리 처음부터 혼자였다면 아무런 문제도 없었을 텐데, 2년을 함께하며 빙휘에게 연지의 의미가 너무 커져 버려서 다시 혼자로 돌아간다는 것이 무서웠다. 게다가 '내 사람'이라 여겼던 연지를 보내야 한다는 것은 받아들이기 싫은 현실이었다.

보료 위에 앉아 있는 빙휘는 서안 위에 굴러다니는 종이 뭉치를 노려봤다. 서찰을 읽자마자 하얗게 질린 얼굴로 방에 들어온 빙휘는 장지문을 닫자마자 서찰을 있는 대로 구겨서 방구석에 던져 버렸다. 하나 구겨 던지기는 해도 무시할 수 없는 서찰인지라 서안 위에 올려두고 한참을 입술만 잘근대며 노려보고 있었다.

"여기 있었구나."

조심스럽게 장지문이 열리며 연지가 들어왔다. 지난번의 대화 이후로 두 사람의 사이는 어딘가 어색하고 서먹했다. 빙휘는 자신이 말실수를 했다고 생각하기는 했지만 연지를 볼 때마다 현석염의 얼굴이 함께 떠올라 미안하다는 말이 선뜻 나오지 않았다. 연지가 들어오는 것을 흘끔 보고는 다시 종이 뭉치로 눈을 돌린 빙휘의 입에서 냉랭한 목소리가 흘러나왔다.

"너의 정인은 참 대단하시다."

앞뒤 다 자른 빙휘의 말에 연지가 의아해하며 다가왔다. 평소처럼 빙휘의 옆에 앉으려는 연지의 발 앞에 잔뜩 구겨진 종이가 굴러왔다. 서안 위에 있던 종이 뭉치를 빙휘가 손가락으로 툭 쳐서 떨어뜨린 것이었다.

"어쩌고 싶니? 네 뜻대로 해. 아니, 네가 그에게 청한 것이려나? 알고 있었겠구나."

목소리만큼이나 빙휘의 시선에서도 냉기가 뚝뚝 흘렀다. 빙휘의 쌀쌀맞은 모습에 당황한 연지가 주춤거리며 종이 뭉치를 집어서는 찢어지지 않도록 조심스럽게 펼쳤다.

"이, 이게……?"

"현석염 나리 댁에서 여종을 보내셨더라."

연지가 놀란 눈으로 구김이 자글한 서찰을 읽고 또 읽었다. 믿을 수 없다는 듯 흔들리던 눈동자는 곧 한 단어 위에 머물렀고, 그녀의 뺨에 살짝 홍조가 올랐다.

연지는 지금 눈앞에 있는 글자들이 믿기지 않았다. 화초도 올리지 못해 기녀가 되지는 못하고 차마 창부(娼婦)가 되기는 싫어서 택한 노비 노릇이었다. 차라리 노비가 될 운이라면 동경하던 이의 몸종이 나을 것 같아 빙휘의 곁을 자처하였다. 그저 이대로 살면 그만이지, 평범한 많은 노비들처럼 이리 살면 그만이지 싶었는데.

"이게…… 이게 참 말이야?"

연지가 서찰의 한 단어를 손가락으로 짚고 빙휘에게 내보였다.

—후실.

현석염이 빙휘에게 보낸 서찰은 연지를 후실로 들이고 싶다는 청이었다. 아무리 양반이라도 주인이 있는 천민을 마음대로 작첩

할 수는 없었다. 연지는 빙휘의 몸종이었고, 빙휘가 연지의 주인이었다. 때문에 빙휘에게 허락을 구하는 서찰을 보낸 것이었다.

빙휘는 대답 없이 고개만 끄덕였다. 단박에 얼굴이 붉어진 연지가 함박웃음을 지으며 서찰을 쓰다듬었다. 언뜻 현석염의 향이 나는 것도 같았다. 꿈에서나 상상하고도 두려워서 고개를 절레절레 흔들던 일이었다. 설마 노비인 자신이 첩이 될 줄은 몰랐다. 게다가 다른 누구도 아닌 현석염의 첩이라니.

"그리 좋으니?"

들뜬 연지의 웃음을 차갑게 내리누르는 목소리였다.

"이러려고 내 몸종을 자처했던 거야? 기녀가 되지 못하니까, 내 옆에 있다가 어느 잘난 양반이나 하나 물어서 그 첩 자리에 앉으려고?"

말하면서도 빙휘는 스스로 자신이 이런 말을 내뱉은 것에 놀랐다. 첩 자리를 노린다는 식의 말은 기녀에게도 굉장한 모욕이었다. 그러나 뚫린 입은 멈추지 않고 매운 말만 쏟아냈다.

"우습구나. 결국 너도 그런 치일 뿐이었어. 그래, 네 뜻대로 되니 얼마나 좋으니? 혹여 그자가 널 사지 않겠다 하면 큰일이니, 값은 좋을 대로 치르라 이를게."

연지가 입술을 깨물었다. 그녀의 눈에서는 눈물이 방울방울 떨어져 내렸다. 처음부터 마음을 열지 않고 차갑게 구는 빙휘의 성격을 알고는 있었다. 알면서도 그녀의 몸종이 된 것이었다. 사실 그녀에게 구애를 하던 양반의 첩으로 팔려가는 것이라 그리 좋지 않는 모양새임은 알았으나, 천민인 연지에게 양반의 첩 자리란 엄청

난 신분 상승이었고, 게다가 연지가 은애하는 이였으니 아무리 현석염과 연지의 사이를 탐탁지 않아 한다고는 해도 축하의 말 한마디 정도는 해줄 줄 알았다.

아무 말도 못하고 눈물만 쏟아내던 연지가 입을 열려는 순간 빙휘가 자리에서 일어났다. 벌떡 일어선 빙휘는 연지를 돌아보지 않고 방을 나가 버렸다. 그 걸음이 어찌나 빨랐는지 바람이 쌩 하니 불었다. 빙휘의 그 등에 연지는 다시 조용히 눈물방울만 떨구었다.

방을 나온 빙휘는 장지문에 기대어 고개를 숙였다.

"하아……."

본심은 그런 것이 아니었는데, 또 연지를 울리고 말았다. 사실은 연지를 붙잡고 싶었다. 함께 있자 하고 싶었다. 이런 종이 한 장의 청 따위 가볍게 거절해 버리고 연지는 내 몸종이니까, 하고 그녀를 붙잡고 놓아주기 싫었다. 그러나 연지가 좋아하는 이와 갈라놓을 자격이 과연 자신에게 있을까 하는 의구심이, 저에게 말도 하지 않고 몰래 현석염을 만나오던 연지에 대한 배신감이 다시 또 날카롭게 벼린 말만 내뱉게 만들었다. 어디서부터 꼬인 것일까, 언제부터 잘못된 것일까. 농을 주고받고 더없이 친근하던 사이에 찬바람만 불었다. 이대로 있다가는 정말 서리 박힌 채로 연지를 보내고 말지도 몰랐다.

그렇게 빙휘와 연지 사이에 아무런 대화도 없이 서로의 눈치만 살피던 며칠이 지났다. 현석염도 제 꼴이 어떤지는 아는 모양이었다. 서찰로 청을 하던 그는 연지의 값마저 노비를 통해 전했다. 지난번에 서찰을 전했던 노비가 염낭을 내밀기에 어이없어하며 그것을 받아 들었던 빙휘는 방에 들어와 염낭을 열어보고는 대뜸 연지를 불렀다.

"그자가 너를 사겠다며 내놓은 돈이야."

연지가 방에 들어오기가 무섭게 빙휘가 서안 위에 염낭 안의 돈을 쏟아부었다. 평소 빙휘가 하룻밤에 받아오는 전두보다 조금 많은 양이었다. 노비의 몸값치고는 꽤 많은 돈이었다. 그러나 아무리 거금을 내놓는다 하여도 빙휘의 맘에 찰 리가 만무했다.

"겨우 이걸로 족해?"

빙휘가 악을 썼다. 이런 그녀의 모습은 처음이었다. 언제나 단조로운 억양으로 기쁨도 슬픔도 분노도 담지 않은 목소리를 내던 그녀였다. 감정이란 것을 누르고 또 누른 것인지, 아니면 아예 감정이 죽어버린 것인지. 연지의 눈에는 그래서 더욱 이 세상의 사람 같지 않아 경외심마저 느껴지던 빙휘였다. 그런데 그런 빙휘가 언성을 높여 소리를 지르고 있었다.

"겨우 이깟 몇 푼에 팔려가는데, 겨우 널 이 정도로 사겠다는데! 이깟 푼돈에 팔려가는데!"

전혀 푼돈이 아니었다. 과분한 값이었다. 빙휘가 내지르는 소리에 연지는 또 눈물이 핑 돌았다. 흥분한 빙휘의 모습에 연지는 솔직하지 못한 그녀의 진심이 느껴지는 것 같았다.

연지의 눈에 눈물이 맺히는 것을 보고, 또 빙휘가 목소리를 높였다. 그녀는 이제 스스로도 자신이 뭐라 말하는지 모르면서 악을 쓰고 있었다. 훌쩍이며 다가온 연지가 빙휘의 뺨을 닦아주었다. 어느새 그녀 역시 눈물을 흘리고 있었던 것이다.

"됐어, 빙휘야. 미안해. 내가 몰래 석염 나리를 만나서 미안해. 너에게 말하지 못해서 미안해. 전부 내가 잘못한 거야, 내 잘못이야."

연지가 울먹이며 말하니 빙휘가 와락 그녀를 껴안았다. 미안하다는 말을 하는 연지에게 아니라고, 자신이 미안하다고, 못된 말을 내뱉은 것을 사과하고 싶었지만 눈물에 막혀 말이 나오지 않았다. 그 눈물에 연지는 내심 빙휘를 원망하던 마음이, 빙휘의 말에 박혔던 비수들이 모두 녹아 사라졌다.

한참을 껴안고 울던 두 사람은 코가 새빨개져서 훌쩍거리며 마주 보고 앉았다. 버릇처럼 빙휘의 얼굴부터 닦는 연지의 모습에 빙휘가 연지의 얼굴을 따라 닦아주었다.

"너, 그자가……."

빙휘가 입을 여니, 연지가 그녀가 무슨 말을 하려는 것인지 아는 모양으로 말을 가로챘다.

"나도 알아. 석염 나리에게 나는 그저 어여삐 여기던 기녀의 몸종일 뿐임을. 그분은 너를 곁에 두지 못하여 아쉬움에 나를 취하는 것을."

연지의 말에 멋쩍어하는 것은 빙휘였다. 반면에 연지는 괜찮다는 얼굴로 씨익 웃어 보이기까지 했다. 그 모습이 빙휘에게는 대단해 보였다. 상처가 두려워 숨고 외면하기에 급급한 빙휘였다. 그런 빙휘이기에, 저에게 아픈 일을 받아들이고 인정하는 연지가 이해가 되지 않으면서도 자신보다 훨씬 나아 보였다. 스스로 불구덩이에 뛰어드는 나방 같아 보이면서도 뛰어드는 그 용기가 대단하게 느껴졌다.

"어차피 난 천한 신분이고, 그분이 날 어찌 생각하시든…… 내가 은애하는 분 곁에서 살게 된 거잖어? 우리 같은 신분에 어디 그럴 수 있는 이가 몇이나 되겠어."

연지는 그렇게 웃었다. 그러나 사실 말을 가로챈 것은, 괜찮은 척한 것은, 빙휘에게까지 그 말을 듣고 싶지 않아서였다. 차라리 제 입으로 말하면 말했지, 빙휘에게서 그 말을 듣고 싶지는 않았다.

현석엽은 진정 네가 좋아서 작첩하는 것이 아니라고.

✳　✳　✳

날이 좋았다. 안대청에 나와 앉아 차를 마시던 유씨 부인이 하늘을 올려다보았다. 구름 한 점 없는 청명한 하늘에 볕이 따갑게 내리쬐고 있었다. 날이 더워 바람이 잘 통하도록 창이며 사잇문이며 모두 열어두었기에 문 너머로 노비들이 돌아다니는 것이 흘끔 보였다. 집 안이 평소보다 조금 소란스러웠다.

유씨 부인은 여인치고 뼈가 굵고 멀쑥했다. 참하기보다는 건장한 인상의 타고난 여장부였다. 그런 탓이었을까, 어릴 적에 집안에서 정해준 정혼자는 처음 봤을 때부터 그녀를 어려워했다. 처음 만났던 어린 시절에 그녀는 정혼자보다 머리 하나는 더 컸다. 나이가 들면서 내외를 하여 혼례 날까지 보지 못하다가 신방에서 다시 제대로 마주하였을 때, 그는 웬만한 사내들보다 건장한 체격에 무관다운 다부진 몸을 자랑하였으나 마음만은 어린 시절 그대로인지 여전히 그녀를 어려워했다.

무골 집안의 타고난 체격인 유씨 부인에게 정을 못 붙이고 밖으로만 나돌던 낭군, 그가 바로 현석염이었다. 매일 궐 아니면 기방으로 나돌던 현석염이 최근 들어 더욱 집에 들어오질 않았기에 혹시나 싶었던 유씨 부인은 첩을 들이겠다는 그의 말에 그다지 놀라지 않았다. 언젠가는 들을 말이라 예상하고 있었기 때문인지 첩이란 말에도 생각보다 차분할 수 있었다. 그러나 이어지는 현석염의 말에 유씨 부인은 동요를 하지 않을 수 없었다.

"노비첩이라니."

싸리비를 들고 돌아다니는 노비가 사잇문 너머로 보였다. 찻잔을 쥔 유씨 부인의 손에 살짝 힘이 들어갔다. 그러나 부인은 곧 깊은 숨을 내쉬며 마음을 다스렸다. 외양이 여인답지 않다는 생각 때문인지 유씨 부인은 그 누구보다도 여인다운 심성을 가지려 노력했다. 지아비의 말에 토를 달지 않고 얌전히 순응하는 것, 그것이 유씨 부인이 생각하는 여인상이었다.

하지만 역시 기녀도 아닌 기녀의 몸종을 첩으로 들이겠다는 현석염의 생각을 쉽게 납득할 수는 없었다. 물론 기녀나 노비나 똑같은 천것이었지만, 기방을 그리 뻔질나게 들락거렸기에 당연히 웃는 것밖에 모르는 노류장화 한 송이나 꺾어오겠거니 여겼는데 걸레나 빨고 막일이나 했을 노비를 작첩하겠다니. 기녀를 첩으로 들이겠다는 것과 노비를 첩으로 들이겠다는 것은 뭔가 기분이 달랐다. 기녀야 천박하게 꾸미고 사내를 홀리는 것이 일이니 어느 순진한 양반 하나 물어서 첩실로 들어앉아 호의호식한다 해도 딱히 거리낌이 없었다. 그런데 꾸미지도 않고 허름한 옷이나 입고 다 불어터진 거친 손으로 잡일이나 하던 노비 계집이 첩실이랍시고 방에들어앉아 하늘 무서운 줄도 모르고 떵떵거릴 생각을 하니 속이 뒤집어졌다.

유씨 부인은 절로 찌푸려지는 미간을 엄지로 지그시 누르며 평정을 되찾으려 연신 숨을 내쉬었다. 기녀면 어떻고 노비면 어떠랴, 결국 천출인 것을. 비어 있던 별채의 작은 방 하나 내어줄 뿐이라고 여기며 오늘 들어온다는 첩실에 대한 생각을 떨쳐 내려는 유씨 부인이었다.

"부인."

부인이란 호칭에도 거리감이 느껴지는 목소리는 살짝 들떠 있었다. 차를 다 마시고 몸종을 시켜 상을 내가라고 한 후에도 대청에 앉아 있던 유씨 부인은 현석염을 기다리고 있었다. 하지만 사잇문을 넘어오는 현석염을 발견하였으면서도 시선을 돌려 못 본 척하고 있던 그녀는 그가 자신을 부르자 그제야 알아차렸다는 듯이 미소를 지으며 자리에서 일어났다. 옷섶에 손을 올리고 조신하게 인사를 하는데, 그의 뒤로 여인 하나가 따라오는 것이 보였다.

"마님, 인사 올립니다. 연지라 합니다."

현석염이 뭐라 소개하는 말을 하였으나 유씨 부인의 귀에는 연지의 목소리만 들렸다. 노비라고 듣기만 했던 유씨 부인은 연지를 마주하고 적잖이 당황하였으나 태연한 척 가장하며 그녀를 훑어보았다. 노비라는 말을 미리 듣지 않았다면 그 출신을 전혀 몰랐을 정도로 연지는 생김새도 고왔고 옷도 좋은 비단옷을 입고 있었다.

연지는 본디 동기 출신이었기에 평범한 노비들보다는 미색이 고왔고, 떠나는 연지에게 빙휘가 옷을 하나 지어주었기에 비단을 걸치고 있었다. 그러나 그런 사실을 모르는 유씨 부인의 눈에는 제 미색을 믿고 사내를 홀려 첩 자리를 꿰차고 벌써 비단옷까지 내달라 할 정도로 재물을 탐하는 요부(妖婦)로 비쳤다.

"천한 물건 하나 들이는데 괜히 집안이 소란스러운 듯합니다."

절로 쌀쌀맞은 목소리가 흘러나왔다. 연지의 인사를 무시하고 현석염에게 그리 말한 유씨 부인은 연지에게는 시선 한 번 주지 않고 방으로 들어가 버렸다. 첩을 들인다는 것이 정실부인에게 달가운 일이 아님을 충분히 알고 있는 현석염은—유씨 부인이 어려운 탓도 있었지만—부인의 그런 태도에도 아무 말도 못하고 연지를 향해 멋쩍게 웃어 보일 뿐이었다. 연지 역시 부인이 자신을 어찌 대할지 예상하고 있던 터라 대수롭지 않게 넘기려 하였으나, 마음 한구석에 무겁게 내리 앉는 불편함은 어쩔 수 없었다.

바로 소개시킨 것이 잘못이었나, 하는 생각을 하며 현석염이 유씨 부인의 방을 살폈다. 부인임에도 정을 주지 못하고 편히 대하지 못하는 현석염은 잠시 방 안의 동태를 살피며 머뭇거리다가 아무런 기척이 없자 그제야 연지를 별채로 데려갔다. 비어 있던 별채는 연지를 들이기 위해 이미 노비들을 시켜 깨끗이 치워놓은 상태였다.

이제 이곳이 연지의 집이었다. 죽을 때까지 평생을 지낼 곳이었다. 자신의 방을 마주하니 그제야 그런 생각이 들어 저도 모르게 눈가가 매워지는 연지였다. 얼마 전까지만 해도 평생 빙휘의 곁을 지키리라 생각했었다. 적어도 20년은 매일 기방에 나가는 똑같은 하루를 보내다가 어쩌면 누군가의 후실로 들어가는 빙휘의 뒤를 따라 기방을 나가던가, 혹은 그대로 뒷방 퇴기로 물러앉은 빙휘의 옆을 계속 지키게 되리라 생각해 왔었다. 그러나 이제 연지의 옆에는 빙휘가 없었다. 그녀의 곁에 먼저 다가간 이는 연지였고, 먼저 떠난 쪽 역시 연지가 되어버렸다. 연지가 고개를 돌리니 옆에 현석염이 서 있었다.

'그래, 석염 나리가 좋아 따라나선 것이니까.'

좋다고 나온 것은 자신이었으니 달리 할 말은 없을진대, 그럼에도 코끝이 알싸한 것은 어쩔 수 없었다. 별채로 안내해 준 현석염은 짐을 정리하라는 말을 남기고 방을 나섰다.

청악기방을 나오며 연지가 들고 온 짐이라고는 작은 보따리 하나가 전부였다. 별채는 작았지만 연지에게는 너무나 크게 느껴졌다. 옷가지 몇 개는 농을 반도 채우지 못했고, 방의 구색을 맞춘답시고 한쪽 벽에 서 있는 장식대와 서랍장은 텅텅 비어 있어 공허함만 더했다. 빈 장식대 앞에 서서 머뭇거리던 연지가 옳지, 하며 보따리 안에서 작은 함을 꺼냈다. 그 안에는 빙휘가 챙겨준 장신구들이 몇 개 들어 있었다. 함을 장식대 위에 올려놓았던 연지는 함 하나만 올라 있는 것이 민망하여 장신구를 꺼내서 하나하나 늘어놓았다. 장신구를 전시해 놓는 것 같아 조금 우스웠지만, 그래도 비어 있던 자리가 차니 허전한 마음도 차는 것 같았다.

"흠흠."

연지가 장신구를 이리저리 옮기고 있는데 문밖에서 헛기침 소리가 났다. 얼른 문을 열고 나가니 현석염이 앞에 서 있었다.

"들어가도 되겠느냐?"

"예, 들어오세요, 나리."

연지가 허둥지둥하는데 그의 뒤로 작은 상을 들고 서 있는 어린 노비 아이가 보였다.

"참, 이 아이가 앞으로 자네의 수발을 들 것이네."

"막이라고 합니다."

막이라 자신을 소개한 아이가 연지에게 꾸벅 인사를 하고는 방에 들어왔다. 술병과 안주 몇 접시가 올라 있는 상을 방 가운데에 내려놓고, 막이는 익숙한 손놀림으로 방 안쪽에 이부자리를 폈다. 멍하니 막이를 바라보던 연지는 아이가 다시 꾸벅 인사를 하고 방을 나가고 나서야 입을 열었다.

"석염 나리."

현석염은 벌써 상 앞에 앉아 있었다. 그를 부르며 마주 앉은 연지가 침을 꼴깍 삼켰다.

"혹시 저 아이가 제 몸종인가요?"

그리 묻고서는 연지의 얼굴이 빨갛게 달아올랐다. 빙휘의 몸종이었던 자신에게 몸종이 생겼다는 것에 심장이 두근거렸다.

첩실.

연지는 그제야 자신이 양반의 첩이 된 것에 실감이 났다. 누가 상상이나 했을까, 기녀조차 되지 못한 천한 자신이 양반의 첩이 되어 몸종을 부리게 될 줄이야. 흥분한 연지는 현석염을 마주 보며 웃었다. 눈앞에는 연모하던 이가 앉아 있고, 자신의 방이 생겼고, 몸종까지 부리게 되었다. 이게 꿈일까 생시일까. 그런 생각에 들떠 있던 연지는 신이 나서 현석염과 함께 술을 나누었다.

밤이 깊었고 상 옆에 빈 술병도 늘어갔다. 현석염이 자신의 방에서 자고 가려가 하는 생각에 수줍어 있던 연지는 그가 거하게 취한 것을 미처 눈치채지 못했다.

"이 손."

현석염이 상을 밀어버리고 연지의 옆에 다가와 덥석 그녀의 손을 잡았다. 얼굴이 빨갛게 물든 연지가 부끄러운 듯 고개를 숙였지만 그의 손길을 피하지는 않았다. 연지의 심장이 터질 듯이 쿵쾅거렸다. 현석염의 얼굴이 숙인 연지의 얼굴 옆으로 다가왔다. 가까워진 그의 얼굴에 그의 숨결이 느껴졌다. 잔뜩 긴장한 연지가 눈을 꼭 감았다.

"매일 이 손으로 그녀의 머리를 올려주었느냐?"

아.

순간 연지는 찬물을 맞은 것 같았다. 아니, 누군가가 연지의 가슴을 베어 열고 그녀의 심장 위에 얼음을 문지른 것만 같았다. 부끄럽게 감았던 눈꺼풀이 올라갔다. 연지의 눈앞에 현석염의 얼굴이 있었다. 그는 연지를 보고 있지 않았다. 그의 뜨거운 손이 연지의 손을 움켜쥐고 어루만지고 있었다.

현석염은 연지의 손을 보고 있었다.

"그녀의 옷을 입혀주고, 그녀의 화장을 해주고, 그녀를 품었던…… 손이로구나."

연신 연지의 손을 쓰다듬으며 그가 중얼거렸다. 얼마나 술이 취했는지 혀가 풀려서 발음이 새어 나갔지만 연지는 그의 말이 똑똑히 들렸다. 사위가 적막했다. 호롱불의 심지가 타들어가는 소리가 들리는 것 같았다. 창 너머로 풀벌레가 울었다.

"이 손으로, 그녀를 쓰다듬고."

현석염이 연지의 손을 제 뺨에 갖다 댔다.

"그녀를 어루만지고⋯⋯."

웅얼거리던 그가 결국 연지의 치마폭에 쓰러졌다. 현석염은 연지의 치맛자락에 허우적거리며 몸을 가누지 못했다. 그럼에도 연지의 손은 꼭 쥔 채 놓아주지 않았다. 조금 전까지 그렇게 쿵쾅거리던 순간은 모두 꿈이었는지, 차갑게 식어버린 심장이 먹먹했다. 아무런 말도 하지 못하고 제 치마폭에 쓰러져서 정신을 잃은 현석염을 바라보던 연지가 그의 망건 아래로 흘러내린 머리칼 한 올을 쓸어 올렸다.

툭.

현석염의 뺨에 물방울이 하나 떨어졌다. 물방울은 그의 뺨을 타고 흘러내려서 연지의 치마를 적셨다.

어색했던 것도, 기뻤던 것도, 흥분하였던 것도 모두 사라졌다. 연지는 자신이 왜 이곳에 있는지 다시 한 번 깨달았다. 자신은 그저 빙휘의 대용일 뿐이라는 것을, 다시금 곱씹으면서 제 품에 쓰러진 현석염의 얼굴을 매만지는 연지의 손이 떨렸다.

'그래, 이 정도로 만족하자. 이것으로 만족하자. 어느 천한 년이 은애하는 이의 곁에 머물 수나 있겠어. 그저 곁에 있는 것으로 족

해. 더 이상 욕심을 부려서는 천벌을 받지.'

그날 밤 이후로 현석염은 밤에 연지를 찾아오지 않았다. 그는 어느 한가로운 날에나 가끔 연지를 불러다가 가야금을 연주하라고 시켰다.

"빙휘가 연주하던 곡을 타보겠느냐?"

언제나 같은 주문이었다. 연지는 아무 말 없이 그가 시키는 대로, 빙휘가 즐겨 연주하던 곡을 뜯고, 빙휘가 즐겨 연주하던 음을 골랐다.

"그만, 그만."

달랐다. 같은 곡조건만 너무나 느낌이 달랐다. 음이라고는 알지도 못하는 귀인데 어찌 이리도 그녀의 음만은 무섭도록 정확하게 기억하는지. 연지의 연주가 조심스럽게 졸졸대는 냇물 같다면 빙휘의 연주는 웅장한 폭포수였다.

현석염은 손을 내저으며 인상을 썼다. 언제나 저 얼굴에 웃음이 피게 할 수 있을까. 연지는 동기였을 적보다 더욱 열심히 가야금을 연습했다. 별채에서는 가야금 소리가 끊이질 않았다. 연지는 매일 빙휘의 연주를 떠올리며 손끝에 피가 터지도록 가야금을 뜯었다. 빙휘를 동경하여 빙휘의 곁에 머물렀고, 빙휘를 떠났으나 결국 빙휘였다. 현석염은 언제나 연지에게서 빙휘의 모습만을 찾으려 했다. 하지만 연지가 그를 충족시켜 준 일은 단 한 번도 없었다.

연지를 보내고 빙휘는 어딘가 힘이 없어 보였다. 매일 아침 창을 열어 잠을 깨우던 연지와 항상 옆자리에 앉아 재잘거리며 단장을 돕던 연지와 한 곡의 춤과 연주가 끝나면 면포로 땀을 닦아주던 연지와 저녁마다 시원한 꿀을 발라주던 연지가 하루 종일 매 시간 빙휘의 옆을 떠돌았다. 얼마간은 멍하니 연지를 기다리고 있는 자신을 발견하고 문득 가슴 새로 불어드는 쓸쓸함에 고개를 젓기도 했다.

그녀의 외로움에 초사여가 찾아들어도 빙휘는 반기지 않았다.

"그 모습은 낯설어. 그냥…… 그냥 초아로 있어주면 안 될까?"

지금 그녀에게 필요한 것은 오래된 익숙함이었다. 눈을 감고 고개를 젓는 빙휘의 모습에 초아로 돌아온 그가 서안 위에 똬리를 틀고 누웠다. 눈에 비치는 모습이 영향이 큰지라 빙휘는 초아의 모습일 때 더욱 안정을 느꼈다. 때문에 초아는 항상 서안에 혹은 방바닥에 앉아 빙휘에게서 눈을 떼지 않았다. 멍하니 앉아 있던 빙휘가 무심코 고개를 돌리면 언제나 빙휘를 마주 보며 붉은 혀를 날름대기 위해서였다. 그것이 뱀의 모습으로 건넬 수 있는 최선의 위로였다.

"연지는 다른 일을 보냈더냐?"

고록경 대감은 항상 빙휘의 뒤를 따르던 연지가 보이지 않아 당연한 물음을 던진 것이었는데, 아직 연지의 빈자리에 익숙해지지 못한 빙휘는 예상치 못한 질문에 크게 동요하고 말았다. 걸음이 뜸했던 고록경 대감은 따로 소식통도 없었기에 연지가 첩실로 나간 일을 알지 못했다. 아니, 소식통이 있었다고 해도 한낱 기녀의 몸종이 어느 댁의 첩이 되었다 하는 얘기까지 전해지지는 않을 터였다.

"연지는, 기방을 나갔습니다."

띄엄띄엄 말하는 빙휘의 목소리가 조금 떨렸다. 확실히 입 밖으로 내뱉는 것은 그저 알고 있는 것과는 달랐다. 말에는 힘이 있었다. 내뱉으려니 그제야 더욱 확실하게 느껴졌다.

"현석염 나리의 후실이 되었습니다."

"후실? 그 현 무관의?"

"예, 대감. 대감께서 아시는 현석염 무관 나리의 후실로……. 잘 된 일이지요."

차를 마시고 있던 고록경 대감은 차를 조금 뿜었는지 입가의 수염에 흐른 찻방울을 털어냈다. 빙휘의 말에 대감의 입술에 살짝 힘이 들어갔다. 흐음, 인지 끙, 인지 모를 짧은 탄성을 낮게 내뱉으며 대감이 찻잔을 내려놓았다.

"혹, 빙휘가 현 무관에게 작첩에 대한 이야기라도 한 것이냐?"

단지 후실로 들어갔다는 말을 했을 뿐인데 대감은 너무나 쉽게 빙휘와 현석염 사이에 오갔을 대화를 유추해 냈다. 사뭇 진지한 목소리에 빙휘는 의아해하며 고개를 끄덕였다.

"쉰네의 몸종인 아이와 뒤에서 만나고 계시기에, 곁에 두고 싶으시거든 작첩을 하시라 일렀습니다. 무엇이라도 잘못되었나이까?"

굳어가는 대감의 표정에 담담하게 얘기하던 빙휘가 질문을 던졌다. 고록경 대감은 말을 꺼내기가 어려운 듯 접선을 만지작거렸다. 처음 봤을 때부터 당돌한 여인이었다. 스스로가 당연하게 여기는 일에 의문을 품지도, 의심을 하지도 않고 그것이 마땅하다 여기고 행동하는 여인이었다. 그것이 대감의 마음에 들어 그녀의 뒤를 봐주고, 그녀가 마음껏 제 뜻대로 살도록 살펴주었다. 빙휘가 신분이란 구속에 저촉되는 자유분방한 사고를 갖게 된 것은 대감의 탓도 있는 것이었다. 그랬기에 운을 떼는 그의 입이 조심스러웠다.

"빙휘야."

고록경 대감의 혀가 입술을 핥았다.

"사실 양반이란 치들은 말이다, 정을 주었다 하여 쉽사리 첩을 들이고 그러지 않는단다."

"……알고 있습니다. 그랬다면 기방에 남아 있는 기녀가 없었겠지요. 기녀든 노비든 저희 같은 천것들이야, 그저 노리개로 데리고 놀다가 질리거든 버리면 그만. 어지간히 귀한 연정이 아니고서야 제 안방에 후실로 들이는 일은 없다는 것을요."

"……그 말은 다소 지나치긴 하다만…… 알고도 그런 말을 한 것이야?"

"아는 바와 느끼는 바는 다르지 않습니까."

그렇지, 빙휘는 그런 여인이었다. 그런 이였다. 고루한 풍속을 순순히 답습하지 않고 누구보다도 자신에게 충실한 행동을 하는 이였다. 그래서 더욱 불안하고 위태로워 보이는 이였다.

현석염은 놀라울 정도로 솔직하게 빙휘에게 부딪혀 왔다. 아무리 그렇다 해도 제 잘난 맛에 사는 양반일 뿐이니 첩실을 운운하면 지레 겁먹고 도망치리라 여겼다. 그런데 그의 반응은 빙휘의 예상과는 정반대였고, 무엇보다 너무나 빨랐다. 게다가 연지까지 빙휘를 당혹스럽게 하며 눈 깜짝할 새에 그녀의 곁을 떠나 버렸다.

"이해할 수가 없습니다."

그네들의 행동은 전혀 예상 밖이었다.

"어찌 그럴 수 있는 겁니까? 결국 그저 아무 여인이나 품에 하나 더 품으면 그만인 걸까요? 양반의 첩 자리란 신분 상승의 길이 그리도 탐났던 걸까요? 어찌하여 그리 가볍게도, 마음 없던 여인을 작첩하고, 자신을 다른 여인의 대신으로 여기는 자에게 안길 수 있는 겁니까?"

건너 들은 고록경 대감의 눈에는 빤히 그려지는 그림이 그 안에 들어 있는 빙휘에겐 안개처럼 흐린 모양이었다. 빙휘가 애탔던 사내와 그 사내가 애탔던 여인. 아마 진심이 외면당한 사내가 울컥한 마음에 첩을 들였을지도 몰랐다. 제 신분을 잘 알고 있는 여인으로서는 어떻게든 은애하는 이의 곁에 머무르고 싶었을지도 몰랐다. 김일현에 대한 일을 모르는 고록경 대감은 그리 지치지도 않고 구애하던 현석염이 어째서 빙휘를 두고 연지와 만났는지 이해가 되지 않았지만, 그 속에 무슨 사정이 있겠거니 여겼다.

"그리 생각하느냐? 이해가 되지 않는 게야?"

빙휘는 고개를 좌우로 흔들었다. 눈을 내리깐 시무룩한 표정에서 언뜻 분기까지 엿보였다. 저 아이의 머릿속에서 어떤 생각이 그려지고 있을지 떠올려 보니 안타까울 따름이었다. 아니, 그런 일련의 행동들을 그렇게밖에 바라보지 못하게 만든 주변의 상황들이 안타까웠다.

접선을 매만지는 고록경 대감의 손길이 초조했다. 현석염과 연지에게 직접 들은 것이 아니라 그저 짐작일 뿐이지만, 그간 봐온 성정으로 예상컨대 아무래도 빙휘가 단단히 곡해하고 있는 것 같았다. 저 곧은 아이에게 어찌 일러줘야 할까, 어디서부터 운을 떼야 할까, 고 대감의 머릿속이 바빴다. 아마 비약이라며 손사래를 칠 것이 뻔했다. 양반이 간단히 작첩하지 않는다는 것을 알면서도 현석염의 행동을 그렇게밖에 바라보지 못하는 시선은, 애초에 제멋대로 결론을 내려놓은 탓이리라.

그리 진정을 외쳤으나 빙휘는 아직 진정을 바라볼 줄 몰랐다. 기녀라는 자괴감이 만만찮은지 누군가가 자신에게 진정으로 대하리란 생각을 아예 하지 못하는 듯했다. 의도적으로 그런 생각을 떠올리려고조차 하지 않는 듯했다.

"연지가 좋다니 그냥 보낸 것입니다. 쇤네로서는 도저히 받아들일 수 없지만, 저를 좋다 하지도 않는 이의 옆에 있고 싶다 하니 막을 도리가 없지요. 엇갈린 마음에도 저들끼리 이해타산이 맞으니 저리 살려는 모양입니다."

고록경 대감과 빙휘는 마주 보고 있으면서 서로 다른 생각에 잠겼다. 언제나 기녀가 되지 못하고 제 옆에 묶여 있는 연지에게 미안했던 빙휘는 과정이야 어찌 되었건 연지가 호의호식하게 되었으니 잘된 일이라 여기려 했다. 하지만 역시 과정이 걸리는 것은 어쩔 수 없었다. 방금 대감에게 말한 대로 이해타산이리라. 그러면서도 감정이니 소용이니 얽히고설킨 인세(人世)에 넌더리가 났다. 이것이 처음으로 빙휘가 생(生)에 대하여 내린 평이었다.

"빙휘야."

무언가에 생각이 미친 듯 고록경 대감이 힘을 주어 빙휘를 불렀다.

"잠시 안식을 취하는 것이 어떻겠느냐? 세상을 피해서 어디 공기 좋은 곳으로 가서 심신을 달래보는 것이 어떠하겠느냐?"

"예?"

갑작스런 말에 빙휘가 눈을 깜빡이며 되물었다. 고록경 대감의 말이 제대로 귀에 들어오지 않는 모양이었다.

"내 일전에 빙휘의 이야기를 듣고 생각해 보았느니. 잠시 안식년을 취하는 것도 좋을 듯하구나."

애초에 이 말을 꺼내려 찾아온 걸음이었다. 아무래도 아직은 빙휘가 현석염에 대해 꼬아서 생각하려고만 하는 것 같아 좀 더 시간이 지나거든 '그런 것은 아니었을까?' 하며 이야기를 꺼내는 편이 낫겠다 싶었기에 대감이 화두를 돌려 안식년에 대한 이야기를 꺼냈다. 시간이 지나 감정이 조금이라도 가라앉거든 좀 더 받아들이기가 쉬운 법이었다.

"이 사람 많은 도성에, 바쁜 기방에 앉아 있으니 사람에 치이는 일도 많은 것이 아니겠느냐. 다친 만큼 마음이 아물 시간을 줘야지 않겠어? 또 지금 이 어지러운 머릿속도 한적한 산속에서 정리가 될 것이야."

빙휘를 달래며 고록경 대감은 백은산을 언급했다. 그의 말을 듣고 있으니 빙휘는 그런가도 싶어 고개를 끄덕거렸다. 너무 많은 것들이 갑자기 몰려들어 모두 수용하기가 힘들어 이리 마음이 번다한가 싶었다. 빙휘가 대감의 생각에 동의하니 그가 백은산에 지낼 만한 곳을 알아봐 주겠다고 하며 다시 그녀의 손을 꼭 잡아주었다.

그래, 그것이 좋겠다. 잠시 은둔하여 쉬는 것이 좋겠다. 그렇게 머리도 쉬고, 마음도 쉬고, 지난 기억은 모두 보내고, 무거운 감정도 모두 보내고.

안식년을 갖기로 결심한 빙휘는 바로 청여를 찾았다. 오래 쉬기 위해서는 행수인 청여의 허락이 필요했고, 다행히 그녀는 별말 없이 선뜻 안식년을 허락해 주었다. 행수의 방을 나오며 빙휘는 조금 마음이 가벼워진 것 같았다. 막힌 숨통이 뚫린 듯 먹먹하던 목이 개운해졌다.

"행수 어르신께는 어쩐 일로?"

"어머니."

디딤돌을 내려오는데 마침 지나가던 후명이 빙휘를 불렀다. 그러고 보니 안식년에 들게 되면 후명과 적화를 자주 보지 못할 터였다. 미리 인사를 해두어야겠다는 생각에 빙휘가 후명에게 다가갔다.

"저, 안식년을 허락받으러 들었어요."

"안식년?"

"여러 가지로 번다하여, 잠시 쉬고 오려 합니다."

빙휘의 그 말이 갑작스러워, 후명의 눈동자가 흔들렸다. 반갑게 빙휘를 불러 세웠던 후명은 어두워진 낯빛으로 그녀를 바라보았다. 후명의 안색이 좋지 않아지니 빙휘는 어쩐지 그녀에게 미안한 마음이 들었다. 그래도 어머니라 부르며 모시고 있는 후명인데, 너무 한마디 언질도 없이 대뜸 청여에게 먼저 다녀왔나 싶었다. 그러면서도 후명이 이리 저를 아껴주었나 하는 생각에 마음이 포근해졌다.

"뜬금없이 안식년은 웬 말이야?"

"고록경 대감께서 조언해 주시었는데 그게 좋을 것 같아 얼마간 쉬다 오려 합니다."

고록경 대감이란 말에 후명의 얼굴이 일그러졌다.

"고 대감께서."

그 목소리가 유난히 뒤틀려 있었다. 빙휘에게는 쉽게 마음을 다시 열어주었던 후명은 여전히 고록경 대감을 탐탁지 않아 했다. 아무래도 오랜 시간이 흐른 만큼 앙금을 풀기도 어려운 탓이려니 여기며 빙휘는 씁쓸하게 미소만 지었다.

"연지 보낸 지 얼마나 됐다고 무얼 그리 급하게 떠나려 해?"

"연지 일은 연지 일이고, 마침 적적한 차에 쉬는 것도 괜찮을 듯하고, 대감께서 부러 알아봐 주신다니 미룰 것도 없지요. 안식년 문제로 계속 걸음하시게 하는 것도 죄송스럽고, 다음에 오시거든 그 길로 떠날까 합니다."

"다음에?"

놀라 되묻는 후명의 낯빛이 금시에 어두워졌다. 몸종도 없이 어찌 홀로 떠나려는 것이냐는 등 걱정 어린 잔소리가 이어졌다. 그러나 빙휘는 이제 몸종을 들일 생각이 없었다. 누군가와 가까워지고 또 멀어지는 관계가 힘들었다. 들이면 언젠가는 보내야 한다는 것, 그 당연한 반복에서 지나치게 정을 붙이게 될까 봐 두려웠다.

후명은 너무 서두르는 게 아니냐며 들볶았지만, 빙휘는 하루빨리 떠들썩한 기방을 떠나고 싶었다. 그래, 그 공기 좋고 경치 좋은 백은산에서 몸도 쉬고 머리도 쉬고 마음도 쉬고 싶었다. 그날로부터, 동기 시절부터 계속 빠르게만 내달려온 것 같았다. 이제 조금은 쉴 시간이 필요하다고, 지친 마음이 애걸하는 소리가 귓가에 울려왔다.

방으로 돌아온 빙휘가 중앙에 서서 천천히 한 바퀴 돌며 방을 훑어보았다. 크고 볕이 잘 드는 좋은 방이었으나 주인을 잘못 만나 마치 빈방처럼 휑하기만 했다. 흔한 화초 하나, 장식품 하나 두지 않은 꾸밈없는 방. 그나마 장과 궤가 화려하고 고운 옷들과 화장도구, 장신구들로 가득한 것은 연지가 열심히 사 모은 덕이었다. 처음 이 방에 들어왔을 때 빙휘가 가진 것이라고는 옷 몇 벌과 조그만 가체에 머리꽂이 두 개, 비녀 두 개, 노리개 하나, 가야금 하나가 전부였다. 그간의 기방 생활을 증명하듯 재물은 수배로 늘어났으나 아직도 곁은 허하기만 했다. 돌아보니 남아 있는 것은 초아뿐이었다.

하나뿐인 친우인 적화는 바빴고, 몸종으로 끝까지 함께하리라 여겼던 연지는 사내의 품으로 떠났고, 바람막이가 되어주겠다던 고록경 대감은—아무래도 높으신 분이라 애초에 기대하기 힘들었지만—점차 걸음이 뜸해졌다. 이제 기방 밥 3년 차, 살아온 햇수로는 열아홉 해를 채우고 있는데, 곁을 내주었다 싶은 이를 손꼽아 세어보니 겨우 셋이었다. 아니, 초아까지 넷.

누군가가 다가오는 것을 꺼리면서도, 막상 곁에 오면 평생을 함께할 것이라고 기대하고 마는 빙휘였다. 어려서부터 너무나 쉽게 자신의 곁을 떠나 버리는 이들을 봐온 탓이었을까. 부모의 정조차 받지 못하고 자란 탓이었을까. 어쩌면 그런 탓에 매일 초아를 품에 안고 놓지를 못하는 것일지도 몰랐다.

그런 생각을 하다가 후명이 떠올랐으나, 어쩐지 그녀와는 여전히 거리감을 좁힐 수가 없었다. 연지 다음으로 자주 본 이가 후명이었고, 후명은 빙휘를 정말 친딸처럼 여기며 살갑게 대해주었다. 더 이상 초희가 빙휘를 건들지 않는 것도 아마 후명이 막아준 때문이리라. 그러나 아무래도 그 친절이 거북했다. 호의로 대하는 이를 이유 없이 멀리하는 것은 잘못이라고 생각하면서도 어딘가 불편했다.

"좀 더 시간이 지나면 편해지겠지."

후명에 대한 찝찝함을 떨쳐 내려는 듯 빙휘가 고개를 내저었다. 썰렁한 제 방을 살펴보던 빙휘가 장과 궤를 모두 열었다. 고록경 대감이 언제 올지는 모를 일이지만, 그가 오면 바로 떠나기 위해 짐을 미리 챙겨둘 요량이었다.

안식년은 쉰다는 의미였지만 빙휘에게는 쉬는 것보다 기방을 떠난다는 의미가 강했다. 매일 계속되는 주석에 떠들썩한 사람들의 목소리가 쉬지 않고 밀려들어 와 마음을 챙길 여유조차 없었다. 그 소란을 벗어난다는 생각에 저도 모르게 입가가 꿈틀거리는 빙휘였다. 화장도 치장도 모두 던져 버리고 해가 저물면 기방에 나가야 한다는 생각도 떨쳐 버리고, 여유로이 한가롭게 몸을 뉘고 마음도 뉘고 그리 편히 쉬면 무언가는 나아질 것만 같았다.

보를 펼쳐 놓고 장을 뒤지는데 챙길 짐도 별로 없었다. 치장에 관심이 없는 빙휘이기에 화장도구나 장신구도 간소했다. 그래도 여인이라고 몇 가지 생필품을 서랍에 넣은 경대를 챙기고 간소한 옷가지 몇 벌과 장식이 달리지 않은 비녀를 몇 개 꾸리니 끝이었다. 다 챙겼나 한 번 돌아보는데, 구석에 놓인 작은 단지에 눈이 갔다. 격일 저녁마다 연지가 얼굴에 발라주던 꿀이 들어 있는 단지였다. 연지는 피부에 좋다는 것들을 제 나름대로 이것저것 배합하여 꿀에 섞어서는 빙휘의 피부를 관리해 주곤 했다.

"여인이라면 무엇보다 피부가 고와야지."

단지를 보고 있으니 연지의 목소리가 들려왔다. 번거롭지도 않느냐고 묻는 빙휘에게 연지는 그리 대답했다. 한 번쯤은 거를 만도 한데 아무리 귀가가 늦고 바빴던 날에도 잊는 법이 없었다.

우연히 마주한 연지의 흔적에 울적해졌던 빙휘는 단지를 들어 싸놓은 보따리 옆에 두었다. 연지가 해주던 만큼 열심히 챙길 자신은 없었지만, 한 번씩 연지가 떠오를 때마다 써야겠다는 생각이었다.

"언제 돌아올지는 모르겠다만, 참 간소하구나."

서안 위에서 구경을 하는 초아에게 말을 걸며 빙휘가 제 짐을 돌아보았다. 보따리와 단지는 한 번 더 싸서 품에 안으면 될 터이고, 가야금은 당일에 챙겨 등에 매면 될 터이고. 지난겨울에 백은산에 갔던 기억을 떠올리며 이 정도 짐이면 그 거리를 가는 동안에도 힘들지는 않겠지 싶었다. 제가 떠나면 이 방은 그저 비워두려나, 다른 기녀가 들어오려나. 허면 다른 짐들도 어디에 치워둬야 하나, 행수 어른께 여쭤봐야겠구나 하는 생각들을 하며 빙휘가 방을 정리했다.

떠날 생각에 들떠 있는 빙휘와 달리 후명은 심기가 어지러워 보였다. 전날 본 후로 매일 빙휘를 찾아와 딱히 할 말도 없으면서 한참을 앉아 있다 가곤 했다. 어딘가 불안해 보이는 모습에 빙휘는 걱정 말라고 그녀를 안심시키려 했다. 딸처럼 여기던 이가 멀리 떠난다는 것이 염려스러운 모양인지 온종일 옆에 붙어 있는 후명의 모습에 빙휘는 가슴이 뭉클했다. 자신이 너무 후명을 외면해 온 것 같아 미안한 마음까지 들었다.

"별일이야 있겠습니까? 걱정 마셔요. 아무래도 여인 홑몸이라 외딴 오막에 살기에는 무리가 있으니, 절로 들어갈까 생각하고 있어요."

"얼마나 있다 올 생각이더냐?"

"음……."

후명은 매일 그것을 물었지만 빙휘는 한 번도 제대로 대답해 줄 수가 없었다. 보통 안식년이라 하면 1년이 기본이고 길어야 2, 3년이었지만, 빙휘는 언제 돌아올지 결정하지 못했다. 청여는 좋을 대로 하라는 식이었고, 지금 같아서는 1년을 넘어 오래도록 쉬고 싶은 생각이었지만 아무래도 기방을 오래 나가 있을 수는 없을 것 같았다.

"지내봐야 알 것 같아요. 기약할 수 없어 죄송합니다."

"금방 돌아올 생각은 없나 보구나?"

"예, 일단은."

그래, 그렇단 말이지 하며 중얼거리던 후명이 혼자 생각에 잠겼다.

"빙휘 아씨, 안에 계시오?"

부르는 소리에 나가 보니 기방에서 일하는 노비가 서찰을 들고 있었다. 고록경 대감 댁에서 왔다며 서찰을 건네준 노비는 답서를 쓸 요량이면 기다리겠노라 했다. 서찰을 펼쳐 내용을 보고서 빙휘는 답서는 보내지 않아도 되겠다고 노비를 보내고 방으로 들어왔다. 빙휘가 서찰을 들고 들어오니 후명이 냉큼 그것이 무어냐며 물었다.

"대감께서 내일 오신다 합니다."

"허면 내일 떠나는 게야?"

"네."

"그 대감두 같이 가시나?"

"아뇨, 그리 신세질 수는 없지요. 대감께서도 공사다망하실 터이니, 혼자 갈 것입니다."

고개를 끄덕거리던 후명은 내일 보자며 방을 나갔다. 후명을 보내고 빙휘가 경대를 들여다보았다. 이제 오래도록 기방을 비울 것이라 생각하니 마음이 이상했다. 혹여나 자신을 찾을까 봐 단골손님 몇에게만 슬쩍 언질을 두었더니 객이 밀려들어 요 며칠은 단골을 받기에도 바빴다.

분내가 풍기는 복도와 높은 웃음소리로 떠들썩한 건물. 술 방울이 떨어지는 상 위로 오고 가는 사내들의 목소리. 여러 방에서 울리는 가야금 소리가 한데 얽히고 나붓거리며 빙글빙글 도는 치맛자락. 시끄럽고 요란하여 머리를 울리는 기방의 풍경이 그리워질지도 모르겠다는 생각에 빙휘는 눈 한가득 청악기방의 모습을 담았다.

그리고 날이 밝았다.

"이제 곧 대감께서 오실 거예요."

아침부터 찾아온 후명과 두런두런 이야기를 나누다가 약조한 시각이 다가오니 빙휘가 슬쩍 말을 꺼냈다. 후명이 고록경 대감을 싫어한다는 것을 알기에 꺼낸 말이었다. 떠나는 날마저 후명이 얼굴을 붉히며 열 내는 모습을 보고 싶지 않았다.

"기방서 뵐 거지?"

"네, 거처를 전해 듣고 그 길로 바로 출발하려고요. 갈 길이 머니 서둘러야지요."

"그래, 그러렴."

후명과 빙휘가 자리에서 일어나는 것과 거의 동시에 밖에서 노비가 빙휘를 찾았다. 마침 딱 맞춰 고록경 대감이 당도하여 빙휘가 짐을 챙겨 들고 후명에게 인사를 했다. 잘 지내라는 말에 어쩐지 후명은 데면데면했다. 아무래도 고록경 대감의 이름에 속이 시끄러운 모양이었다. 후명이 방으로 돌아가는 것을 지켜보고서 중문을 나선 빙휘는 본채 앞마당에 서 있는 대감을 발견했다. 그는 빙휘가 짐을 챙겨 나오는 것을 보고 놀란 눈치였다.

"오늘 떠나려는 게냐?"

"예, 대감. 지체할 것 없지 않습니까."

그도 그렇지만, 하면서도 과하게 서두르는 빙휘의 모습에 고록경 대감이 괜히 수염을 매만졌다. 평소처럼 누대 위에 올라앉은 두 사람이 막 이야기를 꺼내려는데 계단 아래에서 후명의 목소리가 들렸다.

"대감, 쇤네 후명입니다."

그 목소리에 놀란 이는 빙휘만이 아니었다. 빙휘만큼이나 놀란 눈으로 고록경 대감이 대답했다.

"자네가 어쩐 일로?"

"올라가도 되겠습니까?"

후명의 청에 고록경 대감이 슬쩍 빙휘를 바라보았다. 괜찮겠냐고 의향을 묻는 눈빛에 빙휘가 고개를 끄덕였다.

"들게."

고록경 대감의 답이 조금 떨렸다. 아무래도 예상치 못한 후명의 등장에 당황한 모양이었다. 대감을 대할 때면 항상 노기가 사무친 매서운 목소리이던 후명이었는데 방금 전의 목소리는 빙휘를 대할 때와 다름이 없었다. 저에게 친절한 두 사람의 사이가 나쁜 것이 항상 마음에 걸렸던 빙휘는 혹시나 하는 기대감으로 계단을 바라보았다. 기방을 떠나는 날에 고록경 대감과 후명 사이의 묵은 악감정을 풀어줄 수 있을까 하는 기대였다.

계단을 올라오는 후명은 다과상을 들고 있었다. 그 소반을 보고서야 빙휘는 아차 하며 고록경 대감을 맞이하는 데 다과상조차 챙기지 않았음을 깨달았다. 역시 이런 곳에서 기녀의 관록이 나타나는 것일까, 세심하게 차를 챙겨오는 후명이 고마웠다.

"빙휘가 빈손으로 나가기에 다과상이라도 내드리러 왔습니다."

후명은 여전히 고록경 대감을 바라보지 않았지만, 그녀가 대감을 객으로 대접하는 것만 해도 큰 발전이었다. 이 기회에 후명의 케케묵은 오해를 풀어주고 싶은 마음에 빙휘가 슬쩍 자리를 비키며 앉으라고 권했으나, 후명은 아직 그 정도로 마음이 풀리지는 않은 모양인지 고개를 저었다.

"함께 다과라도 들다 가세."

"아닙니다, 대감."

고록경 대감의 권유에도 후명은 거절을 하고 자리를 떴다. 서두르며 계단을 내려가는 뒷모습이 안타까워 빙휘는 눈길을 거두지 못했다. 후명은 처음부터 함께할 생각이 없었는지, 그녀가 가져온 다과상에 찻잔은 둘 뿐이었다. 빙휘가 찻주전자를 슬쩍 살폈다.

"방금 내온 차이니 조금 더 우려진 후에 마시는 것이 좋겠습니다."

그러면서 빙휘는 화두를 자연스레 후명에 대한 이야기로 돌렸다.

"저는 차에 대해서 잘 모르고 그저 마시기 편하기에 자주 들지만, 어머니는 차에 관심이 많으십니다. 방에 다과도구가 한가득인 데다 귀한 찻잎도 모으시더이다."

방금 내린 차였지만 금방 마실 것을 염두에 두어 찻잎을 많이 우렸는지 향이 진했다. 숨을 들이쉬는데 달달한 차향이 갑자기 몰아들어 와 잔기침이 터졌다. 급히 고개를 돌려 몇 번 기침을 하던 빙휘가 무안하여 얼른 말을 이었다.

"이리 차를 챙겨주시는 걸 보니, 대감께 어느 정도 마음이 풀린 것은 아닐까 싶습니다."

"하나 끝까지 내 쪽으로는 시선도 두지 않더구나. 아마 빙휘를 아끼는 마음이 커서 내게도 아량을 베풀어주는 게지."

"감히 대감께 아량이라니요. 경을 칠 언사입니다."

"글쎄, 그 '경을 칠 언사'가 이어진 지 오래되어 후명이라면 그 것이 당연하게 여겨지누나."

그리 말하며 고록경 대감이 껄껄 하고 크게 웃음을 터뜨렸다. 빙 휘가 마주한 양반 중 가장 높은 자리에 앉아 있는 양반이었으나 대 감은 언제나 이렇듯 수더분하였다. 양반이란 유세 한 번 없이 마치 지기와 함께하는 듯 빙휘를 편하게 대했다.

"언젠가는 그 마음에 가득 찬 얼음도 녹지 않겠느냐?"

"가만히 때를 기다리시옵니까?"

"후명은 받아들일 준비가 되지 않았는데 무작정 다가갈 수만은 없지. 너무 조급해하지 말고 거리를 두고 기다릴 줄도 알아야 함이 야."

느긋한 목소리가 그대로 고록경 대감의 성정이었다. 많은 시간 을 보냈기 때문일까, 고 대감은 서두르는 법이 없었다. 그러나 그 것이 빙휘의 눈에는 미련해 보이기도 했다. 그 느긋한 기다림 때문 에 후명은 애꿎은 이를 향한 해묵은 원망을 품고 있는 꼴이었다.

"마냥 기다리지만 말고 그 적당한 시기를 만들어내면 더욱 좋지 않겠습니까?"

"흐음. 그도 옳구나."

그렇게 몇 마디가 오고 간 후 고록경 대감이 품에서 작은 지도첩과 서찰을 꺼냈다. 백은산에 대한 이야기를 막 꺼내려는 찰나 밖에서 빙휘를 부르는 소리가 들렸다.

"빙휘! 빙휘야!"

창을 열어 내다보니 적화가 마당에서 방방 뛰고 있었다. 그 모습에 빙휘가 당황하니 고록경 대감이 무슨 일이냐며 다가와 밖을 내려다봤다. 적화는 두리번거리며 연신 빙휘를 불렀다. 떠나기 전에 마지막 인사를 하고 싶은 모양이었다.

"적화로구나."

"일전에 대감께서 오시면 떠날 것이라 일렀더니, 대감께서 걸음하신 걸 알고 찾아왔나 봅니다."

"허면 내려가 적화와 인사를 나누고 오거라."

채신머리없이 방정을 떨며 큰 소리를 내는 적화의 모습에 빙휘가 당황하여 서 있으니 고록경 대감이 먼저 그런 말을 했다.

"아닙니다, 대감. 잠시 기다리라 일러두고만 오겠습니다. 어찌 대감을 기다리시게 하리까?"

"괘념치 말고 친우와 시간을 보내다 오거라. 내 어차피 빙휘 가는 길에 가마꾼을 붙여줄 생각이었으니, 이야기를 마친 후 함께 나가자꾸나."

"가마꾼이라니요. 쇤네는 괜찮습니다."

"내가 안 괜찮단다."

고록경 대감의 채근에 결국 빙휘는 손을 들었다. 소란을 피우는 적화도 얼른 진정시켜야 할 판이었다. 계단으로 향하면서도 자꾸만 뒤를 바라보는 빙휘에게 대감이 그녀의 등을 떠밀었다.

"허면 차라도 드시고 계시옵소서."

"내 걱정을 말고 친우와 길게 인사를 나누려무나."

'길게'를 강조하여 말하는 고록경 대감의 모습에 빙휘가 어쩔 수 없다는 듯이 짧은 한숨을 내쉬고 계단을 내려왔다. 두리번거리던 적화는 빙휘의 모습을 발견하고서야 소리치던 것을 멈췄다.

"빨리도 나타나셔."

적화가 따지듯 달라붙으니 빙휘가 그녀를 나무랐다.

"성질도 급해, 고 대감께서 들어 계시는데 기다리지도 않고 그리 불러대면 어떡해?"

"흥, 고 대감께서 괜히 너에게 쉬라는 얘기를 꺼내셔서는 안식년이라고는 생각도 없던 애가 백은산에 간다느니, 언제 올지는 모르겠다느니. 나랑은 한마디두 안 하구서 그리 결정 내리고 통보하는데, 어찌나 고까워야지. 내 이 정도 강짜도 못 놓누?"

팔짱을 끼고 투덜거리는 모습에 빙휘는 적화가 자신을 얼마나 좋아하는지 느낄 수 있었다. 노비를 시켜 고록경 대감이 청악기방에 들어서는 것을 지키라 해두고, 소식을 듣자마자 달려왔다던 적화는 얌전히 들어서면 빙휘가 자신을 기다리라 할 것을 알고 부러 소리를 질렀다고 했다. 고록경 대감의 말 때문에 빙휘가 당분간 은둔하려 한다고 생각하여 대감에게 단단히 심통이 난 모양이었다. 한참을 투덜거리던 적화는 결국 눈물을 비치고 말았다.

"언니도 참, 울긴 왜 울어. 내가 어디 영영 떠나는 것도 아닌데."

"그래도 어찌, 대뜸 와선 떠나겠단 말이나 툭 던지고. 허면 나는 누구랑 담소를 나누고, 누구랑 양반 흉을 보느냐 말여?"

빙휘가 상의 한마디 없이 안식년을 결정한 것을 계속 마음에 묻어두고 있었는지 또 그 얘기를 꺼내는 적화였다. 그것이 그리 섭섭했는지, 적화는 쉽게 울음을 그칠 줄 몰랐다. 그러면서도 울먹이는 목소리를 짜내어 쉼 없이 조잘거리는 모습이 역시 적화다웠다.

적화는 코를 훌쩍대며 몸조심하라느니, 절이라도 방심하면 안 된다느니, 승도 사내라느니, 어찌 들으면 불경스러울 말을 해댔다. 그녀가 걱정하는 마음을 잘 알기에 빙휘는 얌전히 고개를 끄덕거리며 적화의 당부를 들었다. 한 번 울고 나니 기분이 풀렸는지 금세 싱글거리는 얼굴로 돌아온 적화와 농이 섞인 대화를 나누고 있는데, 후명과 청여가 급하게 바깥채로 나오는 것이 보였다. 서두르는 걸음이 심상치 않았다.

"무슨 일이지?"

"응?"

그녀들을 먼저 발견한 빙휘의 말에 적화가 몸을 돌렸다. 적화가 돌아서니 그녀에게 가려져 있던 빙휘를 후명과 청여가 발견했다. 그녀를 발견하자 청여를 앞서 거의 뛰다시피 다가오던 후명이 갑자기 걸음을 멈췄다. 후명의 표정이 이상했다. 그녀는 낯빛이 하얘져서는 눈에 띄도록 떨리는 손으로 입을 막았다. 그 얼굴을 마주하는 순간 빙휘의 가슴 사이로 시린 바람이 한 줄기 빠르게 스쳤다. 이전에는 느껴보지 못한 시커멓고 끈끈한 불안감이 빙휘를 엄습했다.

"빙휘, 너 괜찮은 게냐?"

멈춰 선 후명을 놔두고 빠르게 다가온 청여가 빙휘의 손을 잡았다. 청여의 손이 뜨거웠다. 아니, 핏기가 사라져 하얘진 빙휘의 손이 얼음장처럼 차가웠다. 그녀가 계속 빙휘에게 뭐라 말했지만 그 말이 하나도 귀에 들리지 않았다. 빙휘는 눈앞에 있는 청여의 어깨 너머로 계속 후명을 쳐다보았다. 저 얼굴, 저 눈빛. 빙휘는 자신도 모르게 크게 외치며 몸을 돌려 누대로 뛰어들었다.

"대감!"

불길했다. 온몸의 피가 빠져나가는 느낌이었는데 갑자기 심장이 터질 듯이 뛰었다. 몸이 떨렸다. 후명의 하얗게 질린 얼굴이 떠올랐다. 자꾸만 다리에서 힘이 풀렸다. 이 불안감이 자신의 괜한 착각이었으면, 지나친 기우였으면. 누대의 계단이 너무 많았다.

모든 것이 느렸다. 디딤돌을 밟고 올라선 발도, 계단의 난간을 쥐는 손도. 이리 빠르게 뛰어본 적이 없을 정도로 달음질을 치는데도 모든 상황이 느리게만 느껴졌다. 펄럭이는 치맛자락이 다리에 감겨 빙휘를 방해했다. 치마끈에 매달린 노리개가 격하게 흔들리며 빙휘의 팔을 때렸다. 급하게 뛰어오르는 걸음으로 계단 끝을 간신히 밟은 탓에 혜가 벗겨졌다. 그 탓에 비틀거리며 넘어질 뻔했지만 난간을 잡은 손에 힘을 주고 버텼다. 반쯤 벗겨진 혜를 그대로 벗어 던지고 계속 계단을 올랐다.

갑작스런 빙휘의 뜀박질에 의아해하던 청여와 적화는 서로 마주 보더니 그대로 빙휘의 뒤를 따랐다. 급한 마음에 빙휘를 따라 혜도 벗지 않고 올라서는데, 계단 위에 빙휘가 서 있었다. 그리 서둘러 뛰어들더니 계단을 다 올라서서는 꿈쩍 않고 멈춰 서 있었다. 빙휘는 여전히 난간을 쥐고 있었다.

"대체 무슨……."

청여는 더는 말을 이을 수 없었다. 누대에 올라 무심코 고개를 돌렸던 그녀는 순간 다리에 힘이 풀려 주저앉을 뻔했다. 맨 뒤에서 따라 오르던 적화가 입을 막았다. 숨마저 멈추고 가만히 선 세 사람의 시선은 같은 곳에 묶여 움직일 줄을 몰랐다. 그 적막한 순간에 바깥에서 누군가가 달음질을 치는 소리가 들렸다.

"후명!"

"후명을 잡아!"

그 소리에 정신을 차린 빙휘가 소리쳤고, 이어 말을 받은 청여가 다시 빠르게 계단을 내려갔다. 적화가 가장 앞서 뛰어내리고, 두 사람의 시끄러운 발소리가 점점 멀어졌다. 그러나 빙휘는 여전히 꼼짝할 수 없었다.

누대의 중앙에는 소반이 놓여 있었다. 그 위에는 후명이 가져온 다과가 올려 있었다. 찻잔이 하나 소반 위에 놓여 있었다. 마주 놓여 있어야 할 찻잔 하나가 바닥에 뒹굴고 있었다. 그리고 그 앞에, 고록경 대감이 쓰러져 있었다.

"빙휘……."

쿨럭, 하는 기침 소리와 함께 가는 목소리가 새어 나왔다. 빙휘가 미끄러지듯 쓰러지며 고록경 대감 앞에 앉았다. 그녀의 손이 빠르게 고록경 대감의 상체를 끌어안았다. 빙휘의 품에 안긴 대감이 가늘게 눈을 떴다. 그의 눈꺼풀이 힘겹게 떨렸다.

"대감, 대감……. 이게 무슨 일입니까, 대감."

마른 입에서 드디어 말이 터져 나왔다. 빙휘는 정신없이 자꾸 대감만 불렀다. 입을 열던 고록경 대감이 다시 쿨럭거렸고, 그 기침에 피가 튀었다. 이미 그의 앞섶은 피로 물들어 있었다.

"대감, 어찌합니까. 무슨 일이랍니까. 대감, 대감, 송구합니다. 모든 것이 제 탓입니다. 제가 멍청하게도 후명을 너무 쉽게 믿었습니다. 제가 외로운 탓에 후명을 가까이하였나이다. 후명이 그리 쉽게 저를 용서할 리가 없는데, 후명이 율이를 죽인 저를 원망할 것이 분명한데."

한 번 터진 입에서 쉴 새 없이 말이 쏟아져 나왔다. 눈앞의 상황이 믿기지 않았다. 놀란 탓이었을까, 눈물 역시 흐르지 않았다. 빙휘는 고록경 대감을 껴안고 덜덜 떨리는 손으로 대감의 뺨을 매만졌다. 대감의 옷이며 입에 묻어 있던 피가 빙휘의 옷에도 스몄다.

"괜찮다. 이것은 빙휘의 탓이 아니야. 내가, 내가 모자란 탓이다……."

이런 상황에서도 빙휘를 달래려는 셈일까. 고록경 대감이 피를 내뱉으며 힘겹게 말을 했다. 대감은 손을 들어 빙휘의 얼굴을 만지려고 했으나 몸에 힘이 없었다. 그의 힘겨운 손짓에 빙휘가 얼른 그 손을 잡아 쥐고 제 뺨에 가져다 댔다. 차가운 그의 손은 빳빳하게 굳어가고 있었다. 고록경 대감의 손이 너무 차가워 놀란 빙휘가 연신 뺨에 그의 손을 부볐다. 이렇게라도 하면 온기가 돌 것 같았다.

믿지 말았어야 했다. 자신의 머리채를 쥐어 잡고 때리며 원망하던 그녀의 미안하다는 말을 믿어서는 안 되었다. 빙휘는 그녀의 말을 너무 쉽게 믿은 것을 후회했다. 그녀에게 곁을 내어준 자신을 책망했다. 그러나 아무리 후회하고 자책한다 한들 돌이킬 수 없었다.

빙휘의 눈에 자꾸만 후명의 얼굴이 맴돌았다. 그녀의 하얗게 질린 얼굴. 다과상을 들고 들어서던 친절을 가장한 얼굴. 빙휘를 위하는 듯 걱정하던 얼굴. 가슴으로 낳은 아이라 여기고 싶다는 달콤한 거짓말을 내뱉던 눈물 맺힌 웃는 얼굴. 율이를 살려내라며 소리를 지르며 무자비하게 손찌검을 해대던 노기에 찬 얼굴.

자신을 버린 사내에 대한 원망을 애꿎은 고록경 대감에게 풀어내던 이였다. 스무 해를 엇나간 원망을 품던 이였는데 겨우 몇 년으로 율이로 인한 원망을 지웠을 리가 만무했건만. 빙휘는 자신의 어리석음을, 겨우 그까짓 외로움을 견디지 못한 나약함을 탓하며 입술을 깨물었다. 빙휘의 표정이 어두우니 고록경 대감이 재차 입을 열었다.

"빙휘야, 자책하지 말거라. 빙휘의 탓이 아니다."

"대감, 말씀하지 마십시오."

"내가 저이에게 빛이 있어. 저이에게 큰 죄를 지어 이리된 게야."

"대감, 제발."

빙휘가 애원하는데도 고록경 대감은 기어코 말을 이었다. 대감이 말을 할 때마다 기침과 함께 피가 쏟아졌다. 품에 안은 그의 몸이 점점 차갑고 무거워졌다. 뺨에 닿은 손이 너무나 딱딱했다.

"대감, 대감."

목이 막혔다. 까슬하고 무거운 무언가가 목구멍을 틀어막고 있어 겨우 짜내는 목소리가 갈라졌다. 떨림을 주체 못하는 손가락이 어지럽게 대감의 몸을 매만졌다. 어쩔 줄 모르는 손과 메마른 시선으로 가쁜 숨을 몰아쉬던 빙휘의 머리 뒤꼭지가 당기며 싸늘해졌다.

"초사여."

넋을 잃은 얼굴에서 마른 눈물방울 하나가 뚝 떨어졌다.

"초사여!"

피 끓는 목소리가 누대에 울렸다. 이전에는 들어본 적 없는 높다랗고 섬뜩한 고성이었다. 그와 거의 동시에 어디에선가 붉은 빛이 번뜩였다.

빙휘는 고록경 대감을 끌어안고 상체를 숙이고 있었다. 대감의 가슴팍에 얼굴을 묻고 바들바들 떨고 있는 그녀의 어깨에 하얗고 긴 손이 조심스럽게 닿았다. 그녀는 고개를 들지도, 돌아보지도 않았으나 그 손의 주인이 누구인지 알고 있었다.

"빨리."

손가락이 움찔했다.

"너는 영물이잖아. 영물이라면 무언가 기이한 능력이라도 있는 거 아냐? 어서, 당장 대감께…… 무언가 해봐. 빨리 대감을 도와줘. 무슨 능력이라도 내보라고!"

얼굴을 묻고 있는데도 뛰어오르는 심장이 느껴지지 않았다. 그 고동 소리가 전혀 들리지 않았다. 그저 딱딱하고 싸늘한 몸뚱어리가 마치 얼음덩이처럼 굳어 있을 뿐이었다.

"임이여……."

"빨리, 초사여는 분명 내게 무언가를 했었어. 널 처음 봤을 때 내 목을 물었잖아. 난 정신을 잃었고, 또 언젠가는 상처가 흔적도 없이 사라지기도 했고. 그거 전부 네가 한 거잖아? 어서 대감께도 해줘, 빨리!"

빙휘가 여전히 고록경 대감을 끌어안은 채 초사여를 향해 몸을 돌렸다. 그녀의 얼굴이 피와 눈물로 범벅되어 있었다. 유난히 하얗게 질린 얼굴에 흔들리는 눈동자가 초사여를 닦달했다.

"제게 그간 염을 쌓은 힘이 있는 것은 맞습니다. 그러나…… 그러나 그 능력으로 죽은 자를 살릴 수는 없습니다."

"……뭐?"

"제가 대감을 위해 해드릴 수 있는 것은 아무것도 없습니다. 이분은 이미…… 사하셨습니다."

사하다. 사(死). 죽다.

온몸의 피가 사라지듯 한기가 돌았다. 잠시 멍하니 초사여를 올려다보던 빙휘의 얼굴이 한순간 일그러졌다. 대감을 끌어안은 손에 힘이 들어갔다.

"살려내. 살려내! 네 능력으로 살려내란 말이야!"

대감을 끌어안은 채 빙휘가 초사여의 옷자락을 부여잡았다. 초사여가 힘없이 그녀의 손에 이끌려 주저앉았다. 울부짖는 빙휘와 그녀를 바라보는 초사여의 얼굴에 같은 슬픔이 어렸다. 고록경 대감을 끌어안고 초사여의 옷을 움켜쥐고 빙휘는 소리를 내질렀다. 아니, 지르려 했다. 그러나 아무 소리도 들리지 않았다. 움켜쥔 손톱에 짓눌려 살이 패이고 목이며 이마며 뼈마디가 불거지고 힘줄이 튀어나왔으나 거칠어진 목구멍에서는 그 무엇도 새어 나오지 못했다.

그런 빙휘를 바라보는 초사여의 마음도 찢어졌다. 할 수만 있다면 그녀를 위해서 무엇이든 해주고 싶었지만 그로서도 할 수 없는 일이었다. 초사여가 빙휘와 함께 눈물을 흘리며 그녀를 부여잡았다.

"제 독으로 누군가를 해할 수도 또는 치유할 수도 혹은 죽일 수도 있습니다. 하나 죽은 자를 살리는 것만은 불가합니다. ……그는…… 하늘의 순리를 깨는 것이니까요……."

한마디, 한마디가 고역이었다. 애써 변명하듯 내뱉는 설명도 빙휘의 귀에는 들리지 않았다. 빙휘의 호흡이 거칠어졌다. 내쉬는 숨이 지나치게 빠르고 격했다. 머리가 어지럽고 손발에서 힘이 빠져나갔다. 그녀의 몸 역시 뻣뻣하고 차갑게 굳어가기 시작하자 초사여가 다급하게 그녀의 입을 막았다. 누대 위는 독차의 향으로 가득했고, 빠른 날숨에 빙휘의 체내의 숨이 부족해지고 있었다.

"대감."

거친 숨소리 사이로 그녀가 힘겹게 한 음절씩 내뱉었다. 아득해지는 정신에도 그녀는 고록경 대감을 끌어안은 손에 힘을 놓지 않았다.

청악기방이 뒤집어졌다. 양반이, 게다가 평범한 양반도 아닌 무려 문관의 수장이 기녀에게 독살을 당했으니 당연한 난리였다. 단

순한 독살 사건으로 다루기엔 고록경 대감의 존재가 너무 어마어
마했다.

행수 청여가 노비를 시켜 부른 의원이 바로 당도하여 고록경 대
감의 상태를 살폈으나 이미 늦은 지 오래였다. 찻주전자의 내용물
을 확인한 의원은 급하게 코와 입을 막았다. 고록경 대감이 거의
반이나 마신 차는 독초를 우린 것이었다. 대감을 끌어안고 쓰러져
있던 빙휘는 다행히도 위험한 상태는 아니었으나 향을 오래 맡은
탓에 약간의 중독 증세가 보였다. 빙휘가 다시 눈을 떴을 때 그녀
는 청여, 적화와 함께 옥에 갇혀 있었다.

"빙휘야! 정신이 들어?"

빙휘의 옆에 붙어 앉아 있던 적화가 빙휘가 눈을 뜨는 것을 보고
소리를 질렀다. 약간 몽롱한 기분에 눈을 지그시 감았다 뜬 빙휘가
괜찮다며 고개를 끄덕이고 주변을 둘러봤다. 겨우 짚이 한 겹 엷게
깔려 있는 흙바닥이었다. 두꺼운 나무 창살이 촘촘히 둘러싼 좁은
옥은 셋이 앉아 있는 것만으로 가득 찼다. 그나마 빙휘는 정신을
잃었던 탓에 벽에 기댄 채 다리라도 펴고 있었으나 적화와 청여는
꼼짝없이 옹색하게 움츠리고 앉아 있을 수밖에 없었다.

얼마 만에 정신이 돌아왔는지, 얼마나 시간이 지났는지 알 수 없
었다. 게다가 왜 자신들이 이런 곳에 있는지도 이해할 수 없었다.
대체 자신이 정신을 잃은 사이에 무슨 일이 있었던가. 빙휘가 자세
를 바로 하며 앉아서 그녀의 발치에 앉아 있던 행수에게 물었다.

"무슨 일입니까?"

"추국장이 열렸느니라."

"추국장이오?"

빙휘가 놀라 되묻는데 적화가 달려들었다. 적화는 빙휘를 껴안고는 엉엉 우는 소리를 했다.

"빙휘야아, 천만다행이다. 이것아, 너가 혹여 고 대감처럼 될까 봐 내가 어찌나 맘을 졸였는지……. 어쩜 그리 인정도 없고 지독하다니? 너가 독을 마신 걸 알면서도 의원을 붙여주지도 않고, 이 냉골 같은 옥에 처박고."

"네 몸이 어찌나 찬지, 적화가 온종일 달라붙어서 주물렀어. 몸은 괜찮은 게야?"

적화의 우는 소리에 빙휘가 영문을 몰라 하니 청여가 적화의 등을 쓰다듬으며 그녀를 달랬다. 그저 정신을 잃었다는 것뿐 몸에는 아무런 이상이 느껴지지 않았기에 빙휘는 고개를 갸웃거리며 괜찮다 대답했다. 그보다 빙휘는 청여의 말이 신경 쓰였다.

"한데 행수 어른, 방금 추국장이라 하셨습니까?"

추국장이라니. 놀라 묻는 빙휘에게 청여가 어떻게 된 일인지 설명해 줬다. 고록경 대감의 죽음과 붙잡혀 온 후명과 무섭게 들이닥친 관군들. 청악기방은 바로 폐쇄되었고, 기방의 모든 기녀들이 붙잡혀 들어왔다. 그리고 후명과 빙휘, 행수 청여, 적화는 현장에 있었던 죄로 따로 하옥된 것이었다.

청여는 차분히 말해줬으나 빙휘의 귀에는 그녀의 말이 제대로 들어오지 않았다. 고록경 대감의 죽음. 거기에서 빙휘의 사고는 멈춰 버렸다. 눈앞이 새하얘졌다. 머릿속이 탁하고 뿌예 아무것도 보이지 않았다. 그러다가 곧 안개가 걷히듯 그 안에서 하얀 사내가 떠올랐다. 눈물을 흘리며 입술을 꽉 깨물고 있는 초사여, 그리고 차갑고 딱딱한 고록경 대감.

빙휘의 옷에 묻은 고록경 대감의 피는 검붉게 말라 있었다. 그 핏자국을 바라보니 빙휘의 심장이 내려앉았다. 아무 소리도 들리지 않고 아무 느낌도 들지 않았다. 빙휘는 멍하니 제 옷의 핏자국을 바라봤다. 초점을 잃은 두 눈에서는 눈물조차 흐르지 않았다.

도망쳤다는 이유로 먼저 시행된 후명의 추국에서 그녀가 모든 죄를 털어놓았다. 그러나 관리들은 녹록치 않아서 청악기방의 모든 기녀들을 한 차례씩 조사하고 특히 후명과 빙휘, 청여, 적화를 집중적으로 문초했다. 애초에 모의가 없었기에 더 나올 진술도 없었건만, 관리들은 기녀들을 지독하게 몰아붙였다. 문관 수장의 독살이었기 때문인지 자백이 나왔는데도 쉽사리 넘어가지 않았다. 그녀들은 몇 번이고 똑같은 얘기를 반복해야 했다. 처음부터 사건은 진위가 분명하게 밝혀졌으나 모진 고신이 이어졌다. 아마 그녀들의 신분이 천한 기녀였기에 더욱 그 강도가 심한 것 같았다.

증언과 증거가 명백했지만, 황제의 명이 있었던 탓인지 관리들은 추국을 쉽게 끝낼 생각이 없어 보였다. 어차피 상대도 천민이니 그저 황제가 흡족할 만큼 보여주기 식의 추국을 하는 것 같았다. 혹은 이 기회에 양반의 위세를 보이며 하류 계급에 공포감을 조성하려는 심산일지도 몰랐다.

상문관 고록경, 문관의 수장, 원로대신. 그리고 기녀와 독살의 조합은 자칫 더러운 추문이 엮이거나 양반 계급에 대한 천민의 하극상으로 비춰져 양반의 위신이 무너질지도 모를 일이었다. 이미 갑작스런 고록경 대감의 죽음만으로도 많은 문신들, 유생들이 좌표를 잃은 듯 흔들리고 있었다. 평범한 문초가 아닌 황명에 의한 추국이 열린 것만 봐도 일이 간단하게 끝나지 않을 일임은 알 수 있었다.

그런 와중에도 후명은 시종일관 꿋꿋했다. 모든 정황이 그녀를 가리키는데다가 자백까지 있었기에 그녀에 대한 고신이 가장 혹독했다. 머리부터 발끝까지 성한 곳이 없는데다 온몸이 피로 물든 후명은 추국을 관장하는 대신들을 똑바로 쳐다보며 당당하게 소리쳤다.

"내가 죽였다! 고록경을 죽인 것이 바로 나야. 내 이 손으로 직접 죽이지 못하고 독초를 쓸 수밖에 없었던 것이 원통하구나!"

당돌한 후명의 말에 대신들은 당황했다. 그녀에게 양반에 대한 모독죄가 추가되어 주리에 인두질까지 행해졌으나 후명은 굽힐 줄을 몰랐다. 게다가 무슨 연유였는지 애초에 빙휘에게 모든 죄를 뒤집어씌우려고 했던 후명은 빙휘를 공범으로도 인정하지 않았다. 오히려 빙휘까지 함께 죽이지 못한 것에 분노하며 빙휘에게 저주를 퍼부었다. 후명은 마치 그를 죽인 것이 공이요, 그 공을 빙휘와 나눠 가질 수는 없다는 투로 모든 계획과 준비를 자신이 혼자 했다고 진술했다.

그러나 후명의 진술을 빙휘를 감싸기 위한 거짓이라 여긴 대신들이 대질신문을 시행했다. 병졸들의 손에 끌려 나온 빙휘는 추국이 시작된 후 처음으로 후명을 보게 되었다. 이미 오랫동안 고신을 당한 그녀의 상태는 처참하기 이를 데 없었다.

엉망으로 헝클어진 머리는 물과 기름이 범벅되어 축축하게 묶여 있었다. 고개를 숙인 후명의 얼굴 위로 머리카락 몇 가닥이 흘러내려 소복 위에 어지럽게 흐트러져 있었다. 흙과 피에 물든 소복은 여기저기 해어지고 찢어져 몸에 찰싹 달라붙어 있었고, 그녀를 형틀에 묶은 동아줄은 피딱지에 굳어 있었다. 그녀는 그렇게 추국 내내 형틀에 꽁꽁 묶인 상태로 고신을 받고 정신을 잃기를 반복했을 터였다.

해가 저물어 사위가 어둑하여 드문드문 긴 화로가 불을 밝혔다. 몇 단의 계단 위에 황색 관복과 흑색 관복의 늙은 대신과 적색 관복의 젊은 관리가 앉아 있었다. 주로 언성을 높이며 취조하는 것은 적색 관복의 관리였다.

"그 계집을 옆의 형틀에 묶도록 하라."

거친 동아줄이 얇은 옷자락을 뚫고 여린 살갗을 옥죄었다. 계속된 고신에 정신을 잃었던 후명이 관리의 목소리에 움찔하더니 슬며시 고개를 돌렸다.

"빙휘……."

맑고 고운 노래를 부르던 목청에서 쇳소리가 흘러나왔다. 그 소름 끼치는 음성에 빙휘가 움찔하여 옆을 돌아봤다. 여전히 머리를 숙인 채로 고개만 돌려 빙휘를 바라보고 있는 후명의 안광이 번뜩였다. 흘러내린 머리칼 사이로 보이는 눈빛이 분노로 일그러졌다.

"네년이 같이 죽었어야 해! 가장 죽이고 싶었던 것이 네년인데! 질긴 년, 제 아비 어미가 죽는 꼴을 보면서도 끝까지 살아남더니,

내 딸을 죽이고도 네년은 어찌 이리 멀쩡하게 살아 있는 게야!"

죽은 듯 축 처져 있다가 갑자기 고개를 치켜들며 빙휘를 향해 바락바락 소리를 질러대는 후명의 눈이 피로 붉게 물들어 있었다. 형틀에 묶여 있지만 않았다면 당장에라도 달려들 기세였다. 그 기세에 형틀이 들썩였고, 고래고래 소리를 지르던 후명은 옆에 있던 관군이 방심한 틈에 제 몸을 던졌다.

"네년을 반드시 죽이고 말 것이야!"

쇠를 가는 듯한 괴성이 섬뜩하게 울려 퍼졌다. 두 형틀 사이에 세워져 있던 화로의 긴 지지대가 쓰러졌다. 화로가 쓰러지며 그 안의 시뻘건 숯불이 쏟아졌다. 그러나 형틀에 묶인 빙휘는 피할 수가 없었다. 그 아찔한 상황에서도 빙휘는 후명에게서 눈을 뗄 수 없었다. 형틀에 묶여 있기에 그대로 바닥으로 내동댕이쳐져 충격을 고스란히 받았음에도 후명은 그 붉은 눈으로 빙휘를 바라보며 실실 웃고 있었다.

그 웃음에 묻어나는 악의가 빙휘를 덮쳤다. 언젠가 어린 동기에게서 들었던 악의와 다를 바 없는 웃음에 끔찍한 소름이 돋아났다.

"저, 저!"

"뭣들 하느냐!"

당황한 관리의 고함과 주변에 서 있던 관군들의 바쁜 목소리가 울렸다. 형틀에 묶인 채 겨우 몸을 던진 터라 다행히도 화로는 빙휘를 비껴 나가 쓰러졌고, 숯불 하나만 빙휘를 향해 떨어져 어깻죽지만 살짝 데이는 정도로 그쳤다.

"아악! 설아, 네년!"

빙휘에게 해를 가한다는 기쁨으로 히죽대던 후명은 왼쪽 어깨에만 화상을 입은 빙휘를 보고는 다시 몸부림을 치며 험악하게 일그러진 얼굴로 욕지거리를 쏟아냈다. 발악하는 그녀의 모습에 관군들조차 쉽사리 다가가지 못했다.

"후명!"

얌전히 있던 빙휘가 소리를 빽 지르자 후명은 물론 관군들까지 모두 그녀를 향해 고개를 돌렸다.

"당신이 어떻게 감히 대감께 그런 짓을 할 수가 있어? 대감이 얼마나 당신을 아꼈는데! 대감께선…… 대감께선 당신의 엇나간 원망마저 이해하고 품으셨어. 당신이 맘을 풀길 기다리셨다고!"

"이해? 그 작자 따위가 대체 뭘 이해한단 말이야! 시끄러워! 그냥 죽어! 다 죽어버려!"

"대감이 얼마나 당신을!"

"죽어! 네년을 죽일 테야! 찢어 죽이고, 태워 죽이고!"

속이 떨려 말을 뱉기가 힘들었다. 저런 이마저 이해하고 품으려 한 대감의 미련함에 분이 일었다. 후명은 절대로 대감의 뜻을 상상조차 하지 못할 터였다. 역시나 후명은 막무가내로 소리를 치며 맞섰고, 두 여인이 서로를 향해 고성을 질러대는 상황에 당황한 관리가 빙휘를 옥으로 돌려보내라 명을 내렸다. 관군의 손에 이끌려 가면서도 빙휘는 악에 뻗쳐 괴성을 질러대는 후명에게서 시선을 떼지 못했다. 그녀의 독기 품은 눈이 새빨갛게 빙휘를 따라다녔다.

옥사로 돌아온 빙휘는 화상을 입은 어깨를 치료받지도 못한 채 방치되었다. 적화가 분개하며 옥졸에게 소리를 쳤으나 그들은 거

들떠보지도 않았다. 그나마 상처가 심하지 않아 다행이라며 빙휘가 한참을 달래고 나서야 겨우 적화를 진정시킬 수 있었다. 어깨의 화상이 신경 쓰여 눕지도 기대지도 못하고 밤을 설치던 빙휘는 벽에 모로 기대어 선잠이 들었다.

"후……."

얕은 잠에 어디선가 익숙한 숨소리가 들렸다.

"진즉 찾았어야 했는데, 제가 너무 늦었습니다."

낮은 목소리, 그리고 손등으로 느껴지는 차가운 손길. 벽에 기대어 있던 빙휘가 눈을 반짝 뜨고 고개를 돌렸다. 창살 너머로 초사여의 얼굴이 보였다. 그는 빙휘가 잠에서 깨자 놀랐는지 당황한 얼굴이었다. 창살 사이로 집어넣은 그의 손이 빙휘의 손 위에 살며시 포개져 있었다.

"정신이 드십니까?"

"쉿."

초사여의 물음에 빙휘는 혹여나 누군가 깰까 봐 입 앞에 손가락을 가져다 댔다. 다행히 같은 옥에 있는 청여와 적화는 깊은 잠에 빠진 모양이었다. 빙휘의 주의에 초사여가 조금 더 창살로 다가와 속삭였다.

"깨어나니 마침 잘되었습니다. 제가 도와드리겠습니다, 이곳을 빠져나가도록 도와드리겠습니다. 더는 당신이 고생하는 모습을 지켜볼 수 없습니다."

두리번거리며 주변을 살피던 빙휘가 그의 말에 무슨 뜻이냐는 듯 눈을 크게 떴다.

"제 힘으로…… 당신을 이곳에서 빼낼 수 있습니다."

"싫어."

조심스러운 제안을 빙휘는 단칼로 잘라 버렸다.

"지은 죄가 없는데 왜 도망쳐? 아니, 하물며 죄가 있다손 치더라도 죗값을 치러야지, 도망칠 순 없어."

빙휘가 휙 고개를 돌렸다. 그녀의 얼굴이 단호했다. 그런 그녀를 바라보는 초사여의 얼굴이 서글펐다. 미간으로 모인 눈썹이 처연했다. 그의 눈빛이 무겁게 가라앉았다. 힘을 준 입술이 살짝 떨렸다. 빙휘의 손에 얹었던 그의 손에 힘이 들어가 그녀의 손을 꽉 움켜쥐었다.

"이자들이 하는 짓을 보고도 그런 말씀이 나오십니까? 없는 죄라도 뒤집어씌워 당신을 벌할지도 모릅니다. 저들은 당신을 대감을 죽인 공범으로 몰고 있지 않습니까?"

"……마찬가지야."

"예?"

"내가 대감을 죽인 거나 마찬가지야. 내가 결국은 후명을 도운 꼴이잖아."

알고 있었다. 속으로 그렇게 생각하고 있었다. 그러나 생각하고 있는 것과 말로 뱉는 것은 또 달라서 스스로 꺼낸 말에 빙휘는 심장을 파고드는 고통을 느끼며 입술을 깨물었다. 그 목소리가 허망했다. 모든 생기가 함께 빠져나가 버린 듯 먹먹하고 공허했다. 그녀의 말에 초사여가 창살에 바짝 달라붙으며 언성을 높였다.

"그 무슨!"

그 목소리가 새벽의 고요를 날카롭게 찢어 청여가 몸을 뒤척였다. 꿈틀거리는 미간에 그녀가 잠에서 깰 것만 같아 빙휘가 창살에 다가와 빠르게 속삭였다.

"빨리 가. 초아로 돌아가. 기방에서 기다리고 있어. 네 모습을 들켰다간 더 곤란해질 테니까."

초사여의 손에서 제 손을 빼내며 빙휘가 그를 떠밀었다.

이대로 갈 수는 없었다. 이리 붙잡혀 온 것만 해도 울화가 터지는데 죄 없이 고신을 당하는 모습을 지켜볼 수는 없었다. 그럼에도 빙휘는 도망칠 수 없다는 소리만 하고, 또 어리석게도 괜한 죄책감에 빠져 있었다. 그러나 기다리라는 그녀의 말을 거부하지도 못하고, 한숨을 내쉰 초사여가 기척을 살피며 초아의 모습으로 돌아갔다.

"아직 안 잔 게야?"

초아가 옥사의 벽 틈으로 몸을 숨김과 동시에 청여가 깨어났다. 빙휘가 무어라 둘러대는 소리가 멀리서 들렸다.

마음이 불편했다. 그녀를 이리 놔두고 홀로 돌아가는 길이 멀기만 했다. 만사가 엉망이고 모든 행동들이 이해하기 힘들었다. 그러나 억지로 그녀를 몰아세울 수도 없어 초사여는 그저 멀찍이서 지켜볼 뿐이었다. 속 편한 일도, 뜻대로 되는 일도 없었다. 그녀를 만나고 이름을 받고 인간의 모습을 하게 되면서 한시도 편안할 수가 없었다. 하지만 그럼에도 그녀를 떠날 수는 없었다.

화로 사건 후로 빙휘는 후명을 보지 못했다. 후명이 형틀에 묶인 상태에서도 난동을 부려 빙휘에게 화롯불이 쏟아지는 사건이 일어나자 대신들은 빙휘에 대한 의심을 거두었다. 게다가 양반들 사이에서 빙휘는 고록경 대감의 애첩으로 알려져 있기도 했고, 청여와 적화의 증언 역시 한몫을 하여 빙휘는 공모자 혐의에서 완전히 벗어날 수 있었다. 추국도 슬슬 막바지로 향하는지 이제는 고신도 없어지고 형식적인 질문 몇 마디만 오고 갔다. 그나마도 빙휘와 청여, 적화에게나 신문이 이어졌고 다른 기녀들은 불려가는 일도 없이 옥에만 갇혀 있었다. 후명은 종일 형틀에 묶여 있는 듯했다.

좁고 추운 옥에 갇혀서 빙휘는 고록경 대감과 후명에 대한 생각에 잠겨 있었다. 만일 그때 적화가 자신을 부르지 않았다면 빙휘 역시 고록경 대감과 함께 차를 나눠 마시고 죽었을지도 몰랐다. 그리고 꼼짝없이 고록경 대감의 독살범으로 몰려 죽어서도 시신마저 온전치 못했으리라. 청여에게 전해 들은 후명의 말을 떠올리면 소름이 돋았다.

누대에 독차를 내간 후 별채로 돌아간 후명은 적화가 애타게 빙휘의 이름을 부르는 소리를 듣고 제 계획대로 일이 벌어졌다고 생각했는지 청여를 찾아갔다고 했다. 행수의 방에 다급하게 들어온 후명은 천연덕스럽게도 안달하는 표정을 꾸며내어 청여에게 아무래도 빙휘가 이상하다며 말을 전했단다.

"고록경 대감을 모시러 간다며 차를 내가는 빙휘와 마주쳤는데, 그 눈에 독기가 흐르는 것이 심상치 않더이다. 차향도 요상한 것이, 아무래도 고것이 무슨 일을 벌이려는 것은 아닐지. 평소에 기이한 뱀을 친우라 하질 않나. 불길합니다, 행수 어르신. 바깥채에서 큰 소리가 났었는데 혹여 무슨 일이 난 것은 아닐까요?"

빙휘와 고록경 대감의 죽음을 함께 목격하고 빙휘에게 그 죄를 뒤집어씌우기 위한 증인으로 청여를 대동하려는 수작이었다. 그렇게 청여를 독촉하여 앞장서서 기방으로 나온 후명은 빙휘가 멀쩡히 마당에 서 있는 모습을 보고는 일이 잘못되었음을 알아차렸으리라. 그때 후명의 그 하얗게 질린 얼굴이란.

그리고 형틀에 묶여 있던 악에 받친 얼굴. 실핏줄이 터진 것인지 새빨갰던 후명의 눈. 또다시 빨간색이다. 그 색을 떨쳐 내려 아무리 고개를 흔들어도 빙휘의 눈앞에서 붉은 것들은 사라지지 않았다. 기억도 제대로 나지 않는 어린 시절의 그 붉은 하늘과 붉게 물든 어린 등과 저주를 퍼붓던 붉은 눈. 그것들이 빙빙 돌며 빙휘를 괴롭혔다. 그 형상들에게서 벗어나고 싶어 눈을 뜨면 옷자락을 붉게 물들인 고신의 흔적들이 보였다. 그리고 그 얼룩진 핏자국 속에서도— 독의 탓인지 유난히 검붉은 핏자국.

"고록경 대감……."

빙휘의 몸이 떨렸다.

영원히 계속될 것만 같던 추국도 결국 끝이 났다. 후명에게는 처음부터 사형이 내려져 있었다. 그러나 양반들은 그네들에게도 하늘 같던 고록경 대감을 독살한 후명을 얌전히 죽이지 않았다. 추국 중의 유난히 모진 고신 역시 그 일환이었다. 청여와 빙휘는 아무런 죄가 없음에도 장을 몇 대 맞고 나왔다. 고신에 장까지 맞아 축난

몸으로 방에 틀어박혀 지내던 빙휘는 적화로부터 후명의 이야기를 전해 들었다. 그녀는 손발이 소에 묶여 몸이 갈기갈기 찢기고 머리는 효시되어 도성 문 밖에 걸렸다고 했다. 그 시신은 산에 버려져 산짐승에게 먹혔다는 얘기도 있고, 전국 각지로 유배가 보내졌다는 얘기도 있었다. 어찌 되었건 죽어서도 편히 놔두지 않았다는 말이었다.

끔찍한 일이었다. 일련의 모든 일들이 끔찍했다. 후명의 그 독한 마음에서부터 그런 잔혹한 손속을 보인 양반들까지, 그 참혹한 이야기에 빙휘는 헛구역질을 해대며 먹은 것도 없는 속을 게워냈다. 모든 것이— 인간들이, 이 세상이 모두 지독했다.

고록경 대감의 일로 폐쇄되었던 청악기방은 추국이 끝나고 모든 기녀들이 기방으로 돌아왔으나 기방의 행수인 청여가 자리에서 일어나지 못하는 관계로 휴무가 지속되었다. 다른 기녀들이야 며칠 누워 있다가 일어났지만 청여와 빙휘는 꽤 오랫동안 누워 있었다. 그간 기녀들은 오랜만에 한가로운 나날들을 보내며 휴식을 취했다. 항상 기녀들의 웃음소리가 끊이지 않던 청악기방의 처음이자 마지막일 한적한 시간이었다.

"이제 좀 괜찮아졌어."

드러누운 후로 한시도 곁에서 떨어지지 않으려는 초아에게 그리 말하며 빙휘가 이불을 개켰다. 이리저리 몸을 움직여 보이니 그제 야 안심이 되었는지 그동안 곯았던 배를 채우러 초아가 밖으로 나갔다. 초아가 나가고 나서 빙휘가 슬쩍 방을 나섰다.

바깥채로 향하던 빙휘는 며칠 사이에 폐가의 느낌이 물씬 풍기는 기방의 모습에 놀랐다. 아무리 손보는 이가 없기로서니 이렇게까지 망가질 줄이야. 기방에 뽀얀 먼지가 쌓이고 마당이며 담벼락이며 잡초가 돋아 있었다. 관군이 들이닥쳐 기녀들을 마구잡이로 잡아들인 흔적이 그대로 남아 있었다. 중문은 위쪽 경첩이 나가 삐거덕거렸고, 장지문이며 창이며 할 것 없이 여기저기 문살이 부러져 있는데다 온갖 세간들이 굴러다녔다. 그 흉한 꼴이 안타까워 느린 걸음으로 주변을 둘러보던 빙휘가 드디어 걸음을 멈추었다.

고록경 대감과 항상 마주하였던 곳. 대감의 마지막이 되었던 곳. 누대로 오르는 계단이 보이니 빙휘의 시선도, 발도 고정되어 움직일 줄을 몰랐다. 얼마나 그리 멍청히 서 있었을까, 빙휘가 겨우 걸음을 옮겼다. 디딤돌에 올라서 혜를 벗어야 하나 고민을 하다가 툇마루가 온통 먼지와 흙발자국으로 잔뜩 뒤덮여 있으니 그대로 마루에 올라섰다. 계단을 오르는 걸음에 얼이 빠져 있었다. 오르는 줄도 모르고 무의식적으로 발이 움직였다.

"대감!"

그날의 목소리가 귀에서 울렸다. 이곳을 올라가면, 고개를 돌리면 다시 그 참담한 현장이 눈에 들어올 것만 같았다. 터질 듯한 심장에 숨을 죽이고 누대에 오른 빙휘는 눈을 꽉 감고 있었다.

"후명!"

"후명을 잡아!"

아직도 그 목소리들이 귓전에 생생히 울렸다. 호흡이 가빠오고 심장이 죄어왔다. 눈꺼풀을 바들바들 떨던 빙휘가 어느 순간 눈을 번쩍 떴다.

"아."

빙휘의 입에서 짧은 탄식이 흘러나왔다. 사방의 창이 활짝 열린 누대는 황량했다. 먼지와 나뭇잎 따위가 굴러다니고 있었다. 중앙에 놓여 있던 소반과 다기들은 증좌로 관군이 챙겨간 모양인지, 마룻바닥을 시커멓게 물들인 흔적만이 그날의 사건을 말해주고 있었다. 흔들리는 걸음으로 핏자국에 다가간 빙휘가 그 위에 주저앉았다. 가늘게 떨리는 손이 그 위를 쓸었다. 흙먼지가 쓸리면서 검붉은 핏자국이 선명해졌다.

그날의 피는 뜨거웠다. 고록경 대감은 울컥울컥 피를 쏟아내면서도 정신을 잃지 않으려 노력하며 빙휘에게 말을 건넸다. 그런 상황에서조차 대감은 빙휘를 달래려 했다. 품 안의 대감은 차가운데 그가 뱉어내는 피는 뜨거웠다. 그날의 피는 그리 뜨거웠는데 지금 이 핏자국은 차갑게 굳어 있었다.

"대감, 대감."

빙휘가 핏자국 위에 머리를 뉘었다. 몸을 웅크린 빙휘는 그 흔적이 고록경 대감이라도 되는 양, 그 품에라도 안긴 양 찰싹 달라붙어 대감의 향을 맡으려 했다. 그리 바닥에 누워 있던 빙휘의 시선에 낯익은 물체가 보였다. 아마 그날 대감이 앉았던 자리의 뒤쪽쯤 되려나, 작고 기다란 무언가가 먼지에 뒤덮여 있었다. 다급하게 다가간 빙휘가 그것을 주워들었다. 독살에, 찻주전자에, 고록경 대감의 시신에, 정신이 없었던 관군과 그 식솔들의 눈길에 미처 들지 못하고 잊혀 누대에 남겨져 있었던 모양이었다.

그것은 고록경 대감이 언제나 들고 다니던 접선이었다. 빙휘가 접선을 양손으로 꼭 쥐고 품에 안았다. 저 흉한 핏자국보다는 이 접선이 좀 더 대감을 닮았다, 대감을 떠올리기에 좋았다.

언젠가 고록경 대감에게 물었던 적이 있었다. 어찌하여 한겨울 에도 접선을 손에서 놓지 않으시냐고. 항시 접선을 쥐고 계시느냐고. 그는 언제나처럼 허허 웃으며 대답했다.

"버릇이란다. 내 말에 다짐을 하는, 힘을 불어 넣는. 이리 꼭 쥐고 말을 하면 그 말을 내가 쥐고 있는 것 같아, 실로 내 말인 것 같으니. 스스로 받아들이지 못하는 말을 어찌 남에게 내뱉겠느냐. 내 말에 힘을 주어 나 또한 납득할 수 있는 말만 하려는 게야."

그러면서 대감은 또 접선을 꽉 잡아 쥐었다. 그렇게 잡아 쥔 접선으로 그는 긴말을 할 때면 가볍게 탁탁 두드리는 버릇이 있었다. 말의 박자를 주는 것인지, 어쩐지 그 소리와 함께 듣는 이야기는 더욱 귀에 잘 들어왔다.

대감의 손에 쥔 접선과 탁, 탁, 탁, 접선대가 바닥이며 서안에 가볍게 부딪히는 소리. 이제 다시는 볼 수도, 들을 수도 없는 기억들이었다.

"대감."

그제야 빙휘의 눈에서 눈물이 흘렀다.

"대감."

항상 머물던 미소가 떠올랐다.

"대감."

그러나 이제 빈 바람만 불었다.

"대감."

들을 수도, 대답할 수도 없는 이를, 빙휘는 자꾸만 불러댔다.

"대⋯⋯."

결국에는 차오르는 눈물에 목이 메어 더 이상 부르는 것조차 할 수가 없었다. 목 아래로, 가슴 아래로 딱딱한 무언가가 꽉 막혀 숨 한 줄기조차 새어 나오지가 않았다.

고록경 대감은 빙휘의 냉담한 얼굴을 지독해했다. 어린 티를 내라며, 얼굴 좀 깨보라며 그리 농을 던지고 채근을 했다. 그리 대감이 바라던 대로 빙휘의 굳은 얼굴이 깨어져 일그러졌다. 정작 그 모습을 보고 싶어 했던 이는 이를 볼 수가 없었다. 보지를 않았다.

여름이 지나갈 즈음에야 청여가 자리에서 일어났다. 그녀는 자리에서 일어나자마자 관군에게 짓밟히고 그대로 방치되어 폐가의 분위기를 물씬 풍기던 청악의 보수를 시작했다. 그리고 며칠 지나지 않아 청악기방은 다시 예전의 모습을 되찾아, 곧 초롱을 걸고 기방 문을 활짝 열었다.

"그런 일이 있었는데, 찾는 손이 계실까요?"

"왜, 사람이 죽어 나갔으니 불길하다 발길이라도 끊길 성싶으냐?"

기방을 재정비하는 청여를 보며 빙휘가 못마땅한 투로 물으니 청여가 헛웃음과 함께 답했다. 그 분명치 않은 답에 빙휘가 인상을 썼다. 그러나 청여는 이렇다 말없이 한쪽 입꼬리를 올린 채 노비들을 부리는 데 여념이 없었다.

그 일을 겨우 사람이 죽어 나갔다는 말로 치부해 버리는 청여의 태도가 거슬렸다. 당연하다는 듯이 기방을 정리하고 다시 초롱을 내거는 모습에 기가 찼다. 마치 아무 일도 없었다는 듯 행동하는 기방의 사람들에 치가 떨렸다. 모두가 애통하여 아무도 청악에 들지 않으리라 생각했다. 빙휘는 그리 믿어 의심치 않았다. 그러나 그런 분통은 빙휘만 홀로 느끼는 모양이었다.

"나으리, 어서 드시어요."

"어찌 이리 걸음이 늦으셨습니까? 쇤네, 영감을 기다리다 목이 저 덩굴마냥 늘어졌나이다."

"선비님들, 예로 오시어요!"

모두 빙휘의 망상이었다.

연무의 닦달에 의미 없을 치장을 구색만 맞춰 대충 차리고 느지막하게 기방으로 나선 빙휘는 눈앞의 광경에 말도 걸음도 정신도 잃고 말았다.

"안으로 드셔요. 곧 주안상을 내가리다."

"뭣들 하니? 손 드신다, 어서 뫼시어라!"

기방은 분주했다. 이리 분주할 수는 없을 정도로 분주했다. 마치 청악이 문을 열길 기다렸다는 듯, 이전보다 더욱 많은 객들이 찾아들었다. 기방 솟을대문 앞은 마치 장사진을 펼친 듯 떠들썩했고, 본채는 가득 들어찬 객과 기녀들로 요란했다. 노비들과 어린 기녀들이 이리저리 상을 내가느라 정신이 없었다. 뒤엉키는 걸음과 한데 섞인 웃음소리가 소란을 빚었다.

그 혼란을 마주하는 빙휘의 머릿속이 그만큼이나 어지러웠다. 눈앞의 기방은 그저 일상이었다. 아니, 일상을 넘어선, 보통 중에서도 보통인 흔해빠진 그런 날이었다. 이 수많은 이들 중 어느 누구도 지난 며칠을 기억하지 못하고 있었다. 이곳에서 어떤 일이 있었고, 어떤 악의가 있었고, 어떤 핏자국이 있었는지 그 누구도 관심 하나 없었다.

"보이십니까?"

핫, 하는 숨소리와 함께 희미한 저성이 흘러나왔다. 빙휘의 입술이 꿈틀댔다.

"어찌 이럴 수 있단 말입니까?"

어떤 거창한 추모를 기대한 바는 아니었다. 기방에 침울하고 숙연한 분위기를 원한 것도 아니었다. 하지만 아무리 그렇다고 해도 지금 이런 모습은 아니었다. 하다못해 조금은 소박하고 고요한 분위기여야 했다. 하지만 모두들 고록경 대감에 관한 일은 모조리 잊어버린 듯 웃고 떠들고 희롱하며 즐기고 있었다.

속이 쓰렸다. 헛구역질이 올라왔다.

"게 서서 뭐 하누? 어서 들어가지 않고."

지나가던 선임 기녀가 빙휘를 불렀다. 무어라 답하려던 빙휘는 한숨만 내쉬고 고개를 숙여 보였다. 빙휘의 표정이야 언제나 굳어 있었기에 기녀는 대수롭지 않게 여기며 지나쳐 갔다. 그녀 역시 시끌벅적한 기방에 자연스럽게 섞였다. 그러나 빙휘는 눈앞의 광경에 위화감을 느꼈다.

누군가가 떠나도 세상은 멀쩡하게 돌아갔다. 더없이 평범한 일상의 복귀였다.

"쇤네 빙휘, 인사 올립니다."

"청악의 명기! 이제야 얼굴을 보는구나."

"아니, 자네, 아직까지 빙휘의 얼굴도 못 봤던 게야? 이 사람, 못쓰겠구면."

"거 참, 이전에야 어디 빙휘 얼굴 한 번 보는 것이 쉬웠던가?"

"춤이 제일이랬든가? 금이 제일이랬든가? 무엇이든 대수겠느냐. 어디, 가장 자신 있는 걸로 선보여 봐."

양반들은 시끄럽고 무례했고 경우가 없었다. 재예를 보는 눈이 있기는 한지 의심이 들 정도였다. 그나마 마음이 편안해질 때는 단골을 맞이할 때뿐이었다. 사라진 방풍막에 얼치기 양반들이 신이 나 빙휘를 여기저기서 불러댔다. 춤을 보는 눈도, 악을 듣는 귀도 없이 재물만 가득한 치들이 난리법석이었다. 그동안 빙휘가 얼마나 잔잔한 호수에 떠 있었는지 절실히 느낄 수 있었다.

그러나 그 야단 속에서도 고록경 대감을 언급하는 이는 단 한 명도 없었다.

매일이 고역이었다. 아무렇지 않게 반복되는 하루하루가 공허함만 안겨주었다. 찢긴 마음을 아직 수습조차 하지 못했는데 여기저기 휘둘리며 더욱 넝마가 되어가는 느낌이었다.

"괜찮으십니까?"

촛대조차 밝히지 않고 달빛에 기대어 보료 위에 주저앉는 빙휘의 모습이 위태로웠다. 그녀는 조심스레 건넨 초사여의 말에도 입을 열지 않고 그저 잠깐 눈길만 줄 뿐이었다.

"안색이 안 좋습니다. 너무 무리하는 건 아니신가요?"

"피곤해."

빙휘가 손으로 더듬더듬 만지며 장신구들을 빼냈다. 정리도 하지 않고 서안 위에 떨잠과 뒤꽂이들을 늘어놓던 빙휘는 가체도 대충 서안에 올려놓고 미안수를 적신 면포로 얼굴을 닦았다. 그 일련의 행동이 하나같이 느리고 힘이 없었다.

"어디······."

탁.

그녀가 걱정되어 손을 뻗던 초사여는 세차게 제 손을 쳐내는 빙휘에 놀라 굳어버렸다. 다가오는 손길에 저도 모르게 예민하게 반응한 빙휘는 미안한 마음이 들었지만 입술만 한 번 깨물고는 그를 외면했다. 그의 손을 쳐내느라 지난 추국에서 입었던 화상 상처가 옷에 스쳐 따가웠다. 인상을 쓰며 왼쪽 어깨를 매만지니 참으로 꿋꿋하게도 초사여가 재차 다정하게 다가왔다.

"그때 그 화상, 제가 볼 수 있을까요?"

그 말에 빙휘가 처음으로 초사여와 눈을 맞췄다. 아무 말 없이 응시하던 빙휘가 시선을 돌리며 입을 열었다.

"이게 내 벌이야."

빙휘가 오른손으로 왼쪽 어깨를 감쌌다.

"알아, 예전에 몇 번 네가 내 상처를 낫게 해준 거. 어떻게 한 건지는 모르겠지만 유독 상처가 빠르게 나아서 기이하다고 생각했었어. 그게 전부 네가 한 거였지?"

초사여가 고개를 끄덕였다.

"네 정체에 대해 듣고 혹시나 싶었고, 지난번에 네 독에 대한 이야기를 듣고 나서 확신했어. 고마워. 나도 모르게 많이 챙겨주고 도와주고. 하지만 이 상처는 그대로 놔뒀으면 해. 이게 내 나름의 속죄라고 생각하니까."

조근조근 꺼내는 말이 슬펐다. 초사여는 여전히 그녀의 어깨를 보고 있었지만 더 나서지는 않았다. 그날 이후로 빙휘는 한 번도 웃어 보이지 않았다. 입꼬리가 조금이라도 위로 올라간 적이 없었다. 웃음이 무어냐, 어떤 일에도 아무 반응 없이 가면 같은 얼굴을 하고 있었다. 펑펑 울며 괴롭다 소리치는 것보다 그게 더 안쓰러워 보였다.

"잠시 쉬는 게 어떻겠습니까?"

서안을 향해 살짝 숙인 얼굴 위로 달빛이 번졌다. 어둑한 방 안에서 희미한 빛 아래에 숙연하게 앉아 있는 빙휘의 모습은 보는 이의 마음을 떨리게 했다.

"기방의 일은 모두 잊고, 마음에 담은 짐들도 모두 내려놓고, 잠시 어디 한적한 곳을 찾아 쉬다 오는 게 어떨까요?"

그녀가 조금이라 마음을 달랠 수 있기를 바랐다. 이 시끄러운 기방에서는 하루하루 침전할 뿐 절대로 나아질 수 없을 터였다. 빙휘는 답이 없었다. 아무리 다가가고 부딪혀도 문을 딱 걸어 잠그고 있는 그녀의 모습에 초사여의 속만 타들어갔다.

"한 번 생각해 보십시오. 전 언제든지 당신을 모시고 갈 준비가 되어 있습니다."

어디가 되었든 지금 이곳보다는 나으리라.

초사여는 더 말을 잇지 않고 몸을 감추었다. 그가 사라지자 빙휘가 긴 한숨을 내쉬며 옷고름을 풀었다. 화려한 옷감의 기녀 복식이 유난히 무거웠다. 속이 비치는 얇은 옷감이었으나 온종일 갑갑하게 옥죄고 무겁게 짓눌러 댔다. 비단옷을 벗어 던지고 하얀 속적삼 차림이 되니 그제야 숨통이 트이듯 가뿐해졌다.

홀로 앉아 있는 방은 적막하여 숨소리마저 크게 울렸다. 멀리서 들려오는 웃음소리, 계집의 목소리. 너무나도 안녕한 일상의 소음에 절로 구역질이 일었다.

"사람 사는 일이 참…… 덧없습니다."

염증(厭症)이었다. 세속에 넌더리가 났다.

태양이 잦아들고 바람이 선선해지던 어느 늦여름 날. 빙휘는 어느 누구에게도 떠난다는 말 한마디 전하지 않고 소리 소문 없이 사라졌다. 어디로 간 것인지, 언제 돌아올 것인지 아무도 아는 이가 없었다. 그녀가 따돌린 이는 청악의 사람들뿐만이 아니었다. 그녀가 키우던 흰 뱀 역시 기방에 남겨졌다. 며칠 간 떠난 빙휘의 방을 맴돌던 흰 뱀은 어느 날부턴가 보이지 않았다. 청여와 적화는 그 뱀이 그제야 제 주인이 사라졌음을 깨닫고 숲으로 돌아갔으려니 여겼다.

그렇게 그녀가 말없이 떠나고, 청여는 적화와 함께 이리저리 수소문을 하며 빙휘의 흔적을 찾았다. 북쪽의 어느 지방에서 금을 기가 막히게 탄다는 여인의 이야기가 들리면 혹시 빙휘인가 찾아가 보고, 남쪽의 어느 지방에서 선녀의 춤을 춘다는 여인의 이야기가 들리면 그 이가 빙휘인가 찾아가 보았다. 하지만 어느 누구도 빙휘가 아니었다.

그리 애타게 자신을 찾는 이가 있는 것을 아는지 모르는지, 빙휘는 청명한 바람에 몸을 내맡기고 있었다. 바람에서는 목소리가 들리는 것 같았다.

"대감은 어찌 저를 빙휘라고만 부르십니까?"

"허면 빙휘를 빙휘라 부르지 무어라 부를꼬."

"대감께선 한 번도 쇤네를 너라고도, 자네라고도 부르신 적이 없습니다. 항상 빙휘라 명하십니다."

"빙휘는 너도, 자네도 아니질 않느냐. 빙휘는 빙휘이기에 빙휘라고만 부르는 것이야."

"선문답이십니다."

"선문답이라?"

"쇤네는 대감께서 학자인 줄 알았사온데, 불자셨나 봅니다."

"허허. 나를 놀리는구나."

"놀리는 건 대감이십니다."

"빙휘야. 그래, 빙휘야."

빙휘란 이름을 지어준 이, 그 누구보다 다정하게 빙휘란 이름을 불러주었던 이.

　그는 이제 다시는 볼 수 없는 이였다. 빙휘가 빙휘일 수 있도록 해주었던 이였기에 그가 없이는 빙휘가 될 수 없었다. 그녀는 그저 한 조각 얼음에 지나지 않았다. 그녀는 스스로 빛나는 법을 알지 못했다. 그녀에게 빛을 비춰주던 이가— 빛이, 저물었다.

　"빙휘야."

〈2권으로 이어집니다〉

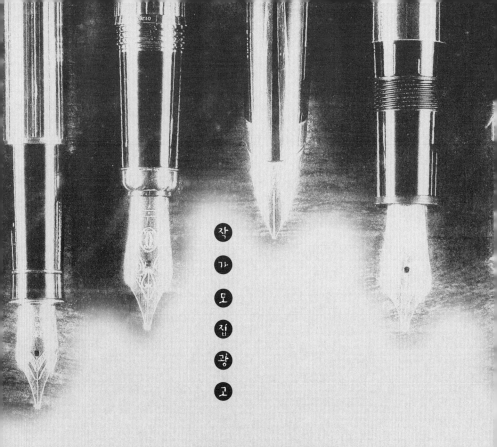

작
가
모
집
광
고

도서출판 청어람의 문은 항상 열려 있습니다.
실력있는 작가 분들의 많은 관심 부탁드립니다.

TEL:032-656-4452 · FAX:032-656-4453
http://www.chungeoram.com
e-mail:chungeorambook@daum.net